Diogenes Taschenbuch 24705

de
te
be

JONATHAN LEE, 1981 in Surrey, England, geboren, studierte Literatur, lebte eine Zeitlang in Südamerika und arbeitete sieben Jahre in einer Anwaltskanzlei in London. Inzwischen lebt er in New York, wo er sich nach Stationen bei renommierten Verlagen der Arbeit an Romanen und Drehbüchern widmet. Der *Guardian* nennt Jonathan Lee »eine bedeutende neue Stimme der englischen Literatur«.

Jonathan Lee

Der große Fehler

ROMAN

Aus dem Englischen von
Werner Löcher-Lawrence

Diogenes

Titel der 2021 bei Alfred A. Knopf, New York,
erschienenen Originalausgabe: ›The Great Mistake‹

Die Übersetzung folgt in der Benennung der Hautfarben
dem englischsprachigen Original. Sämtliche Begriffe
sind im zeitlichen Kontext zu verstehen
Die deutsche Erstausgabe erschien 2022 im Diogenes Verlag
Das Motto auf S. 7 stammt aus *Der große Augenblick* von
Clarice Lispector. Originaltitel: ›A hora da estrela‹

Aus dem brasilianischen Portugiesisch von Luis Ruby
Covermotiv: Design von Rahel Bünter unter Verwendung
einer Vorlage von Vincent Boulanger,
Archives Larousse (Elefant) und
W. Williams, Map of Lower Manhattan, 1847

Veröffentlicht als Diogenes Taschenbuch, 2024

Diogenes Verlag AG Zürich
www.diogenes.ch
60/24/36/2
ISBN 978 3 257 24705 3

Für A & M

Der Roman ist aus Mangel der Geschichte
entstanden.
Novalis, *Magische Geschichtslehre*

Doch Klagen sind nichts für die Toten:
Sie wissen, was sie tun.
Clarice Lispector,
Der große Augenblick

I
Strangers' Gate

Zum letzten Anschlag auf das Leben von Andrew Haswell Green kam es 1903 auf der Park Avenue. Die Nachricht seiner Ermordung füllte die Titelseite der *New York Times* – *»Vater von Greater New York« vor seinem Haus erschossen.* Ein Motiv wurde nicht genannt, blieb unerklärt. Der *Herald,* die *Tribune,* die *Sun* ergingen sich in Spekulationen. Einige Journalisten stellten die Berühmtheit des Opfers in den Vordergrund, andere die fünf abgegebenen Schüsse. Wieder andere starrten mit ernster Miene auf das Datum seines Todes: Freitag, der 13. November. Bürger mit weitschweifiger Fantasie trugen an solchen Unglückstagen Talismane bei sich, Kaninchenfüße und rostige Schrauben, Papst Pius IX. in einem Briefbeschwerer, den Stein eines Pfirsichs mit dem seltsamen Namen *Stump the World* – stumme, furchtlose Dinge, Glücksbringer, die sie vor dem Wahnsinn schützen sollten, doch mit seinen dreiundachtzig Jahren hatte Andrew keine Zeit für derlei Aberglauben. In seinen letzten Lebensjahren vertraute er auf Gras, Bäume und Unkraut, auf Bauten und Brücken aus Stein, und nachdem sein absurdes Ende aus den Nachrichtenspalten verschwunden war, stellte man eine marmorne Gedenkbank im Central Park für ihn auf. Das kleine Denkmal mit Blick aufs offene Grün von Fort Fish findet sich immer noch dort. Dienstagmorgens kommt jemand mit Putzutensilien und entfernt den Vogeldreck der letzten Woche.

An Andrews *schicksalhaftem letzten Morgen*, wie es die *Times* ausdrückte, wachte er früh auf und brauchte lange, um in Bewegung zu kommen, stieg dann behutsam sechzehn Stufen hinab und setzte sich an seinen Tisch aus Massachusetts-Ahorn unter den vollelektrischen Kronleuchter. Draußen vorm Fenster erwachte die Park Avenue. Staub wirbelte hinter den vorbeifahrenden Wagen auf und senkte sich wieder. Knarzende Räder trugen die Freitagswaren über das Pflaster. Aus sechsunddreißig Bohnen gebrüht war der Kaffee am besten – nach Jahrzehnten eigener Erkundungen war das sein Schluss –, und er trank ihn stetigen Schlucks aus seiner im Herbstgelb des Ulmenlaubs bemalten Lieblingstasse, bis Mrs. Bray das Frühstück brachte.

Wie haben Sie geschlafen?, fragte sie.

Wie ein Toter, sagte er.

Sie lächelten sich zu, wie sie es immer taten, und hoben gemeinsam Messer und Gabeln. Seine Haushälterin war eine rüstige Neunundsiebzigjährige, deren einst feurige irische Locken mittlerweile aufgewickeltem Metall glichen. Witze über sein fortgeschrittenes Alter waren an der Tagesordnung, und sie rühmte sich ihres Talents, Unglücke vorauszusehen. Tatsächlich hatte sie ihn in den letzten Jahren einige Male darauf hingewiesen, dass neidische Götter seinen Aufstieg zu Ruhm und Ehre mit Missgunst betrachten mochten und womöglich bald schon nach einer Schwachstelle suchten. Aber an diesem Freitag, dem Dreizehnten, wenige Stunden, bevor sie Zeugin seiner Ermordung wurde, äußerte Mrs. Bray beim morgendlichen Omelett keinerlei Warnung. Später würde sie dem kommissarischen Captain Daly der Polizeiwache East 35th Street erklären, der seine Beförderung zum tatsächlichen Captain kaum erwarten konnte, ihre Abschiedsworte an ihren Arbeitgeber an jenem Morgen hätten allein darin bestanden, dass sein voller weißer Bart in letzter Zeit außer Kontrolle geraten und ein Besuch beim Barbier noch in dieser Woche unerlässlich sei. Im Übrigen erwarte sie ihn spätestens um halb zwei zurück, vorzugsweise nach Zaubernuss und Haaröl duftend, denn der aufkommende Trend in dieser Stadt, sich vom Mittagessen zu emanzipieren, könne für einen Mann seines Alters doch keine Bedeutung haben.

Andrew hörte ihr zu, lächelte, nickte und vollführte einen unbeholfenen Tanz, um den schmerzenden Körper in seinen Mantel zu hüllen. Er hasste es, zum Barbier zu gehen. Im letzten Jahr war ein Freund gestorben, das Herz war ihm geplatzt, weil er das Kratzen der Klinge an den Hängebacken seines Stuhlnachbarn hatte mitanhören müssen. Was nicht gerade nach einem guten Abgang klang.

Er spülte seine Tasse aus und fuhr in sein Büro in der Nähe der City Hall, wo er bis ein Uhr blieb und in vier fruchtbaren Stunden mehrere Aufgaben erledigte: Er plante eine Gedenktafel für Mary Lindley Murray, antwortete auf die idiotische Korrespondenz einiger Politiker, deren größter Wunsch es war, die Freiheitsstatue mit *ihrer seekranken Blässe* wieder pennybraun zu streichen, und erdachte eine Route für die neuen, kupferbeschlagenen, weiträumigen Subway-Wagen, die auf Flößen den Harlem River hinaufgebracht werden sollten, was seinen Kopf mit leuchtenden

Bildern füllte, nach denen der Rest des Tages nur mehr profan, profan, profan erscheinen konnte.

Er trat hinaus ins Gewimmel des Broadway und nahm sich einen Moment, um durchzuatmen. Der *Herald* beschrieb den Tag des Verbrechens später als einen jener *klaren, strahlenden Novembernachmittage mit kaltem Wind, an denen es in der Sonne Herbst und im Schatten Winter ist*. Die *Sun* beharrte darauf, dass der Himmel *mit dunklen Wolken überzogen* war, und der *Brooklyn Daily Eagle* stand ziemlich allein mit seiner Behauptung, dass es geregnet habe.

In diesem launischen Wetter fuhr Andrew *mit der Straßenbahn über die Fourth Avenue uptown*, so stand es später im Polizeibericht. Vergnügt und entschlossen wirkte er, obwohl seine scharfen Züge ihn doch allgemein schlechter gelaunt erscheinen ließen, als er es tatsächlich war. Sein weißer Bart flatterte im Wind. Er liebte es, die kalte Luft auf seinem Gesicht zu spüren und wie sie die Haut zu straffen schien. Allein die Silhouette der Stadt missfiel ihm auf seiner Fahrt nach Hause. Das angeberische Durcheinander der so verschieden hohen Gebäude, die seinem Empfinden nach in einem ständig wachsenden Widerstreit miteinander standen.

Er lag im Zeitplan für Mrs. Brays Mittagessen um halb zwei, als er um zwanzig nach *an der Haltestelle 38th Street aus der Bahn stieg* und erfolgreich eine stinkende Pfütze umrundete, wo der Fischhändler sein Eis auf die Straße gekippt hatte. Freitage bescherten ihm die besondere Freude der Aussicht auf Frische, war doch die kommende Woche noch bar aller Fehler! Aber warum teilten offenbar alle Heilbutt-Händler dieser Stadt den Eindruck, die New Yorker hätten keinen Geruchssinn? Andrew hob den Blick, er konnte Mr. Hepiner auf den Stufen seines Ladens sehen. Eine amphibische Gestalt, die auf ewig in ihren kleinen Gummistiefeln feststeckte und den nach Fisch stinkenden Eimer gepackt hielt, als trüge er die ganze Nation in sich.

Oh, hallo!, sagte Hepiner und winkte.

Aber Andrew winkte nicht zurück. Es gibt diese bestimmte Art von Groll, die ebenso irrational wie erhebend ist und die man sich unbedingt bewahren sollte, koste es, was es wolle. Besonders im Alter.

Er sehnte sich nach zu Hause, nach Stille. Er wollte essen, ungestört. Sein neues Buch lesen, *Die Literarische Guillotine,* eine Bilanz des Literarischen Notgerichts, dem Mark Twain vorgesessen und das pflichtgemäß die überschätztesten zeitgenössischen Autoren hingerichtet hatte. Still und ungestört. Auf dem Gehsteig vor sich sah er ein zerrissenes Stück Zeitung, wieder einmal umgeben von Kastanienschalen (wer war nur dieser Kastanien-Schäler?), und er bückte sich, ah, um all das aufzuheben und es sich vorsichtig in die linke Manteltasche zu stopfen, die er seinen Schneider mit einem leicht zu reinigenden Material hatte auskleiden lassen, genau für diesen Zweck. Die Straßen sauber zu halten, das damit verbundene Ritual, beruhigte ihn. Aber der Müll wurde nicht weniger. Jeder Tag brachte mehr.

Jene, die ihn auf seinem letzten Weg innehalten und die Kastanienschalen aufklauben sahen, würden bald schon als Zeugen vernommen werden und erklären, dass er müde aussah, ihn der Rücken schmerzte und seine Haltung Zeugnis von seiner inneren Verfassung gab – unbeholfen wirkte er, krängend, die rechte Hand fast unten beim Fuß, ein alter

Mann, der stets zu versuchen schien, Dinge aufzufangen, die ihm aus der Hand gefallen waren. Und er spürte ihre Blicke auf sich. Es machte ihn verlegen, jeden Tag so gesehen zu werden, andererseits aber war er dankbar, dass man ihn sah, fürchtete er doch seit einiger Zeit, aus dem allgemeinen Gedächtnis zu schwinden. Präsident Roosevelt brauchte immer länger, um seine Briefe zu beantworten. Im letzten Jahr war die Rede gegangen, dass man eine große Brücke oder ein Gebäude nach ihm benennen wolle, aber womöglich hatte er diese Pläne selbst durchkreuzt, indem er griesgrämig statt schöntuerisch war und Politikern gegenüber Dinge sagte, die nur er witzig fand. Die unkluge Bemerkung zum Beispiel, Bürgermeister Lows Schnauzbart sehe aus, als sei er auf der Suche nach einem warmen Platz zum Sterben auf der Oberlippe durch die Landschaft gekrochen.

Minuten vor der Konfrontation, die sein Leben beenden sollte, ging er ohne Hilfe des Stocks, den Mrs. Bray ihm immer mitzugeben versuchte, die Park Avenue in nördlicher Richtung hinauf, ging vorbei am Metzger mit seinen blutroten Rindfleischstücken, dem Schneider, der hinter seinem Fenster HOSEN NACH MASS nähte, vorbei am Süßwarenladen und dem Dentisten gleich nebenan, die sich eine rot-weiße Markise teilten, überquerte die Straße im Schatten des Murray Hill Hotels mit seinem Cape-Ann-Granit, seinen Pressziegeln aus Philadelphia und seinen korinthischen Säulen mit eingemeißelten Laubgirlanden, sah zu seinem Haus hinüber, der Nummer 91, und fragte sich, welche Schrecken Mrs. Bray heute wohl zusammengekocht hatte. Er hoffte nur, dass es nicht wieder Hepiners Heilbutt war. Sie quälte ihn damit, bestand auf Fisch, meinte, er sei gut für seine

Knie und seine Augen, für die dünner werdenden Fußsohlen und das morgendliche Knarren in seinen Gelenken – aber was war mit der Moral eines Mannes? Mit seinen dreiundachtzig Jahren besaß er die nötige Selbsterkenntnis, um mit seinen Mitmenschen geduldig zu sein, aber nicht immer die Gewandtheit, zu verbergen, welche Mühe ihm das bereitete.

Er liebte diese Stadt. Er hasste sie. Sie war eine Kathedrale der Möglichkeiten, die niemals zur Ruhe kommen würde. Vielleicht behielt sie ihn im Gedächtnis, vielleicht vergaß sie ihn. Ihn überkam ein Gefühl von Machtlosigkeit, und aus irgendeinem Grund hielt er inne, zögerte, war mit seinen Gedanken bei der Stadt, dem Essen und anderswo, er stand da, die linke Hand *auf dem kleinen Eisengeländer vor seinem Haus,* und weil er dort so zögernd verharrte, und aus tausend anderen Gründen, einem wilden Wuchern von Zufällen, Fehltritten und Fehleinschätzungen, aus misslichen Umständen und einer Spur kaltem Kalkül, sollte er bald schon auf dem Rücken liegen, das Gesicht zum Himmel gewandt, hingestreckt und bloßgestellt, zuckend und auf dem besten Weg, wie es ein Droschkenfahrer auf der anderen Straßenseite ausdrückte, *unter der Erde einzuparken. Toter geht's nicht,* sagte Mr. Anton, der Florist, der behauptete, die Natur zu lieben, trotz allem, was sie seinem Gesicht angetan hatte. Tot wie ein blindes Auge. Tot wie ein seelenloser Satz. Ein geistloser Geist. Ein Klischee. Tot wie der Stein eines Pfirsichs namens *Stump the World.* So leblos wie all die Zeitungen, in denen am Morgen sein Name stehen würde.

2
Children's Gate

In ihren Berichten über den *Mord des Jahrhunderts,* das doch erst drei Jahre alt war, schrieben mehrere Journalisten, es habe nicht immer so ausgesehen, als würde das Opfer einmal zu Ruhm gelangen. Andrew war 1820 geboren, der Spross einer angesehenen Familie aus Massachusetts, die während seiner Jugend in Schulden geriet. Das siebte von elf Kindern. Damals so unsichtbar, wie er es heute im New York des einundzwanzigsten Jahrhunderts ist. Aber einzelne Dinge lassen sich noch immer finden, eine Kindheit verschwindet niemals ganz. Lebenszeugnisse dringen durch die Ritzen der Berichte, das Raunen eines nahenden Todes, die Pausen in den Nachrufen, finden Licht und Luft, um zu wachsen.

Schmächtig war Andrew. Knochig. Ein magerer Junge, still, aber stur, mit einem scheuen Selbstvertrauen, das wie Arroganz wirken mochte. Einer gefurchten Stirn, die ihn manchmal überlegen aussehen ließ. Der Neigung, die verdreckten Stiefel seiner Brüder, die sie Tag für Tag in einem wirren Durcheinander an der Tür zurückließen, in eine Ordnung zu bringen. Er hasste dieses Durcheinander und folgte allabendlich dem Drang, sie nach Größe und Art aufzureihen, ohne jemandem etwas davon zu sagen. Er war ein Junge, der mitunter zu weit für sein Alter zu sein schien, wie ein Onkel bemerkte, und stechender dreinblickte, als es gut für ihn sei. Er rieb sich das Kinn, wenn er nachdachte oder träumte, als versuchte er mit den Fingerspitzen die ersten Anzeichen des Barts hervorzuzaubern, der sein Gesicht später einmal schmücken sollte. Ein Kind mit einer ruhigen Weisheit in der Stimme, in seinem langsamen Lidschlag. Und gelegentlich schien Erheiterung die schmalen Lippen zu kräuseln – als hielte sich der kleine Dreckskerl für etwas Besseres. Er zeichnete gern. Notierte sich allerlei Dinge. Erfand Namen für eingebildete Freunde und Orte, Städte, die bis heute auf keiner Karte zu finden sind: *Fernfoss, Skystead, Dignidale.* Seine Familie fürchtete, ihn könnte eines Tages die Katastrophe ereilen, sich dem Dichtertum zu ergeben.

Einige dachten, seine Merkwürdigkeit lasse sich darauf zurückführen, dass er das Licht der Welt in einem Schaltjahr erblickt hatte. Hatte diese kalendarische Laune Einfluss auf seinen Charakter genommen und ihn mit einer subtilen Selbstgenügsamkeit ausgestattet wie einen Baum, der einen Blitzschlag überlebt hatte? Als Junge war er dafür bekannt, niemals zu weinen, wenn er von seinen Brüdern geschlagen wurde, aber er sah immer leicht verloren aus, desorientiert, mit einem Nachhall Unschuld im Blick, als wäre er ins falsche Jahrhundert geboren, in die falsche Familie, den falschen Körper. Es dauerte einige Jahre, bis eine einfachere Erklärung gefunden wurde: Seine Augen waren schlecht, er war weitsichtig. Für die unmittelbare, traute Wirklichkeit brauchte er eine Brille.

Ihm war nicht erlaubt, die Schule in Worcester durchgängig zu besuchen. Seine Kraft wurde auf Green Hill, der

Farm der Familie, benötigt. Er lernte formvollendet einen Hühnerstall auszumisten. Er leistete seinen Anteil bei der Getreideernte, am Pflug, beim Heumachen, beim Pflücken und Einlagern von Obst, beim Jagen, Fischen, Nüssesammeln und bei der Vorbereitung der Waren für den Markt. All diese Aufgaben erledigte er schnell und mit fester Hand, aber dennoch verträumt, wie man ihm sagte, was er mit umso größerer Produktivität auszugleichen versuchte.

Andrew war nicht unglücklich damit, bei Tagesanbruch die Schweine mit einer Mischung aus Kartoffeln, Essensresten, Korn, kaltem Wasser und Mostäpfeln zu füttern. Die wahre Freude jedes Tages aber waren die zwei freien Stunden am Nachmittag. Diese Zeit der Erholung nutzte Andrew, um allein auf Bäume zu klettern, allein hoch in den Ästen zu sitzen, allein die Landschaft zu zeichnen, die er sah, und dabei alle möglichen Details zu erfinden, die nicht zu sehen waren. Die Lücken zwischen den Tatsachen zu füllen.

Er begann sich daran zu stören und schließlich darüber zu ärgern, wie sein Vater das Land aufgeteilt hatte. Er glaubte eine bessere Möglichkeit zu sehen, einen schöneren, aber auch ertragreicheren Plan, und so zeichnete er verschiedene Lösungen in seine Notizbücher, strich sie mit einer klaren Linie durch und begann von Neuem. Als er seinem Vater schließlich den besten Plan zeigte, lehrte ihn dessen Lachen, in Zukunft dergleichen nicht wieder zu tun. Doch dann, nachdem einige Zeit verstrichen war, sah er, dass der Pferch für die Schafe hinters Haus verlegt wurde, genau wie er es auf seinen Skizzen vorgeschlagen hatte, damit die Schafe besser vor Wind geschützt waren und sich frei zwischen Hell und Dunkel hin und her bewegen konnten, was die Tiere, wie Andrew festgestellt hatte, genossen.

Nach der Sonntagsmesse entfloh er gerne seinen Geschwistern und unternahm lange Wanderungen in die Umgegend. Manchmal lief er bis Auburn, Leicester, Paxton, Holden, Rutland, Princeton, Harvard, Boylston, West Boylston, Shrewsbury und Grafton. Gerieten seine Abenteuer besonders lang, schlief er in Scheunen oder auf mondbeleuchteten Feldern, sprang auf Karren, wenn es die Entfernung verlangte. Dieses Gefühl von Reisespannung in den Zähnen, eine ganze Welt wollte entdeckt werden. Als ihn sein einziger wahrer Schulfreund, Samuel Allen, fragte, ob er ihn bei seinem nächsten Abenteuer begleiten könne – *ich leiste dir Gesellschaft, Andrew, wir ziehen zusammen los!* –, spürte er, wie sein Lächeln zusammenschmolz. Allein schon die Frage reichte aus, um sich beraubt zu fühlen. Er kam nicht dagegen an. Wandern konnte er nur allein. Es war etwas Wertvolles, das er nicht mit Gerede verderben wollte. Er lief, bis sich seine Zehen verkrampften und bluteten, seine Fußsohlen schmerzten und die Beine wie mit Sand gefüllt waren. Er lief, bis er sich vor Müdigkeit mit dem Gesicht voran in wunderbares Stroh fallen ließ, bis ihn die Vögel mit hässlichen Liedern aufweckten, ihn seine Gedanken mit sich forttrugen – ständig taten sie das – und die Kirchenglocke fünfmal schlug und es Zeit war, die Schweine zu füttern. Er lief, bis er aufhörte, sich zu fragen, warum sich seine Eltern nicht sorgten, wohin er laufen mochte. Wenn er am Montagmorgen rechtzeitig zu Hause war, um den jüngeren Geschwistern das Frühstück zu machen, die Aufmerksamkeit durch Schlaflosigkeit geschärft, als wäre das

Wachsein ein Zug, der sich durch Gewohnheit bildet, wie eine Toleranz gegen bestimmte Gifte oder die Fähigkeit zu klettern, schien niemand etwas dagegen zu haben. Morgens versuchte er, die Miene seines Vaters zu entschlüsseln und Zuneigung unter der sonnenverbrannten Haut auszumachen.

Mit elf bestieg er den Wachusett Mountain. In einem Splitter Sonnenlicht auf dem Gipfel sitzend, aß er einen Apfel. Bedächtig. Ließ Stimmen durch seine Gedanken dringen. *Hör das Grinsen auf. Verhalte dich wie ein Mann. Eine Axt hält man wie eine Axt.*

Und doch wurde das strenge Gesicht seines Vaters von Zeit zu Zeit weicher, und er nahm Andrew in den Arm und küsste ihn aufs Ohr, die gewohnte Distanz zerfiel, und ohne weiteres Zutun stellte sich Nähe ein. Das waren die besten Momente, wenn der Vater betrunken, aber nicht zu betrunken war.

Manchmal betrachtete Andrew ihn, die gerötete Haut, die verbrannten Lippen, roch den zweitschlechtesten Wein aus dem Schrank und dachte: Ich kann die Dinge nur so machen, wie ich sie mache. Das laut zu sagen wäre jedoch zu viel gewesen, und so tat er sein Bestes, sich zu ändern. Er wusste die Axt wirksamer einzusetzen als seine Brüder, trieb sie schneller, tiefer und ausdauernder ins Holz, begann jedoch zu begreifen, dass die Erwachsenen weitgehend blind für das Ergebnis waren. Für sie war alles eine Frage der Methode. Die ganze Welt achtete nur auf das Wie, den Stil – und seiner war offensichtlich weibisch.

In einer normalen Woche schlug ihn sein Vater für gewöhnlich nur einmal, in einem durch seine Trinkerei verursachten oder freigesetzten Gewaltausbruch. Deshalb konnte er den Schlag mit dem Handrücken oft schon kommen sehen und ihm ausweichen. Der kantige Grat des Eherings war der Grund, dass mitunter Blut floss, dennoch musste man es von Zeit zu Zeit geschehen lassen, denn nichts macht wütender als Anstrengung, die ins Leere läuft. Das spürte Andrew schon damals.

Seine Mutter starb, als er zwölf war. Er wollte kein Mitleid, er wollte sie nur zurück. Eines Tages bekam sie Fieber, dann war es vorbei. Eine seiner Schwestern fand ihren toten Körper im Bett. In späteren Jahren gab es Auseinandersetzungen darum, wer als Erstes begriffen hatte, dass sie wirklich tot war. Jedes ihrer Kinder erinnerte sich anders daran, sodass ihr Tod den Geist eines winzigen Mythos annahm. Eine Welt verschiedener Perspektiven ohne festes Zentrum.

Als an jenem Tag seines dreizehnten Lebensjahres die Reihe an ihn kam, das Schlafzimmer zu betreten, war sein erster Gedanke, dass die Luft nach saurer Milch roch. Der zweite, dass sie beide, er und seine Mutter, niemals wieder miteinander würden reden können.

Es war nicht ihr kaltes Gesicht, das so erschreckend war. Es war der Umstand ihres Schweigens. Dass all ihre Gespräche damit beendet waren – diese Erkenntnis ließ Übelkeit in ihm aufsteigen. Niemals wieder würde er morgens in ihr Bett klettern und sich an sie drängen dürfen, wenn er sagte, dass ihm kalt sei. Niemals wieder würde der Hund, der einfach nur Dog hieß, mit aufs Bett springen, sich mit Brot vom Vortag füttern und sich Dinge beibringen lassen, die Andrew in der Schule gelernt hatte. Andrew, der Lehrer, der das Tier unterrichtete, während seine Mutter lächelnd zusah. Manchmal bellte der Hund zweimal, wenn er eins und eins zusammenzählen sollte. Dann wieder machte er Fehler, die ihm vergeben wurden.

In den Monaten nach ihrem Tod sprach Andrew kaum etwas, wenigstens hieß es das später. Auch in seiner tiefsten Trauer fand er Worte, aber seine Zuhörer schienen ihrer nicht würdig. Die Trauer kehrte ihn in sich. Seine Gedanken hüpften wie ein Kind auf heißem Sand zwischen dicht gedrängten Eindrücken aus der Vergangenheit hin und her. Sein Schweigen war keine bewusste Entscheidung, nicht wirklich, doch mit der Zeit erschien es ihm wie ein Entschluss, wie der Versuch, der Mutter wieder näherzukommen, ihrem Zustand, einer Abwesenheit, die noch intensiver war, als wenn sie da wäre. Kurz überlegte er, ob er sich im Fluss ertränken sollte, doch was, wenn sie plötzlich nachts zu ihm sprechen wollte? Es würden bessere Jahre kommen. Es würde lange dauern, zu ihnen hinzuschwimmen. Erst war er nicht sicher, ob er die Kraft dafür hatte. Der Durchbruch kam, als er begriff, dass es Tage geben würde, an denen er sie hatte, diese Kraft, und andere, an denen sie ihm fehlte. Tage, an denen das Wasser, koste es, was es wolle, zu meiden war, und andere, um einzutauchen. Furchtlos.

Sein Vater sorgte bald schon für Ersatz. Das konnte man ihm nicht vorwerfen, der Haushalt wollte geführt werden, aber war es nötig, wirklich nötig, insgesamt viermal zu heiraten? Andrew sah früher als die meisten, wie sich eine Familie selbst ihrer Mitglieder berauben kann. Neue Mütter kamen, um die alten zu ersetzen, brachten Halbgeschwister mit, Kaninchen, neue Cousins und Cousinen, Begierden, heranwachsende, um Atemluft konkurrierende Körper. Die meisten Frauen, die in Vaters Leben traten, behandelten Andrew mit der gleichen kühlen Zurückhaltung, die sie auch den Schafen, den Schweinen und dem Unkraut zuteilwerden ließen, und das war in Ordnung. In seinem dreizehnten Lebensjahr beschloss Andrew, gegenüber allen in seiner Umgebung jederzeit so zu tun, als ginge es ihm bestens. Komischerweise funktionierte es – bei ihnen und bei sich. Er stellte fest, dass sich echter Schwung daraus gewinnen ließ, sich voller Schwung zu zeigen.

Das Haus, in dem er aufwuchs, war einfach, aus Holz und stand an einem wenig frequentierten Weg. Es hatte zwei Stockwerke, aber niedrige Räume, war im Übrigen ansehnlich groß und durch einen Schornstein von unnötiger Größe verankert, der je nach Lichteinfall aussah wie eine Treppe, die hinauf in den Himmel wollte. Blinzelte man ins helle Sonnenlicht, konnte man den Eindruck haben, das Haus stünde auf dem Kopf. An seinem vierzehnten Geburtstag starrte er es an, als hätte er es nie zuvor gesehen. Blinzelte. Fragte sich, ob es Häuser gab, funktional, aber doch eindrucksvoll, in denen es sich besser wohnen ließ. Und er dachte, dass er womöglich Baumeister werden wollte.

Was sonst aus seiner Vergangenheit mochte den Lesern der *New York Times* nicht mitgeteilt worden sein? Vielleicht, dass er seine älteste Schwester Lucy aus drei Gründen unter seinen Geschwistern am liebsten mochte: Sie schlug ihn nicht wie seine Brüder, wenn er die Schuhe bei der Tür ordentlich aufreihte, sie sagte die Wahrheit, wann immer es darauf ankam, und irgendwie war sie Massachusetts entkommen. Aber eines Tages schrieb sie ihrem Vater einen Brief, in dem sie ihre Befürchtung äußerte, aus ihrem kleinen Bruder Andrew werde *vielleicht nie ein eleganter Mann, wegen seiner Abneigung gegen das Lesen.*

Als er den Brief auf dem Tisch seines Vaters fand, spürte er Hitze in seinem Hals aufsteigen, eine Scham in seinem Bauch, die nie ganz abkühlen sollte. Andrew beschloss, sich der Welt der Bücher zuzuwenden, Tag und Nacht, damit er nicht zu dem wurde, was seine Schwester befürchtete. Und das trotz der Probleme mit seinen Augen, dem cremigen Nebel, in den alles in seiner direkten Nähe gehüllt war, trotz der Kopfschmerzen, die ihm das Lesen bei Kerzenlicht bereitete. Er entwickelte die Gewohnheit, fünf Seiten vom Beginn eines Buches zu lesen, dann die fünf letzten, vorne weitere fünf und wieder fünf hinten, bis er sich die Handlung in der Mitte grob zusammenreimen konnte.

Es war das eine, kein männlicher Mann zu sein, die Axt nicht auf eine bestimmte Weise zu halten, aber wenn er stattdessen kein eleganter Mann werden konnte, was blieb dann noch?

Unter seinem Bett stand eine Schachtel mit Blättern, die er auf seinen Wanderungen gesammelt hatte. Von Englischen Ulmen. Tulpenbäumen. Linde und Ahorn. Eichen. Er konnte genau sagen, wo und in welche Richtung das jeweilige Blatt an seinem Baum gewachsen war, bevor er es gepflückt hatte, er wusste aber noch nicht, warum das so war oder wozu die Mittelrippe und die Adern dienten. Er nahm die ersten Regungen des Verlangens wahr, sich in eine neue Person zu verwandeln, jene besondere amerikanische Lust auf die Zukunft, die selbst heute noch so viele junge Menschen heimsucht. Aber tief in seinem Inneren spürte Andrew etwas noch Alarmierenderes: das Verlangen nach

Schönheit, von dem er wusste, dass er es wahrscheinlich verstecken oder auslöschen sollte, ging er doch davon aus, dass ihm sein Leben keine Möglichkeit bieten würde, es zu befriedigen.

3
Gate of All Saints

Jeder Mord verlangt einen Mörder, so wie ein Ei einen Löffel oder ein Messer. Die dünne weiße Schale hätte keinen Sinn, gehörte ihr Zerbrechen nicht mit zum Plan.

Kurz vor halb zwei am Nachmittag jenes Freitags, des 13. November 1903, erreichte Andrew sein Haus, die Nummer 91. Mittlerweile freute er sich sehr auf das Mittagessen. Er hatte seine Hand am Tor und dachte an gekochte Eier, als er einen Fremden an der Ecke von 40th Street und Park Avenue auf und ab gehen sah. Eine schwarze Melone saß seltsam schief auf dem Kopf des Mannes, der immer wieder auf seine Taschenuhr sah mit der bedrückten Anspannung von jemandem, der schon viel zu lange auf seinen Einsatz wartete. Dann hob er den Blick. Entdeckte Andrew. Er lächelte, winkte und begann in Andrews Richtung zu laufen.

Der Mann wirkte vollkommen gelassen, während er näher kam, ordentlich in einen dunklen Anzug gekleidet. Etwa einszweiundsiebzig groß. Dunkle Haut. Leicht angegrauter Schnauzbart. Andrew sah durch die frische Perspektive größerer Nähe, dass ihm die Melone zu klein war und deshalb etwas schief weit oben auf dem Kopf saß. Als der Mann stehen blieb, rückte er sie auf irgendwie befangene Art zurecht – wenigstens sah es für den ebenfalls etwas befangenen Andrew so aus.

Andrew glaubte einen Anflug von Wärme im Blick des Mannes erkennen zu können – den Wunsch, mehr zu übermitteln, als die Gelegenheit erlauben mochte? –, und so fragte er nach einer kurzen, misslichen Pause: Hallo, kenne ich Sie?

Das tun Sie, sagte der Mann.

Sie starrten einander ungewöhnlich lange an. Andrew begann sich zu fragen, was sich der Fremde wohl von ihm erwartete. Einem gewissen Teil der Öffentlichkeit gefiel es, sich als Teil von Andrews Leben zu sehen. Das kannten wohl die meisten Vertreter des öffentlichen Lebens in dieser Stadt, aber er konnte sich einfach nicht an das *Gefühl* gewöhnen, gesehen, taxiert, eingeschätzt und beurteilt zu werden, von den Sichtweisen anderer Leute vereinnahmt und entstellt, ganz gleich, wie positiv oder negativ diese Sichtweisen sein mochten und wie behutsam sie angewandt wurden. Fremde formten sich ihre eigene Vorstellung von ihm und gaben ihrer Schöpfung dann seinen Namen. Sie verbannten ihn aus seinem Universum, um ihn zu einem Kleindarsteller in ihrer eigenen Welt zu machen. Sie sprachen ihn auf der Straße an und sagten Dinge wie: *Andrew Green, Sie haben diese Stadt ruiniert!*, oder: *Mr. Green, Sie haben uns groß gemacht!* Lob und Tadel tropften auf exakt die gleiche Weise von ihm ab, auch wenn er zugegebenermaßen den freundlichen Kitzel des Ersteren vorzog. Alle wollten ihm ständig seine Erfolge und Verfehlungen erklären, alle hatten eine Meinung zu ihm, es war, als fürchteten sie, ihre Gedanken unausgesprochen zu lassen, bedeute eine Art Tod oder einen Todesgrund, dass sie auf der Stelle ihr Leben aushauchen würden, wenn sie nicht redeten, redeten, redeten. Und jetzt trat der Fremde mit der Melone näher, immer näher, so nahe, dass Andrew seinen Atem riechen konnte – Minze, Zitrone, angenehm –, während zwei Droschkenfahrer in einem kühlen Sonnenflecken auf der anderen Straßenseite laut darüber debattierten, ob Jimmy Sheckards beste Tage im Baseball hinter ihm lagen oder erst noch kamen.

Kenne ich diesen Mann tatsächlich?, dachte Andrew jetzt. Täusche ich mich, wenn ich denke, dass ich ihn noch nie gesehen habe? Ich vergesse keine Gesichter. Ich fühle mich nicht wie ein alter Mann, der Gesichter vergisst. Und doch …

Er hasste die Vorstellung, dass er womöglich langsam die Fähigkeit verlor, andere Leute in Erinnerung zu behalten: Nachbarn, Politiker, Protagonisten sinnloser Sportarten. Wollte ihm dieser Mann mit seiner zu kleinen Melone etwas nehmen, das über seine Erinnerung hinausging?

Andrew wich dem eindringlichen Blick des Fremden aus, indem er sich auf eine Stelle über dessen rechtem Ohr konzentrierte. Das war ein alter Trick aus der Kindheit. Eine Möglichkeit, seine Beschämung und Angst zu kontrollieren, wenn ihn sein Vater zur Rede stellte. Und in diesem Moment vorübergehender Ruhe beschloss Andrew, sich von diesem Mann zu verabschieden, sich abzuwenden und endlich durchs Tor und in sein Haus zu gehen. Aber noch hielt ihn etwas zurück, eine seltsame Unsicherheit. Er war nicht Herr seines Körpers, geschweige denn seines Schicksals, doch was ihn innehalten ließ, schien eine Mischung aus zwei Regungen zu sein, die beide mitunter als unwesentlich abgetan wurden: Nervosität und Neugier. Er war nervös, weil er nicht wusste, was der Mann tun würde, wenn er ihm den Rücken zukehrte, aber auch, weil er damit jemanden vor den Kopf stieß, der aller Wahrscheinlichkeit nach ein wohlmeinender Fremder war. Neugierig, was der Mann wohl sagen würde, wenn er mehr Zeit bekam, aber auch darauf, wie lange das Schweigen zwischen ihnen andauern würde. Und vielleicht gab es noch andere Faktoren. Dass er den Höhepunkt eines Lebens voller ausgebliebener Nähe erreicht hatte. Das Verlangen, spät im Leben die Dinge zu Ende zu bringen, wie düster dieses Ende auch aussehen mochte. Ab einem gewissen Alter vergessen wir, uns vor den Leuten zu fürchten. Stattdessen graut uns vor ihrer Abwesenheit.

Eine Wolkenlücke warf Sonnenlicht auf den Boden zwischen ihnen, und Andrew bemerkte einen Schmutzfleck auf dem ansonsten glänzenden Schuh des Mannes. Er musste alle Willenskraft dieser Welt aufwenden, um sich nicht hinzuknien und ihn wegzuwischen. Was für ein Drang war das bloß, fragte er sich. Was sagte es über ihn aus, dieses ständige Bedürfnis, Zeichen von Schmutz zu beseitigen, bei sich und bei anderen?

Vor dem Murray Hill Hotel auf der anderen Straßenseite parkten mehrere Droschken. Einige der Fahrer saßen auf ihren Böcken und lasen womöglich die Rennergebnisse. Andere standen auf dem Gehweg und unterhielten sich. Jetzt sahen immer mehr von ihnen auf und nahmen die seltsame Verbindung zwischen Andrew und dem Mann mit der Melone in den Blick. Fürchteten sie um seine Sicherheit? Wussten sie vielleicht im Gegensatz zu ihm, dass dieser Mann ein, sagen wir, im Viertel bekannter Dieb war? Fragten sich alle, wie viel Geld Andrew Haswell Green heute bei sich hatte und wie schnell er überzeugt werden konnte, sich davon zu trennen? Er war für seine Großzügigkeit bei wohltätigen Zwecken bekannt, galt ansonsten aber als sparsamer alter Junggeselle, und bei einem Vorfall im letzten Jahr, über den in der Nachbarschaft noch immer geredet wurde, hatte er im El-Train einen angehenden Dieb mit dem Schirm bearbeitet, bis der junge Mann die Flucht ergriff. Die Schlagzeile in der *Sun* lautete: *Berühmter Vater von Greater New York schlägt Räuber in die Flucht: A. H. Green setzt sich erfolgreich mit Schirm zur Wehr.* (Gerettete Dollar: zwei.)

Der Fremde rückte ein weiteres Mal seine Melone zurecht. Dann sagte er, leise und klar: Sagen Sie mir, wo sie ist, Mr. Green.

Und Andrew verspürte plötzlich – ein Fehler – Ärger, Wut, fühlte sich belästigt, war es leid, denn diese ganze Sache schien genau die Art Missverständnis zu sein, die sich auswachsen und den halben Tag beanspruchen konnte. Also sagte er: Wer sind Sie überhaupt? Und wer ist *sie*? Es könnte helfen, sich etwas genauer auszudrücken.

Der letzte Satz kam nicht gut an. Der Mann seufzte tief, als hätte er etwas abgewägt und nun eine Entscheidung getroffen. Und Andrew, nervös, wie er war, erkannte seinen Fehler, sah erneut zu Boden und sagte automatisch: Sie haben da …

Ja?, sagte der Mann.

Schmutz. Auf Ihrem Schuh.

Der Mann mit der Melone zog die Brauen zusammen. Blickte auf seine Schuhe, sah den Fleck. Dann blies er die

Brust auf, als versuchte er, seinen verletzten Stolz wieder aufzurichten, und griff nach etwas in seiner Tasche – etwas Schwerem, ein erstes metallisches Glitzern in der Sonne? –, bis ihn ein Geräusch von der Straße zum Innehalten zu bringen schien.

Es war Mrs. Bray.

Andrew war so dankbar, sie zu sehen!

Und dann verwandelte sich seine Dankbarkeit in Angst um ihre Sicherheit. Sie pfiff vor sich hin, während sie von wo immer sie gewesen war zurückkam, vielleicht von einem Gespräch mit, wie war das Wort noch, dem *Direktor* des Soundso über den Auftritt ihrer Tochter am nächsten Abend. Mrs. Bray wurde langsamer, als sie näher kam, und starrte den Fremden an. Schien den Ausdruck des Mannes entschlüsseln zu wollen – vielleicht erkannte sie ihn oder wollte es nur? Das Weiß ihrer Augen leuchtete hell wie Papier, als saubere kleine Unterbrechung im Text des Tages, und aus einem Päckchen unter ihrem schräg abgewinkelten linken Arm wehte ein fürchterlicher Geruch herüber.

Mr. Green?, sagte sie. Julia hat mich gebeten, Fisch für Ihr –

Gehen Sie hinein, Mrs. Bray.

Mit wachsendem Bedauern verfolgte er, dass Mrs. Bray zum ersten Mal seit Menschengedenken tat, was ihr gesagt wurde. Sie steckte ihren Schlüssel ins Schloss, öffnete die Tür, und die Wärme des Hauses begrüßte ihre alternde Haut. All die hellen Zimmer, in denen alte Dinge dösten, die gläsernen Figurinen und schweren Bücher, die Karten und Zeichnungen an den Wänden, die gerahmten Seiten des Greensward-Plans, so viele Junggesellenflächen, die zu wischen und zu fegen waren, und Mrs. Bray ihrerseits hatte mit einem Mal das seltsame Gefühl, mitten im Geschehen zu sein, eine Ahnung, dass die Ereignisse sich gleich zu ihrer Perspektive hinwenden würden. Einen Moment später hörte sie fünf Schüsse und wusste ohne jeden Zweifel, dass er tot war.

Unten an der Treppe stand der Mann mit der Melone und hielt eine Pistole in der Hand – eine mit einer Trommel, wie Mrs. Bray sah. Mr. Green lag auf der Erde, das Gesicht zum Himmel gewandt.

Der kaltherzige Mr. Green … so mürrisch … Ein Mann, für den Sie sich sicher nie erwärmt haben, Mrs. Bray.

Solche Dinge hatte man ihr über ihren Arbeitgeber gesagt. Aber jetzt wirkte er, perverserweise, warmherziger und zugänglicher als je zuvor. Zumindest würde sie so im Nachhinein seinen letzten Gesichtsausdruck vor sich sehen. Seine Miene war die eines alten Mannes, der bei einer Aufgabe unterbrochen worden war oder einen Witz mitzuhören versuchte, der zu weit entfernt erzählt wurde. Die rechte Hand versuchte die Augen zu beschatten, als wäre es das Sonnenlicht, das ihm das Leben nahm. Blut war in seinem weißen Bart und auf seinem Hemd, aber – ein kleiner Trost – seine hübsche smaragdgrüne Krawatte hatte offenbar nichts abbekommen. Er besaß ein Dutzend von ihnen, alle in anderen Farben, als gäbe ihm diese eine Konzession an das Lichte, Helle, an die Vorstellung, sich so der Öffentlichkeit zu präsentieren, ein besseres Gefühl, wenn es darum ging, andere Aspekte seiner selbst im Dunkeln zu halten.

Mrs. Bray fühlte sich einer Ohnmacht nahe. Die Stufen hinunterzufallen und vor den Füßen des Mörders zu landen. Gleichzeitig jedoch registrierte sie jede Einzelheit. Der Mörder ihres Arbeitgebers starrte zu ihr hinauf. Seine Tat schien ihn zu verwirren.

In genau diesem Moment kam ein Straßenschwein um die Ecke gerannt, womöglich vom Geruch des Blutes angelockt. Und oh, dem Tier war die Frage des Motivs völlig egal! Das, entschied Mrs. Bray später, gab ihm eine solche Energie. Die wahre Grausamkeit des Todes bestand nicht in der Art, wie die eigenen obszönen Träume verblassten, sondern darin, dass einem die Möglichkeit genommen wurde, seine Geschichte zu erzählen. Die Tiere kamen gelaufen und stimmten nie darin überein, was sie sahen, denn die Vergangenheit war ebenso sehr ein Produkt der Fantasie wie die Zukunft.

Die Pistole, hörte Mrs. Bray sich sagen.

Sie stellte fest, dass ihr Zeigefinger auf die Erde deutete.

Der Mörder runzelte die Stirn. Er richtete seinen Revolver auf ihren Kopf, ihre Brust und dann auf ihr linkes Bein, das ihr besseres war. Schließlich, gerade als sie sich dem Tod ergeben wollte, legte er seine Waffe sanft genau an die Stelle, auf die sie gezeigt hatte.

Später übergab sich Mrs. Bray ins Waschbecken. Später weinte sie und schrieb alles auf. In einem Brief an die Frau, die sie liebte, eine Mrs. Margaret R. Ellis, deren Mann die beiden nicht mehr zusammenkommen ließ, schrieb sie, was geschehen war, und gab den Ereignissen Form und Farbe. Komisch, wie man, wenn man einen Brief an eine wichtige Person schrieb, anfing, in den Strukturen des eigenen Berichts zu existieren, wie geschönte Einzelheiten durch das Erzählen wahr wurden. Mrs. Bray versuchte in ihrer Korrespondenz mit Mrs. Ellis nicht den Fall zu lösen. Sie wollte nur, was jeder Zeuge eines geschichtlichen Ereignisses will – sich versichern, wo sie im Mahlstrom des Schicksals stand.

Sie erschauderte. Meinte bereits den Geist von Mr. Green über sich schweben zu spüren. Die Kunst der Wahrsagerei war von den Chaldäern auf die Griechen übergegangen, von den Griechen auf die Etrusker und von ihnen auf die Lateiner, die Römer, und jetzt war Mrs. Bray klar, dass der Fluch der Voraussicht an diesem Freitag, dem Dreizehnten, hier bei ihr in der 91 Park Avenue behaust war. Sie sah voraus, dass die Flaggen an den öffentlichen Gebäuden auf Anweisung von Bürgermeister Low auf halbmast gesetzt werden würden, sah Mr. Greens Leiche in seinen besten Anzug gekleidet, damit sich die Beerdigungsgäste vorstellen konnten, er wäre freiwillig zugegen. Sie sah, dass Präsident Roosevelt den Verschiedenen unter trübem Himmel ehren würde, sah die Überreste eines Totenmahles in dessen Walrossbart und wie er sich auf die Weste klopfte, als wollte er sichergehen, dass nicht er es war, den man erschossen hatte.

4
Boys' Gate

Kurz vor Andrews fünfzehntem Geburtstag geschahen zwei Wunder: Das Geschenk einer Brille verbesserte sein Sehvermögen, und sein Freund Samuel Allen stahl eine Wagenladung Wein. Der Wein war rot und schmeckte auch so. Sam hatte ihn von einem Onkel, der ein Geschäft mit einem anachronistischen Namen führte, den sich außer dem Eigentümer niemand merken konnte. Dieser Mann, erkannte Andrew, war ein so begeisterter Konsument der eigenen Ware, dass die Bestandsaufnahme der Flaschen weniger eine Wissenschaft als eine Kunst war, ein äußerst fließender Prozess, bei dem er in letzter Zeit seinem jungen Neffen (um seine Probleme auszuklammern) einigen Einfluss eingeräumt hatte.

Ein Augustabend. Der Mond war so voll wie ihre Köpfe mit Wein. Käfer brummten, Grillen zirpten, eine Kröte oder ein Mittsommerfrosch quakte, am Himmel mochte sich eine Nachteule zeigen. All das erfüllte die Abendluft, während sich Blumen in der verbliebenen Hitze wiegten – es waren die Art Einzelheiten, an die man sich später erinnerte, viel später, im Hunger und Herzschmerz der Rückschau, oder man dachte sie dazu. Er und Sam Allen spielten auf der Wiese hinter dem Haus der Allens und traten die letzte Glut eines Feuers aus. Dann entbrannte ein Streit darüber, wer am schnellsten auf einen Baum geklettert war, und plötzlich kämpften die beiden und wälzten sich auf einem Stück nackter Erde, wo einmal ein anderes Feuer gebrannt hatte, keuchend, lachend, und Andrew atmete den Duft der sonnengetränkten Haut seines Freundes ein, voller Verlangen nach Luft und Erleichterung, nach einer Nacht, die diesem herrlich warmen Tag gerecht wurde, juliverbrannte Lippen und weinbelebter Atem. Er hatte mehr getrunken als je zuvor in seinem Leben – wenigstens zwei Tassen, vielleicht sogar drei? –, was ihn benommen gemacht hatte, der Wein, Sams Hemd war jetzt halb offen, seine Brust, dieser Knochen mit seinem harten Namen, Klavikel?, das Schlüsselbein, und Andrew spürte einen seltsamen Ausbruch von Wonne in seinem Herzen, einen Rausch, wie er ihn seit Jahren, seit seine Mutter dahingeschieden war, nicht erlebt hatte.

Er saß auf Sam Allen, drückte die Hände seines Freundes in den Sand, sah in die grünen ihn unverwandt anblickenden Augen in dem breiten, schönen Gesicht und dachte, Abscheu oder Verlangen? In welchem Verhältnis spürte Sam in diesem Moment diese verwandten Gefühle? Andrew konnte es nicht sehen, er wusste es nicht, weil er die neue Brille verloren hatte.

Wo war seine Brille? Einen Moment lang war es ihm egal. Er war ganz von der Erregung erfüllt, die in den Sekunden aufblüht, bevor Zurückweisung oder Zustimmung erfolgt.

Was die Welt vergrößert, verkleinert gleichzeitig die Person, deren Sehkraft davon profitiert. Ihr alter Hausarzt hatte ihn vor Monaten davor gewarnt, die Brille länger als eine Stunde am Tag zu tragen, da die Art, wie sie die gottgegebene Sicht korrigiere, wie sie die Schwäche der Augen ausgleiche, sonst mit der Zeit eine absolut vernichtende Wirkung auf die Sehkraft des jungen Mannes haben werde. Und jetzt hatte er sie vielleicht schon zu lange getragen, denn nun, da er sie verloren hatte, sah er nicht mehr, wo sie sein konnte. Außer, oh, *da* war sie, bei der Asche des Feuers, in dem Sam und er vor nur einer Stunde groteske Zeichnungen von Mädchen verbrannt hatten, von der Redman zum Beispiel, davon, wie sie sich ihre furchterregenden weiblichen Öffnungen und dubiosen Stellen ausmalten. Sie zeigte sie her, wenn man sie fragte, aber das trauten sie sich nicht. Oder waren vielleicht nicht interessiert genug.

Als er sich auf seine weinweichen Beine erhob, um die Brille zu holen, stellte er überrascht fest, dass Sam die Augen geschlossen hatte. Und so kam er, so absurd ihm alles schien, mit klarerem Blick zurück, um sich neben den Freund zu legen.

Jeder Atemzug war eine Welt. Er spürte, wie es seine Lippen zu Sams Ohr zog, oder der Stelle darüber – ob er damit einem Zwang oder einer Neigung folgte, er konnte es nicht genau sagen.

Dann eine Gewissheit. Das klare, unverwechselbare Gefühl, von ferne beobachtet zu werden, als er die Nase in Sams Ohr grub. Und jetzt öffneten sich Sams Augen, öffneten sich schreckensweit, und Sams Mund ebenfalls – die Lippen rot vom Blut –, und er sagte: Was machst du da? Was …

Machst du. Sam stieß ihn weg. Stieß ihn. Und erst da wandte Andrew den Kopf und entdeckte sie: Sams Mutter im Fenster mit einer Kerze in der Hand. Sah Entsetzen in ihrem Gesicht aufflackern. Das Flattern des Vorhangs, und weg.

Er hatte es gewusst, oder? Dass da jemand war, oder sein konnte. Eine Sekunde lang, sogar eine Minute, währenddessen, oder vorher. Fast war es so, als hätte er gesehen werden wollen, mit den Lippen so nahe an Sams Haut. Als hätte er beschlossen, ein Erwachsener zu werden, hätte die vernichtende Wirkung auf seine Unreife und Jugend erzwingen wollen. Als wüsste er bereits, dass das Leben, mehr als alles andere, darauf hinausläuft, sich einen Zeugen zu verschaffen. Aber vielleicht war er auch einfach nur betrunken.

Mehrere Wochen fiel nicht ein Wort darüber. Andrew bewahrte den Vorfall in seinem Bauch, eine sich windende Demütigung, von der er sich nicht zu befreien vermochte, und als er beschloss, einfach nicht mehr daran zu denken, tat er es natürlich umso mehr. Dann eines Abends, als sein Vater in seinem Sessel döste, scheinbar am Rand des Schlafes entlangtrieb, kamen die Worte. Es war, als hörte er einen Toten reden, jemanden, der endlich sagen konnte, was er als Lebender nicht hatte sagen können, obwohl sein Vater doch zu stur und mürrisch war, um je zu sterben – ewig würde er leben, dachte Andrew.

Sein Vater sagte, die Augen immer noch geschlossen: Du bist nicht mehr mit dem Allen-Jungen befreundet.

Das Geräusch des Feuers. Das Knistern, das Glühen. Das Gesicht seines Vaters, die dicke, faltige Haut sah im Licht des Feuers unzerstörbar aus. Die Narbe auf seinem Handgelenk glänzte.

Andrew stellte fest, dass er nicht antworten konnte. Nicht schlucken, nicht denken konnte. Dann sprach sein Vater wieder:

Der Allen-Junge, seine Mutter. Sie hat von einem Kampf geredet.

Erleichterung. Ein Kampf, ein Kampf! Und da öffnete sein Vater die Augen und starrte ihn lange an. Lange genug, um die scheinbare Unschuld der Bemerkung zu untergraben, bis Andrew sah, wie sich seine leeren Augen wieder schlossen, genau wie sich Sams Augen an jenem Abend auf dem Feld geschlossen hatten. Im Schlaf trug Andrews Vater den bitteren Ausdruck im Gesicht, der ihn bald nach dem Tod seiner Frau befallen hatte, fast über Nacht, wie eine Krankheit, die alle für ein Lächeln benötigten Muskeln erschlaffen ließ – das war es, das ganze Geheimnis: Der Mann lächelte nicht mehr, nur noch aus Wut, und Andrew begriff, dass er sich geirrt hatte. Sein Vater *würde* eines Tages sterben, natürlich würde er das, und er würde Angst davor haben, allein zu sterben, wie es jeder tut, und darum würde er versuchen, andere mit sich mitzunehmen. Nur aus einem einzigen Grund würde er sein Ziel verfehlen: Er war nie ein guter Gesellschafter gewesen. Nicht mal die Schafe auf dem Feld folgten ihm.

In diesem Sommer verwandelte sich Andrews widerwillige Bereitschaft zu lesen dank der Brille in ein Vergnügen, dann in eine Besessenheit, wie es die meisten strengen Gewohnheiten am Ende tun. Aber dann verdunkelte der September das Grün in den Blättern, und eines Morgens fand seine neue Hingabe an die Literatur beim Frühstück ein jähes

Ende. Sein Vater informierte ihn, dass er bald schon nach New York geschickt würde, um Geld zu verdienen und sich nützlich zu machen.

Andrew blinzelte. Suchte nach einem Lächeln in der Miene des Vaters. Musterte die bleichen, starren Gesichter seiner Geschwister. Es war eine Erleichterung – wenn auch keine große – zu sehen, dass sie so schockiert waren wie er.

Eine Lehre in einer Gemischtwarenhandlung ist arrangiert worden, sagte der Vater. Eine Firma namens … Hinsdale & Atkins, glaube ich.

Und während sein Vater weiterredete, beobachtete Andrew die träge Arbeit seiner Lippen, milchnass vom Glas an seiner Seite, und begriff, dass die Sache mit Sam Allen auf dem Feld mit seiner Verbannung zu tun hatte. Es war, als wäre jedes Wort eine Last, die aus dem Tal des väterlichen Mundes gerollt wurde.

Du wirst die Hälfte deines Lohnes nach Hause schicken, sagte sein Vater, und das wird …

Ein Huhn war in die Küche gekommen und pickte an der Schranktür herum.

Sein Vater warf einen Löffel nach dem Tier und verfehlte es.

In den folgenden Wochen begannen sich erste Anzeichen einer Verhärtung zu zeigen. Überzogen seine Haut. Seine Unschuld. Wie Narbengewebe auf einer Wunde – oder, um das Thema weniger erhaben weiterzuführen – Weinflecken auf einer Unterlippe? Er war es leid, sich wegen der Art zu schämen, wie er die Axt hielt. Für die Zeichnungen, die er draußen auf den Feldern machte. Für die Tatsache, dass er gegenwärtig kein großes Interesse an Mädchen hatte. Für seine angeblich feminine Handschrift.

Also gut, dachte er. Wenn du mich, deinen besten Arbeiter auf der Farm, verlieren willst, soll es so sein. Die Aussicht, wie sehr sein Vater seine Entscheidung bereuen würde, begann köstlich zu schmecken. Die Schonungslosigkeit, mit der ihm seine bevorstehende Lehre beim Frühstück im Beisein der ganzen Familie verkündet worden war, schmerzte nicht mehr, sondern nagte nur noch an ihm.

Er würde in die Stadt gehen, würde die Lehre antreten, als hätte er es sich so ausgesucht. Vielleicht gab es irgendwo in New York sogar eine Möglichkeit zu wandern und zu klettern. Die Möglichkeit, am Ende genug Geld nach Hause zu schicken, um vom Verstoßenen zum Retter zu werden! Er war sich nicht sicher. Er wusste nichts. Es war ihm wichtig und auch wieder nicht. Er hatte Angst. Nie erinnerte er sich, im Schlaf geweint zu haben, aber er wachte immer wieder mit nassen Wangen auf, selbst tief im Winter. Er war unschuldig, kannte kaum Begierden und spürte doch einen wilden Hunger in seinem Bauch heranwachsen. Es mochte schön sein, vielleicht sogar produktiv, sich in einen Geist zu verwandeln und neu zu beginnen.

Was er in jenen Jahren mitunter nachts spürte, war eine Art hilfloser Nostalgie, ein Gefühl, von dem er wusste, dass er es sich noch nicht verdient hatte. Dabei war es keine Sehnsucht nach vergangenen, bereits durchlebten Zeiten, sondern nach Versionen seiner selbst, die er noch nicht hatte sein können. So wenig er seine Familie hinter sich lassen und in einem Geschäft in New York arbeiten wollte, vielleicht erwies es sich – er zuckte zusammen, als sich der Gedanke in seinem Kopf bildete – als ein Tor in eine andere Art von Existenz?

Viel später im Leben kam Andrew zu dem Schluss, dass es seinem Vater, einem gescheiterten Anwalt, der kurz zu einem gescheiterten Essayisten wurde, bevor er sich dem Scheitern als Farmer zuwandte, nie an Intelligenz gefehlt hatte. Nein. Was ihm gefehlt hatte, war das Einfühlungsvermögen, um ein Verständnis für andere Leute zu entwickeln. Das und die Fähigkeit zu vergeben.

Sein Vater begriff nie, warum Andrew das, was seine Schwester in ihrem Brief geschrieben hatte, so tief getroffen hatte – ihre Einschätzung, dass er womöglich *niemals ein eleganter Mann* werden würde. Schließlich war er ein Junge, der nie übermäßig auf Beleidigungen und Strafen durch ihn, William Elijah Green, eine vermeintliche Respektsperson, reagiert hatte. Ein Junge, der sich in keiner Weise verletzt zeigte, als er ihn kurz vor seiner Verbannung nach New York daran erinnerte, dass er jegliche Bestrebungen, ein nobler Gentleman in der sogenannten Metropole zu werden, möglichst schnell vergessen solle, da ihm in dieser bitteren Welt ungerechter Wohlstandsverteilung als einzige Kategorie die eines Gentlemans ohne vier wesentliche Dinge zur Verfügung stehe.

Ohne Geld, sagte sein Vater. Ohne Vermögen. Ohne Witz.

Das sind drei, sagte Andrew.

Und ohne Manieren.

Fanden sich da im Blick seines Vaters, als er seine Feststellung beendete, nicht doch Anzeichen eines Lächelns?

Liebe, ja, die spürte Andrew, aber ihr Glanz war schwer zu erkennen.

In den kommenden Jahren würde er überall danach suchen. Liebe, Liebe, Liebe. Als wäre es eine Münze, die man auf einem Feld oder in einem Park finden könnte. Als wäre sie ohne Verlust zu erlangen.

5
Girls' Gate

Auf der Polizeiwache in der East 35th Street musste Mrs. Bray über mehrere Stunden hinweg vor einer ständig wechselnden Zuhörerschaft von Beamten mit keinem, mittlerem oder äußerst starkem Mundgeruch die einfachen Fakten dessen wiederholen, was sie am Freitag, dem Dreizehnten, miterlebt hatte.

Bei der letzten dieser Vernehmungen war sie allein mit Inspector McClusky. Er hatte sich als der Leiter der Ermittlungen herausgestellt.

McClusky war ein männlicher Mann. Mit tiefer Stimme. Selbstsicher. Und er roch nur nach Kaffee. Alle anderen Beamten hatten wie die Glühbirnen in diesem trostlosen Vernehmungsraum ausgesehen, dachte Mrs. Bray – mit ausladenden Hüften, oben schmal, verstaubt, unzulänglich, ihre Aufmerksamkeit flackerte auf und verschwand wieder. Wohingegen Inspector McClusky, schon als er in den Raum kam, gleich eine völlig andere Ausstrahlung hatte. Mit einem Funkeln in den Augen. Er war eine hellere Birne, fraglos, mit mehr Brust als Bauch, beweglich, auf grazilem Fuß. Das Taschentuch, das er immer wieder an die Nase hob, war weniger attraktiv, sah aber zumindest sauber aus. Als sie sich beklagte, das Wasser, das man ihr in einer angestoßenen Tasse hingestellt hatte, schmecke irritierenderweise nach Käse, tauschte er, Inspector McClusky, es gleich aus und verließ sich dabei auf einen anderen Hahn, und ein Lächeln. Sie dachte, er murmle dabei etwas von Kohl, aber vielleicht war es auch *hohl*.

Wie *genau* ist es geschehen, Mrs. Bray? Ihre vollständige Sicht darauf ist sehr wertvoll.

Wertvoll! Er hatte absolut recht, dachte sie. Wertvoll war das richtige Wort. Dass er es benutzte, machte sie glücklich, es war ein Lob, aber wichtiger noch, es implizierte auch, dass sie über eine Reihe von Informationen verfügte, die jemand mit weniger Bürgersinn nur für einen gewissen Preis abgeben würde. Es war an der Zeit, ihn ein wenig aus der Reserve zu locken, um ihn besser kennenzulernen. Ein Band … des Vertrauens zu flechten. Vielleicht benötigte der Inspector ja sogar eine Haushälterin?

Haben Sie nicht bereits mit den Officers Houghtaling und Kelly gesprochen?, sagte sie, darauf bedacht, offen, aber nicht zu direkt zu sein. Ihre Kollegen waren bei einem Großteil des Dramas zugegen.

Hatte er, sagte er. Hatte er. Aber ihre Aussagen beschränkten sich unvermeidlicherweise – wieder lächelte er – auf ihre ganz eigene Perspektive.

Das gefiel Mrs. Bray. Die ganz eigene Perspektive.

Brauchen Sie eine Haushälterin?, fragte sie.

Er zog die Stirn kraus und antwortete nicht gleich. Dann sagte er: Vielleicht? Eines Tages …

Nun, es war folgendermaßen.

Sie sei am Freitagnachmittag, als es auf halb zwei zuging, die Park Avenue entlanggeeilt, mit einem Spazierstock, den sie nicht wirklich brauche und eigentlich für Mr. Green gekauft hatte, der sich allerdings weigerte, ihn zu benutzen, und habe dabei eine Melodie gepfiffen, die sie, hätte man sie danach gefragt, nicht hätte beschreiben können, eine Mischung aus verschiedenen Rhythmen, nach denen sie ihr Leben gelebt habe, und ihre Füße bewegten sich in einem Tempo, das jüngere Menschen zu überraschen schien, höchstwahrscheinlich weil sie das Alter mit Schwäche gleichsetzten – wohingegen einen Erfahrung, die eigene Erfahrung, ihrer Erfahrung nach nicht zu einer Invaliden, sondern einer Kriegerin machte.

Ja, sie war müde. Müde, aber zielstrebig. Und da sie durch ein Gespräch auf der Straße über ihre Tochter und deren musikalische Karriere, die bis jetzt voller Dissonanz gewesen sei, aufgehalten worden war, wusste sie, dass sie spät dran war, eine oder zwei Minuten mit der Zubereitung des Mittagessens hinterherhinkte, vielleicht sogar drei oder vier, oder sieben, oder neun, oder zehn, und Mr. Green kam niemals zu spät, nicht, wenn es ums freitägliche Mittagessen ging, hatte sie in den letzten Jahrzehnten doch so viel Zeit darein investiert, ihn mit recht klaren Worten dazu anzuhalten, pünktlich zu sein. Er musste bereits aus dem Büro zurück sein und sich fragen, wo denn sein Mittagessen sei. Also eilte sie voran. In Tagträumen versunken. Unter ihrem linken Arm trug sie ein stinkendes Fischfilet, das ihr Mr. Hepiner, der Fischhändler, angeboten hatte, in Wachspapier gewickelt, das Frischeste, was er am Ende der Woche noch zu verkaufen hatte. Es war dick, das Filet. Und würde zwanzig Minuten in der Pfanne brauchen. Bedauerlicherweise, sicher, sehr bedauerlich.

Hier legte Mrs. Bray eine Pause ein. Ich bin eine sehr

gute Köchin, Inspector, sagte sie und achtete darauf zu lächeln.

Inspector McClusky nickte. Oh, sehr gut, sehr gut. Er war eindeutig fasziniert von ihr. Er schrieb *alles* mit.

Und dann sah sie ihn: ihren Arbeitgeber – der jetzt, heute, nicht mehr ihr Arbeitgeber war, da er doch tot war –, Mr. Green. Ihr erstes Gefühl war Freude: Er kam gerade erst nach Hause! Und dann: Wer war der Mann, mit dem er da redete?

Mr. Green hatte die linke Hand auf dem kleinen eisernen Geländer, das vor seinem Haus entlangführte. Etwas an seiner Haltung war eigenartig – er stand aufrechter als seit Jahren, er sah aus wie ein Vogel, der einen Rivalen vertreiben wollte oder mit ihm balzte, auch wenn seine Hand nach Halt suchte. Zunächst konnte sie das Gesicht des Mannes, mit dem er sich unterhielt, nicht sehen, doch dann kam sie näher. Er war um Jahrzehnte jünger als Mr. Green, dieser Fremde, ordentlich gekleidet, in einen dunklen Anzug. Dunkle Haut, erklärte sie dem Inspector. Ich würde sagen, ein Schwarzer …

Der Inspector nickte ernst.

Ein Schnauzbart mit etwas Grau, fügte sie hinzu, und sah, wie er es notierte und – wie reizend – einen kleinen Bart an den Rand zeichnete. Er trug eine schwarze Melone. Alle paar Sekunden schien sich seine Hand dem Drang zu ergeben, sie zu berühren.

Mr. Green war verstimmt. Das konnte sie beim Näherkommen eindeutig erkennen. Seine berühmte Ruhe litt offenkundig unter dem, was der Fremde mit der Melone – wie eigenartig, so etwas zu tragen, aber die Leute in der

Metropole sind so, oder?, eigenartig –, was der Fremde mit der Melone zu ihm sagte oder vielleicht auch nicht sagte. Schließlich kann Schweigen genauso verheerend sein wie ein Satz. Das wusste sie aus eigener Erfahrung. Ihr Arbeitgeber hatte in einer Geste der Verwirrung die Arme gehoben – sie sah, wie sich die Hände zum Himmel hin öffneten –, und sie hörte ihn zu dem Mann sagen, wobei sie später ihren eigenen Bericht in Zweifel zog: Wer sind Sie überhaupt? Und wer ist Miss Davis?

Ein Wagen rumpelte vorbei. Der Staub, den die ständigen Lieferungen an das Murray Hill Hotel aufwirbelten! Wie die Schmutzwolken über die Avenue trieben und sich auf die Fenster des Hauses legten, die sie für ihren zwanghaften Arbeitgeber sauber halten musste, einen Mann, der so viel in dieser Stadt geschaffen hatte, sich aber immer noch, selbst heute noch, an unwichtigen Einzelheiten abarbeitete – ganz im Gegensatz zu dem, wie es sich für einen *großen* Mann, was immer das sein mochte, gebührte. Er bestand darauf, selbst seine Kleidung zusammenzulegen, und zwar so exakt, als wäre er in der Army. Dabei war er gar nie in der Army. Mr. Green sei bereit gewesen, in Mr. Lincolns Krieg zu ziehen, aber sein sehr enger Freund Mr. Samuel Tilden habe gewollt, dass er in New York blieb und weiter am Central Park arbeitete, in Sicherheit … und es war wohl richtig, nahm Mrs. Bray an, dass bestimmte Leute mehr durch ihr Leben als durch ihren Tod zum Gemeinwohl beitrugen.

Inspector McClusky rieb sich das wohlgeformte Kinn. Das denke ich schon immer, sagte er.

Er hatte Familie, Mr. Green. Er lebte nicht völlig allein. Das hob sie dem Inspector gegenüber hervor. Dass die Einsamkeit ihres Arbeitgebers nicht allumfassend gewesen sei und der Fisch, den sie ihm zum Mittagessen hatte kochen wollen, groß genug war, um auch für andere zu reichen, für die jungen Leute, die etwas essen wollten, falls sie zu Hause waren. Sie gingen ständig unangekündigt ein und aus, hatte er doch gegen ihren Rat entschieden, ihnen allen Schlüssel zu geben. Eine Zeitlang hatte er sich die Nummer 91 mit seinem Neffen Timothy R. Green und seinen drei Nichten, den Misses Lucy M., Julia E. und Mary R. Green, geteilt. Es war etwas, das er ihnen in seinen wohlhabenden Jahren anbieten konnte, wie Mrs. Bray es sah: einen angenehmen Ausgangspunkt, um in New York Fuß zu fassen. Aber da mochte auch ein eigennütziges Motiv mitgeschwungen haben, der Wunsch nach Wiedergutmachung? Vielleicht war es eine Entschuldigung dafür, dass er wegen seiner Arbeit so viel von ihrer Kindheit verpasst hatte oder für das holprige Verhältnis zu ihren Eltern, seinen Geschwistern, seiner ganzen Familie.

Mr. Green schien sie erst jetzt kommen zu sehen, so verwickelt war er in den Austausch mit diesem Fremden. Er nickte ihr langsam zu, seltsam, blickte dann kurz auf das Päckchen, das sie bei sich trug, und sie hatte den Eindruck, dass ihn der Anblick irritierte.

Dann sah er sie mit einer Miene an, in der nun Panik aufschien, und sagte: Gehen Sie hinein, Mrs. Bray.

Seine Stimme zitterte leicht, und das war ein Schock. Zu begreifen, dass er Angst hatte. Sie konnte sich an keine andere Situation erinnern, in aller Ewigkeit nicht, in der das so gewesen wäre. Im Gegenteil, Angst hatten immer nur die, die zu ihnen ins Haus gekommen waren, jeder einzelne

Politiker, der sie besucht hatte, selbst Präsident Roosevelt, denn es war wohl bekannt, dass Mr. Green äußerst bissig werden konnte. Sie erinnerte sich mit ihren Freundinnen oft, wie Roosevelt, von seinen Mitarbeitern umgeben, auf genau diesen Stufen gestanden hatte, die sie nun, den in Papier gewickelten Fisch an die Brust gedrückt, hinaufstieg. Mr. Green hatte ihm die Tür geöffnet, und der Präsident sagte etwas, das selbst für ein paar unbedeutende erste Worte außergewöhnlich unbedeutend schien. Es war eine Bemerkung über einen komischen Kamin auf dem Haus neben dem Murray Hill Hotel, der gerade im Vorbeigehen seine Aufmerksamkeit erregt habe. Mr. Green hatte geblinzelt. Nichts gesagt. Und der Präsident, der das Schweigen unbedingt füllen wollte, fuhr fort: Wobei ich annehme, Andrew, so ein Kamin zieht gut, nicht wahr? Worauf Mr. Green, ohne mit der Wimper zu zucken, geantwortet hatte: Ja, Mr. President, er zieht die Aufmerksamkeit jedes verdammten Narren auf sich, der die Avenue herunterkommt. Möchten Sie einen Kaffee?

Also ja, er konnte witzig sein. Wenn man so etwas für witzig hielt. Und der Kaffee musste mit einer bestimmten Anzahl Bohnen gekocht werden. Er schmeckte jeden arithmetischen Fehler.

Einen Moment lang hatte sie überlegt, der Aufforderung ihres Arbeitgebers zu trotzen, ihren Stock zu erheben und damit auf den Fremden einzuschlagen. Aber hätte das nicht den Mann gedemütigt, der ihren Lohn bezahlte? Sollte er, der so gut mit dem Präsidenten umzugehen vermochte, nicht mit einem Fremden mit unmodischem Hut zurechtkommen, auch wenn der weit jünger und kräftiger aussah?

So überließ sie es Mr. Green, sich selbst zu behaupten in dieser Stunde der Not, ging die letzten Stufen hinauf zur Tür, die rechte Hand berührte die Schlüssel in ihrer Manteltasche, das kurze Behagen durch die andere Temperatur und das Metall, und trotz des heutigen Unglücksdatums verspurte sie in diesem Moment keine große Angst um ihn, ihr war nur etwas mulmig.

Freitag, der Dreizehnte! Sie hatte gedacht, das Unglück würde sie in Form eines gebrochenen Knochens ereilen, eines entflogenen Wellensittichs, vielleicht auch einer Explosion in einem Haus gegenüber oder der ungehobelten Bemerkung eines der Droschkenfahrer, die den ganzen Tag vor dem Murray Hill Hotel saßen und um Regen beteten, die Art von profitablem Wetter, das der November verspricht, aber nicht immer liefert. Sie hatte am Morgen beim geteilten Frühstücksomelett mit Mr. Green – ihr Dienstverhältnis reichte mittlerweile *näher* an eine Freundschaft heran – nur die allgemeine Atmosphäre des Tages vorausgesehen, eine Mischung aus Absurdität und Tragödie, nicht aber die tückischen Einzelheiten.

Mr. Green hatte diese Gabe. Er war besessen, das wusste sie, von einigen ihrer Talente, von ihrem Auge für die kleinen Dinge und wie man sie zu einem Ganzen zusammenbringen konnte. Mr. Green sah keine Dinge voraus, er leitete sie in die Wege. Er zermarterte sich den Kopf darüber, was aus New York werden könnte. Ein Mann, der genaue Pläne liebte. Keine Blumen bei meiner Beerdigung, hatte er ihr im letzten Jahr verschiedentlich gesagt, als hätte er sein Ende nahen sehen. *Nichts Lebendes soll für meinen letzten Auftritt sterben – außer mir natürlich.*

In dem Moment, bevor die Schüsse fielen, wandte sie ihre Aufmerksamkeit wieder der geöffneten Haustür zu und sah ins Innere, das sich vor ihrem geistigen Auge ausbreitete.

An der hellsten Wand im Flur hing ein gerahmtes Dokument, das von der Tragödie draußen völlig unberührt blieb. Es war die Liste der Namen für die Tore des Central Park, die Mr. Green in den letzten Phasen seiner Umsetzung des Greensward-Plans ausgesucht hatte. Frühe Notizen auf einem vergilbenden Stück Papier, Worte aus einer Zeit, als er beschlossen hatte, dass er den Mangel an Luft und Raum in der Stadt leid war, den wirren Gürtel aus Werften, Docks und Anlegern, der Kommerz fraß die Uferräume, jeder Hinterhof war zugebaut, nirgends Platz zum Spazieren, Spielen und Atmen – *eine Metropole,* wie er gesagt hatte, *ohne Herz und Lunge.*

Boys' Gate
Children's Gate
Girls' Gate
Women's Gate
Engineers' Gate
Farmers' Gate
Gate of All Saints
Hunters' Gate
Mariners' Gate
Miners' Gate
Merchants' Gate
Naturalists' Gate
Woodman's Gate
Pioneers' Gate

Scholars' Gate
Warriors' Gate
Strangers' Gate
Inventors' Gate
Artisans' Gate
Artists' Gate

Jeder Name eine Perspektive auf den Charakter der Stadt, so hatte er es empfunden. Und sie eröffneten auch einen Blick auf Mrs. Brays Vergangenheit. Sie hatte ihr halbes Leben für Mr. Green gearbeitet und erinnerte sich an den Druck, unter den er geraten war, den Toren andere Namen zu geben, Namen reicher, wohlhabender Männer, in Stein gemeißelt. Eine Hand, die die andere waschen sollte. Aber er hatte abgelehnt – vielleicht hatte das die Nachkommenschaft aufgebracht? Er hatte an der Vorstellung des einfachen Zugangs festgehalten, auch wenn es auf seine eigenen Kosten gehen sollte.

Die Schüsse waren der Beginn des Spektakels. Ein Rennen, eine Farce, keine Zeit zum Denken oder Träumen.

Der Mörder schien völlig verstört von dem, was er getan hatte, und sagte immer wieder: Er hat es verdient, er hat es verdient, er hat …

Und dann ging es Schlag auf Schlag und ließ sich erst später in eine Reihe bringen.

Officer Kelly und Officer Houghtaling kamen um die Ecke gerannt. Sie stürzten sich auf den Mörder und drückten ihn zu Boden.

Als sie Cornelius Williams (der mittlerweile verkündet hatte, dass er so hieß) Handschellen angelegt hatten, sah

Mrs. Bray entsetzt, wie sich Officer Kelly aufrichtete. Er schien befriedigt, als sei seine Arbeit damit getan, pumpte die Brust auf und versuchte sich in eine Heldenpositur zu bringen, wobei er doch immer noch (aber das sagte sie dem Inspector nicht) wie der Hodensack eines Pferdes aussah.

Cornelius Williams sagte ein weiteres Mal: Er hat mich dazu gezwungen.

Wer?, fragte Officer Kelly, und seine Gereiztheit war ihm anzusehen.

Er, Mr. Green! Er hat sie geschützt. Er wollte mir ihre Adresse nicht geben!

Und Officer Kelly sagte: Wessen Adresse?

Ihre, antwortete der Mörder.

Ihre?

Dann forderte eine Stimme, vielleicht die des anderen Polizisten?, Mrs. Bray auf, loszulaufen und Dr. Forbes zu holen. Sie wollte aber nicht loslaufen und Dr. Forbes holen. Dr. Forbes war schlimmer als ein Narr, ein Narr nämlich, der einem beim Reden gern die Hand auf die Schulter legte. Aber unter den gegebenen Umständen …

Ein ganz bestimmtes Bild trat ihr vor Augen, als sie die Avenue hinuntereilte, um den Doktor zu holen, eines, das sie für immer für sich behalten würde. Es war die Erinnerung an einen hellgrauen Filzhut, den ihre Freundin Maggie in den Monaten vor ihrer Trennung oft getragen hatte. Nachmittags, wenn ihre Ehemänner nicht da waren, lagen sie manchmal zusammen im Bett, und sie bat Maggie, die Kleider zu beschreiben, die sie am Morgen genäht hatte. Die Worte selbst waren bunt und fühlten sich so weich an.

Als Mrs. Bray die Treppe zur Nummer 96 erreichte, stellte sich heraus, dass der Doktor bereits draußen saß und darauf wartete, gerufen zu werden.

Auf den Stufen zu sitzen war, wie Mrs. Bray wusste, sehr ungewöhnlich für Dr. Forbes, glaubte er doch fest an die Notwendigkeit, angemessen hydriert zu sein, außerdem verabscheute er die Tauben, die ihren Darm äußerst gern und erfolgreich in diesem Teil der Stadt entleerten. Diese beiden Faibles hatten sich mit der Zeit zu einer sturen Eigenschaft verbunden, die seinen gesamten Charakter prägte: der extremen Abneigung, sich außerhalb seines Hauses aufzuhalten, selbst bei schönstem Wetter, aus Angst, Vogelkot könnte das Glas Wasser verunreinigen, das ein Mann, wie er meinte, immer mit bei sich haben sollte. Ihre schrecklichen Federn! Ihre Schnäbel. Ihre Füße! Sie wusste, der Doktor träumte von ihnen, war Mrs. Bray doch in der Lage, auf die Träume einiger Männer zuzugreifen.

Mrs. Bray sagte: Dr. Forbes, Sie müssen kommen. Mr. Green ist erschossen worden!

Die Miene des Doktors hellte sich auf, wie beglückt, als regte sich eine altvertraute Begeisterung in ihm, ein Feuer, von dem er angenommen hatte, es sei schon zu oft hineingepinkelt worden, als dass es sich je wieder würde entfachen lassen. Und er sagte: Ich wusste doch, dass ich etwas gehört habe!

Er hatte so viele Halsentzündungen behandelt, seit er die Army verlassen hatte, dachte sie. So viele Halsentzündungen! Jetzt erforderte ein wahres Abenteuer seine Aufmerksamkeit. Womöglich konnte er dann mit seinen medizinischen Fähigkeiten, seiner Größe glänzen! Einen Herzschlag lang freute sie sich unerwartet für ihn, sagte sich dann aber, dass es so gut wie sicher zu spät war.

Als Mrs. Bray mit Dr. Forbes zurück zu Mr. Greens Leiche ging, hoben Tauben von verschiedenen Dächern ab. Der Doktor warf ihnen einen Blick zu, als wüsste er, was ihn später erwarten würde, in dem Glas Wasser, das er auf den Stufen zurückgelassen hatte.

Mittlerweile hatte sich eine kleine Ansammlung gebildet. Neun Personen, zehn, vielleicht fünfzehn. Mrs. Bray sah Officer Kelly damit beschäftigt – mit den Leuten. Wie es schien, hatte er den Mörder in ihrer Abwesenheit ins Gesicht geschlagen – Cornelius Williams' Nase blutete heftig –, und er und Officer Houghtaling setzten offenbar zu einer kleinen Rede für die Nachbarn, Droschkenfahrer und Gäste des Murray Hill Hotel an, die sich schockiert, trauernd, oder auch in Erwartung weiterer Ereignisse, auf der Park Avenue versammelt hatten.

Officer Kelly verlagerte sein Gewicht von einem Fuß auf den anderen. Er räusperte sich. Erst als er die volle Aufmerksamkeit der Menge hatte, schien er gewillt zu beginnen.

Er erinnerte sich an Nachrichten, die ihn vor Jahren aus Holmes County, Mississippi, erreicht hatten. Die Schwarzen dort, sagte er und hielt kurz inne, um zu husten, nahmen eines Tages das Gesetz selbst in die Hand und lynchten ein Mitglied ihrer eigenen Rasse.

Während er sprach, deutete er auf den Mörder, der jetzt nicht mehr nur heftig aus der Nase blutete, sondern auch zunehmend nervöser wirkte und nach allen Seiten spähte, als ob ihn, so Mrs. Brays Eindruck, die besondere Art von

Irrsinn öffentlicher Beamter, die er da zu sehen bekam, ungeheuer ernüchterte.

Der Gelynchte an jenem lange vergangenen Tag, fuhr Officer Kelly fort, hieß Wolsey oder Wesley. Er wurde verdächtigt, ein Mädchen attackiert zu haben, wenn ich mich recht erinnere … Er war von einem guten Constable festgenommen worden, der ihn ins Gefängnis brachte, als eine Gruppe anderer dunkelhäutiger Leute auftauchte, den Beamten übermannte, ohne ihn zu verletzen, und seinen Gefangenen direkt an Ort und Stelle an einem Baum aufknüpfte. Einem ihrer eigenen Leute Gerechtigkeit zuteilwerden ließ.

Officer Kelly legte eine Kunstpause ein. Mrs. Bray beobachtete ihn genau. Die Luft um sie herum war plötzlich voller Spannung. Dünn geworden durch die Möglichkeit weiteren Gräuels. Und es schien, dass die Leute ihren toten Arbeitgeber bereits vergessen hatten, der mit seinem Mantel über dem Gesicht nur ein paar Schritte entfernt lag.

Die Menschen dort an jenem Tag, fuhr Officer Kelly fort, verhielten sich, wie Sie alle hier, dem weißen Officer gegenüber respektvoll, will ich sagen, und zogen die Hüte vor ihm, wie es sein sollte, behandelten seinen Gefangenen jedoch äußerst rabiat. An diese Geschichte muss ich jetzt denken …

Was hatte er im Sinn, fragte sich Mrs. Bray, während das Schweigen der Leute immer unbehaglicher wurde. Einen Angriff auf den Mörder, vielleicht sogar seinen Tod? Wollte er der Stadt die Formalitäten und die Kosten der Ermittlungen und der Inhaftierung ersparen?

Was auch seine Absicht war, keiner der Droschkenfahrer

trat vor, um dem nachzukommen. Officer Kelly wirkte mit einem Mal ziemlich betreten. Mrs. Bray spürte, wie sich ihr Blut ein wenig beruhigte, und dann kam es zu einer Unterbrechung.

Alle drehten sich um, und Mrs. Bray tat es ihnen nach. Es war nicht klar, was für ein Geräusch oder welche Geste die Aufmerksamkeit der Leute erregt hatte, aber ihre Blicke richteten sich, genau wie ihrer, auf einen ungewöhnlichen alten Mann, der etwa zehn, fünfzehn Meter entfernt stand.

Er war aufgemacht wie ein Professor, dieser alte Mann. Trug einen Stock unter dem Arm. Hatte einen weißen Bart. War elegant gekleidet. Einige der versammelten Droschkenfahrer begannen untereinander zu tuscheln. War das der Geist von Andrew Green?

Aber während sie zu ihm hinübersahen, stand dieser alte Mann einfach nur da, tat so, als gäbe es sie nicht, als wären sie unsichtbare Geister, und las weiter in einer Zeitung! Als wäre es das Natürlichste auf der Welt. Mrs. Bray bekreuzigte sich.

Jetzt nahm der alte Mann eine lange Porzellanpfeife aus der Tasche und wollte sie anzünden. Aber dabei – ein großer Fehler! – setzte er seine Zeitung in Brand.

Einige in der Menge begannen zu rufen. Andere drängten vor und blieben dann stehen. Löscht das Feuer! Helft dem alten Mann!

Aber statt ihm zu helfen, redeten sie nur darüber, aus unterschiedlicher Entfernung. Der arme alte Mann schlug mit Pfeife und Stock wild auf die brennende Zeitung ein, warf sie in die Luft, um sich ihrer zu entledigen, und schon flogen Pfeife und Stock hinterher! Und er hielt alles in der

Luft, auch wenn die Zeitung immer kleiner wurde, jonglierte damit, offenbar voller Verzweiflung, bis klar wurde, dass es sich nicht um ein Versehen handelte. Er jonglierte, jonglierte immer weiter, äußerst geschickt, bis auch das letzte Atom der brennenden Zeitung verglüht war. Da fing der erregte alte Gentleman die Pfeife mit dem Mund und den Stock mit der Hand, ruhig und gekonnt, und humpelte rauchend und lächelnd die Park Avenue hinunter.

Vielleicht hatte er den Toten auf der Erde gar nicht bemerkt, dachte Mrs. Bray. Oder war der Mord der Anlass seiner Vorstellung gewesen? Die andere Frage, die Mrs. Bray immer noch durch den Kopf ging, war, ob der alte Mann dieses Jahr noch öfter zu sehen sein würde, wie es die *Tribune* vermutete, oder ob dieser außergewöhnlich talentierte Künstler damit auf ewig aus der Öffentlichkeit verschwunden war.

Mrs. Bray sah Inspector McClusky an, und er erwiderte ihren Blick.

Sollen wir ein paar Einzelheiten noch einmal genauer durchgehen?, sagte er.

6
Merchants' Gate

Viel Glück. Das sagt sein Vater zu ihm, als sie die Taschen abstellen. Sie stehen auf dem Weg neben der Kutsche und blinzeln in die Sonne. *Viel Glück im Handelsgewerbe.* Als wäre es alles eine Frage der Umstände. Des Schicksals. Ohne jede menschliche Beteiligung. Und dann, nach einem kurzen Zögern, kommt die Umarmung – der ein Zentrum zu fehlen scheint. Mit dem Gefühl, nur ganz am Rande des eigenen Seins gehalten zu werden. Einem Wunsch, so heftig, zum Herz vorzudringen. Andrews ganzer Mut verpufft in einem einzigen Moment. Er ist bereit, auf die Knie zu fallen und zu betteln. Schick mich nicht weg.

Ist dir kalt in dem Mantel?, fragt sein Vater.

Nein, sagt Andrew. Mir ist nicht kalt.

Gut, sagt sein Vater. Die Luft heute … das ist gut.

Es ist ein warmer Tag. Seine Worte ergeben keinen Sinn. Andrews Vater tritt zurück, hebt eine Hand an die Stirn und beschattet die Augen. Die Narbe an seinem Handgelenk schimmert in der Sonne. Sie ist lang und rosafarben und stammt aus der Zeit kurz nach dem Tod von Andrews Mutter. Da hatte sein Vater einen Unfall mit einer Säge. Eine Weile kam der Arzt jeden Tag, um ihn neu zu verbinden. Flüstern hinter der Tür.

Es wird Zeit, sagt der Fahrer. Es wird Zeit, wird Zeit.

Die Kutsche nach Providence, dann mit dem Dampfschiff in die Stadt.

Er steigt ein. Die Pferde schnauben. Sein Vater wird schnell kleiner, seine Gestalt entfernt sich hinter dem Fenster immer mehr, schwindet überall, nur nicht in seinem Kopf und Herz. Andrew nimmt die Brille ab, setzt sie wieder auf, nimmt sie ab, setzt sie auf. Als er sie ein letztes Mal auf die Nase setzt, blinzelt, den Hals verrenkt, um noch einmal hinzusehen, ist der Vater verschwunden, und Andrew hat das Gefühl, es ist sein Fehler.

Es rumort in seinem Gedärm. Dieses Grollen. Magenschmerzen die ganze Fahrt über. Seltsames Brot, das die neue Frau, der neue Herzschmerz seines Vaters, backt. Sie ist weniger gefügig, als es die anderen waren. Andrew hat das Gefühl, dass sie den Kopf oben behält.

Aufsteigen und Fallen. Das Kneten, Schlagen. Einschlafen und Hochschrecken, der Kopf wie schwerer, schwerer Teig. Er trägt das bessere der beiden schlechtesten Hemden, die ihm sein drittliebster Bruder geliehen hat. Bei sich, um sich die Zeit zu vertreiben und es am Ende richtig hinzubekommen, übt er, was er zu Mr. Hinsdale, seinem neuen Arbeitgeber, sagen wird. Die Formulierungen verändern sich, während die Kutsche holpert und schwankt.

Ich würde gerne erfolgreich …

Ich würde gern …

Es ist meine Absicht, Mr. Hinsdale, im Warenhandel voranzukommen …

Eine Position zu finden, in der ich …

(Aufsteige? Mich weniger dafür schäme, wer ich bin?

Meinen verbitterten Vater vor dem finanziellen Ruin bewahre? Meine schweren Treter gegen weniger plumpe Schuhe eintauschen kann? Die jugendlichen Irrtümer meiner Erziehung korrigiere?)

Manchmal denkt er auf dieser Reise an seine Mutter. Und manchmal denkt er an diese Säge.

In seinem ersten Sommer in der Stadt wacht er meist gegen fünf Uhr morgens in dem fensterlosen Kellerraum auf, in dem er untergebracht ist, einem schrankartigen Verschlag, vom Rest des Kellers abgeteilt und kaum größer als ein Sarg, der Sarg seiner Mutter, ein Sarg aus Massachusetts-Ahorn, der ihrer Seele keinen Raum zum Atmen lässt. Seine Haut ist mit Schweiß überzogen, in seinem Kopf pocht es bereits. Manchmal weckt ihn das Jaulen eines Hundes auf der Straße. Dann ein Schuss, und das Jaulen hört auf, oder es wird stärker.

Er versucht, sich nicht zu kratzen, so groß der Drang auch ist – seit er auf der feuchten Matratze mit den braunen Stellen und roten Flecken schläft, die ihm die Hinsdales gegeben haben, ist sein Körper auf einer Seite voller Insektenstiche. Aber schließlich ergibt er sich der niederträchtigen Versuchung, weil es so sehr juckt, und die Stiche reißen auf, bluten und machen neue Flecken. Er ist durstig, immer so durstig, und wird das Gefühl für den Rest seines Lebens nicht vergessen, doch das Wasser hier ist schlecht, er hat Angst davor. Nachts schläft er auf seinen Socken und versucht sie auf diese Weise zu trocknen, hat einen Husten, der ihn durch die dunklen Stunden bellen lässt, aber er verdient einen Dollar pro Woche, zusätzlich zu Kost und Logis, und ist noch nicht gefeuert worden, ein Schicksal, das viele von Mr. Hinsdales früheren Lehrlingen schnell ereilt hat. Die Hälfte seines Lohns schickt er mit den Briefen nach Hause, auf die sein Vater nur selten antwortet. Aber allein, dass er hier überlebt und sein erstes eigenes Geld verdient, verschafft Andrew eine ungeheure Befriedigung, die ihn jeden Tag neu überrascht und seiner Einsamkeit alle Spitzen nimmt.

Um Viertel nach fünf ist es Zeit, sich die Zähne mit dem Finger zu putzen, die Treppe hinaufzusteigen, auf die Knie zu gehen und den Boden des Ladens zu schrubben.

Hinter dem großen Schaufenster geht die Sonne auf. Die Hitze kriecht bereits unter der Ladentür durch. Schon das Atmen verlangt Anstrengung, wenn der Tag zu brennen beginnt. Sommergestank. Sommerschweiß. Der Sommer droht ihn zu ersticken. Unter solchen Bedingungen ist es ihm fast unmöglich, sich den Winter in dieser Stadt vorzustellen, die langsame Stille, die die Kälte zu Hause mit sich brachte, aber während er sauber macht, hustet und Tag für Tag die kleine, knarzende Leiter hinaufsteigt, um die Regale aufzufüllen, scheint sich etwas in seiner Brust zu lockern, seine Arme werden länger, eine Last hebt sich von Körper und Geist, und wie von allen Fesseln befreit überlässt er sich den Freuden der Wiederholung.

Verderbliches hat zu dieser frühen Stunde Vorrang. Der Nachteil ist, dass man für den Rest des Tages Schmutz unter den Nägeln hat. Er kümmert sich um die kühlen, glatten Gefäße mit Kaffeebohnen und Gewürzen. Füllt Milch und Eier nach, Honig und Melasse. Schwitzend packt er Kekse aus, den Käse, die Butter. Schwitzend macht er weiter mit

Stoffballen, Nadeln und Garnen. Als Nächstes müssen die großen Säcke mit den getrockneten Bohnen geöffnet werden. Sie bleiben nicht trocken, wenn er sich tropfend über sie beugt, tropfend, und als er das sieht, sieht, wie sein Körper verschmutzt, was andere Menschen genießen sollen, Menschen, die es verdienen, Menschen mit unversehrten Familien, Eltern, die sich ihrer Söhne nicht schämen, erschrickt er ein wenig, es widerspricht seinem Bedürfnis nach Perfektion, und so wickelt er sich ein Handtuch um den Kopf für diese spezielle Aufgabe, um alle Feuchtigkeit aufzusaugen und zu vermeiden, dass sein Schweiß die Bohnen verdirbt, ihre gefällige einheitliche Größe, Form und Konsistenz, es sind Tausende, die sich da wie die bedürftige Bevölkerung einer ganzen Stadt zusammendrängen. Und als er sich in einem Spiegel sieht, wie er zu einem Erwachsenen wird, lacht er, weil er müde ist, und er lacht immer, wenn er müde ist.

Er stellt fest, dass er sich am liebsten um das Schaufenster kümmert. Mit Dosen ausländischer Teesorten Türme baut. Sich vorstellt, er baue ein vertikales Dorf. Genau so ist es richtig.

Er sieht, dass er immer noch ein guter Konstrukteur ist, aber auch das Übermaß erkennt. Fast könnte er sagen, er hat ein Talent dafür auszumachen, was nicht dazugehört, überladene Räume zu entzerren, Überflüssiges, Unnötiges zu entfernen, damit ein Ort erstrahlen kann, wie Green Hill es nie getan hat. Er mag es, wie die kleinsten Eindrücke zu dieser frühen Stunde vergrößert werden: der ferne Hammerschlag eines Kistenmachers, die flache Schönheit von plattgetretenem Tabak, der Händler, der auf der anderen

Straßenseite einen Karren aus dem Schuppen zieht, die Ohren vor Anstrengung zitternd. Es ist eine Gegend mit Hutmachern und Drogisten, Druckereien und Buchläden, und an den Ecken warten Droschkenfahrer und beten um Regen.

Auf der Ladentheke steht ein ausgestopfter Waschbär. Seine Augen leuchten heute trübe missgestimmt. Andrew sieht auf der Wanduhr, dass es bereits halb sieben ist, und er legt ihm die Zeitungen von gestern zu Füßen. Geschichten von Tod und Katastrophen. Er denkt an seine Mutter. Warum sind einige Opfer eine Nachricht wert und andere nicht? Der Hund draußen jault schon wieder.

Sein morgendliches Alleinsein endet immer in Stufen. Zunächst hört er, wie sich oben ein Fenster öffnet. Darauf folgt das helle Geräusch von Flüssigkeit, die auf die Straße trifft. Und schließlich knarzt die Treppe. Gegen seinen Willen kriecht Angst ihn ihm hoch.

Mr. Hinsdale erscheint in der Tür und hält einen kleinen Teller mit einer Kerze in der Hand. Er trägt noch seine Nachtkleider. Zieht es vor, sich erst nach dem Frühstück anzukleiden. Zu dieser Zeit des Tages sieht er aus wie ein riesiges, zugeknöpftes Baby. Er gähnt. Die Kerze flackert. Er gähnt noch einmal. Die Flamme beruhigt sich. Wenn sein Mund weit offen steht und die überraschend gepflegten, scharfen Zähne zu sehen sind, muss Andrew an einen überfütterten Otter denken. Ein sanftes Auftreten, weiche Barthaare. Aber bösartig, wenn er sich provoziert fühlt.

Während er so dasteht und das Kerzenlicht sein haariges Doppelkinn färbt, eilt Mr. Hinsdales Aufmerksamkeit, die immer schneller als sein Körper ist, zur Theke voraus, wo

Andrew die Zeitungen zur Durchsicht bereitgelegt hat. Mr. Hinsdale hat es sich zur Gewohnheit gemacht, täglich die Todesanzeigen zu lesen. Er schreibt sich die Adressen auf und besucht die trauernden Familien, um ihnen sein Beileid auszusprechen. Wenn die Stimmung entsprechend ist (und für Mr. Hinsdale scheint sie das so gut wie immer zu sein), kommt er an die Tür einer trauernden Frau oder eines Kindes und bietet an, sie von bestimmten verkäuflichen Dingen zu befreien, die dem – sein Lieblingsausdruck – Nicht-mehr-Lebenden gehört haben.

Wintermäntel. Medizin. Solide Gehstöcke. Die Objekte toter Männer umgeben Andrew. Die Leute besitzen so viele *Dinge*. Er möchte auch ein paar davon. Nicht zu viele. Aber einige. Einen kleinen Besitz, irgendwann.

Andy Green, sagt Mr. Hinsdale mit seiner Morgenstimme voll grundsätzlicher Missbilligung und einem Schuss mehrschichtigem Interesse. Grün wie Gras! Aber du wirst es noch lernen. Warum trägst du ein Handtuch um den Kopf?

Andrews Hand fährt in die Höhe. Tatsächlich, es ist noch da.

Ich habe vergessen, es abzunehmen, erklärt er und fragt sich, ob er sich erlauben kann, darum zu bitten, nicht Andy genannt zu werden.

Aber … warum ist es da?, fragt Mr. Hinsdale. Es gibt nichts, was er weniger mag, als etwas nicht zu verstehen.

Andrew zuckt mit den Schultern, denkt an schweißfreie Bohnen und entschuldigt sich für sein Schulterzucken.

Manchmal kann Mr. Hinsdale fast liebenswert sein. Gelegentlich stellt er sogar Fragen zu Andrews Vergangenheit.

Heute will er zum Beispiel wissen, aus welchem Teil Englands der Stammvater seiner Familie kommt. Er ist eindeutig beeindruckt von der Vorstellung, einen Lehrling zu haben, dessen Name einst mit einer edlen Geschichte verbunden war, und Andrew seinerseits ist erfreut, auf diese Frage etwas sagen zu können. Ein Vorfahr, der erste Thomas Green, hatte, bevor er nach Worcester kam und sich Green Hill als Heimstatt aussuchte, in England äußerst beschwerliche Zeiten durchlebt, wo der Monarch bereits das Holz für sein eigenes Schafott sammelte. Dieser englische Vorfahr hat seine Heimat womöglich unter anderem deswegen verlassen, erklärt Andrew Mr. Hinsdale, weil er sich ein Leben befreit von religiösen Einschränkungen wünschte, und sich so in Massachusetts niedergelassen.

Mr. Hinsdale stellt die Kerze auf die Ladentheke, um sich die Nase besser putzen zu können. Befreit von religiösen Einschränkungen, wiederholt er. Wo hast du solche Dinge gelernt, kleiner Green?

In Büchern, erklärt Andrew.

Mr. Hinsdale steckt das Taschentuch weg, greift zu dem Kruzifix um seinen Hals. Er schläft mit diesem Kruzifix, wie Andrew erkennt. Im rosa Fleisch über dem Schlüsselbein ist eine flache Spur von Hingabe zu erkennen.

Bücher werden dir nicht helfen, sagt er.

Die voramerikanische Geschichte der Familie war Andrews Vater immer schon wichtig. Wahrscheinlich, argwöhnt Andrew, weil er hofft, dass es damals schon Gentlemen unter den Greens gegeben hat und es sie deshalb auch wieder geben könnte. Wobei immer schon klar ist, dass sein Vater auch hier, wie in den meisten Dingen, mit sich selbst im Streit liegt. Er ist ganz sicher nicht sicher, ob er möchte, dass seine Kinder höher aufsteigen als er.

Im letzten Jahr ist Andrew auf der Suche nach Belegen, die seinen Vater glücklich machen könnten, auf ein Buch gestoßen, das bestätigt, dass es einst einen mit William Shakespeare verwandten Thomas Green gegeben hat, einen Schauspielerkollegen, und dass Shakespeares Vater seinerseits einmal ein Anwesen besaß, das Green Hill hieß. Auf den Seiten wurde ebenfalls angedeutet, dass jener Thomas Green den Dichter, Staatsmann und Gelehrten John Milton kannte. Also ja, es gibt Hinweise auf eine literarische Vorgeschichte des Anwesens, auch wenn sie sich nicht vor Gericht nachweisen ließe. Die gegenwärtige Wirklichkeit von Green Hill ist eine ganz andere – ein Ort trunkenen Verfalls –, aber auch Andrew findet Trost in der Vorstellung einer besseren Vergangenheit, selbst wenn er sich, bis jetzt, keine bessere Zukunft vorstellen kann.

Der Abend kommt. Wie er es immer tut. Der Laden schließt. Mr. Hinsdale geht zu Bett. Andrew fegt ein letztes Mal den Boden. Er hört Mr. Hinsdales Tochter oben schreien, die Tochter, die erwachsen ist, aber mit dem Geist eines Kindes, und seine Frau singt für sie, und die Schrecklichkeit des Ganzen, Abend für Abend, wird durch weitere Schüsse draußen durchbrochen, die durch die Finsternis schallen.

7
Hunters' Gate

Eines Abends, als er nicht schlafen konnte und draußen herumlief, von seiner sich endlos in die Länge ziehenden Lehre noch müder als gewöhnlich, von Achtzehn-Stunden-Tagen, von Ungeziefer, das sich jede Nacht in seine Haut bohrte, von dem fehlenden Geld, um richtige Milch zu kaufen oder seine Lieblingsschwester zu besuchen, sah Andrew einen Mann auf der Straße, der einen Revolver hob und worauf zielte?

Eine junge Dogge, mager und matt, auf der Suche nach einem Platz zum Schlafen.

Es war der Sommer der Hundejagd. Der Bürgermeister hatte beschlossen, dass es zu viele streunende Hunde auf den Straßen gab und eine Abschussprämie von fünfzig Cent pro Tier geboten. Diese großzügige Summe hatte einige geschäftstüchtige New Yorker dazu verleitet, im Dunkel der Nacht Hunde aus Flushing und Oyster Bay in die Stadt zu bringen, aus Crane Neck und Mount Misery, Saugatuck und Sachem's Head, von überall entlang der Küste des Long Island Sound, um sie umzubringen und ihre Kadaver zu den Zahlstellen zu schaffen.

In ein paar Monaten würde das Große Feuer – wie verwegen einige Männer zerstörerische Dinge *groß* nannten, dachte er später – in dieser Straße wüten und alles in Schutt und Asche legen. Im Moment jedoch gewöhnten sich Andrews Augen gerade genug an die Dunkelheit, um zu sehen, was direkt vor ihm geschah.

Auch der Hund sah jetzt den Mann mit der Waffe. Aber er lief nicht weg, war zu müde oder zu dumm. Ist der Unterschied zwischen Leben und Tod am Ende nichts anderes als Bewegung? Das Leben auf der Farm hatte ihn das gelehrt, auch wenn er nicht wusste, wie er so eine Wahrheit in Worte fassen sollte, und Andrew beschloss, sich für den Hund zu bewegen. Warten Sie!, sagte er zu dem Mann.

Er wollte nicht, dass noch ein harmloses Tier sterben musste, nur damit der Jäger von der Stadt fünfzig Cent einfordern konnte. Und der Mann mit der Waffe – das war das Seltsame – tat genau, was ihm gesagt wurde.

Andrews Finger begannen nach Münzen zu suchen und fanden zwischen all dem Gefussel, das sich in der Tasche eines guten Lehrlings sammelt, genau fünfzig Cent. Das war das Geld, das er sonst für Brot ausgegeben hätte, um seinen knurrenden Magen zu füllen, um in einen tieferen Schlaf zu sinken als gewöhnlich.

Er bot dem Mann die Münzen an, der lachte und sie nahm. Was für ein Junge!, sagte er. Entschuldigte sich und erschoss den Hund dennoch.

Gewinn und Verlust. Wegen dieser dummen Ausgabe musste Andrew zwei Tage lang hungern. New Yorker Lektionen sind schnell gelernt. Ein Instinkt ist eine Geneigtheit, die der Erfahrung vorausgeht. Nur der Hund in der Wildnis heult ohne Grund. Er sah zu, wie die tote Dogge weggeschafft wurde.

Nach der Geschichte mit dem Hund schlich sich bei ihm der Gedanke ein, dass der Trick, in dieser Stadt zu leben, darin bestand, eine Form von Distanz zu ihr zu finden. Sie nur als einen Ort zu betrachten, nicht als das Leben selbst. Eine Umgebung, die sich in seinem Kopf ändern konnte, die *er* ändern, durch persönliche, unausgesprochene Anstrengungen verwandeln konnte. Such dir wie ein Hund in einem Traum deinen Weg durch die Gassen. Tu es, wie giftiger Dampf in einen gleichgültigen Himmel aufsteigt. In seinem Kopf begann seine eigene Version New Yorks zu entstehen.

Die weltgewandten Bürger, von denen ihm sein Vater zu Hause so viel erzählt hatte, warfen allmorgendlich ihren Dreck aus dem Fenster. Er platschte auf die Erde und sammelte sich in Pfützen, die zu blubbern begannen, wenn die Sonne ihrem höchsten Punkt zustrebte. Müll verrottete in Hauseingängen. Ratten tanzten in den Gassen. Er sah Arbeiter mit Essensdosen zurück nach Hause kommen. Lumpensammler, die Apfelverkäuferinnen behelligten. Pferde, die fast unter den Waren zusammenbrachen, die sie den ganzen Tag hin und her zogen, hin und her. New York tat nichts dafür, dich zu bezaubern. In dieser Hinsicht war es wie Gott. Begeisterung musstest du schon selbst mitbringen. Diese Vorstellung gefiel ihm. An einem Ort zu sein, der sich ihm nicht anbiederte, der ihn aber auch nicht aus irgendeiner besonderen Grausamkeit heraus aussonderte. Jedes Unheil geschah zufällig.

Oder zumindest zufällig im Rahmen der jeweiligen sozialen Stellung. Die Reichen konnten es sich leisten, ein Gutteil Grausamkeit zu vermeiden. Sie konnten sich aussuchen, wohin sie ihre Füße setzten und was sie essen wollten. Andrews ständiger Hunger schrumpfte mitunter zu einem beherrschbaren Schmerz im Gedärm, während er abends auf Mrs. Hinsdale wartete, die ihm ein kleines Abendessen brachte – zwei Kartoffeln und einen Streifen gekochten Fisch, sechs Tage die Woche. Sonntags waren es drei Kartoffeln. Und an Sonntagen gewährten ihm die Hinsdales auch Zeit, auszugehen und Gott zu preisen.

Andrew glaubte weit mehr ans Gehen als an ein höheres Wesen und gierte hier noch mehr nach Bewegung als zu Hause. So ging er zu den Presbyterianern und den Episkopalisten, den Baptisten und den Methodisten, den Wesleyanern und den Unabhängigen, den Niederländisch-Reformierten und den Römisch-Katholischen, den Universalisten, den Orthodoxen und den Quäkern, den Hicksitern, den Kongregationalisten und den Unitariern, den Lutheranern, den Herrnhutern, den Swedenborgianern und, bei einer schnell bereuten Gelegenheit, auch zu den Deutsch-Reformierten. Eine Predigt war weit billiger als das Theater. Und es war auch eine Lektion darin, wie sich Gentlemen in der Stadt bewegten. Wie sie sich ausdrückten und gestikulierten. Die Messen boten eine Möglichkeit, sie zu beobachten und nachzuahmen, was die erste Stufe sein musste, wie sie zu werden. In den hintersten Reihen bewegten sich seine Lippen wie ihre. Eine Darbietung. Und manchmal Verlangen. Er liebte die Energie der Kirchenlieder, das Gefühl von Zugehörigkeit, das sie anzubieten schienen. Er merkte sich Worte fremder Sprachen, allein ihrem Klang glaubend, und fragte sich, ob seine eigenen gelegentlichen Zweifel, was die Existenz Gottes anging, womöglich auf Gegenseitigkeit beruhten. Glaubte irgendwer im Himmel tatsächlich an ihn, Andrew Green, diesen unbeholfenen Jungen da unten, an seinen Geist, sein Potenzial für das Gute? Seine Frage ließ ihn vor Angst verstummen, in jenes Schweigen verfallen, das die Lebenden kaum kennen. Der Mond hing rauchverschmutzt am Himmel, befleckt von den Ausdünstungen der Menschen.

Wenn er heute Abend noch Kraft in den Beinen hatte, würde er wieder auf das Dach des Ladens steigen und zusehen, was sich auf dem Broadway tat. Dem Durcheinander von Wagen und Tieren, den Hausierern und Obdachlosen, den Schlechter- und den Bessergestellten, Menschen, denen es besser ging als ihm, und anderen, die weit schlechter dran waren. Ladies in ihren endlos langen Mänteln, die dem Schmutz trotzten, nur um gesehen zu werden. Die Reichen in ihren schönen Kleidern sprangen über verdächtige Pfützen. Hinauf und hinunter spazierten sie, ohne erkennbares Ziel, und das, so sagte er sich, musste etwas sein, das man sich mit Geld kaufen konnte: die Freiheit, keiner Anweisung zu folgen.

Halb errichtete Häuser. Walöl-Beleuchtung. Eine Gasse ist eine enttäuschte Straße, die darauf wartete, erweitert zu werden. Er fertigte Skizzen der umliegenden Straßen an, ohne wirklich zu wissen, warum.

Selbst nachts hörte man Steine brechen. Es ärgerte ihn, erregte ihn aber auch. Neue Gebäude erstrahlten wie Zeilen in der Bibel, poetisch, hübsch, so wahr wie Wirklichkeit und Fantasie. Elegante Menschen mit ernsten Gesichtern auf dem Weg zum Essen liefen vom Union Square zur Howard Street und zurück. Raschelnde Seide, schimmernde

Stiefel, Pariser Hauben. Das Rattern von Omnibussen, der Geruch von Abfall, der an den Kreuzungen unablässig aufgewirbelte Schmutz, der Zigarrenrauch auf den Cafébalkonen darüber, zu viel, um es alles auf einmal erfassen zu können, zu viel, um es zu notieren, Eindrücke kämpften um Raum auf seinen Listen, in seinen Tagebüchern und Briefen. Er schrieb jetzt ständig. Das Lesen war problematischer. Er brauchte eine Möglichkeit, um an Bücher zu gelangen. Er brauchte Wissen. Er musste unbedingt der Enge des Ladens entfliehen.

Und dort oben auf dem Dach von Hinsdale & Atkins, an jenen schweren Sommerabenden, lange bevor er ahnte, dass er eines Tages vielleicht zufällig berühmt werden würde, blickte er, während der Tag zur Neige ging, in Richtung Norden über die Stadt. Genoss das leichte, göttliche Gefühl einer kühlenden Brise. Der Himmel über der Houston Street nahm ein reineres Schwarz an, das man berühren oder spüren können sollte, wie ein Stück Kohle oder Schiefer, ein abgeflämmtes Feld in Green Hill. Die Schwärze vermittelte die Wildnis, die auf dieser Insel noch eine Weile herrschen würde: die Milchpanscherei, das Schweinefutter und die Knochenkocherei, die Felsen, der Morast, die Teiche und Rinnsale, die Hunde und Schweine, die durch die weiten nördlichen Bereiche New Yorks zogen.

8
Pioneers' Gate

Zu vielen der Würdigungen, die Mrs. Bray sich vorgestellt hatte, kam es tatsächlich. Mächtige Menschen beschrieben ihren Arbeitgeber als Pionier. Alle fanden einen anderen Zugang für ihre Nachrufe, unterschiedliche Perspektiven, aus denen sie seine Errungenschaften betrachteten – seine Parks, Brücken, Museen. Seine Bemühungen, ein faireres, geordneteres öffentliches Schulsystem in New York einzurichten, als er Präsident des Bildungsrates war. Seinen unermüdlichen Kampf gegen die Korruption als oberster New Yorker Rechnungsprüfer. Seine maßgebliche Rolle bei der Gründung der ersten großen öffentlichen Bibliothek der Stadt, nach dem Tod seines von Büchern besessenen Freundes Samuel Tilden 1886. Oder dass er spät noch im Leben gleichsam im Alleingang die bestehende City of New York mit Brooklyn, dem westlichen Queens County und Staten Island zu dem Greater New York verbunden hatte, wie wir es heute kennen. Seine Kritiker nannten es den Großen Fehler von 1898 und hinterfragten, wie er dadurch, dass er Brooklyn seine Unabhängigkeit genommen habe, den Titel »Vater von Greater New York« verdienen konnte, wo er doch selbst gar keine Kinder gehabt habe. Auch persönliche Anekdoten und diverse Gerüchte folgten auf die Nachricht von seiner Ermordung, wobei aber jedes Mal der eigentliche Grund für sämtliche dieser Wortmeldungen der Tod war. Sein Tod. Sein Schweigen. Die Möglichkeit, die sich dadurch bot. Die impulsiven Worte des Beileids und der Trauer sagten oft mehr über die, die sie äußerten, als über ihr dahingeschiedenes Objekt. Einige wollten nach seinem Tod zeigen, wie nahe sie ihm gestanden hatten. Für andere gab es nichts zu verlieren. Wenn sein Ruhm anhielt und womöglich noch wuchs, würde er auf sie abfärben. Sollten hingegen die Umstände seiner Ermordung oder sein mitunter sehr exklusives Privatleben dazu führen, dass sein weitgehend guter Name mit der Zeit Schaden nahm, konnte man sich immer noch von ihm lossagen. Das Schöne war doch, dass er nicht darauf reagieren können würde.

Bürgermeister Low ließ die Fahnen der City Hall auf halbmast setzen. Er erinnerte die Amerikaner daran, dass es ohne Andrew Haswell Green keinen Central Park gäbe. Mehr als *jede andere Einzelperson* könne er Anspruch darauf erheben, als Schöpfer des Parks zu gelten. Zusammen mit seinem *engen Freund* Samuel Tilden habe er die Stadt zudem vor dem finanziellen wie dem moralischen Bankrott gerettet, sagte der Bürgermeister, und eine Schlüsselrolle dabei gespielt, Boss Tweed hinter Gitter zu bringen. Und das alles, bevor seine Karriere in einer gewaltigen, außergewöhnlichen Errungenschaft gegipfelt habe: Nach Jahrzehnten hartnäckigen Kampfes war es ihm im Jahr 1898 gelungen, New York und Brooklyn zu vereinen. Die so zusammengeführte Stadt, sagte der Bürgermeister, solle Andrew Green für einige ihrer schönsten und beständigsten Merkmale dankbar sein, denn sie sei ein *Denkmal seiner*

Liebe. Anhänger wie Kritiker des Vaters von Greater New York konnten dem Bürgermeister zumindest in einem Punkt zustimmen: An den Namen Andrew Haswell Green würde man sich auf ewig erinnern.

Als Henry A. Rogers, der Leiter der Schulbehörde, die Fahnen der City Hall auf halbmast sah, verfluchte er sich für seine Langsamkeit und gab die allgemeine Anweisung aus, die Fahnen an allen öffentlichen Schulgebäuden ebenfalls auf halbmast zu setzen. Diese Geste sei notwendig, verkündete er später der Presse und schnäuzte sich wegen einer Erkältung dabei lautstark in sein Taschentuch, um Mr. Greens großen Verdiensten um das öffentliche Schulsystem Achtung zu erweisen.

Richter Vernon M. Davis vom höchsten New Yorker Strafgericht fällte gerade, als er von dem Mord hörte, das Urteil über Annie Caruso, der vorgeworfen wurde, Joseph Polumbo aus der 128 Hester Street erstochen zu haben. Er habe Andrew Haswell Green immer als einen Freund betrachtet, sagte er, wobei es natürlich richtig sei, dass *Freunde* eigentlich auf Essenseinladungen reagierten.

Ich habe gerade erfahren, dass ein hochgeschätztes Mitglied der Profession, der am unermüdlichsten arbeitende Mann, den ich je kennengelernt habe, kaltblütig erschossen wurde, sagte er. Ein großer Menschenfreund. Jemand, der viel für den Fortschritt der materiellen wie moralischen Interessen der Gemeinschaft getan hat. Der Verstorbene war ein wahrer Gentleman, ein Mensch mit einem tadellosen Charakter und einer unbeugsamen Energie in allen Bereichen des Lebens. Andrew H. Green war unter anderem Vorsitzender des Direktoriums der New Yorker Gesellschaft für die Verhütung von Grausamkeit gegenüber Kindern, der natürlich auch ich, Vernon M. Davis, angehört habe. Es trifft mich zutiefst, erfahren zu müssen, dass ein Mann wie Andrew Green vor seinem eigenen Haus erschossen wurde. Es ist nur angemessen, die weitere Verhandlung im Angedenken an Mr. Green zu vertagen.

Der ehemalige Kongressabgeordnete Thomas J. Creamer, der während des letzten Jahrzehnts sehr unter seinem Namen gelitten hatte – immer wieder kamen grausame Witze über Fett, das oben schwimmt, in Mode und andere Andeutungen, die er gar nicht verstand –, sagte, auch ihn treffe diese Tragödie. Tatsächlich vermöge er es kaum zu fassen, dass Mr. Green wirklich tot sei, umgebracht von einem *Mann dieser Art*. Es sei ihm kaum möglich, über ein so tragisches Ereignis zu sprechen, wahrhaft nicht, sagte er, und fand dann kein Ende.

Creamer sagte, Mr. Green sei von herausragender Bedeutung für alle Abgeordneten in der Zeit direkt nach Ende des Bürgerkriegs gewesen, als er, der ehemalige Kongressabgeordnete Creamer – mit einigem Erfolg, das sei erwähnt –, in den Jahren von 1865 bis 1869 den Tenth New York District in der Versammlung und den Sixth District im Senat vertreten habe. Mr. Green pflegte während dieser Zeit, erfolgreich Gesetzesvorschläge zu machen, sagte Creamer, und danach habe Mr. Green bis zum Tag seines Todes die Gesetzgebung des Staates genau beobachtet und ihr bis in die Details die Aufmerksamkeit zuteilwerden lassen, die er sich wahrscheinlich als junger Mann bei der Buchführung verschiedener New Yorker Geschäfte angewöhnt habe, bevor es ihm gelungen war, sich – irgendwie – in einen so scharfsinnigen wie hart arbeitenden Anwalt zu verwandeln und dann später in einen berühmten Verfechter einer gerechteren Schulbildung und von mehr öffentlichem Raum für jedermann. Mr. Green sei niemals lästig gewesen. Nein, nein, das nicht. Aber vielleicht könne man sagen, ein sehr spezieller Mensch, und vielleicht lasse sich auch sein Charakter in gewisser Weise als ungewöhnlich beschreiben, womöglich sogar durch eine Leere gekennzeichnet – eine schwer zu fassende Eigenschaft, womöglich gar nicht vorhanden. Green sei sein Leben lang Junggeselle und auf seine Privatsphäre bedacht geblieben, sagte Creamer, während er große öffentliche Werke geschaffen habe.

Der ehemalige Bezirksstaatsanwalt W. M. K. Olcott befand sich ebenfalls unter denen, die zu Greens Haus kamen, um ihrer tief empfundenen Trauer Ausdruck zu verleihen. Olcott erzählte Andrews jüngerem Bruder Oliver, der mittlerweile mit dem Zug aus Chicago eingetroffen war, er sei in der Zeit des Zusammenschlusses von Greater New York durch seine Rolle in der Tilgungsfond-Kommission von Bürgermeister Strong in engen Kontakt mit Andrew gekommen. Er könne Andrew Green, der seinen Idealen nie untreu geworden sei, kaum genug preisen. Olcott war sicher, dass die Nachwelt, *dieses erbarmungslose Luder,* wie er sie nannte, den Mann, der am Freitag, den Dreizehnten, von *einem bösartigen Neger* auf der Park Avenue ermordet worden sei, die ihm gebührende Anerkennung gewähren werde. Und er frage sich, ob es zufällig Kuchen gebe? Mrs. Bray kam seinem Wunsch nach.

Worte, Worte, Worte. Vorgefasste Meinungen. Ein öffentliches Begräbnis. Ganze Zeitungsspalten. Tränen auf der Straße von Menschen, die ihn gekannt, und von anderen, die nie von ihm gehört hatten.

Es gab Spekulationen darüber, ob der Mörder wirklich geistesgestört war, im Gegensatz zu nur vorgetäuscht geistesgestört, oder eben ganz und gar nicht, und ob Andrew Haswell Green ihn vielleicht irgendwie gekannt hatte. War es ein Verbrechen aus Leidenschaft, ein politisches Attentat oder eine Art großer Fehler? Stimmte es, dass die Wahrheit obsiegen würde, wie es die weißen Moralisten gerne sagten, als könnten sie irgendwie alle Lügen der Gesellschaft überblicken, die offenbaren wie die verborgenen, und als wäre die Betrachtung des Ganzen am Ende die einzige Möglichkeit, das Absolute zu ermessen?

Etliche Politiker brachten ein großes Denkmal für Andrew zur Sprache, genau wie auch schon anlässlich seiner Geburtstagsparty zum Achtzigsten, die der Bürgermeister gegeben und zu der Green am Ende unhöflicherweise nicht erschienen war. Er hatte sich damit entschuldigt, er habe zu viel zu tun und würde lediglich mit seinem Neffen zu Abend essen. Aber was, wenn neue Umstände ans Licht kamen – wenn bekannt wurde, dass er seinen Mörder tatsächlich gekannt hatte, auf eine unzuträgliche Weise, oder auch diese Frau, Bessie Davis, von der der Mörder offenbar so laut getönt hatte und die die Detectives noch nicht gefunden hatten, auch der aufsteigende Stern McClusky nicht? Es war schon früher davon die Rede gewesen, und jetzt wieder, dass Andrew Green einen zu freien Umgang mit dem unteren Teil der Gesellschaft gepflegt habe, dass er für eine Verbesserung der Lebensbedingungen von Schwarzen eingetreten sei, ohne jedoch zu verhindern, dass viele von ihnen für seinen Central Park von ihrem Land vertrieben worden waren, und verschiedene Leute erinnerten sich daran, dass er zumindest einmal in seinen letzten Jahren – auf ziemlich beschämte Weise, sagten einige – von der Schuld gesprochen habe, die er empfinde, wenn er an das Jahr zurückdenke, das er in seiner Jugend auf Trinidad verbracht habe, als er unbedingt Geld gebraucht und als Aufseher auf einer Zuckerplantage gearbeitet habe, auf der nicht alle Arbeiter gut behandelt worden seien. Eine gewisse Form persönlicher Wiedergutmachung, das Streben danach, zieht gewissermaßen auch alle anderen mit in die Sache hinein. In New York waren seine Kampagnen für mehr Gleichheit bei der höheren Gesellschaft oft so willkommen wie Salat und die Krätze.

Und war Andrew nicht, überlegten einige Politiker, während sich Klatsch und Spekulation über Tage und Wochen weiter hinzogen, in vieler Hinsicht herablassend gewesen? Kühl? Arrogant? Unnahbar?

Hatte er es nicht vielleicht, je nachdem, wie man es betrachtete, verdient zu sterben? Oder von der anderen Seite aus betrachtet: Hätte er es wirklich verdient, am Leben zu bleiben?

Ein Mann stirbt mit zwanzig Jahren, und es ist eine große Schande. Er stirbt mit dreißig oder vierzig und ist uns viel zu früh genommen worden. Aber wenn jemand das hohe Alter von dreiundachtzig Jahren erreicht, wendet sich der Blick nach dem Schock am Ende in die andere Richtung, selbst in einem Mordfall. Dann lautet die eigentliche Frage: Wie um alles in der Welt hat er so alt werden können?

9
Engineers' Gate

Der erste Anschlag auf das Leben von Andrew Green hatte an Thanksgiving des Jahres 1873 stattgefunden, als er gerade mal dreiundfünfzig war. Bis zum Tag seines tatsächlichen Todes dreißig Jahre später glaubte er, der Mordversuch stünde im Zusammenhang mit seiner Arbeit mit Samuel Tilden, um die Korruptheit von William Tweed offenzulegen, einem Mitglied des New Yorker Senats, der seine ganze Raffinesse darauf verwandt hatte, zum drittgrößten Landbesitzer New Yorks zu werden.

Zu der Zeit war Andrew zum Rechnungsprüfer der Stadt aufgestiegen. Seine Aufgabe war so umfassend wie einfach: Er sollte New York vor dem finanziellen Ruin retten. Sie haben es mit Ihrem Park geschafft, sagten die Politiker durchaus neidvoll, warum nicht mit der Stadt? Wir brauchen Sie. Sie werden gebraucht.

Brauchen. Was für ein mächtiges Wort, auch wenn es nicht als ein Befehl daherkommt. Ich brauche dich: Du sollst die getrockneten Bohnen auspacken, den Schweinestall ausmisten, mich in Ruhe lassen, dich fassen, um auf der Beerdigung deiner Mutter nicht in Tränen auszubrechen.

An diesem Tag des Jahres 1873 wurde er bei seiner Aufgabe, die Katastrophe, den Zusammenbruch der öffentlichen Finanzen, abzuwenden, bedauerlicherweise von einer persönlichen Verpflichtung unterbrochen. Er hatte zugesagt, nachmittags mit seinen beiden noch lebenden Schwestern und deren Kindern zu viel Truthahn zu essen. Er verwünschte sich dafür, doch es war zu spät, um einen Rückzieher zu machen, und so kam er bereits um fünf Uhr morgens ins Büro, um zumindest das Gefühl zu haben, sich das bevorstehende verschwenderische Thanksgiving-Essen irgendwie verdient zu haben.

Wie sich herausstellte, war die einzige andere Person im Büro ein Botenjunge, der zufällig ebenfalls Samuel hieß.

Wollte dieser junge Samuel diesen Tag nicht mit seiner Familie verbringen?, fragte Andrew und erinnerte den Jungen, der eine rosa Narbe auf der Wange trug, an den Rundbrief an alle Mitarbeiter, dass sie heute nicht zur Arbeit kommen müssten. Offenbar wollten einige Leute nicht gern Tag und Nacht arbeiten. Hatten noch andere Bedürfnisse, Leben, Familien, die sie mochten. Er hatte immer versucht, das zu respektieren.

Der Junge namens Samuel zuckte mit den Schultern. Er hielt verschiedene Päckchen im Arm. Andrew verspürte eine Welle der Zuneigung und Nähe, auch wenn er damit falschliegen mochte. Noch jemand, der die Arbeit zu seinem Leben machte.

Auf den Seitentisch bitte, sagte Andrew.

Der Junge legte die Päckchen auf dem Tisch ab, behielt aber eines in der Hand.

Ich bin nicht sicher, Sir, sagte er.

Sicher?

Der Junge drückte den Rücken durch. Schluckte. Mr. Rechnungsprüfer, sagte er, und seine Stimme bebte ein wenig. Ich glaube, dass dieses, dieses Päckchen hier … verdächtig aussieht, Rechnungsprüfer Green?

Er sah dem Jungen in die Augen, sah dort Verwirrung gepaart mit Angst.

Das fragliche Päckchen war etwa dreißig Zentimeter lang und knapp zwanzig breit. Fünf Zentimeter dick, vielleicht auch etwas mehr. Es war in dickes braunes Papier gewickelt, mit Briefporto frankiert, und die Adresse war mit Buchstaben geschrieben, die eindeutig aus einer Zeitung ausgeschnitten waren.

Nun, der Junge hatte recht, dachte Andrew. Sie hätten genauso gut *Bombe* vorne drauf schreiben können.

Der Junge sah ihn unsicher an. Sir, was sollen wir tun?

Andrew überlegte einen Moment. Ich werde dir sagen, was zu tun ist, sagte er.

Ein paar Sekunden lang schien der Junge äußerst erleichtert.

Wir müssen, fuhr Andrew fort, dieses Päckchen dazu bringen, sich den rauen Elementen des sturmgepeitschten Meeres zu stellen, und entschieden unser Ziel verfolgen, seine Tödlichkeit zu ertränken. Wir müssen die Göttliche Vorsehung um einen geschützten Landeplatz bitten – einen Fels gesicherter Entschärfung, an dem wir anlegen.

Sir?, sagte der Junge und verlagerte das Gewicht von einem Fuß auf den anderen.

Und Andrew hörte sich sagen: Komm mit, wenn du magst.

Er hörte diese Worte aus seiner Kehle kommen und spürte, dass da in letzter Zeit etwas Unangenehmes in ihm lauerte. Er war einsam, ohne es sich eingestehen zu können. Er war melancholisch ohne das Gefühl, eine Entschuldigung dafür zu haben. Er war erfolgreich, ja, irgendwie, hatte aber vergessen, wie man Erfolg genießt. Der Junge war verständlicherweise erregt angesichts dieses Abenteuers heute. Die Frage war nur, warum Andrew, im weit höheren Alter von dreiundfünfzig, die gleiche dumme Erregung empfand.

Vorsichtig gingen sie die Treppe nach unten, Andrew schweigend mit dem Päckchen voran. Sie betraten den Keller des Gerichtsgebäudes, fanden einen Eimer. Andrew füllte ihn mit Wasser, fast ganz voll, bis auf ein paar Zentimeter, die das Päckchen verdrängen würde, und der Junge sagte: Ist das die … erprobte Art, Rechnungsprüfer Green?

Erprobt? Ich habe keine Ahnung.

Er sagte dem Jungen, er solle zurücktreten. Überlegte es sich noch einmal und schickte ihn in einen zwanzig Schritte entfernt stehenden Schrank.

Wie lächerlich das alles war! Und doch, starben nicht viele Bürger jedes Jahr auf so absurde Weise? Er zog seine Jacke aus und krempelte sich die Ärmel hoch, aber was genau würde das bringen? Er konnte Samuel, den Jungen, laut hinter der Schranktür atmen hören.

So ungeheuer sanft, so ungeheuer langsam, die Augen geschlossen wie ein verängstigtes Kind, tauchte Andrew das Päckchen ins Wasser und wartete, mit kalten Händen, die Gedanken auf eine Taufe fixiert, an die er sich erinnerte. Sein Puls ging langsam, was bedeutete das?

Er drückte das Päckchen bis auf den Grund des Eimers. Öffnete die Augen, um es dort unten zu sehen, verschwommen im Wasser, fern wie ein Ereignis vor langer Zeit.

Zeit verging in sich langsam formenden Gedanken. Dann hörte er ein zögerliches Klopfen an der Schranktür und wurde aus seinen Träumen geholt. Eine Engelsstimme sagte: Rechnungsprüfer Green, leben Sie noch?

Erst jetzt wurde ihm bewusst, wie schnell sein Herz schlug. Er lebte, lebte! Es kostete ihn große Mühe, ruhig zu bleiben. Eine Lebensaufgabe im Grunde.

Er sagte zu Samuel: Komm heraus, komm heraus! Und der Junge kam aus dem Schrank.

Gehen wir zurück nach oben, sagte er. Wir lassen das Päckchen eine Weile hier im Wasser. Wir hätten sterben können, nehme ich an.

Als er den Jungen zwei Stunden später wieder nach unten führte, hatte er sich ausreichend beruhigt, um den Wahnwitz zu erkennen, wie er mit dem Päckchen umgegangen war. Es war nicht dumm, so eine Bombe an Thanksgiving ins Haus zu bringen. Der Absender musste gewusst haben, dass es einer der wenigen Tage im Jahr sein würde, an denen fast nur er einsam genug war, um zu arbeiten. Vielleicht zeigte sich da gar ein Gewissen? Der Wunsch, Unschuldige zu verschonen?

Aber er, das Zielobjekt des Anschlags, Andrew Haswell Green, hatte nicht einmal den Anstand besessen, den jungen Büroboten richtig zu schützen. Er hatte ihn nur in den Schrank geschickt, als hätte das bei einer Explosion geholfen. Was für eine Egomanie. Dem Jungen zeigen zu wollen, wie unerschrocken er war. Sein Retter zu sein. Ausnahmsweise einmal nicht allein sein zu wollen. Was unbeabsichtigt dazu geführt hatte, dass der Junge jetzt unerschrocken an seiner Seite stand. Der junge Samuel weigerte sich, ihn allein zu lassen.

Gemeinsam starrten sie das Päckchen an. Es sah bleicher aus als vor zwei Stunden, immer noch in diesem lächerlichen Eimer Wasser.

Andrew krempelte aufs Neue die Ärmel hoch. Griff hinein in das weiche Wasser.

Das Päckchen fühlte sich schwach und zahm an. Fügsam, verletzlich. Es gab keine Lebenszeichen von sich, als er es anhob – kein Klicken, kein Zischen, keine plötzliche Farbexplosion.

Der Junge war so nervös, dass er anfing zu lachen, und bald lachte auch Andrew. Bei ihm war es auch Müdigkeit, die Müdigkeit, die daher rührte, täglich fünfzehn Stunden lang Zahlen zu studieren und noch mal fünf am Abend. So standen sie lachend da, während sich die Zeitungsbuchstaben, mit denen »ANDrEW GReeN« auf das Papier geschrieben war, von selbst vom Päckchen lösten und die ganze stümperhafte Zuweisung dahin war.

Das Päckchen lag als durchnässte, tropfende Masse in Andrews Händen. Draußen schlugen die Glocken der nächstgelegenen Kirche, klangen jedoch traurig, und eine seltsame Atmosphäre der Enttäuschung senkte sich auf alles herab, als es wieder still wurde.

Er zog das nasse Papier weg, der Junge sah zu. Etwa ein Dutzend nasse, metallische Patronen kamen zum Vorschein. Die meisten standen aufrecht, drei lagen auf der Seite, und es gab eine Streichholzschachtel, die ebenfalls durchnässt war, aus der einige Streichhölzer herausragten, dazu Schleifpapier, aufgerollt, nass.

Irgendwann in ihrem kurzen, trockenen Leben war diese hausgemachte Bombe wahrscheinlich ein Beispiel an kompakter Genauigkeit gewesen. Jetzt war etwas von der Wildheit der Welt in sie eingedrungen – Wasser, Luft, die elementare Realität – und hatte sie zu dem gemacht, was sie letztlich war, ein Produkt primitiver, grober Bauart.

Alle handgefertigten Dinge, dachte Andrew, besitzen in ihrer selbstgebauten Beschaffenheit einen gewissen Grad von Perfektion. Erst wenn sie in die Öffentlichkeit getragen werden, sickert Dummheit hinein oder taucht von irgendwo auf, wo sie sich bisher versteckt gehalten hat. Was hat es zu bedeuten, wenn es da draußen in der Welt einen Menschen gibt, der dich tot sehen möchte? Jemanden, der so starke Gefühle dir gegenüber hat – eine Leidenschaft, eine wahre Leidenschaft, aber eine, die dich umbringen will?

Wer schickt Ihnen so etwas?, sagte der Junge.

Und Andrew kramte einen kleinen Satz dazu hervor, der unbeliebteste Mann in New York zu sein, ein Titel, bei dem sein einziger Mitbewerber Samuel Tilden sei. Wahrscheinlich habe einer von Tweeds Männern das Päckchen geschickt, erklärte er. Es war schier unglaublich, wie man die öffentlichen Kassen plündern und dennoch mit ein, zwei dummen Behauptungen die Herzen der Leute auf seiner Seite halten konnte.

Auf seinem Weg zum Gericht eine Stunde später nickte Andrew Mr. Jones zu, der sagte: Soll ich Ihnen eine Droschke besorgen, Mr. Rechnungsprüfer? Die Straßenbahnen fahren heute komisch.

Er lächelte Jones zu, winkte und wünschte ihm ein schönes Thanksgiving.

Und dann drehte er sich noch einmal um, fasste in seine Tasche und holte fünf frische Geldscheine hervor.

Würden Sie dafür sorgen, dass Samuel, der Botenjunge oben, das für seine Überstunden bekommt?

Jones starrte das Geld an, als wäre er entsetzt, nickte dann aber.

Es war bereits viel zu spät, um seine Schwestern und deren Kinder zu besuchen. Stattdessen würde er allein essen, ein Käsesandwich der Danksagung in seiner Wohnung, und dann noch ein paar Stunden im Bett Zahlen studieren. Am Morgen war Zeit genug, um eine Entschuldigung zu schicken, eine kleine Opfergabe zur Linderung seiner Schuldgefühle.

10
Artisans' Gate

Die Frage, wie Andrew Samuel Tilden kennenlernte, den Mann, der sein liebster Freund werden sollte, ist unter den zwei, drei Historikern, die sich nach wie vor vage an den beiden interessiert zeigen, immer noch strittig. Einige meinen, sie seien einander auf der Party eines Arztes namens Delafield in den späten 1830ern vorgestellt worden, aber das erstrahlt im Glitter geschönter Umstände, wurde Andrew in jenen Jahren doch kaum zu Feiern eingeladen, und sicher nicht zu jenen, bei denen bekannte Leute wie Samuel Tilden zusammenkamen.

Später im Leben erinnerte sich Andrew folgendermaßen an die Geschichte: Sie hatten sich im Laden kennengelernt.

Andrew stand hinter der Theke von Hinsdale & Atkins, als Samuel Tilden hereinkam. Unter der Theke hielt er ein Buch über das Ingenieurswesen, das er heimlich las. Die Banalität des Geschäfts, die völlige Ereignislosigkeit, an diesem wie an so vielen anderen Nachmittagen, beschwor einen kreativen Druck herauf, der das Leseerlebnis merkwürdig intensiv werden ließ. Er brauchte einen Moment, bis er die Tür hörte, den Blick hob und aufhörte zu blinzeln. Erstaunt sah er, wie der Hereingekommene seinen Hut abnahm.

Das war nicht die Art Kunde, die er gewohnt war. Der

Gentleman schien den Laden aus einer reinen Laune heraus betreten zu haben, wie ein Gottesgeschenk für Andrew, gut aussehend, elegant, jemand, der die schwere Öde der Zwölf-Stunden-Schichten durchbrach oder sie mit Angst belebte. Fragen.

Hallo, sagte der Fremde. Wie geht es Ihnen?

Eine weiche, warme Stimme. Fast hypnotisch. Eine Stimme, die Ausdruck einer lächelnden Selbstsicherheit ist, nach der manch einer sein Leben lang strebt, während sie anderen in die Wiege gelegt wurde. Und doch sah der Gentleman etwas erhitzt aus, war es eindeutig, denn jetzt zog er seinen schönen smaragdgrünen Mantel aus und faltete ihn und legte ihn sich locker über den Arm, als wäre er ein Wildbret, das er gerade erlegt hatte.

Andrew versuchte sich seinerseits an einem Lächeln, sicher weniger ruhig. Aber seine Kehle war wie zugeschnürt. Er konnte nicht aufhören zu schlucken.

Zu scheitern – im Rennen um die Präsidentschaft, in der Liebe, dem Bemühen, seine labile Gesundheit zu stärken – war noch keine Erfahrung, die Samuel Tilden gemacht hatte. Das lag alles noch weit in der Zukunft. Er war sechs Jahre älter als Andrew. So normal sein ruhiges, unbewegtes Gesicht auch scheinen mochte, war es doch absolut umwerfend, wenn er lachte, und ob Samuel das nun wusste oder nicht, er lachte oft und leicht, selbst an jenem ersten Tag dort im Laden, trotz oder wegen seiner ernsten Art. Er war ein angehender Anwalt auf dem Weg zu Höherem, der seinen Blick der angesehenen Gesellschaft zuwandte, wie sich eine Blume zur Sonne reckt. Schlank und aufrecht. Lächelnd, errötend. Makellos gekleidet. Die Augen etwas groß in ihren Höhlen, als überraschte sie die Heimstatt, die sie gefunden hatten, doch andererseits wirkte er wie ein Mann jenseits aller Schrecken – jemand, der sehr ruhig, sehr klar in die Ferne blickt. Er war ein Gentleman, der es gewohnt war, sich durch eine wohlhabende Welt zu bewegen, dachte Andrew sofort. Ein Mann, der völlig entspannt auf dicken, Lärm schluckenden Teppichen unter reich verzierten Decken einherging, und jetzt war er hier, hellte die Ödnis dieses Ortes mit seiner Gegenwart auf und suchte nach etwas. Aber was?

Andrew spürte schon jetzt, bei ihrem ersten Treffen, dass Samuel im Grunde ein einsamer Mann war. Das war es, was sie gemeinsam hatten. Und vielleicht war es auch *alles,* was sie gemeinsam hatten. Ein Mann mit Wissenshunger, ein Leser, aber auch jemand, dachte Andrew, der eindeutig besser darin ist, sich als geselliges Wesen zu geben.

In diesem Moment hob Samuel Tilden seine saubere Handfläche und öffnete seinen schönen Mund, fraglos, um einige weise Worte an ihn zu richten oder ihm einen Rat zu geben. Andrew spitzte erregt die Ohren, und Samuel sagte: Tomaten?

Andrew muss verwirrt gewirkt haben, denn Samuel Tilden lächelte.

Tomatenpillen, erklärte er. Tomatenextrakt, den suche ich.

Samuels Lächeln wurde unsicher in der Stille, was seltsam wirkte, und er sah jungenhafter aus als noch einen Moment zuvor. Vielleicht können Sie, nun, mir weiterhelfen …?

Verschiedene Gedanken kämpften in Andrews Kopf um

Vorrang. Aber wie es schien, wollte sich kein klarer Gewinner zu Worten formen. Er spürte Schweiß am Kragen seines Hemdes, der sowieso noch feucht vom Waschen am Abend zuvor war. Die Lichter im Laden wirkten mit einem Mal zu hell. Nichts trocknete hier. Es blieb alles wie immer.

Und Samuel, als wäre er unsicher, wie er der Situation das Unbehagliche nehmen konnte, oder als suchte er einen Hinweis darauf, ob Andrew wirklich stumm war, stellte sich vor, nannte zum ersten Mal seinen Namen, und Andrew dachte: Großer Gott, wieder ein Samuel in meinem Leben. Es wird mich wieder treffen.

Später im Leben erinnerte sich Andrew in der Verschwiegenheit seines Tagebuchs an die seltsam freudige Angst, die ihn überkam, als er die Fragen zu beantworten versuchte, die ihm bei diesem ersten Treffen gestellt wurden – sie glich vielleicht der Aufregung bei einer gewagten Fahrt auf einem Jahrmarkt, aber da er so etwas nie gemacht hatte, konnte er es nicht mit Sicherheit sagen. Die Zeit selbst schien sich zu dehnen, eine Antwort formte sich in seinem Kopf, wollte ihm aber nicht über die Lippen, denn hatte Mr. Hinsdale nun Tomatenpillen im Angebot oder nicht? Andrew hatte jede Flasche und Schachtel im Medizinregal dieses Ladens bereits berührt. Er wusste es, aber nicht mit *Gewissheit*, und bei diesem Gentleman, mehr noch als bei irgendjemandem zuvor, wollte er ganz sicher keinen Fehler machen.

Das Schweigen führte zu weiterer Unbehaglichkeit, wie eine Staubflocke, die noch mehr Staub anzieht, und immer mehr, und Samuel Tilden blinzelte, sah ihn an, lächelte und schien bereit, ihn als kompletten Idioten abzutun, was Andrew ja unter allen Umständen vermeiden wollte, was seinem Gefühl nach aber durchaus fair war. Samuel Tilden begann sich umzuwenden, für immer zu verschwinden, wollte sich den Hut auf den Kopf setzen, den Mantel wieder anziehen, doch da …

Freude füllte seine übergroßen Augen. Der gutaussehende Samuel Tilden schien im Medizinregal zu sehen, was er suchte. Er deutete darauf, als bräuchte er eine Erlaubnis! Andrew sah ihn darauf zugehen. Sah ihn, wie er – ja, natürlich, da standen sie – ein Fläschchen Tomatenpillen aus dem Regal nahm.

Samuel Tilden hielt das Pillenfläschchen behutsam zwischen Daumen, Zeige- und Mittelfinger, als wäre seine Hand der Arm einer Waage. Er lächelte zur Flasche hinunter. Sagte: Ja. Ich glaube nicht wirklich daran. Aber man muss die Dinge ausprobieren, bevor man sie verwerfen kann, denken Sie nicht? Zumindest sagt das mein Bruder immer. Immer. Er wiederholt sich ständig. Es ist ermüdend.

Andrew ließ ein Geräusch hören, das einem *Oh* gleichkam. Es war ein Anfang.

Dann sagte Samuel: Er macht sich auch nicht viel aus Büchern.

Aus Büchern?

Ja, mein Bruder. Er ist Kunsthandwerker, gut mit den Händen, will aber kein Buch anfassen!

Damit trat Samuel Tilden näher, ging auf die Zehenspitzen und linste über die Theke, nahm Andrews Taille in Augenschein. Er nickte in ihre Richtung – oh, zum Buch in Andrews Händen, über das Ingenieurswesen –, lächelte und sagte: Was für elegante Hände. Sind Sie Pianist? Ich stelle mir vor, diese Hände könnten etwas gestalten, aber anderes als das, was mein Bruder schafft. Ist das Ingenieurswesen nicht ziemlich trocken für einen Traum …?

Der Mund wie ausgetrocknet, die Zunge schwer. Andrew empfand etwas, das er so noch nicht kannte. Nun, dazu war auch kaum je Gelegenheit. Er wusste, mit jeder Sekunde tumben Zögerns, die sich in ihm ansammelte, verschwendete er eine Möglichkeit, die umso wertvoller war, als es sie so selten gab. Wirklich, es war so ungerecht wie grausam, dass die Leute, die so geübt darin waren, Gelegenheiten wahrzunehmen, diejenigen waren, die weit öfter Gelegenheit bekamen, sich darin zu üben.

Andrew sagte sehr vorsichtig: Ich habe auch einen Bruder, der interessiert daran ist, Ingenieur zu werden.

Oh, tatsächlich, sagte Samuel Tilden. Dann gähnte er.

Das Leben hatte Andrew gelehrt, auf eine bestimmte Art von Gesicht zu reagieren: eines, das sich schnell ungeduldig verhärtete. Aber nein, Samuel Tildens Ausdruck wurde weicher, gelangweilt, wurde von Mitleid oder einem Gefühl von Schuld erfüllt – was in gewisser Weise schlechter war? Einen Moment lang fuhr er sich mit der Zunge über die schmalen, hübschen Lippen. Seine Blässe hatte, wenn man genauer hinsah, vielleicht etwas leicht Kränkliches.

Wie heißen Sie?, fragte Samuel mit einem Lächeln.

Wie? Ich? Mein Name ist Andrew Green.

Ein schöner Name, sagte Samuel und deutete auf seinen Mantel, den er mittlerweile über eine Schmuckschachtel links auf der Theke gelegt hatte. Meine Lieblingsfarbe. Obwohl ein Name wie Green nicht ganz zu Ihren …

Er warf einen Blick auf Andrews Kleidung.

Aber Ihre Art zu sprechen, fuhr Samuel fort und sah aus,

als wollte er gleich wieder lachen, sagt mir, dass Sie kein Straßenjunge sind. Nein, nein.

Seine Augen, dachte Andrew, deuteten an, dass er mit Absurdem vertraut war.

Sie sind ein direkter Nachkomme, Andrew Green – Gott strafe mich, wenn ich es nur erfinde –, jener uralten halbwilden Briten, die Cäsar nicht zu bezwingen vermochte. Habe ich recht? Wer genau sind Ihre Vorfahren?

Meine Vorfahren?

Sie sind doch nicht zufällig Waliser?

Die Waliser, fuhr Samuel Tilden fort und schien dabei seinen Rhythmus zu finden, umklammerte aber nach wie vor das Fläschchen Tomatenpillen, das er noch nicht bezahlt hatte, weil Andrew ihn noch nicht darum hatte bitten wollen, um das Gespräch nicht zu unterbrechen und in eine reine Abwicklung zu überführen, die Waliser sind ein rastloser, draufgängerischer, zupackender Clan, der heutzutage fast überall zu finden ist, und immer geraten sie in Schwierigkeiten, reale wie vorgestellte. Die Joneses. Thomases. Evanses. Enochs! Edwardses. Williamses! Jameses. Davises! Owenses. Und, oh, die verdammten Cadwalladers. Fangen Sie mir nicht mit den Cadwalladers an!, sagte Samuel Tilden. Sie scheinen alle dieser Tage zu uns zu kommen, aber nein, eine walisische Herkunft ist leicht zu erkennen, nicht wahr, ein christlicher Name als Zuname, wie unter lauter Sirs, und Ihr Name, Green – Sie sagten doch *Green*? –, ist ganz anders, nein, lassen Sie uns vergessen, was ich gesagt habe. Ich habe Wein zum Mittagessen getrunken, mit den Van Burens, kennen Sie die? Nein, Sie haben nichts Walisisches an sich, denke ich.

Samuel schlug mit der Hand auf die Theke, als hätte sie sich schlecht benommen.

Diese Bitte, zu vergessen, was gesagt worden war – das Namennennen und -erfragen –, schien für Andrew nicht so einfach zu sein.

Er spürte, wie seine Gedanken davontrieben. Zu seinem Freund, dem ersten Samuel, Sam Allen, und ihrem Kampf um Vertrautheit im Gras, dem Schweigen, das darauf gefolgt war …

Samuel Tilden holte tief Luft. Hielt sie an wie ein Mann, der untertauchen wollte. Er schien ein weiteres Mal kurz davor loszulachen, ein Mann, der versuchte, eine Heiterkeit zu unterdrücken, die nur er selbst wirklich verstand.

Sie verschwenden keine Worte, oder, Andrew Green?, sagte er. Aber vielleicht, er blinzelte, vielleicht lesen Sie gerne? Bücher, in denen es nicht ums Ingenieursgeschäft geht?

Ich lese sehr gerne, antwortete Andrew und versuchte seinen Eifer in Schranken zu halten. Zufällig war dieses Buch jedoch das einzige, das ich in dieser Woche finden konnte. Aber ich glaube …

Ja?

Ich glaube, dass man ohne eine Vorliebe für das Lesen niemals ein eleganter Mann werden kann.

Als er diesen Satz hörte, ließ Samuel Tilden endlich seiner Heiterkeit freien Lauf. Er lachte heftig – aber nicht unfreundlich? –, Mund, Augen, Stirn, sein ganzes schlankes, elegantes, überteuertes Wesen war beschwingt. Was für eine Art, es auf den Punkt zu bringen!, sagte er. Und dann entschuldigte er sich für seine schlechten Manieren und fügte drei Worte hinzu, die Andrew mit der verdrehten Kraft einen Rätsels erfassten:

Ich sammle gern.

Andrew schluckte. Versuchte es mit Raten. Bücher?, sagte er. Sie sammeln Bücher?

Und als er das Wort *Bücher* aussprach, dachte er an das, das er unter der Theke gelesen hatte, als Samuel Tilden hereingekommen war, dachte an einen Abschnitt darüber, dass maschinell hergestellte Ziegel nicht so leicht trocknen wie von Hand geformte, da sie mit größerem Druck gefertigt werden. Der Ton ist kompakter und trocknet außen weit schneller als im Kern. Was zur Folge hat, dass die Oberfläche dazu neigt, sich davon zu lösen und –

Ja, Bücher, sagte Samuel Tilden, nickte und trat näher. Seine Unterarme ruhten jetzt auf der Theke, so nahe bei Andrews Händen, und sein Kölnisch Wasser unterstrich den moschusartigen Geruch des anderen Säugetiers hier, des ausgestopften Waschbären. Sein Tonfall deutete auf das Geständnis einer schmutzigen Geschichte hin. Er hatte die Lippen vertraulich gespitzt mit einem Ausdruck, für den ihm Andrews Vater gerne einen Schlag versetzt hätte.

Begehren, flüsterte Samuel Tilden.

Sein Ausdruck sagte Andrew, dass er wartete.

Begehren?, fragte Andrew und versuchte mit reiner Willenskraft, die Hitze zurückzudrängen, die er jetzt auf seinen Wangen aufsteigen spürte.

Samuel nickte. Sein Begehren richte sich auf eine Erstausgabe von *Das verlorene Paradies*, sagte er. Kleines Quartformat, Gold, London 1669. Ein makelloses Exemplar mit einer siebten Titelseite und der Signatur Blakeways, des

Historikers von Shrewsburys. Und er begehrte auch eine üppige Ausgabe der *Cromwelliana,* im Folio-Format, erweitert, mit Einlegearbeiten, fünf Bände. Und Boswells *Johnson* in Murrays großer Oktav-Ausgabe, zu sechs Bänden erweitert durch eine Vielzahl wunderbarer Stiche, die Leben und Zeit von Dr. Samuel Johnson illustrierten. Er begehrte Moores *Briefe und die Tagebücher des Lord Byron:* zwei Bände, Quarto, durch Hinzufügung ausgesuchter Bildtafeln auf vier Bände erweitert. Er wolle den Büchern, die er bereits besitze, noch viele weitere schöne hinzufügen.

Ich war kürzlich in Yale, sagte er. Ich mochte das Essen und die Leute da nicht, sagte er. Beides sei zu schwer und reich für seine Konstitution, erklärte er, und ganz und gar nicht das, was er wolle – sehr wahrscheinlich seien sie der Grund für seine gegenwärtigen Magenprobleme, weshalb er die Tomatenpillen überhaupt brauche, und eigentlich sei er nur hier in New York, um sein Jurastudium an der neuen Universität zu vollenden – aber die Bücher, die Bücher in Yale, die seien wunderbar! Und indem er sie studiere und sich anschicke, der erfolgreichste Anwalt New Yorks zu werden (er streute dieses große Ziel ganz beiläufig in seinen Satz ein, wie man eine Münze in den Hut eines Bettlers werfen mochte), werde er am Ende in der Lage sein, jedes noch so seltene Buch zu kaufen, das er begehrte.

Samuel wurde nicht rot, als er seine Zukunft kundtat, und als er schließlich den Laden verließ, verschwand das kleine Fläschchen Tomatenpillen wie ein gemeinsames Geheimnis in seiner Tasche, und er ließ viel zu viel Geld auf der Ladentheke zurück, nicht nur als Bezahlung der Ware, sagte er, sondern auch für die angenehme Unterhaltung, die er genossen, und für Andrews Zeit, die er zweifellos verschwendet hatte, und Andrew fühlte sich irgendwie schwach und fiebrig, und auch ein wenig benutzt, noch bevor er sah, dass Samuel vergessen hatte, seinen schönen grünen Mantel mit nach Hause zu nehmen. Er hatte noch nie im Leben einen Mann kennengelernt, der so offen über das sprach, was er begehrte.

11
Inventors' Gate

Cornelius Williams wird zum Sergeant gebracht. Nachdem man ihn nackt ausgezogen und sich über seine Erscheinung lustig gemacht hat, darf er sich wieder anziehen. Dann muss er die schrillen Provokationen des *kommissarischen* Captain Daly ertragen, eines Mannes, der sich mitunter dadurch zu beruhigen versucht, dass er sich Papierfetzen in den Mund steckt und darauf herumkaut, Notizen und sogar Haftbefehle, richterliche Anordnungen und Protokolle, wobei ihm nasse Schnipsel in den mächtigen roten Bart fallen und da hängen bleiben, sich verzweifelt darin festklammern und oder doch in den Tod stürzen, auf den Tisch oder den Boden, wenn er gähnt. Und das alles geschieht, als wäre es ihm vollkommen gleichgültig, obwohl tatsächlich das Gegenteil der Fall ist oder sein sollte, arbeitet seine Papierkauerei doch gegen ihn, wie es die meisten seiner Gewohnheiten in letzter Zeit tun, denn wann immer einer seiner Vorgesetzten mit der Frage konfrontiert wird, ob es nicht endlich Zeit sei, den kommissarischen Captain Daly nun zu einem *echten* zu befördern, sagt jemand weiter oben: Was, den Papierfresser?, und dann kommt die Rede auf den ganzen zu erledigenden Papierkram, und da ist er schwach.

Cornelius Williams erzählt dem kommissarischen Captain Daly, dass er dreiundvierzig Jahre alt ist. Als Adresse gibt er 256 West 26th Street an. Bei seinen Sachen haben die Beamten bereits ein Rasiermesser, eine Geldbörse mit fünf Dollar und eine auf den 6. August datierte Ausweisungsmitteilung aus einer Wohnung in der 426 West 57th Street gefunden. Diese Dinge sind mittlerweile aus Captain Dalys feuchtem Gewahrsam in die sichereren Hände von Inspector McClusky übergegangen. Die Ausweisungsmitteilung, darin stimmen beide Männer überein, könnte sich als zentrales Beweismittel herausstellen.

Nach einer weiteren Tracht Prügel, wie sie nicht-weißen Verdächtigen für gewöhnlich zuteilwird – kühlt ihre Gemüter und hält sie davon ab aufzubegehren, sagt Daly –, wird Cornelius Williams schließlich erlaubt, zu Atem zu kommen und die zerknüllte Ausweisungsmitteilung zu erklären: Er habe einmal das halbe Haus gemietet, zusammen mit einer Frau, die er nicht mehr mag.

Mr. Green …

Red schon, sagt Captain Daly.

Er hat sie geschützt.

Diese Frau?

Ja, Sir. Er hat mich dazu getrieben, ich hatte keine Wahl.

Worauf Captain Daly, wenn die Aufzeichnung des Verhörs denn keine Fehler enthält, den Gefangenen fragt, ob er je in eine Irrenanstalt eingewiesen worden sei.

Man hat mich schon töricht genannt, antwortet Cornelius Williams, aber nie einen Irren. Ich bin kein Irrer.

In seinen Aufzeichnungen zum Fall, schräge Beobachtungen in verrückten Schnörkeln, die ein moderner Leser für die Schrift eines Mediziners halten würde, schreibt Daly am Tag, nachdem Andrew umgebracht wurde, wobei er die Tinte etwas verschmiert (vielleicht ist er Linkshänder, vielleicht ist er in Eile), dass der mutmaßliche Mörder bei der Bemerkung, kein Irrer zu sein, *nervös an seinem Schnauzbart zupft,* während sich seine *eigenartigen* Augen *ständig verdrehen.*

Schnell wird eine Jury zur amtlichen Untersuchung des Todesfalls zusammengestellt:

Alfred E. Marling, Immobilienhändler, 47 West 47th Street
Robert Walker, Anwalt, 55 West 74th Street
Joseph L. Hilton, Kutscher, 27 East 40th Street
James Welton, i. R., 52 East 41rst Street
Walter G. White, Holzhändler, Murray Hill Hotel
Theodore T. Baylor, Anwalt, Murray Hill Hotel
P. W. Radcliffe, Bestatter, 316 West 19th Street
Mornay Williams, Anwalt, 315 West 88th Street
Thomas Farquhar, Versicherungsvertreter, 159 Madison Avenue
Joseph S. Scofield, Eisenbahn-Bevollmächtigter, Murray Hill Hotel
William H. Haskins, Arzt, 42 East 41rst Street

Jedes Mitglied der Jury weiß, das Opfer ist ein bedeutender Mann. Einige können ihre eigenen Geschichten über ihn erzählen. Jeder Einzelne ist schon durch einen Teil seines Central Park spaziert, hat eine seiner Brücken überquert, war in seinem Metropolitan Museum of Art, seinem

American Museum of Natural History oder der New York Public Library, die er gegründet hat, um den letzten Willen seines wichtigen Freundes, des Governors und Präsidentschaftskandidaten sowie besessenen Büchersammlers Samuel Tilden umzusetzen. Die Jury lebt in der Stadt, die er zusammengeführt hat, viele von ihnen haben ihn auf der Straße gesehen. Sie wohnen oder arbeiten in Häusern nahe dem Tatort. Sie wurden nicht wegen ihres Urteilsvermögens ausgewählt, wegen ihres guten Charakters oder Gerechtigkeitssinns, sondern weil sie in seiner Nähe waren. Das haben sie alle gemeinsam. Und dass sie Männer sind. Weiße Männer.

Sie lesen die Berichte in den Zeitungen, um ihre Erinnerung aufzufrischen. Wie aufregend, da mit dabei zu sein, denken sie zunächst. Und dann: Wie lästig, was für eine Störung des Alltags!

Dreiundachtzig Jahre. Lebenslang ein Junggeselle, und das ewige Alleinsein mag eine Auswirkung auf den Charakter eines Menschen haben, oder? Unabhängigkeit mag in Eigensinn übergegangen sein. Welche andere Erklärung gab es dafür, fragten manche, dass Green nicht vor Cornelius Williams auf die Knie gegangen war und um Vergebung gebeten hatte für was immer er getan oder auch nicht getan haben mochte, als der den Revolver auf ihn richtete? Demut hätte doch sicher sein Leben gerettet. War er dazu nicht fähig? Hatte er sie nicht rechtzeitig aufbringen können? Oder es nicht gewollt?

Hatte sich da zu viel Enttäuschung in Andrews Herz angesammelt? Sah er nicht, in welcher Gefahr er war? Oder war er mit seinen dreiundachtzig Jahren einfach zu abgehoben und privilegiert, um zu glauben, dass sein Leben in Gefahr war? Hochmut kommt vor dem Fall.

Die Jury fragte sich besonders, was die Worte bedeuteten, die Williams direkt vor seinem ersten Schuss geäußert haben soll und die ein Droschkenfahrer gehört hatte: *Sie haben also erwartet, dass ich Sie rette?*

Schwer zu ermessen, was er damit meinte. Schwer, sich in die halb vergessene Situation einzufühlen. Die zeitliche Distanz der Jury zur Tat war noch immer in Stunden zu bemessen, und doch verschwand sie bereits in der Dunkelheit.

Zwei Fehler, schrieb Pascal, ein Denker, den Andrew einmal bewundert hatte. *Erstens: alles wörtlich nehmen. Zweitens: alles spirituell nehmen.*

Wie sehen wir die Vergangenheit? Wird sie klarer, wenn sie in größere Ferne rückt? Kann sie aus mehreren Blickwinkeln, einer günstigeren Position, mit feineren Instrumenten und zusätzlichen Informationen betrachtet werden? Oder ist ihre Substanz bereits verschwunden und hinterlässt Raum, in dem sich Lügen fortpflanzen und gedeihen können, sich auf Aktenpapieren ausbreiten können – die allenfalls als weitere Speisung eines nervösen kommissarischen Captains taugen?

Sie haben also erwartet, dass ich Sie rette?

Vielleicht war Williams' Frage, bevor er den Abzug drückte, tatsächlich eine Art von Antwort. Vielleicht waren seine Worte die Reaktion auf einen Satz von Andrew, den niemand gehört hatte oder der nicht aufgezeichnet worden war. Oder vielleicht hatte Williams auch etwas anderes gesagt, etwas Ähnliches, war missverstanden oder falsch zitiert worden. Das gibt es immer wieder.

12
Scholars' Gate

Um in New York ein Gentleman zu sein, brauchte man Bildung. Um in New York Bildung zu bekommen, brauchte man Geld. Um in New York an Geld zu kommen, musste man ein Gentleman sein. Die Stadt formte ihre Kreise. Das dachte er, als er vor einem Spiegel im Hinterzimmer des Ladens stand und den teuren grünen Mantel trug, den Samuel zurückgelassen hatte. Er sah darin anders aus. Aus jeder Perspektive, merkwürdig. Aber in diesem Licht passte er fast.

Er hatte das Gefühl, der Zukunft, die er sich wünschte, ein wenig näher zu kommen, einem Leben, das seinen Geist trainierte und seinen Körper nährte, aber wie das in Gang setzen? Bücher, dachte er, Bücher, Bücher, Bücher. Er brauchte Bücher, die ihn weiterbrachten. Bücher, die ihn zu jemandem machten. Bücher, die ihn auf seinem Weg nach oben begleiteten. Bücher, mit denen man allein sein konnte, ohne sich so allein zu fühlen.

Er zog den Mantel vorsichtig wieder aus. Der Spiegel war voller schmutziger Fingerabdrücke, die nicht von ihm stammten. Neben dem Spiegel hing ein Hufeisen. Er berührte es und versuchte sich einzureden, dass er alles tun würde, um erfolgreich zu sein. Aber dann zog wieder der Spiegel mit den Fingerabdrücken seine Aufmerksamkeit auf sich, die verdorbene Transparenz, und sein noch unerfahrener Aberglaube half ihm auch nicht weiter.

Stattdessen gab er dem starken inneren Druck nach, sich ein Tuch zu nehmen und das Glas abzuwischen. Als er an Mr. Hinsdales Geländer vorbeikam, berührte er das Holz zweimal, dann noch ein drittes Mal. *Klopf, klopf, klopf.* So gab er dem Tag einen Rhythmus und eine Ordnung. Er tat das fast jedes Mal, wenn er dort vorbeikam, genau wie er fast immer fünfmal an der Ecke der verwanzten Matratze zog, bevor er sich umdrehte, um einzuschlafen.

Er war mittlerweile nicht mehr so müde und hungrig. Nicht wie während der ersten paar Monate hier. Der Magen war geschrumpft und hatte sich den Umständen angepasst. Das überschüssige Geld von Samuel Tilden für die Tomatenpillen hatte Andrew in Milch und Brot investiert, um eine Weile lang Mrs. Hinsdales Fischgerichte zu ergänzen. Langsam, aber sicher vermochte er seine Aufmerksamkeit auf andere Begierden zu richten.

Sein Vater hatte ihn mit nur zwei Büchern aus Green Hill fortgeschickt: der Bibel und den *Grundlagen der Buchführung*. Um seinen Fortschritt beim Studium des letzteren zu markieren, nutzte Andrew lose Seiten aus ersterem. Einfache und doppelte Buchführung. Wechselbriefe. Wege zur Klarheit. Genesis, Exodus, Levitikus, Numeri. Er las bis spät in die Nacht, jeden Abend, verlangte aber nach anderem Stoff. Warum sollten Bücher in dieser Stadt so schwer zu bekommen sein? Es schien in New York keine öffentliche Bibliothek zu geben, und um Bücher aus der Lehrlingsbibliothek auszuleihen, musste man zunächst einmal zehn Dollar zahlen. Die Handelsbibliothek verlangte einen Dollar und dann jährlich zwei, die in vierteljährlichen Raten zu entrichten waren. Diese Summen waren für seinen kümmerlichen Geldbeutel eine viel zu große Last.

Er behielt die Tür des Ladens im Blick, Tag für Tag. Er wartete und wartete und wartete.

Und dann kam Samuel Tilden zurück – er komme zufällig vorbei, sagte er, und ihm sei plötzlich eingefallen, dass er womöglich einen alten Mantel hier vergessen habe? –, und wieder wandte sich das Gespräch dem Lesen zu, Begierden, und eine außergewöhnliche Einladung wurde ausgesprochen.

Die Sonne schien. Es ging eine kühle Brise. Der Herbst brachte die erste Erleichterung. Der Klang von Kirchenglocken hing in der Luft, eine Aufforderung zu glauben, aber Lärm von der nahen Wall Street übertönte sie, ließ sie menschlich, wenn nicht unselig werden, und Geschäftsleute mit rastlosen Mienen eilten zurück nach Süden, als hinge ihre Zukunft davon ab, an ihre Schreibtische zurückzukommen.

Er und Samuel standen vor der Bibliothek der New York Society und starrten die Fassade an. Das Gebäude war aus braunem Sandstein mit aufgesetzten korinthischen Blendsäulen, die auf dem vorgeschobenen Untergeschoss standen. Samuel war Mitglied, wie sich herausgestellt hatte, und konnte Gäste mitbringen. Andrew konnte sich ausrechnen, was das bedeutete. Samuel musste fünfundzwanzig Dollar für die Aufnahme gezahlt haben, wozu jährlich noch einmal vier Dollar Beitrag kamen. Er war noch reicher als vermutet.

Eine verzierte Eisenbalustrade formte einen Balkon, und auf den zogen sie sich zurück, nachdem Samuel Andrew durch das elegante Innere der Bibliothek geführt hatte, die hohen Bücherwände mit ihrem perfekt angeordneten Bestand, Wissen, das man zu schönen, unüberwindbaren Barrieren aufgebaut hatte, die ihn nicht, wie erwartet, mit Neugier erfüllten, sondern mit einer Mischung aus Ehrfurcht, Angst und Scheu. Der Geruch der Bücher war das Seltsamste. So viele alte Bände, die alle ihren ganz eigenen Geruch verströmten und so gemeinsam ein Fluidum erzeugten, das ihm neu war. Es gab Anklänge von Gras und Staub. Sogar Vanille. Aber auch Noten, die zu körperlich waren, um angenehm zu sein.

Draußen auf dem Balkon setzten sich Blütenduft und Rauch durch. Junge Gentlemen standen da und blinzelten in die Sonne, trugen Bücher zu kleinen Stühlen und Tischen an der frischen Luft, oder sie standen am Rand, um den unverstellten Blick auf die Nachbarschaft zu genießen. Fast alle hielten inne, um Andrews Schuhe anzusehen. Als Kind hatte er sich oft gefühlt, als sei er kaum mehr als ein Geist, ein zartes Etwas, hin- und hergerissen zwischen dem Wunsch zu bleiben und zu gehen, zwischen Selbstentfaltung und dem Bedürfnis nach Stille. Aber diese Männer? Sie waren Mitglieder. Er war nur ein Gast, selbst jetzt. Das war der Unterschied – ein Unterschied, den er überall spürte. Mit dem stillen Missfallen von Menschen, die teure Geheimnisse sammeln, wandten sie den Blick von ihm ab.

Auch er hatte Geheimnisse. An sie dachte er, als er Samuels makellosem blauen Mantel – besaß er eine endlose Sammlung an Schnitten und Farben? – zu einem schattigen

Bereich des Balkons folgte. Er, Samuel, war heute sehr still. Vielleicht bedauerte er die ganze Unternehmung, die Zeit, die er bereits mit der Führung verschwendet hatte? Er schüttelte den Kopf ziemlich unwirsch, als Andrew fragte, ob er sich immer noch unwohl fühle.

Unwohl?

Die Tomatenpillen, sagte Andrew und hoffte, das Lächeln wiederzusehen.

Samuel nickte. Der Garten dort unten, sagte er. Er gehört einem Gentleman namens Mr. Winter.

Brav blickte Andrew über den Rand des Balkons. Da reihten sich ausladende Obstbäume aneinander. Eine niedrige holländische Kirche am Horizont. Der köstliche Duft von Aprikosen lag in der Luft. Die Geräusche der Geschäfte vorne drangen nur gedämpft auf diese Seite des Gebäudes, und die Stadt strahlte eine Ruhe aus, die ihn an zu Hause erinnerte und den Wunsch nach mehr Grün in ihm weckte. Die Luft leuchtete. Ein Vogel sang nicht gerade schön, aber freudig. Dem Leben hier haftete etwas Ländliches an, jedes der Häuser da unten hatte einen eigenen Garten, und in den Gärten gab es dichtes Gras, alte Bäume und das Gezwitscher von Spatzen und Zaunkönigen. All das linderte Andrews Unbehagen ein wenig, ließ ihn auf abstrakte und deshalb schmerzlose Art an Green Hill denken, gab dem Unvertrauten etwas Vertrautes und erinnerte ihn auch daran, dass er sein Zuhause nicht zu sehr vermisste – er sehnte sich nur danach, was, wie er annahm, etwas anderes war?

Ah!, rief jemand.

Ein Fremder hatte einen Stapel Bücher fallen lassen, wie

es schien. Andrew sah zu, wie der Mann sie nervös wieder aufhob.

Und dann wirkte Samuel, der offenbar von einem Moment auf den anderen in eine völlig andere Stimmung wechseln konnte, plötzlich weniger trübsinnig. Schon war er kaum mehr zu halten, die Worte stromten aus ihm heraus auf dem von einer leichten Brise umwehten Balkon, und Andrew dachte, dass das, was er gerade eben noch für Missmut gehalten hatte, tatsächlich nichts anderes als die gelegentliche Schüchternheit oft scheinbar selbstbewusster Menschen war. Wie er es von seinen Onkeln kannte. Und seinem ersten Freund, dem anderen Samuel.

Die jungen Gelehrten und Geschäftsleute starrten herüber, als Samuel Andrew beim Arm nahm und auf die sonnenbeschienen Mauern der Bibliothek deutete.

Ursprünglich hatten die Treuhänder die Absicht, sagte er, der großen Halle der Bibliothek eine ovale Form zu geben.

Andrew nickte.

Aber als sie begriffen, dass es ein bekannter Fehler von Bibliotheksbauern war, sich zu übernehmen, ohne vorausschauend an die Kosten zu denken …

Samuel nahm Blickkontakt mit einem gut aussehenden Jungen auf, der Boswells *Johnson* dabeihatte, und erklärte – seine Aufmerksamkeit trieb oft von Andrew weg –, dass sich die Treuhänder am Ende entschieden hatten, ihre Ambitionen zurückzustutzen, was dieses Gebäude betraf, doch jetzt sei eine neue Bibliothek geplant, und das neue Gebäude solle größer und weit eindrucksvoller werden, mit mehr Platz auf beiden Seiten, um Licht hereinzulassen, ein

Bau aus Philadelphia-Ziegeln mit Steinmetzarbeiten – aber unglücklicherweise wieder mit einer sehr gewöhnlichen Außenfassade, sagte Samuel, sowohl im Ganzen als auch im Detail.

Ich hoffe dennoch, das Gebäude hier kommt deinen Bedürfnissen fürs Erste entgegen, sagte Samuel.

Auch wenn die Ausgaben für Bücher weiter steigen, Andrew, und die privaten Einrichtungen finanziell auf Grund laufen, sollte es doch wirklich eine echte öffentliche Bibliothek geben, wie du es angedeutet hast, oder? Du hast mich zum Nachdenken gebracht, ja, das hast du.

Samuel hielt inne, um einen weiteren jungen Mann mit einem Buch zu grüßen. Andrew wartete darauf, vorgestellt zu werden, wartete noch etwas, und sah den Fremden wieder davontreiben.

Es gibt dieser Tage so viele Unglücke. Sie interessieren mich sehr. Dich auch?

Andrew wollte darüber nachdenken, aber Samuels Worte flossen weiter. Sein Akzent schien irgendwie gehoben heute, ein wenig unnatürlich oder sogar englisch, als gebe er sich besondere Mühe in der Erwartung, von anderen gehört zu werden.

Diese schnellen Irrtümer und verhängnisvollen Schrecken, Andrew, die jede Woche in den Zeitungen stehen – so wie wir Amerikaner ja fast alles so schnell vertilgen und abhandeln wie unsere Frühstücksbrötchen! Und es lenkt uns von der Notwendigkeit ab, für … für die … für die Zukunft und mehr Menschen zu planen. Morde, Explosionen, untergehende Schiffe, Privatsammlungen, die Flammen zum Opfer fallen, Kunst, die zu Asche wird, Ereignisse, die gleich ein Dutzend Menschen – ohne jede Vorwarnung! – ins Reich der Toten befördern. Wir nehmen das alles zu ruhig hin, meinst du nicht auch, Andrew? Wir, die Öffentlichkeit, als zerkauten wir einfach nur unseren Salat.

Samuels Gesicht nahm einen entrückten Ausdruck an, doch nur kurz, denn nun sprang er auf, fasste Andrew bei der Schulter und sagte:

Also, hättest du Lust auf einen Donut? Es gibt hier ganz in der Nähe einen Mr. Redburn, der sie das Stück für einen Penny verkauft.

Diese Hand auf seiner Schulter zu spüren, die Intensität von Samuels Blick.

Frühstücksbrötchen. Salat. Donuts. Wenn Samuel redete, surrte es in Andrews Kopf, weil er versuchte, Schritt zu halten – nicht mit dem, was er sagte, sondern mit der Bedeutung dahinter. Die körperliche Nähe, der süße Geruch von Samuels Haar, das alles machte den Tag umso fiebriger und verwirrender. Die Leute starrten sie an, und erst jetzt schien sich Samuel an sein größeres Publikum zu erinnern, trat zurück und strich sich den auffallenden blauen Mantel glatt.

Ein Ort, an dem man ungestörter ist, sagte er lächelnd.

Und während sie die Bibliothek hinter sich ließen, redete Samuel weiter – darüber, zu diesem Donut-Verkäufer namens Redburn zu gehen, über seinen Hunger auf öffentliches Leben und dass sein Jurastudium nur ein Mittel zum Zweck sei. Er halte es für notwendig, mit den Gesetzen vertraut zu sein, unter denen man lebte, sagte er, und er denke, es sei unverzichtbar, die Prinzipien zu kennen, auf denen sie beruhten und die ihnen ihre Autorität gaben, und hatte Andrew auch schon mal daran gedacht – Jura zu studieren?

Andrew plagte ein dumpfer, warmer Kopfschmerz. Er war, wie er zu seiner eigenen Überraschung feststellte, irgendwie gelangweilt. Es war seltsam befreiend, dieses Gefühl. Ich habe noch nicht an Jura gedacht, sagte er und versuchte sich zu konzentrieren. Das heißt jedoch nicht, dass ich es nicht tun werde.

Er wartete auf Samuels Reaktion. Es schien kein Spott in seinen Augen zu liegen, keine Information oder Fehlinformation, nur ein eigentümliches Bedürfnis nach Gesellschaft. Aber es war ja sicher ein Witz – die Vorstellung, dass er, Andrew Green, jemals Anwalt werden könnte.

Doch dann gab es eine weitere Überraschung, und es kam wie ein Schock, in diesen großen, schönen und jetzt sonderbar ernsten Augen etwas zu entdecken, das er kannte: Samuel Tilden war dabei, wie auch er selbst, ein anderes Leben einzustudieren.

Samuel war ein Mann, der wollte, dass jemand seinen Reden zuhörte. Er übte sich darin, jeden Tag eindrucksvoller, überzeugender, mehr *er selbst* zu werden. Jemand, der einen ernsthaften Partner brauchte, mit dem er seine Pläne verfolgen konnte. Dem womöglich die Herkunft dieses Partners nicht so wichtig war. Als er die Stufen der Privatbibliothek hinunterging, hatte Andrew zum ersten Mal in seinem Leben das Gefühl, dass er bald Teil eines Clubs sein könnte.

13
Hunters' Gate II

Im ersten Jahr ihrer gemeinsamen Spaziergänge – erst einmal, dann zweimal im Monat, dann, so oft sie konnten – erklärte Samuel Andrew gerne, dass sie keine so unterschiedliche Kindheit genossen hätten, wobei die Einzelheiten, mit denen er diese Behauptung zu untermauern versuchte, nie wirklich überzeugend waren. In seinen unsichersten Momenten schien es Andrew, als versuchte Samuel sich selbst zu erklären, warum er so viel Zeit mit jemandem von so niederer Herkunft verbrachte, den er in einem Gemischtwarenladen getroffen hatte. Dieser Versuch führte zu nichts, dachte Andrew. Es war, als wollte Samuel einen Funken mit einem Diagramm erklären, aber es gab nun mal keine befriedigende Erklärung, warum Andrew und Samuel zu Freunden wurden. Es gab das Gefühl der gegenseitigen Anziehung, einen Instinkt, ein Bedürfnis – wie es immer ist. Und dazu zahllose bedeutungslose Gespräche, die Schicht um Schicht Vertrautheit schufen. Gespräche wie –

Andrew, ich habe ein Geschenk für dich, für deinen Mr. Hinsdale.

Für mich?

Um es deinem Mr. Hinsdale zu geben, ja.

Der mag keine Geschenke, sagte Andrew, es sei denn, er kann sie weiterverkaufen.

Geht es seiner Frau immer noch schlecht, Andrew?

Ja. Sie sagt, sie ist 1822 an der Ehe erkrankt und leidet seitdem an den Symptomen.

Ah, tatsächlich! Ah. Haha. Aber du musst deinem Arbeitgeber mein Geschenk geben. Es ist etwas sehr Spezielles. Es ist … nun, eine Hinterbacke. Eine *sprechende* Hinterbacke, aus einem fernen Land.

Eine Hinterbacke?

Ja, die spricht und viel zu diskutieren hat. Deinem Mr. Hinsdale werden die Unterhaltungen mit ihr gefallen, denke ich. Der Bekannte eines Bekannten, Mr. Barnums rechte Hand in dem Theater am Broadway, Niblo's, hat besagte Backe angeblich aus einem fernen Ozean gefischt und würde mir sehr gern die erste Option zugestehen, sie zu erwerben …

Wie kann man die vertrauensbildende Wirkung von solch albernem Geplauder erklären? Das Netz argloser Sicherheit, das es zu schaffen scheint? Wie kann man den Zauber verstehen, den es auf einen Jungen ausübt, in dessen Leben es bisher kein solches Geplauder gegeben hatte, nur Anweisungen, Knurren, Kritik und Herabsetzungen? Derartige Plaudereien waren ein Luxus, ein Privileg, und Andrew begann es zu genießen, darin einzutauchen, auch wenn er fürchtete, sich lächerlich zu machen, was er hinter einem finsteren Blick zu verstecken versuchte.

Er wusste, Samuel konnte ihm das alles jederzeit wieder nehmen. Der aber blieb dabei, es war zum Verrücktwerden, dass er wie Andrew *in seinem Herzen ein Junge vom Land* sei – einer, der seine Wurzeln nie ganz ausgerissen hatte. Aber Andrew wusste, sein neuer Freund folgte den

Moden – diese farbigen, übertriebenen Mäntel – und mochte eines Tages aus einer Laune heraus die Richtung ändern und sich dafür neue, andere Unterstützer holen.

Wenn er mit Andrew zusammen war, sparte Samuel die Teile seiner eigenen Geschichte aus, die nicht zum Bild des Jungen vom Lande passten, aber sie fanden ihre Lecks und sickerten dennoch durch: seine Kindheitsfreundschaft mit den Van Burens, die häufigen Besuche bekannter Politiker, seine teure Ausbildung, die noble Wohnung und all die Landhäuser, zu denen er Zugang hatte. Und wenn es sich gerade anbot, etwa, weil protzige Freunde wie John Bigelow dabei waren – geschah es nicht aus Versehen, waren es keine Lecks mehr, wie Andrew bemerkte, sondern Samuel drehte den Hahn voll auf, seine privilegierte Stellung beherrschte die Unterhaltung und ertränkte alles andere.

So war Samuel eben, erkannte Andrew. Gleiche dich den Bedürfnissen deiner jeweiligen Zuhörerschaft an. Er war wie ein Rosenzüchter, der die Blüten verdrehte, damit sie an eine Kamelie oder vielleicht eine Pfingstrose erinnerten, oder sogar an die außergewöhnlich volle Rundung eines Wirsings, um so den Geschmack seiner Kunden zu treffen, was Form und Umfang anging. Er verkaufte sich jedem, der ihm zuhörte. Er wollte öffentliche Zustimmung. Er wollte eines Tages die Welt anführen, das wollte er wirklich. Er war immer auf der Suche nach der Version einer Geschichte, an die man sich wahrscheinlich auf ewig erinnern würde. Er war clever, anpassungsfähig, fleißig und anfällig für Magenschmerzen und Melancholie. Die Leute sahen ihn als Idealisten, Leute, die begriffen, dass er womöglich einmal etwas Bleibendes hinterlassen würde. Er wollte bessere Arbeitsbedingungen für die mittellosen Arbeiter, solange er nicht allzu viele von ihnen treffen musste. Und Stück für Stück nahm er Andrew mit nach oben.

Etwa zu der Zeit, da sich ihre Verbundenheit auf längere Sicht verfestigt zu haben schien – durch die auch weiter gemeinsam unternommenen Bibliotheksbesuche, die Gespräche über Bücher, die Andrew auf Empfehlung Samuels gelesen hatte, und durch die bezahlten Aufgaben, die Andrew gelegentlich für Samuel übernahm, Besorgungen, die Reparatur eines Bücherregals oder auch das Kopieren von Briefen an Demokraten-Kollegen –, lud Samuel ihn zu einem Spaziergang über die Battery ein, ein Stück Land, das Samuel hartnäckig *groß* und *frei* nannte, obwohl es doch von Zäunen umgeben war. Es gab dort verschiedene Spazierwege, kleine Pfade, und Samuel sagte, er wolle herumstreifen und reden. Dass er gerne über Andrews Aussichten sprechen würde.

Aussichten. Dieses eine Wort ließ Andrews Herz schneller schlagen. Er konnte bereits die salzige Luft riechen, spürte, dass womöglich gute Nachrichten mit einer Brise vom Meer heranwehten. Bewegte die Zehen in seinen schweren Schuhen auf und ab, dreimal, fünfmal, siebenmal. Es ging doch sicher um eine Belohnung für all die geleistete Arbeit? Vielleicht eine feste Anstellung in Samuels neu gegründeter Kanzlei. Eine Stellung, die es ihm erlaubte, seine Handelstätigkeit hinter sich zu lassen.

Ja, das musste es sein, entschied Andrew. Ihm würde eine Stelle als Samuels Assistent angeboten werden. Sie würden … Es eröffnete die Möglichkeit, einander noch näher zu sein. Und dazu das Geld, das er in einer solchen Position verdienen würde und seinem Vater und seinen Geschwistern nach Hause schicken könnte? Ihm war ganz schlecht vor Aufregung.

Der Tag kam. Wenn der Weg breit genug war, ging Andrew neben Samuel, wurde er zu schmal, hinter ihm. Von der weitesten Biegung des ersten Rundgangs aus sahen sie Schiffe im Hafen und an den Anlegern, andere ließen sich mit ihren gehissten weißen Segeln vom Wind vorantragen. Das ruhige blaue Wasser dehnte sich bis zu der Stelle, wo es in Wellen überging. Die ganze Zeit wartete er darauf, dass Samuel mit der guten Nachricht herauskam, über die versprochenen Aussichten redete, einen Hinweis darauf gab, was Andrew auf die nächste Stufe beruflichen und persönlichen Glücks heben konnte. Endlich begann er, eine wahre Erfolgserwartung zu verspüren. Der Gedanke schlich sich ein, dass er es verdiente, glücklich zu sein.

Die Battery war ein Ort, der etwas in Perfektion gewährleistete, über das Andrew oft nachdachte: *Distanz*. Es gab Nähe zu anderen, aber nicht zu viel. Hier herumzuspazieren bot die Möglichkeit, in Gesellschaft zu sein, ohne unter den gewohnten Kompromissen zu leiden, die das mit sich brachte – den Zwang, jemanden stundenlang über einen Tisch hinweg ansehen zu müssen, gefangen in derselben Position, Messer und Gabel in der Hand, nickend, murmelnd, kauend (und dem *anderen* beim Kauen zusehen), während der Rest der Welt seinen Geschäften nachging. Sich beim Gehen zu unterhalten, vermittelte das Gefühl eines nach vorn gerichteten Schwungs. Andrew hatte das immer schon so empfunden, selbst als Kind, wenn er auf seinen einsamen

Abenteuern mit sich selbst laut redete, und er konnte Samuel nur danken, wie für fast alles in letzter Zeit, dass er diesen Ort ausgesucht hatte, um ihm mitzuteilen, was er im Sinn hatte. Ja, die Wege waren etwas zu gepflegt für Andrews Geschmack. Die Runden zu klar strukturiert. Von der ursprünglichen Wildnis, die hier einmal geherrscht haben musste, war nichts mehr zu spüren. Aber Andrew gewöhnte sich an die Kultivation der Reichen und hielt sich gern mit Kommentaren zurück.

Er fragte sich, wie seine neue Bezeichnung lauten würde. Assistent von Samuel J. Tilden, Anwalt? Ihm gefiel der Klang, er sagte sich aber, seine Hoffnung besser nicht zu hoch fliegen zu lassen. Vielleicht würde er ihm eine untergeordnete Arbeit anbieten, und vielleicht hatte das, worum es Samuel ging, auch gar nicht mit Arbeit zu tun.

Samuel hustete. Sie blieben stehen, um den Ausblick zu bewundern. Einige der hereinkommenden Schiffe hatten zweifellos große Entfernungen überwunden, brachten Menschen aus Frankreich und England, China und Südamerika, von weit jenseits des Meeres, Schiffe voller Menschen und Güter, Dinge, die am Ende in Mr. Hinsdales Laden oder bei den mächtigen Großhändlern verkauft wurden: Tee und Seide, Baumwolle, Stoffe, einfach und gemustert, Klingen, Taschenmesser. Dampfschiffe fuhren geschwind hin und her, brachten Männer und Frauen in die geschäftige Stadt und trugen sie wieder fort. Doch das viele Wasser überall und der freie Blick, den es bot, schienen alles, was Andrew sah, in eine stille Langsamkeit zu tauchen.

Sie standen nebeneinander, atmeten die frische Luft, und immer noch wurde alles durch Andrews gute, erwartungsvolle Stimmung gefiltert. Wie leicht sich vergessen ließ, dass es am Rand von Lärm und Gestank diese Schönheit gab! Sieh dir New Jersey an. Staten Island und Long Island. Schiffe jeder Art. Von der *Liverpool Packet* bis zu kleinen Nussschalen. Von überall kamen Dampfer. Der Ausblick war sicher schöner als irgendeiner in der Welt.

Andrew seufzte. Beschloss, mutig zu sein. Spürte, wie ihm das Herz bis zum Hals schlug, als er seinem Freund vorsichtig einen Arm um die Schultern legte. Er sagte: Auf einer Reise durch ein fremdes Land würde es lohnen, einen Umweg von hundert Meilen zu machen, um so etwas zu sehen, nicht wahr? Aber hier direkt vor der eigenen Nase nehmen wir uns kaum die Zeit, es zu genießen.

Samuel nickte, machte sich aber sanft von Andrew los.

Es war, als müssten sie ihre Freundschaft noch einmal Stein für Stein neu errichten. Er wünschte, Samuel würde nicht länger zögern, das zu sagen, was er sagen wollte, doch ein Teil von ihm verstand und respektierte jegliches Verlangen seines Freundes, das Ganze in die Länge zu ziehen und zu genießen. Er versuchte sich zu entspannen.

Es gab so wenig Schönes in New York. Andrew hatte mittlerweile gelernt, die kaum bekleideten Kinder in den Schatten der übervollen Straßen zu übersehen. Die alten Männer, die unsäglichen Gelüsten nachgingen. Die von Fliegen angefressenen Toten in den Gassen. Die Hunde, denen er früher einmal geholfen hätte. Die verseuchten Krähenkolonien in Kirchen und Brauereien, die halb verfallenen Holzschuppen, die Stimme seines Vaters in Briefen und Träumen, seine immer selteneren Besuche, die tausend Körper, die sich Minute für Minute an einem vorbeidrängten, einen verfluchten, fragten, ob man ein Sohn Gottes werden oder vielleicht eine hübsche Tochter Evas treffen wollte. Die elegante weiße Marmorfassade der City Hall war gen Süden gerichtet, das Leben hier schien jedoch Tag für Tag nach Norden zu drängen. Er wollte nach Norden, mit Samuel. Er brauchte das Gefühl einer Richtung in seinem Leben. Und dann, aus seinen Gedanken gerissen, sah er ein Stück Abfall vor seine Füße fliegen …

Es war eine Zeitungsseite, und Andrew trat darauf. Bekam sie unter den linken Fuß, hob sie auf, zerknüllte sie und steckte sie sich in die Tasche. Alles, ohne nachzudenken, aus reinem Instinkt. Und da erst sah er Samuels entsetzte Miene.

Was war das jetzt?, sagte Samuel.

Das Papier, antwortete Andrew nach einer Pause. Die Leute werfen Dinge weg, und das verdirbt alles …

Noch während er das sagte, spürte er unter Samuels Blick Scham in sich aufsteigen, auch wenn er nicht recht wusste, was er falsch gemacht hatte.

Etwas in Samuel schien sich in diesem Moment zu verhärten. Vielleicht machte ihn Andrews unwürdiges Müllsammeln verlegen, vielleicht aber schämte er sich auch, dass seine Missbilligung so sichtbar geworden war. Oder ein Unbehagen kam zum anderen. Was immer es war, Samuel räusperte sich und begann mit einer Anekdote über seinen Großvater. Es ist eine kleine Geschichte, sagte er, aber ich muss sie dir erzählen.

Vor vielen Jahren brachte mein Großvater von der Eroberung von Louisbourg eine französische Muskete mit. Hat sie mir, seinem dankbaren Enkel, geschenkt.

Zum Üben?, fragte Andrew.

(Samuels Hand berührte einen Moment lang Andrews Ellbogen und sank dann weg.)

Ja, zum Üben. Sie hatte ein Steinschloss, diese Muskete, und der Schaft war aus französischem Walnussholz. Und sie hatte ein Glattrohr, das an der Mündung weiter wurde, ohne Platz für ein Bajonett.

(Die Wolken zogen dahin, der Wind wurde stärker. Ihre Schatten berührten sich auf der Erde.)

Die Muskete war schon ganz abgegriffen am – wie heißt es noch, Andrew? –, wo man sie hält, von anderen Händen, und hatte beim Schießen einen heftigen Rückstoß. Oh, dieser Rückstoß! Es war fast so gefährlich, das Ding zu halten, wie davor zu stehen!

Samuel wischte sich über die Augen und lächelte, als wäre die Geschichte damit vorbei.

Dennoch, Andrew, an einem bestimmten Tag in meiner Jugend hat es mir eine Lektion in unbesonnenem Verhalten erteilt. Auf medizinischen Rat hin – wieder mein Magen und meine Atemprobleme, all die Tage mit Büchern im Bett! – stimmte ich einem Abenteuer mit meinem jüngeren Bruder Henry zu, der noch ein kleiner Junge war. Ich war immer davor zurückgeschreckt, harmlose Vögel und Tiere zum Zeitvertreib zu töten, aber mit Henry zusammen wirkte diese Möglichkeit spannend. Und so nahm ich die Muskete mit. Es war meine erste und letzte Erfahrung als Jäger und Sportschütze, wie sich herausstellen sollte.

Henry begeisterte sich für Gewehre. Er trug die Munition und später das, was wir schießen würden. Ich wollte ihn beeindrucken. Wollen wir nicht alle unsere Geschwister beeindrucken, unsere jüngeren Ichs? Das fängt schon früh an, Andrew, obwohl ich sehe, dass du anderer Meinung bist.

Mein erster Schuss richtete sich auf einen Schwarm Tauben in einem Baum, Andrew. Ich erlegte eine und empfand nichts – nur einen winzigen Kitzel. Es war zu einfach, verstehst du. Viel zu einfach. Zuerst. Also hustete ich – ich habe damals ständig gehustet, mehr noch als heute – und bereitete mich auf einen zweiten Schuss vor.

Dieses Mal legte ich die Muskete nicht richtig an. Ich war zweifellos selbstgefällig, Andrew. Der erste Erfolg hatte mir nicht gutgetan, könnte man sagen, und damit waren meine Aussichten auf einen sicheren Schuss bereits dahin. Ich machte den Fehler, nicht mehr zu denken. *Jeder* Gedanke ist richtig, glaube ich. *Nicht* zu denken ist falsch, und so kommt es zu Fehlern, Andrew. Ich ließ meinem Impuls freien Lauf, war mir meiner Sache sicher, meiner Fähigkeit, einen weiteren Treffer zu landen und mich vor einem Unglück zu schützen, aber als der Schuss losging, schlug mir die schöne alte Muskete so heftig gegen die Nase, dass ich sie zu Boden fallen ließ und mir mit beiden Händen das Gesicht hielt. Das Blut strömte mir nur so aus beiden Nasenlöchern – oh, diese Schande!

Ich versuchte sie wegzuwischen, sie verschwinden zu lassen. Ich tat so, als würde es nicht schmerzen. Aber meine Lippen waren voller Blut, meine Nase wie taub, und in alldem kam eine dumme Hoffnung in mir auf: die Hoffnung, dass mein kleiner Bruder Henry es nicht gemerkt hatte, nach anderen Tauben gesehen hatte. Das war mir plötzlich so wichtig, aber war es wirklich möglich?

Henry blickte tatsächlich in eine andere Richtung. Vielleicht hatte er das ja die ganze Zeit getan, oder er war einfach nur taktvoll. Kinder können wirklich taktvoll sein, so wie es Erwachsene einfach nicht vermögen, obwohl …

Samuel verstummte.

Andrew starrte aufs Wasser hinaus und wartete auf das Ende der Geschichte. Er war sich sicher, der arme kleine Henry würde erschossen werden. Er sorgte sich noch nicht um sein eigenes Schicksal – darum, was die Geschichte für ihn besagen mochte.

Dann seufzte Samuel und sagte: Beim nächsten Schuss, Andrew, verfehlte ich mein Ziel. Und dann gleich noch einmal. Ich stand zu meiner Ehre als Sportsmann und habe die Muskete in den nachfolgenden Jahren nicht mehr angerührt, auch keine andere Muskete oder sonst eine Waffe. Ich hatte die Geschichte schon vergessen, bis vor Kurzem. Macht, und das Verlangen, sie zu meinem Vergnügen zu nutzen, hatten aus mir einen Narren gemacht, siehst du …

Schweigen. Samuels Lippen … zitterten sie ein wenig? Andrew fühlte sich müde, mit einem Mal so ungeheuer müde, als würde sein Körper die Pointe schon kennen, noch bevor seine Ohren sie zu hören bekamen.

Samuel klatschte auf gut gelaunte Weise in die Hände, als gäbe es keinen Grund, in seiner Geschichte etwas anderes als eine unschuldige Anekdote zu sehen. Und dann sagte er, und seine Augen glitzerten dabei ein wenig:

Es tut mir sehr leid, doch die nächsten paar Wochen werde ich zu viel zu tun haben, um dich zu sehen … Ich hoffe, du verstehst das.

Andrew stand da. Versuchte sich auf das Unkraut unter

seinen Füßen zu konzentrieren. Auf die Gesichter von Fremden. Auf das Wasser. Alles begann zu verschwimmen, sich zu drehen. Er dachte, er würde vielleicht stürzen.

Es ist einfach so, dass die Leute reden, sagte Samuel. Ein oder zwei Leute. In der Bibliothek. Niemand von besonderer Bedeutung. Über seine Freundschaft, *diese* Freundschaft, et cetera.

Samuels Familie habe mächtige Freunde. Überall, sagte er. Und sie erwarteten von ihm, korrekt zu sein, immer. Als korrekt wahrgenommen zu werden. Immer.

Samuel rieb sich über die Augen und schüttelte Andrew die Hand. Seine letzten Worte würden noch lange in Andrews Kopf widerhallen, sich mit anderen Momenten und Stimmen vermischen, sie verändern, die Tatsachen an das dazugehörige Gefühl anpassen: *Viel Glück, viel Glück, viel Glück.*

Benommen und schwach sah er Samuel hinterher. Dann holte er das zerknüllte Stück Zeitungspapier aus der Tasche – die Geschichte eines anderen – und warf es zurück auf die Erde, von wo es hergekommen war.

14
Artists' Gate

Ein großer Anwalt ist nicht nur in den Gesetzen bewandert, sondern versteht es, wenn ihm ein Mandat angetragen wird, auch die Wirklichkeit dazu in Bezug zu setzen. Ein großer Anwalt ist auch ein Künstler. Er ist in der Lage, in ein Land ungezähmter Information einzumarschieren und sie seiner eigenen Vorstellung von Ordnung anzupassen, ein erfolgreiches System zu schaffen, wo bisher nur Chaos regierte. Im Kopf eines großen Anwalts gibt es ein eigenes Tribunal, das mit Sinn und Verstand urteilt. Er ordnet Gutes Gutem zu, Schlechtes Schlechtem und sondert Falsches als falsch aus. Er zielt auf die schwachen Punkte in der Beweisführung der anderen und bringt entschiedene Aussagen in ein nebulöses Durcheinander. Er sieht die Ähnlichkeiten zwischen tatsächlichen Geschehnissen, weiß das Alltägliche mit dem Unerwarteten zu verbinden, und indem er auf äußerst verblüffenden Wegen Verbindungen durch und um die Aussagen von Fremden webt, bringt er Wahrheiten ans Licht, die seinen Klienten helfen, und weiß alles andere in Schatten zu hüllen. Beherrscht er diese Kunst von Licht und Schatten, kann er ziemlich reich damit werden.

Aber es ist nicht einfach, dachte Anwalt Kaffenburgh von der unerträglich mittelmäßigen Kanzlei Howe & Hummel. Er bemühte sich seit Jahren um »Größe« und war gerade an dem Punkt zu begreifen, dass er sein Ziel wohl nie erreichen würde. Er besaß nicht genügend Talent, das war die Wahrheit, die er jetzt erkannt hatte und akzeptierte. Was eine überraschende Ruhe mit sich brachte. Seine jüngsten Erfahrungen lehrten ihn, darauf zu verzichten, Geschichte schreiben zu wollen, stattdessen wollte er nun nur noch ein annehmbares Leben führen und seine Familie gut versorgen. Er hatte kürzlich beschlossen, keinen Träumen mehr nachzulaufen, sondern sich auf zwei bescheidenere Talente zu konzentrieren, die er in sich erkannt hatte: seine Nase für sich bietende Gelegenheiten und die Bereitschaft, seinen Stolz hinunterzuschlucken.

Was es umso frustrierender machte, dass ihn seine Nase im Mordfall Andrew Haswell Green bei der ersten Witterungsaufnahme im Stich gelassen hatte. Ein Mann namens Cornelius Williams war einige Wochen vor dem Mord, Anfang Oktober, in seiner Kanzlei aufgetaucht, weil er sich von ihm vertreten lassen wollte. Er war gut gekleidet, wirkte in seinem Anzug aber etwas linkisch, trug seine Melone komisch schief auf dem Kopf, und was er sagte, klang leicht gestelzt, wie abgelesen, als hätte er sich auf seinen Auftritt nervös vorbereitet.

Mr. Williams saß auf dem Klientenstuhl, der bequemer war als Kaffenburghs eigener, und legte, ohne weiter ins Detail zu gehen, dar, dass er gegen zwei Personen vorgehen wolle, die ihn unfair behandelt und sich dazu verschworen hatten, ihn aus seiner Wohnung zu vertreiben. Eine dieser Personen sei ein Mr. Green, sagte er, die andere eine Miss Bessie Davis.

Kaffenburgh hatte aufmerksam zugehört, sich Notizen gemacht und war dann auf sein Honorar gekommen. Er hatte die Angewohnheit, es zu Beginn eines neuen Jahres besonders hoch anzusetzen, und senkte es dann langsam, stufenweise, wenn sich mit dem Fortschreiten der Jahreszeiten sein Optimismus in Verzweiflung wandelte. Es war eine Schande, wirklich, aber man konnte nichts daran ändern, dass die schwarze Bevölkerung in dieser Stadt kaum je die Januarhonorare zu zahlen vermochte, und auch nicht die später im Frühling, im Herbst, Sommer oder frühen Winter. Ein Rabatt war ein Rabatt. Darauf noch mal einen zu geben, hätte bedeutet, sich unter Preis zu verkaufen. Er schickte Williams weg, ohne sich seine Klage im Einzelnen anzuhören. Ein Mann musste seinen Wert kennen. Kaffenburghs Mutter hatte ihm das beigebracht. Sie hatte gut geheiratet, wenn auch nicht glücklich.

Kaffenburgh griff nach seinem Stock – seit einem Straßenbahnunfall humpelte er schwer – und strich über die geliebte fehlerhafte Stelle im Holz des Stockes, während er die Titelseite der *Times* anstarrte: *»Vater von Greater New York« vor seinem Haus erschossen.*

Manche Fehler holen einen wieder ein. Genau dieser Mann, der zu ihm gekommen war und den er abgelehnt hatte, stand im Zentrum des mit Sicherheit größten Mordfalles des Jahres. Eine Art Fall, die einen guten Anwalt als außergewöhnlich und einen schlechten als gut erscheinen lassen kann. Gottverdammt, sagte Kaffenburgh.

Daddy?, sagte seine Tochter.

Er ermahnte sie, weiter ihre Milch zu trinken, und nachdem er einen Mundvoll fürchterlichen Kaffee in die Spüle gespuckt hatte und dabei tatsächlich auch etwas auf seine Hose, vergaß Kaffenburgh alle Frühstückspläne – was noch nie passiert war – ließ die *Times* auf dem Tisch zurück, küsste seine kleine Tochter auf die Stirn, eilte aus dem Haus und lief, so schnell er konnte, in Richtung Polizeipräsidium, wo, wie er annahm, Williams festgehalten wurde. Seine Tochter blieb nicht allein – Tony, der Irish Setter, würde auf sie aufpassen. Ein wunderbar treuer alter Hund von bestechender Athletik, aber beschränktem Intellekt, der sich immer unter dem Zaun durchbuddelte, statt über ihn zu springen, obwohl er doch nur dreißig Zentimeter hoch war. Kaffenburghs Frau war im Jahr zuvor nach langer Krankheit gestorben, und er hatte nur den Hund, der sich außerhalb der Zeit von elf Uhr vormittags bis vier Uhr nachmittags um sein Kind kümmerte. Im Moment war es Viertel vor zehn. Er hoffte, dass es das Risiko wert war, Sue allein zu lassen, und der Hund nicht vor lauter Aufregung über seine Aufgabe als Hüter des Mädchens dessen Milch umwerfen würde.

Und so stelle man sich die Szene vor: Vor dem Präsidium stößt Anwalt Kaffenburgh auf eine große, aufgebrachte Menge, die den Tod des Gefangenen fordert, der den berühmten Vater von Greater New York ermordet hat. Er hat keine Chance, bis nach vorne durchzudringen, ohne um Leib und Leben fürchten zu müssen, und beides braucht er noch, schließlich musste er Geld verdienen (viel im Januar und jetzt weniger, wo sich das Jahr dem Ende zuneigt), um für seine Tochter zu sorgen. Geht es ihr zu Hause gut, allein mit dem Hund? Plötzlich fühlt er den alten Kummer wieder aufsteigen. Hat sie geweint, als er aus dem Haus gelaufen ist? Er kann es nicht sagen. Sie haben ihn immer so tief getroffen, ihre Tränen, und manchmal hat er sie nachts weinen gehört, obwohl sie ruhig schlief, aber das war, bevor er selbst zu weinen begonnen hat. So steht er wartend da in der kalten Novemberluft. Betrachtet die Kaffeeflecken auf seiner Hose. Die Gesichter der Menge. Hört die Stimmen der Menge, und andere, an die er sich nur erinnert. Dann hat er eine Idee.

Seine Idee ist einfach, verlangt aber eine Anstrengung: zur Rückseite des Präsidiums zu laufen. Hinter dem Gebäude gibt es womöglich weniger rastlose Seelen. Und was würde *er* tun, wenn er der Fahrer der Polizeidroschke wäre, die sicher irgendwann heute Morgen kommt, um Williams zum Gericht zu bringen? Dorthin würde er fahren, hinter das Gebäude, weg von der Menge. Er läuft so schnell er kann mit seinem Stock, keuchend und unter Schmerzen.

Während Kaffenburgh dort wartet, das Gewicht auf das gesunde Bein verlagert, und sich durch den glanzlosen Mantel die Arme reibt, beklagt er ein weiteres Mal, Williams nicht als Klienten angenommen zu haben, als er die Chance dazu hatte. Und er beklagt auch, dass kein Frühstück in seinem Magen ist. Kaffee ohne etwas zu essen ist schlimmer als gar kein Kaffee, und schlechter Kaffee ohne etwas zu essen noch mal schlimmer, und warum ist es in diesem modernen New York für einen nicht gänzlich unangesehenen Berufstätigen überhaupt so schwer, ein befriedigendes Frühstück zu bekommen? Die Stadt gewährt einem Mann zahlreiche Möglichkeiten, gemäß seinem Niveau und seinen Mitteln gut zu Mittag zu essen, und auch abends bietet sich an jedem beliebigen Tag eine schon fast verwirrende

Auswahl. Aber wenn sich auf dieser Insel ein Mann nach dem Aufstehen auf die Jagd nach einem Frühstück macht, manchmal mit einem kleinen Kind auf den Schultern und einem großen Hund an der Leine? Da fangen die Probleme schon an.

Anwalt Kaffenburghs Erfahrungen als Frühstückssuchender in dieser vereinigten Stadt ist die eines durchgängig dürftigen Services. Der Kellner ist fast immer noch in der Probezeit, weil er den Anforderungen des Mittagessens noch nicht gerecht wird, und wenn er nicht gerade eine Bestellung aufnimmt, hustet er auf frische Teller oder räumt laut lärmend das Durcheinander vom Abend zuvor auf. Und die Küche ist entspannt, oh, sehr entspannt! Ein Helfer des Kochs hat die Oberaufsicht und kaum Personal. Man muss ewig warten, und was kommt, ist minderwertig, der Kaffee einmal bedenklich und am nächsten Tag unerträglich, schmeckt in der einen Tasse nach Äpfeln, in der nächsten nach Käse, und das Obst auf dem Teller ist ausnahmslos warm und welk. Eine Woche davon reicht, um einen Vogel Strauß magenkrank zu machen – und natürlich geht es immer so weiter, viel länger als eine Woche. Ein ganzes verdammtes Leben lang. Die Suche nach einem Frühstück ohne Besen, Wischmopp und Staubwedel, von einem Mann seines Fachs zubereitet, serviert von einem fähigen Kellner, ohne Begleitung von einer Wolke Fliegen – in dieser Stadt findet sie kein Ende!

Kaffenburgh denkt über diesen traurigen Zustand nach, als eine Droschke hinter dem Präsidium vorfährt. Die Tür zum Gebäude öffnet sich, bevor er überhaupt ganz begreift, was sich da tut. Ein Dutzend Beamte kommt mit einem

Mann in Handschellen herausgeeilt – dem Star der Vorstellung, Cornelius Williams – und führt ihn zur Droschke.

Mein Klient!, ruft Kaffenburgh und winkt mit seinem Stock. Das ist mein Klient! Mein möglicher Klient!

Williams' Unterlippe blutet. Auf der hohen, glatten Stirn hat er eine Platzwunde. Er wirkt völlig erschöpft. Aber als er den Blick hebt und Kaffenburgh sieht, sagt er ohne jedes Zögern wie ein alter Freund: Oh, hallo, Mr. Kaffenburgh. Warum haben Sie den Fall nicht gewollt, als ich bei Ihnen war?

Und ja, Anwalt Kaffenburgh erinnert sich jetzt. Zwar hatte der Mann kein Geld, aber er redete wie ein Gentleman. Gekleidet war er ebenfalls fast wie ein Gentleman. Und offenbar hat er ein fabelhaftes Gedächtnis. Als wüsste Mr. Williams, habe immer gewusst, tief in seinem Inneren, unter all seinen Fehlern, dass er, Anwalt Kaffenburgh aus der Kanzlei Howe & Hummel, jemand ist, auf den man sich verlassen kann.

Heitere Klarheit mischt sich in das Unwohlsein in Kaffenburghs frühstückleerem Magen. Er ruft: Ich übernehme Ihren Fall ohne Honorar, Mr. Williams! Für eine sehr geringe Gebühr! Denken Sie daran, sagen Sie nichts! Ich sehe Sie in zwei Stunden im Gericht, nachdem man Sie dem Haftrichter vorgeführt hat!

Williams scheint zu nicken, als er in die Droschke steigt, aber vielleicht zieht er auch nur den Kopf ein, um seine verwundete Stirn vor einem weiteren Schlag zu schützen.

Kaffenburgh steht noch ein paar Sekunden da, stiller als seit Wochen, während er der Droschke nachsieht, die hinter der nächsten Ecke verschwindet.

Dann läuft er mit seinem flatternden Vogelherzen in ein nahes Speisehaus, wo er vor einem Teller mit welkem, fliegenumschwärmtem Obst sitzt und jede einzelne Zeitung liest, die er dort findet. Sein vollkommen unvollkommener Stock hängt am Tischrand, und Kaffenburgh beginnt ein Notizbuch mit allen nützlichen Informationen zu füllen, die er finden kann.

Er liest, dass ein Dr. E. B. Ramsdell mit der Presse gesprochen hat, ein Mann, der sich als Besitzer des Hauses 426 West 57th Street ausweist. 426 ist wahrscheinlich das Haus, aus dem Williams ausgewiesen wurde, denkt Kaffenburgh – der entsprechende Bescheid wurde gestern bei seiner Verhaftung bei ihm gefunden, so stand es bereits in der *Times*.

Dr. Ramsdell scheint laut *Herald* ein Mitglied der Forest Lake Association zu sein. Diese Gesellschaft hat ein Sommerhaus am Forest Lake, bei Masthope in Pennsylvania. Ramsdell hielt sich zuletzt in der ersten Augusthälfte dort auf, und offenbar kamen ein paar besorgte Clubmitglieder zu ihm, als er an einem sonnigen Tag die Ruhe am See genoss. Sie sagten, ein Mann sei da, der ihn sprechen wolle. Ein unerwarteter Besucher, sagten sie. Ein Mann, der *normalerweise hier nicht willkommen* wäre. Der Mann behaupte, dass er, Ramsdell, sein Vermieter sei.

Ich?, sagte Ramsdell zu seinen Freunden. (Wir rechnen nie damit, dass das Unerwartete uns betrifft.)

Und der Mann an der Tür, als Ramsdell aufstand und nachsehen ging, war kein anderer als Cornelius Williams.

Wie die *Times* schreibt, braucht Ramsdell einen Moment, bis er ihn erkennt. Williams ist nicht sein lästigster Mieter, gehört aber zweifellos mit zu ihnen, und wenn Ramsdell sie loswerden könnte, alle auf einmal – wenn denn nur Weiße seine Zimmer wollten –, nun, das wäre ein Festtag.

Cornelius sieht müde aus, fahrig, und sein Haar ist wild durcheinander. Er wirkt verändert, sein früherer Stolz ist verschwunden, als machte ihn die Stadt langsam verrückt. Er sagt seinem Vermieter, dass er unglücklich über den Räumungsbescheid ist, den er für die Nummer 426 bekommen hat, in einer *sehr schönen Häuserreihe, die von Schwarzen der besseren Sorte bewohnt wird,* wie Dr. Ramsdell es der Presse gegenüber mit wohlgewählten Worten ausdrückt, womöglich mit einem Auge auf seinen weiteren Aufstieg schielend.

Die Hausmeisterin, sagt Ramsdell. Sie haben ihr unentwegt von Ihren Obsessionen erzählt, Mr. Williams. Sie meinte, Sie … Sie meinte, Sie hätten sich zu einer fürchterlichen Plage entwickelt.

Lügen, sagt Williams.

Wir haben das bereits besprochen, sagt Ramsdell.

Nein, sagt Williams. Nicht im Einzelnen, Sir. Und da lächelt er ein wenig.

Doch, das haben wir, sagt Ramsdell, und es endete mit der Frage, ob *Sie* oder die Hausmeisterin gehen sollten. Sie ist eine sehr verlässliche Hausmeisterin, Mr. Williams, seit vielen Jahren, und wir, Makler Calhoun und ich, haben beschlossen, dass *Sie* gehen. Das ist unsere Entscheidung. Wie haben Sie mich hier gefunden? Das hier ist kein Ort für Sie …

Darauf fängt Williams, laut Ramsdell und laut dem *Herald,* den Anwalt Kaffenburgh sich vom Stapel genommen hat, eine weitschweifige Geschichte über eine wunderschöne Miss Bessie Davis an, die er, wie er gesteht, immer noch liebt. Er sagt, dass sich ein reicher Gentleman namens Green trotz der unterschiedlichen Hautfarbe mit ihr angefreundet und sie gegen ihn aufgebracht habe.

Ich werde ihn umbringen, sagt Williams, wenn er nicht aufhört.

Ramsdell hört ihm zu, wie es jeder tun würde, und beschließt, sobald er wieder in New York ist, gleich diesen Mr. Green, wer immer das sein mag, aufzusuchen und ihm von der Drohung zu berichten, die sein Mieter Cornelius Williams gegen ihn ausgesprochen hat. Doch dann verfängt er sich in den Alltäglichkeiten seiner eigenen wohlgeordneten Existenz, die Blase an seinem Fuß muss aufgestochen werden, und er vergisst die Sache.

Nun, denkt Kaffenburgh, schreibt alles auf und klappt sein Notizbuch zu. Die Welt ist voller Fehler und Enterhaken.

Er legt die Zeitungen zusammen und schiebt seinen Teller mit den fliegenübersäten Früchten zur Seite, bezahlt, gibt bewusst kein Trinkgeld und eilt zurück zu Tochter und Hund.

15
Gate of All Saints II

Zwei Tage nach seinem Gespräch mit Samuel auf der Battery, überzeugt, dass es mit ihrer Verbindung ein für alle Mal vorbei war, legte sich Andrew ins Bett. Er litt unter einem heftigen, dumpfen Druck auf der Brust, der einfach nicht nachlassen wollte. Dazu die widerwärtige Leere in seinem Magen, wie sie auf eine üble Niederlage folgt. Er hatte das Gefühl, niedergestreckt worden zu sein, und sein Atem ging flach. Ihm war schlecht, heiß, kalt – er fühlte sich hilflos.

Aufgerichtet und reglos auf dicken Kissen zu liegen verbesserte die Situation ein wenig, doch als der Morgen verschwommen und vernebelt in den Nachmittag überging, stellte er fest, dass er nicht aufzustehen vermochte. Er überlegte, ob er um Hilfe rufen sollte, wusste aber nicht mehr, von wem auf dieser Welt er gefunden werden wollte. Als am frühen Abend schließlich seine Stimme so schwach wie sein Körper wurde, hörte er den Schlüssel seiner Vermieterin in der Tür. Als sie ihn sah, bekreuzigte sie sich. Am nächsten Morgen kamen zwei seiner Schwestern. Dann sein kleiner Bruder Oliver, der zu Hause jahrelang ins Bett gemacht hatte. Es gibt immer einen, der schwächer ist als man selbst. Nur: Andrew hatte Oliver geholfen, sein Bettnässen zu verbergen. Hatte seine Wäsche gewaschen, Olivers Schwäche vor ihrem Vater verborgen, hatte ihm geholfen, der sportliche Bruder zu bleiben, der vortreffliche Athlet. Und jetzt kam dieser Oliver in seiner Bauarbeiterkleidung hier ins Haus, sah stämmig aus, klüger, sonnenverbrannt mit kräftigem Haar, und sein selbstsicheres Lächeln begann erst zu schwinden, als er sah, in welch erbärmlichem Zustand Andrew war.

Alles in Ordnung, Andrew?, sagte Oliver. Dabei klatschte er in die Hände, als hoffte er, alle zurück auf den Boden zu holen.

Andrew versuchte zu lächeln, gab es aber auf. Olivers Züge verschwammen, seine Nase wirkte flüssig, und Andrew ertrug den Gedanken an Essen, Wasser oder alles andere, was ihm seine Schwestern oder Oliver anboten, nicht. Er sah, wie ihre Finger an seiner Bettwäsche herumzupften, sah die Sorge in ihren verzerrten Gesichtern, die verwirrten Augen, die durch die unruhig düstere, offenbar seiner Haut entströmende Atmosphäre auf ihn herabsahen. Ein einziger bitter-hellsichtiger Gedanke brach durch den Nebel: *Das ist also nötig, damit sie mich besuchen.*

Das Fieber stieg weiter. Das Zittern, das Frostgefühl. Und es überraschte ihn, dass sein Körper derart litt, mit so handfesten Symptomen, hatte er sich zunächst doch noch gefragt, ob nicht allein die Seele verletzt war. Er war schweißnass, drehte und wand sich aus der Zeit, träumte von Schiffen, vom Schießen mit Musketen und Engeln im Himmel. Durch diesen Sumpf hörte er, wie jemand an seinem Bett fragte, ob er schon sein Testament gemacht habe.

Er hatte die zwei Jahrzehnte seines Lebens vergeudet. Hatte nichts erreicht, das von Dauer sein würde, das wusste er. Wenn er das jetzt überlebte, falls er wieder Wasser zu sich nehmen konnte, falls sich sein Magen nicht weiter gegen jegliche Substanz wehrte … Ja, er dachte an den Ozean, an eine Wiedergeburt. Er fragte sich, ob sein Vater kommen würde.

Am nächsten Tag wurde er von einer menschlichen Gestalt besucht, über die er später herausfand, dass es sich um einen Dr. Washington gehandelt hatte, der nach einer langen, wenig überzeugenden Untersuchung erklärte, dass es sich womöglich um ein Aneurysma an der rechten Arterie handele.

Dann kam ein Dr. Stevens, der meinte, es sei eine Nervenstörung des Drüsensystems, die er möglicherweise überleben werde, wenn er genug Alkohol zu sich nehme, um das System zu reinigen.

Schließlich untersuchte ihn ein Dr. Edgehill, der entschied, der Grund für die Krankheit bestehe in einer Art Schock, in Verbindung vielleicht mit Überarbeitung, und der ihm zwei gute Zähne zog, um das Fieber zu senken. Diese Zuspitzung des allumfassenden Elends in einem einzigen Ereignis, Blut überall auf dem Bett, auf den Werkzeugen und Andrew, einem Ausbruch laut herausgebrüllten Schmerzes, hatte kurzzeitig Erfolg, indem sie Körper und Geist mit einem konkreten Schmerzpunkt versorgte.

Seine Schwestern ermutigten ihn eindringlich, doch ein Bad zu nehmen, als könnte er die Bewegung überleben. Oliver ließ wieder und wieder ein Glas Whisky auf dem Nachttisch zurück und schien immer betrübter, wenn er zurückkam und es war unberührt.

Den ganzen Tag über schlief Andrew unruhig und lag

nachts wach, doch dann erwachte er eines Morgens mit dem merkwürdigen Gefühl wiedergefundenen Gleichgewichts. Er hatte sein Fieber überwunden.

An diesem Morgen sollte ein Priester kommen, um ein Gebet an seinem Bett zu sprechen, aber Andrew war kräftig genug, seine Schwestern dazu zu bringen, den reisenden Geschäftsmann abzuweisen. Dann bat er sie, ihm Brot und Honig und Wasser, Wasser, Wasser zu bringen. Er aß und trank, es war das pure Glück. Eiskaltes Wasser! Brot! Anderthalb Scheiben, und er fühlte sich herrlich gesättigt. Er schlief den ganzen Nachmittag.

Lyrik. Während er langsam wieder zu Kräften kam, bat er seine Schwester Lucy, ihm Gedichte zu bringen. Miltons Sonette. Das war es, wonach er sich zuerst sehnte. Das Sonett an Mr. Lawrence, und das eine an Cyriac Skinner. Und dann, aus einem Bedauern heraus, den Priester abgewiesen zu haben, bat er auch um eine Bibel.

Lucy bot an, ihm vorzulesen, aber darum ging es nicht, ganz und gar nicht. Er wollte *Lucys Stimme* hören. Von ihren Lieben, Geheimnissen, Träumen erfahren. Wollte das Buch ihres Lebens öffnen.

Sie unterrichtete an einer Schule. Sie war Lehrerin, und jetzt auch Mutter, und sie wünschte ihm eines Tages ein Kind, damit auch er diese Liebe kennenlerne, sagte sie – und damit sie eine Tante sein könne, denn sie werde eine ausgezeichnete Tante sein, was als die beste aller Rollen gegenüber Kindern erschien. Gute Stunden, sagte sie lächelnd.

Er hatte Lucys Tochter in den letzten Jahren Geschenke geschickt und nie eine Reaktion darauf bekommen. Er nahm an, dass es ihm bald gut genug gehen werde, um sie zu besuchen – wenn es die Arbeit erlaubte. Es gab etwas wiedergutzumachen.

Er stank. Er war widerlich. Er liebte sie dafür, dass sie ihm die Stirn trocknete, genau wie Oliver für seinen nutzlosen Whisky. Er dachte in diesem Moment, dass er, Lucy und Oliver für den Rest ihres Lebens durch diese paar Tage der fürsorglichen Pflege miteinander verbunden sein würden. Aber in ein paar Jahren würde ihre Korrespondenz wieder ausdünnen, ganz als sollte es so sein.

Die Zeitung, hörte er sich murmeln, als er eines Abends immer noch geschwächt Richtung Schlaf trieb.

Die Zeitung?, fragte Lucy.

Abfall …

Am letzten Morgen klopfte seine Schwester an seine Schlafzimmertür, und dieses Mal hörte er es klar und deutlich. Er verstand das Geräusch. Sie hielt einen Teller mit Eiern für ihn in der Hand, und Kaffee, und sie trug einen Mantel. Ihr Koffer stand auf dem Boden bei ihren Füßen. Oliver war direkt hinter ihr, auch er trug seinen Mantel.

Wie hast du geschlafen?, fragte sie.

Wie ein Toter, antwortete Andrew.

Seine Schwester und sein Bruder lächelten. Andrew nickte zum Koffer hin. Ist es so weit?, sagte er.

Ja, sagte sie. Ich denke, es ist Zeit. Es scheint dir viel besser zu gehen.

Wenn du nur schon früher deinen Whisky getrunken hättest, sagte Oliver, hätten wir nicht ganz so lange auf deinem elenden Boden schlafen müssen.

Andrew lachte, und seine Geschwister lachten ebenfalls.

Einen Moment lang waren sie alle so laut und beschwingt wie bei Hochzeitsglocken im Kreis der Familie.

Er wollte sagen: Geht nicht, aber wusste tatsächlich immer noch nicht, wie. Sich erneut einer harten, schmerzvollen Wahrheit zu öffnen schien die schlechteste aller Möglichkeiten. Vielleicht ist es manchen Menschen bestimmt, allein zu leben.

Danke, dass ihr gekommen seid, sagte er.

Er war mit seinem Abenteuer in der Stadt gescheitert. Seine Liebe zu New York war unerwidert geblieben. Durch seine Krankheit hatte er seine letzte Anstellung als Stoffhändler verloren. Sie hatten ihn nicht behalten können, während er sich erholte, und im Moment schien es keine offenen Stellen zu geben. Die Geschäfte gingen schlecht, was offenbar an einer Mischung aus Gier, Finanzmarktproblemen und Maulbeerbäumen lag, die er nicht ganz verstand. Die Miete für sein Zimmer war fällig. Er konnte sie nicht bezahlen. Er konnte es auf der Straße versuchen oder zurück nach Hause gehen.

Die ersten paar Tage auf Green Hill waren ein einziger Versuch, dem Blick seines Vaters auszuweichen. Nicht an Samuel zu denken. Den Rauch der Stadt aus der Lunge zu bekommen und seine gesunde ländliche Konstitution wiederzugewinnen.

Andrew hatte das Gefühl, indem er eine Freundschaft mit einem Mann verfolgt hatte, der so eindeutig für Höheres bestimmt war, indem er die eigenen Verpflichtungen vernachlässigt und sich in eine Vermessenheit hineingesteigert hatte, die Art von Missachtung sozialer Unterschiede bewiesen zu haben, die sein Vater schon immer in ihm vermutet hatte. Ja, jede einzelne Unterhaltung mit Samuel war ein fürchterlicher Fehler gewesen, jeder Versuch, sich über die eigenen Erwartungen hinauszuschwingen, so vermessen wie töricht.

Als sein verzweifelter Wunsch nach Freiheit nach mehreren Wochen auf Green Hill stärker wurde, besuchte er immer öfter die Bibliothek der Antiquarian Hall in Worcester. Dort machte er die Bekanntschaft eines Mr. Elihu Burritt, der später als der Learned Blacksmith, der Gelehrte Schmied, bekannt wurde. Es war Burritt, der Andrew von einer potenziellen Stelle im Ausland erzählte. Ein Mann namens Burnley, sagte Burritt, suche regelmäßig gute junge Männer als Aufseher für seine Zuckerplantage auf Trinidad. Deine Familie kannte die Burnleys, sagte er, aber vielleicht war das vor deiner Zeit?

Erst hielt Andrew das ganze Thema für einen Scherz, als wollte ihm jemand einen Streich spielen. Doch dann sah er Burritt in die Augen und fragte: Wo ist Trinidad?

Burritt erklärte ihm, mit ein paar kurzen Monaten Arbeit auf Trinidad könne er eine ansehnliche Summe verdienen – und es sei durchaus möglich, wie er es formulierte, die Bemühungen der Anti-Sklaverei-Gesellschaft zu unterstützen, um die Arbeitsbedingungen der Menschen dort zu verbessern, die *frisch befreit* seien. Den Arbeitern, die bis vor Kurzem nichts als Grausamkeiten und hündische Unterwerfung gewohnt gewesen seien, dabei zu helfen, ein Gefühl von Unabhängigkeit zu entwickeln. Und wenn er tatsächlich nach Trinidad gehe, was er, wie Burritt meinte, unbedingt tun solle, könne er auch gleich dafür sorgen, dass eine Sonntagsschule eingerichtet werde. An der die Kinder der Plantagenarbeiter im christlichen Glauben erzogen würden. Andrew war ja doch ein Mann des Glaubens, oder nicht? Von nichts Geringerem hinge die Stelle ab.

Burritt war kein Mann, der lange um einen Gedanken herumredete. Hatte Andrew während seiner Zeit in New York vielleicht einen Reverend namens Ogilby kennengelernt? Fühlte er sich gestärkt genug, für einen kurzen Besuch nach New York zurückzukehren und genau diesen Reverend zu treffen? Das, sagte Burritt, könne eine Voraussetzung sein, um sich die Stelle in Trinidad zu sichern.

Ein paar Wochen später schrieb Andrew an seinem einundzwanzigsten Geburtstag, dem 6. Oktober 1841, Folgendes in sein Tagebuch:

> *Heute Morgen wurde ich von Rev. Mr. Ogilby (Prof. am Theologischen Seminar in der 21st Street) unten an der Battery durch Untertauchen getauft. Mr. J. W. Mitchell, Rev. Mr. Clare und Frau waren als Paten zugegen …*

Es war eine komische kleine Geschichte, diese Taufe durch Untertauchen, die später in seinem Kopf widerhallen sollte. Mit der Zeit finden wir Tiefe in den Dingen. Und wenn nicht, erfinden wir sie, um zu zeigen, dass wir nicht oberflächlich sind.

Für Oktober war es ein kalter Tag. Das Wasser schien zu Eis gefrieren zu wollen. Wind peitschte darüber. Ein grauer Himmel, an dem geräuschlos Vögel kreisten. Die Battery hatte sich seit seinem Spaziergang mit Samuel hier bereits deutlich verändert. Jede Woche kamen mehr Schiffe. Der Blick wurde zunehmend verstellt.

Jetzt stand Reverend Ogilby im Zentrum, ein nervöser Mann mit schmaler Nase, unsichtbaren Lippen und einem Bauch, der zu groß für seinen Körper schien. Er trug ein langes weißes Gewand und hatte Andrew in ein ähnliches, weniger attraktives gehüllt, das mit alten Erdflecken überzogen war. Beschmutzt, schon jetzt.

Es gibt natürlich eine Debatte, sagte der Reverend. Er warf einen Blick auf das kalte Wasser, besorgt, wie Andrew dachte.

Eine Debatte?, fragte Andrew.

Ja, in der Tat, Mr. Green. Äh. Ob die Ganzkörpertaufe durch Untertauchen vielleicht … Ob sie vielleicht, gewissermaßen, äh, die Tendenz besitzt, eine Unterkühlung hervorzurufen, die eine, äh, Vorstufe zu unseren tödlichsten Krankheiten sein könnte? Besonders, würde ich sagen, im Fall empfindlicher Menschen, die während des Winters in ihren … ihren Kleidern untergetaucht werden, in einem kalten Herbst wie diesem oder nach einer schweren Erkrankung wie in Ihrer jüngsten Vergangenheit, welche, glaube ich, zu hohem Fieber geführt hat?

Der Reverend machte eine Pause und hustete. Er musterte Andrew von Kopf bis Fuß. Für diesen war seine Art, alles in eine Frage zu verwandeln, die Betonung am Ende jedes einzelnen Satzes anzuheben, als wolle er zu einem unverdienten Ort im Himmel aufsteigen, äußerst befremdlich.

Es gibt das Risiko des sofortigen Todes, fügte der Reverend jetzt weit prägnanter an, und Andrew konnte sich ein Lächeln nicht verkneifen. Allerdings – und hier ließ auch der Reverend ein kurzes Lachen hören – gibt es auch Stimmen, die sagen, dass für jedes halbe Dutzend Männer, die einer guten Taufe zum Opfer fallen mögen, ein volles Dutzend von ihren Krankheiten geheilt wird!

Andrew sah die Schiffe vorbeiziehen. In der Ferne ein Schaufelraddampfer, der sich nicht sehr von dem namens *Erie* unterschied, dachte Andrew, der im August die Schlagzeilen beherrscht hatte. Voller Schweizer und Deutscher, die auf ein neues Leben in Amerika hofften, war er nachts auf dem Weg von Buffalo in Richtung Westen in Flammen aufgegangen. Nach der Explosion einiger großer Korbflaschen mit Öl und Lack unter Deck brannte das Schiff innerhalb von fünf Minuten auf ganzer Länge, und Passagiere und Mannschaft mussten über Bord oder fielen den Flammen zum Opfer. Erst war man von einhundertfünfundsiebzig Toten ausgegangen, doch die Zahl wuchs mit jedem Tag, obwohl Menschen überall im Land doch vermutlich regelmäßig Gebete zum Himmel geschickt hatten.

Es gibt die Vorstellung, sagte der Reverend mit einem schnellen Blick auf die Paten, die ebenfalls etwas blass um die Nase aussahen, dass das Untertauchen die Sinne erfrischt. Aber worüber wir hier reden – er wedelte mit seiner Bibel durch die Luft, im unablässigen Kampf mit einem Schmetterling, der auf seinem Kopf landen wollte (gelbe Flügel, weiße Punkte, ein hübscher, ungebetener Gast, der trotz aller Schönheit schon längst weitergezogen sein sollte) –, worüber wir reden, ist ein einmaliges Untertauchen! Alles muss unter Wasser, Mr. Green. Der ganze Körper. Ich selbst habe schon viele Dutzend Männer und Frauen getauft, das ganze Jahr über, einige bei bitterem

Frost und Schnee, wo zunächst das Eis aufgebrochen werden musste, auch Frauen mit Kind im Bauch oder mit schwacher Konstitution. Ich habe nie einen Tod verursacht – von dem ich wüsste? Aber moderne Ärzte von Verstand würden nicht sagen, dass eine solche Prozedur ohne Risiko ist …? Also dachte ich, ich sollte das Thema ansprechen?

Der Reverend sah Andrew an, und Andrew begann ins Wasser zu waten.

Ich habe nur begrenzt Zeit, erklärte er dem Reverend. Was selbst in seinen eigenen Ohren ziemlich aufgeblasen klang.

Aber oh, wie ihm das Gefühl von Freiheit gefiel, als er durchs kalte Wasser watete! Er spürte, wie es seine Beine umschloss. Sah die Nässe an seinem Gewand hochsteigen, Handbreit um Handbreit verdunkelte sie den Stoff, bis es wie das Kleid eines kleinen Mädchens um ihn auf dem Wasser trieb.

Und dann war der zitternde Reverend neben ihm, berührte seinen Kopf und geleitete ihn sanft unter die Oberfläche.

Dieser kurze Moment unter Wasser! Zartheit. Transparenz. Wie da jeder Gedanke, jedes Gefühl hell, präzis und klar wurde, wo er doch nur damit gerechnet hatte, das einzig zutreffende Wort werde *nass* sein!

Er dachte nicht an seine Mutter. Er wollte nicht an seine Mutter denken. Er würde sich nicht von ihnen bedrängen lassen, den verlorenen Seelen, den Heiligen und Sündern, den bereits Toten.

Er bat darum, das Eintauchen ein weiteres Mal zu erleben, und noch einmal. Eintauchen, eintauchen, eintauchen. Und der Reverend war am Ende atemlos wie ein Geliebter, kicherte, während er ihn unter die Oberfläche drückte. Beide waren von Kälte durchnässt – zitterten, spuckten, tropften vor Glück.

Acht Tage vor seinem Aufbruch nach Trinidad träumte er ein weiteres Mal vom Sterben, erinnerte sich an seine Fiebernächte und das eiskalte Wasser, das seine Sünden weggewaschen hatte. Beide Erinnerungen verbanden sich zu einem Gefühl von Dummheit, aber auch Angst, was am Ende zum hastigen Abfassen eines Dokuments führte, das als sein Letzter Wille und Testament fungieren sollte.

Es zu schreiben beschämte ihn nicht, aber die anschließende Lektüre doch sehr, denn jetzt, wo es so vor ihm lag, sah er es von außen, ohne seine innere Hitze, die dem Fluss der Tinte geholfen hatte.

Nicht wissend, wie lange mein Leben verschont bleiben mag, und nachdem ich eine Weile gedacht habe, nicht mehr lange hier zu sein – Gott gebe, dass es lange genug sein wird, meinen Frieden mit Ihm durch Jesus Christus zu machen –, habe ich mich zu einer Aufstellung all meiner Geschäfte und Mittel entschlossen, die im Fall meines Hinscheidens genau und sorgfältig verteilt werden sollen, und zwar von dem, dessen Namen oben auf dieser Seite steht, an den sie adressiert, der aber zum gegenwärtigen Zeitpunkt noch nicht festgelegt ist.

Und oh, noch niemand war *zum gegenwärtigen Zeitpunkt festgelegt*!

Es schmerzte ihn, diese Worte zu schreiben, und mehr noch, sie später zu lesen. Ihm fehlte der Freund, und dieses Fehlen machte ihn so verletzlich. Er dachte an Samuel. Er dachte an ihn und besann sich eines Besseren.

In diesem seinem ersten Testament führte er die kleinen Summen auf, die er aller Welt schuldete. Er hoffte, seine Schulden nach seinem ersten Monat auf Trinidad begleichen zu können. Sein Gehalt würde im Vergleich zu dem, was er gewohnt war, stattlich sein. Alles hing jedoch von seiner Reise mit der *Star* ab; er war zunehmend überzeugt, dass der Zweimaster sinken oder in Flammen aufgehen würde, vielleicht auch beides, und ein Überleben schien in beiden Fällen schrecklich unwahrscheinlich. Je näher die Reise rückte, umso mehr ergab er sich in verzagte Resignation. Er würde sie überstehen und in Trinidad Erfolg haben oder untergehen und sterben. Er hatte nur wenig zu verlieren. Sein Leben lag in Gottes Hand. Es war berauschend, plötzlich an ein höheres Wesen zu denken, an eine Macht, die den menschlichen Willen aufhob.

Ich schulde meinen Schwestern von ihnen am 7. Oktober 1839 geliehenes Geld, $ 2,70, zurückgezahlt $ 1,16.

Am schwersten fielen ihm die folgenden Zeilen:

Meinem Vater, der mir ein lieber und nachsichtiger Vater war, möchte ich all das sagen, was man sagen kann: Ich wünsche ihm Freude in diesem und im kom-

menden Leben, aus ganzem Herzen wünsche ich ihm, durch Jesus Christus in den Himmel zu gelangen. Möge Gott ihn für seine Güte mir gegenüber belohnen

Er setzte keinen Punkt hinter seinen letzten Satz. Das erschien ihm wichtig. Es war ein kleiner Akt des Widerstandes, nur scheinbar ein Fehler, wie die Zeile sich im Raum verlor. Eine Tür zur Wahrheit, sollte jemand in der Zukunft den Wunsch verspüren, durch sie hindurchzutreten.

16
Warriors' Gate

Am 15. November 1903 besuchte Inspector McClusky, der Mann, den Mrs. Bray für eine hellere Birne als alle anderen Officer hielt, verschiedene Orte, um sich über weitere den Fall betreffende Dinge zu informieren. Aber wer war das, dieser Inspector, der da in Andrew Greens Geschichte eintauchte? Was trieb ihn an?

Die Geschichte legt nahe, dass Inspector McClusky ein Mensch aus Sauerstoff, Kohlenstoff, Wasserstoff, Stickstoff, Kalzium, Phosphor, Kalium, Schwefel, Natrium, Chlor, Magnesium, Stolz und Scham war. Er war, mit anderen Worten, ein Mensch wie jeder andere – aber vielleicht mit einer extra Dosis Arroganz und dem entsprechenden Überschuss an Selbsthass, beides hilfreiche Eigenschaften für einen professionellen Rechtsverletzer. Lebte er heute, würde er womöglich der Aussage zustimmen, dass wir uns nicht durch unsere Inhaltsstoffe, sondern durch ihr Mengenverhältnis unterscheiden. Er wollte die Wahrheit, dieser Narr, und wollen wir das nicht alle? Im Traum, ja. Wenn wir vergessen, dass wir nicht die leiseste Vorstellung davon haben, was Zeit ist und wie sie vergeht.

McClusky war noch kein Jahr Leiter der Kriminalpolizei, als er in die Untersuchung des Mordes an Andrew Haswell Green einstieg, und dass er diesen Fall übernahm, sorgte für

Aufregung in den Reihen, weil er gut aussah, sich bestens auszudrücken vermochte und auch wegen verschiedener Vorfälle in der jüngsten Vergangenheit. Bekannt wurde er zunächst nach einer Reihe von Verhaftungen, die er kurz vor dem Saint Patrick's Day im Tenderloin District, dem Rotlichtbezirk New Yorks, vorgenommen hatte, einer Gegend, die immer mehr über ihre ursprünglichen Grenzen hinauswucherte, wie es alle Orte des Lasters zu tun pflegen, die weitgehend in Ruhe gelassen werden. Es war ein Viertel, innerhalb dessen sich ständig ändernder Grenzen es ein paar gut geführte Hotels und berühmte Kirchen gab, aber vor allem das, was Inspector McClusky für die miesesten, verachtenswertesten Etablissements hielt: Billardkneipen, Saloons voller Säufer und gefallener Mädchen, Tanzlokale, Wettbüros und Spielhöllen, mit den dazugehörenden Trickbetrügern, Hochstaplern, Rauschmittelhändlern sowie Schauspielerinnen der niederen Kategorie und Vertretern und Besuchern zahlloser Formen verbotener Lustbarkeiten.

Inspector McClusky hielt sich etliche Tage mit einer Kutsche im Tenderloin auf. Überlegte er, wie er sich einen Namen machen konnte? Er gab später an, das nicht im Sinn gehabt zu haben. Er fuhr in jener Woche kreuz und quer durchs Revier, immer wieder, überquerte den Broadway, schlich in Seitenstraßen und hielt vor verschiedenen Spielhöllen und anrüchigen Etablissements. Wenn ihm danach war – und das war es oft –, stürmte er hinein, legte Verdächtige in Handschellen und schleppte sie für eine Tracht Prügel aufs Revier.

Wie Sie wissen, ist es nicht ungewöhnlich, sagte der Inspector der Presse nach den Verhaftungen im Tenderloin, *vor einem Feiertag Ganoven einzusammeln. Doch das ist diesmal nicht der eigentliche Grund. Wir haben uns entschieden, die Stadt endgültig von diesen Leuten zu befreien. Wir sind sicher, dass es möglich ist. Diese Lumpen leben von Menschen mit Geld. Ich bin hinter Halunken, Telefonanzapfern und cleveren Betrügern aller Art her, von denen sich die Mehrzahl in diesem Teil der Stadt aufhält, weil hier mehr Geld ausgegeben wird. Es war ein guter Zeitpunkt, um damit anzufangen, direkt vor einem Feiertag, aber ich werde sie mir weiter vornehmen, immer weiter. Ich gebe nicht nach, bis sie es leid sind und lieber verschwinden. Sie treiben sich in Hotels und an anderen Orten herum, wo Geld ausgegeben wird, und lauern auf jede sich bietende Chance. Aber ich werde sie vertreiben und den Broadway sozusagen blitzblank putzen. Sie sollten mittlerweile wissen, dass ich ein Kämpfer bin.*

Am 17. März 1903, als die *New York Times* diese Worte McCluskys abdruckte, ließ sie dem Zitat die Meldung folgen, dass die Nachricht von seinem Kreuzzug zu einem *allgemeinen Exodus* der Kleinkriminellen aus der Stadt geführt habe.

Von den gut betuchten Bewohnern der Stadt wurde McClusky als Held gefeiert, und bald schon fing er an, wie sie zu sprechen, ihre Wortwahl und Aussprache zu übernehmen. Seinen Kollegen gefielen seine hochgestochenen Worte gar nicht und auch nicht die großspurige Art und Weise, in der er im Alleingang so viele Kriminelle vertrieben hatte, mit denen einige von ihnen, sagen wir, profitable Abkommen gehabt hatten.

Ja, die Tenderloin-Verhaftungen machten den Inspector für viele lokale Beamte verdächtig. Niemand mag einen Mann, der mit seiner Tugendhaftigkeit angibt. Aber es war ohne jeden Zweifel der Vorfall mit dem Elefanten, der McClusky bei seinen Zeitgenossen ernsthaft unbeliebt machte.

Topsy hieß das Tier. McCluskys ferne Kollegen auf Coney Island wollten, dass die gesamte Polizei lautstark in ihre Forderung einstimmte, die Kreatur wegen ihres jüngsten Verhaltens zu liquidieren. Doch McClusky entpuppte sich, wie es seine Kritiker etwas schwerfällig hinausposaunten, als der einsame *Elefanten-Sympathisant* der Truppe.

Die Rufe, den Elefanten zu töten, hatten mittags begonnen. Da hatte Frederik Ault, Topsys Pfleger, den Luna Park auf dem Nacken des Tieres verlassen, und zwar in angetrunkenem Zustand. Der Elefant und sein Pfleger *trotteten die Surf Avenue entlang,* wie die *New York Times* am nächsten Tag berichtete, und *die Bewegung führte dazu, dass dem Elefantentreiber noch schwummriger wurde.* Der Mann wurde blass oben auf dem Elefanten. Er übergab sich nach rechts, nach links und wieder nach rechts, peinlich darauf bedacht, Topsys großartige Ohren nicht zu beschmutzen.

Eine Menge versammelte sich und folgte Elefant und Reiter. Und an jeder Ecke wurden es mehr.

Nach fast einem Kilometer blieb das Tier stehen, und sein Reiter rutschte herunter. Er begann auf den Rüssel des Elefanten zu klopfen und fragte, warum er nicht weiterwolle. In dem Moment kam ein Polizist namens Conlin, um den Tierpfleger zu verhaften, der mit jeder Minute betrunkener zu werden schien, obwohl nichts von einer Flasche zu sehen war. Dieser drohte, den Elefanten auf die Leute zu hetzen. Der zerstampft euch!, rief der Pfleger. Der zerstampft euch alle!

Der Polizist brachte ihn zum Schweigen, indem er einen Revolver zog. Als sie die Waffe sahen, willigten der Pfleger und Topsy, die mittlerweile nicht mehr so gut aufeinander zu sprechen waren, ein, mit auf die Wache in der West 8th Street zu kommen, um ein paar Fragen zu beantworten. Mr. Ault, der Pfleger, stellte nur eine Bedingung, und die war, dass er nicht von seinem Elefanten getrennt werden würde, was immer auch geschehe. Man hörte, dass ein Polizist dem zustimmte.

Ein paar Minuten später jedoch, bei Topsys Ankunft an besagter Polizeiwache, gab es ein Problem. Weder der Elefant noch Mr. Ault schienen zu verstehen, dass das Tier dem Pfleger nicht nach drinnen folgen durfte und alle Abmachungen ihre begründeten Grenzen hatten. Topsy stieg die fünf breiten Granitstufen hinauf, die ins Gebäude führten, und blieb in der Tür stecken. Das machte die Elefantendame traurig und frustrierte sie, um es milde auszudrücken. Aber alle milden Worte halfen nichts, ist doch allgemein bekannt, dass Elefanten Kreaturen von einem gewissen Übermaß sind. Während ein Dutzend Polizisten verzweifelt versuchte, sie freizubekommen, begann Topsy gewaltig zu trompeten, und die Menge zerstreute sich panisch in alle Richtungen. Einige der Beamten – deren Aufgabe es war, am Rüssel zu ziehen, den die *Times* am nächsten Tag *das musikalische Ende* nannte – brachten sich in zwei der Zellen in Sicherheit, die sie im Allgemeinen für Störenfriede verfügbar hielten und nicht, um vor Elefanten Zuflucht zu suchen.

Als Inspector McClusky weit von Coney Island entfernt hörte, dass sich die Kollegen in ihre Zellen eingeschlossen hatten, machte er keinen Hehl aus seiner Abscheu vor dieser elefantösen Feigheit und erklärte der örtlichen Presse (inzwischen ließ er durchblicken, dass er die Journalisten beim Namen kannte, und versorgte sie mit Kommentaren zu allen möglichen Dingen, hinter verschlossenen Türen, aber auch davor), er denke, Topsy sei die Einzige, die in der ganzen Situation mehr oder minder ihre Würde bewahrt habe. Schon die Art, wie die Kollegen sie behandelt hätten, sei grausam gewesen, argumentierte er, und jetzt wollten sie das Tier auch noch töten und redeten dabei von anderen vermeintlich gefährlichen Vorkommnissen und Ungehorsam, nur um ihre eigene Verlegenheit zu überspielen und ihre Schwäche wie Stärke aussehen zu lassen.

All das mochte am Ende mit dazu beitragen, dass Monate später, als verkündet wurde, Inspector McClusky solle auf Veranlassung des Bezirksstaatsanwalts Jerome derjenige sein, der den Mord an Andrew Haswell Green möglichst schnell und eindeutig aufkläre, der lauteste Widerspruch von den Beamten auf Coney Island kam. Sie bezweifelten, dass er über den nötigen Mannschaftsgeist verfüge, um das Motiv des Mörders in einem so weitläufigen Fall zu ergründen, ganz gleich, wie viele Kriminelle er in Tenderloin verhaftet und wie sehr er in der Presse geschnaubt habe. Er sei ein Mann, so die scharfen Worte eines Beamten aus Coney Island, der im Gegensatz zu seinem öffentlichen Auftreten *zu nachsichtig mit Verbrechen und Vieh* sei.

All das mochte Inspector McClusky im Kopf herumgegangen sein, als er zwei Tage nach der Ermordung von Andrew Haswell Green und kurz nach einem weiteren Gespräch mit Mrs. Bray zur Nummer 91 Park Avenue unterwegs war, dem Ort des Verbrechens. Hitzige Spekulationen über Greens Ermordung breiteten sich mit zunehmender Geschwindigkeit in der Stadt aus, und die eigenen Mutmaßungen des Inspectors zum Tatmotiv wechselten zwischen verschiedenen mehr oder minder heiklen wie substanzlosen Ansätzen hin und her, wie das Bestreben eines kranken Jungen, in seinem schweißnassen Bett zur Ruhe zu kommen. Es war seine Aufgabe, fühlte McClusky, den Jungen von seinen Qualen zu erlösen. Den Fall in den kommenden Wochen eindeutig aufzuklären. Aber alles in New York stammte aus zweiter oder dritter Hand. Man fand kaum einmal schnell an die Quelle eines Hinweises. In DC dagegen, wo er zuvor gearbeitet hatte, stammten die Informationen immer von denselben hundert Männern. Aus denselben Restaurants. Den gleichen Zusammenhängen. Ähnlichen Bärten. Es hatte etwas Behagliches gehabt, war aber auch langweilig gewesen, wie das Essen an Thanksgiving, das immer im Präsidium stattfand.

Dass die Ermordung Greens mit dessen Lebensführung zu tun haben könnte, bereitete Inspector McClusky große Sorgen. Der Präsident hatte bereits im privaten Kreis seinem Unmut über Greens Tod Ausdruck gegeben. Jeder Skandal, den die Morduntersuchung ans Licht bringen mochte – ein großer amerikanischer Bürger und Held unserer Zeit, der sich mit mörderischen Schwarzen und ihren Frauen abgab, und dann auch noch von einem von ihnen umgebracht wurde! –, konnte das Vertrauen der Menschen in die Regierung in Mitleidenschaft ziehen. Eines wusste McClusky über Skandale (der Vorfall mit dem Elefanten lastete noch schwer auf ihm): Sie suchten stets nach Möglichkeiten, sich auszuweiten. Der Präsident wollte seine Schuhe nicht mit Schmutz bedeckt sehen, und Inspector McClusky wollte sie nicht sauberlecken müssen.

Er beschloss, auf die gleiche Weise zur 91 Park Avenue zu fahren wie Andrew Haswell Green am Tag seines Todes. Er nahm die Straßenbahn und versuchte in den Kopf des Opfers zu schlüpfen.

Hatte der reiche alte Mann etwas damit beweisen wollen, dass er mit öffentlichen Verkehrsmitteln fuhr? Warum sonst, fragte sich McClusky und sah sich mit gefurchter Stirn um, würde eine berühmte Person in ihren Achtzigern das tägliche Gedränge all der Körper ertragen, die korrupten Schaffner und die Taschendiebe, mit denen sie im Bunde zu sein schienen, diese schmierige Haltestange, die von Krätze befallenen Mitfahrenden, die deinen Erfolg sahen und an deine Brieftasche wollten, während der Fahrer ein altes Gewerkschaftslied pfiff, einen speziellen Cocktail in sich hineinschüttete und so tat, als wüsste er nicht, was hinter ihm vorging? Die Mengen, die Straßenbahnfahrer tranken, wären ein Thema für eine eigene wissenschaftliche Untersuchung. Er war ziemlich erleichtert, als er das Haus erreichte. Dort wartete Timothy R. Green, der Neffe des Opfers, auf ihn. Inspector McClusky folgte ihm ins Esszimmer, das mit Blumen überquoll.

So viele Beileidsbekundungen, sagte Inspector McClusky. Wie schön, das zu sehen, sozusagen.

Ja, sagte Timothy mit undurchdringlicher Miene. Die Wenigsten kannten ihn gut.

Sie setzten sich an einen großen Ahorntisch. Ein Exemplar der *Sun* lag rechts von McClusky, auf deren Titelseite einer der anzüglicheren Berichte über das Verbrechen zu lesen war. Timothy sah es mit Abscheu an, als sei er wütend auf den, der die Zeitung dort hingelegt hatte.

McClusky ließ den Blick schweifen, stellte seine einleitenden Fragen und versuchte einerseits selbstsicher zu klingen, andererseits zu zeigen, dass er hilfreiche Informationen brauchte. Die Polizeiarbeit war ein Balanceakt: Zeige deine Karten, ohne dir hineinsehen zu lassen.

Er fragte Timothy, ob sich sein Onkel jemals irgendwie mit Cornelius Williams und dieser geheimnisvollen Frau, Bessie Davis, von der Williams redete, eingelassen haben könnte.

Er fragte Timothy, ob er Williams je getroffen habe.

Dann fragte er, ob Timothy irgendeine Vorstellung habe, wer diese Davis sei oder wo die Polizei sie womöglich finden könne.

Timothy Green wirkte während all dieser Fragen sehr ruhig. Das Haar, das ihm aus Nase und Ohren spross, war das einzig Ungepflegte an ihm. Während er sprach, strich er sich ab und zu das Hemd glatt, obwohl es perfekt saß. Im Interesse seines Onkels wiederholte er, was er bereits den Zeitungsleuten auf den Stufen der City Hall gesagt hatte – wenig hilfreich in Inspector McCluskys Augen: nein, nein und noch mal nein. Die Behauptung, sein Onkel und Cornelius Williams hätten sich gekannt, sei reiner Humbug und von A bis Z erfunden, sagte er. Die *Sun,* fuhr er mit einem bitteren Seitenblick auf die Zeitung fort, habe vollkommen recht, wenn sie sage, dass es keinerlei Rechtfertigung für die Schüsse gebe, auch wenn sie sich als unfähig erwiesen habe, andere grundlegende Tatsachen zu begreifen. Selbst die vielen Kritiker seines Onkels – jeder, der in der Öffentlichkeit steht, zieht leider Gegner an, sagte Timothy – hätten sich in diesem späten, schutzlosen Stadium seines Lebens sicher kaum zu einem Anschlag auf ihn entschieden, wo er doch seine gesamte Zeit einfachen öffentlichen Projekten zur Verbesserung der Stadt gewidmet habe, ohne irgendeinen finanziellen Gewinn daraus zu ziehen.

Und Ihr Onkel hatte bereits so viel für uns getan, sagte Inspector McClusky.

Timothy nickte und wurde etwas zugänglicher. Das größte Fenster im Zimmer ging zur Straße hinaus und stand halb offen. Der Verkehr auf der Avenue war lebhaft wie immer. Ein Karren fuhr polternd vorbei und schien Timothy besonders zu irritieren, wie McClusky sah. Greens Neffe blickte kurz zur Straße, nahm dann die *Sun* vom Tisch und hielt sie hoch, als hätte McClusky sie nicht längst gelesen. Als hätte er nicht jede einzelne Zeile genau studiert.

A. H. GREEN ERMORDET

VON SCHWARZEM WEGEN VERMEINTLICHER
VERFEHLUNGEN ERSCHOSSEN

MÖRDER BEJUBELT SEINE TAT.

EINE FRAU HAT IHN ZUGRUNDE GERICHTET, SAGT ER,
UND GREEN HAT SIE GESCHÜTZT.

Timothy Green stand auf, ging zum Fenster und schloss es. Als er sich wieder gesetzt hatte, wirkte er noch niedergeschlagener als zuvor. Was für ein dummer Zufall, sagte er. Und dann, als änderte er plötzlich seine Meinung, fügte er noch hinzu:

Aber ich nehme an, Inspector, dass die meisten Morde in dieser Stadt bis zu einem gewissen Grad auf Verwechslungen beruhen?

Der Inspector zog unwillkürlich die Brauen zusammen und wartete auf eine genauere Erklärung.

Ich meine, sagte Timothy Green, dass jeder Mord naturgemäß auf eine Art Missverständnis oder Fehlurteil zurückgehen muss, einen großen falsch verstandenen Zusammenhang oder viele kleine Fehleinschätzungen, Fehlannahmen, falsche Darstellungen, Versprecher, falsch verstandene Worte oder Gesten und so weiter, sodass ein *Mord aufgrund einer Verwechslung* zugegebenermaßen – Timothy Green holte Luft und schien, es kam wie ein Schock, fast zu lächeln – ein verwirrender Ausdruck sein mag, aber doch eine Erklärung, so wenig sie erklären mag, eine Beurteilung, die mehr Fragen aufwirft, als sie beantwortet – eher ein Rätsel als eine Lösung?

McClusky hatte nichts darauf zu erwidern, und so griff er nur stumm missbilligend nach seinem Glas Wasser. Dann klopfte es am Fenster. Ein Mann winkte McClusky stürmisch zu, nein, er winkte Timothy und hob dabei einen schweren blauen Eimer in den Blick.

Wer ist das?, fragte McClusky.

Der Fischhändler, sagte Timothy. Er ging hinüber und zog die Vorhänge zu, drehte sich um und blieb dort stehen. Sein Blick ging zum Kamin – zur Uhr, dachte McClusky.

Als Inspector der Kriminalpolizei fühlte man sich nie ganz im Hellen. Zweifel verdunkelten die Ränder jeder einzelnen Information. McClusky ging immer vom Schlimmsten aus, das lag ihm mittlerweile im Blut. Die philosophischen Aspekte seiner Arbeit interessierten allein die anderen. Zivilisten. Fußgänger. Verwandte. Er musste *in* diesen verdammten Vorstellungen leben, und so waren es keine Vorstellungen mehr, sondern das Leben. Sein Leben.

McClusky sah, dass das seltsame Beinahe-Lächeln auf Timothy Greens Lippen zurückkehrte, und beugte sich etwas vor. Wurde er zum Narren gehalten? Seit seiner Kindheit hatte er damit zu kämpfen. Er musste an die Geschichte mit dem Kohl denken. Wie seine Eltern ihn immer den Kohl hatten vorbereiten lassen. Keine andere Zutat für ihr Essen, nur den Kohl. Er musste ihn aufschneiden, zerkleinern, manchmal in Salz einlegen. Seine fürchterlichen Säfte. Wie die Nachbarskinder den Kohl in seinen Kleidern rochen. Wie manche Spitznamen an einem kleben bleiben, genau wie bestimmte Gerüche, Flecken auf dem Hemd.

Ich nehme an, sagte McClusky und ließ seinen Stift über dem Notizbuch schweben, dass Sie Nutznießer des Todes Ihres Onkels sind? Sozusagen.

Timothys Gesicht nahm einen pietätvolleren Ausdruck an. McClusky sah zu, wie er das Zimmer verließ und mit einer Mappe voller Zeitungsausschnitte zurückkam. McClusky spürte, wie ihn wieder die Gegenwart umwehte, er fühlte sich ganz im Hier und Jetzt: Ich bin wichtig, ich bin mächtig, vergiss den Kohl und die Jahre damals. Und dann erschien eine Hand in der Tür mit einer dringend benötigten Kanne Kaffee.

Ah, Mrs. Bray, sagte Inspector McClusky.

Immer noch hier, sagte sie schnell mit düsterer Stimme dahin. Immer noch hier, noch hier, noch hier.

Sie beide, sagte Timothy, kennen sich bereits?

Ich befrage alle wichtigen Zeugen, sagte Inspector McClusky. Er sah, wie Mrs. Bray Timothy zunickte.

Er war sehr gut, sagte sie.

Oh, sagte McClusky, ich weiß nicht …

Unsinn!

Nun, danke.

Ich danke *Ihnen*!, sagte Mrs. Bray.

Timothy Green räusperte sich hörbar.

Als der Kaffee eingeschenkt war, sah McClusky, dass Mrs. Bray sich auf die Zehenspitzen hob, um besser sehen zu können, welche Papiere Timothy da auf dem Tisch ausbreitete. Sie lächelte ihm zu, als sie den Raum verließ.

Ich darf gar nicht daran denken, wurde der Bürgermeister in einem von Timothys Zeitungsausschnitten zitiert. *Eine unfassbare Tragödie. Der Schmerz und der Schock sind groß. Er war einer unserer angesehensten, wertvollsten Bürger …*

Während sie an ihren dampfenden Tassen nippten, bekräftigte Timothy, dass sein Onkel ihm gegenüber niemals eine Frau namens Bessie Davis erwähnt habe. Tatsächlich habe er bis auf seine Verwandten, seine Schwestern und Nichten, überhaupt kaum einmal von Frauen gesprochen. Eine Ausnahme sei Mary Lindley Murray gewesen, eine Tochter der amerikanischen Revolution, die er sehr bewundert habe, aber die sei 1782 gestorben, und er habe sie nur aus Büchern gekannt.

So war mein Onkel, sagte Timothy. Er freundete sich gern mit Toten an. Er meinte, sie ließen einen niemals im Stich.

In diesen letzten Wochen vor seinem Tod habe sein Onkel versucht, den Bürgermeister davon zu überzeugen, Mrs. Murray und ihre weitgehend vergessene Arbeit mit einer Gedenktafel zu ehren. Aus ähnlichen Gründen – der Furcht, bürgerliche Leistungen, die es verdienten, dass man sich an sie erinnerte, könnten im modernen New York in Vergessenheit geraten – hatte er vor sieben Jahren, oder waren es acht, die American Scenic and Historic Preservation Society gegründet zum Schutz der Natur und der Erhaltung historischer Denkmäler und Wahrzeichen. Timothy sagte, zusammen mit anderen Familienmitgliedern plane er, deren Arbeit fortzuführen.

Dann endlich kam Timothy mit etwas Neuem: Erst kürzlich noch habe er seinem Onkel beim Abendessen erklärt, dass es nicht zu spät sei zu heiraten. Wünschte er sich nicht Gesellschaft im hohen Alter, etwas Fürsorge? Eine Frau, mit der er sich in den leeren Stunden frühmorgens unterhalten konnte? Die sein Andenken auf eine persönlichere Weise bewahren würde?

Inspector McClusky beugte sich vor. Sein Stuhl knarzte. Der elektrische Kronleuchter über ihm flackerte nicht, hätte es aber gut tun können. Mit den Jahren hatte er gelernt, dass es eine Veränderung im Ton war, nicht unbedingt im Inhalt, die darauf verwies, dass etwas Interessantes im Anmarsch war, sozusagen. Mit einem Mal lag da eine Leichtigkeit in Timothys Stimme, die auf die Möglichkeit hindeutete, einen Vorteil nutzen zu können: den Umstand, dass Timothy, wie es schien, das Gespräch zu einem Ende bringen wollte.

Was hat Ihr Onkel darauf geantwortet?, fragte McClusky. Als Sie ihn ermutigten, so spät im Leben noch zu heiraten?

Eine lange Pause entstand. Timothy wirkte fast etwas beleidigt, oder? Doch dann räusperte er sich und sagte: Mein Onkel sagte: Bitte, reich mir mal das Salz.

Das Salz?, sagte Inspector McClusky.

Ja. Wenn Timothys Gedächtnis fehlerfrei funktionierte, oder doch wenigstens nicht schlechter als das anderer, hatte sein Onkel seine Frage nach einer Heirat ignoriert und ihn stattdessen gebeten: Bitte, reich mir mal das Salz.

Und dann?

Und dann, nachdem das Salz über den Tisch gewandert war, seien sie in eine Diskussion über die erste Subway in New York geraten, sagte Timothy, ob sie wohl ein Erfolg sein werde und wie sie die Wagen, die gerade gebaut wurden, in den ersten Tunnel bekommen sollten.

Timothy hatte sich vorgestellt, dass die Wagen durch die Straßen gezogen und mühselig, wenn überhaupt möglich, durch eine extra gegrabene Öffnung in der Oberfläche der Stadt auf die Gleise hinuntergelassen werden würden, doch das war nicht der Plan, den sein Onkel in seinen Notizbüchern skizziert und auf den entsprechenden Planungstreffen vorgeschlagen hatte. Sein Onkel hatte sich vorgestellt, die Wagen von den Hochgleisen auf Flöße zu laden und sie damit den Harlem River hinauf zur Lenox Avenue zu transportieren. Dort sollten sie dann über ein eigens gelegtes Gleis in den Tunnel gefahren werden. Zwar würde dieser Ostausläufer des Tunnels erst in Betrieb genommen, wenn sich die Hauptstrecke als Erfolg erwiesen hatte, trotzdem sollten die ersten Subway-Wagen in einer Art Probelauf von dort aus unter der Nordwest-Ecke des Central Park und der 104th Street zum Anschluss an die Hauptstrecke unter dem Broadway gebracht werden.

Das werde ich noch erleben, hatte Andrew offenbar zu Timothy gesagt, bevor er sein Essen ein zweites Mal salzte, und zwar noch heftiger als zuvor, vielleicht weil er im Alter vergesslich wurde oder seine Geschmacksknospen mit jedem Tag weiter dahinwelkten. Vielleicht aber auch, weil er vorhatte, einen Teil seiner Kartoffeln für schwere Zeiten aufzuheben.

Damit stand Timothy Green auf und ging zur Tür in den Flur. Ich bin unglücklicherweise schon zu spät für eine Verabredung, sagte er. Einer der Brüder meines Onkels ist aus Chicago gekommen, um ihm die letzte Ehre zu erweisen, und inmitten all der Trauer und der ständigen Fragen habe ich ihm versprochen, ihm einige der Gebäude zu zeigen, an deren Errichtung Andrew beteiligt war, das Museum für Naturkunde und Kunst und so weiter, und auch die Bibliothek. Er hat es sehr schlecht aufgenommen, Oliver, meine ich, der arme, alte Mann. Auch wenn sie sich zu Andrews Lebzeiten nie besonders nahe zu sein schienen.

Kann ich noch bleiben und mir die Ausschnitte ansehen?, fragte McClusky. Ich möchte Sie nicht aufhalten.

Der Neffe nickte etwas unwillig.

Als McClusky hörte, wie die Haustür ins Schloss fiel,

ging er Mrs. Bray suchen. Er hatte das Gefühl, dass sie bereit sein könnte, ihm das Haus zu zeigen, vom Keller bis zum Dach, und ihm vielleicht sogar etwas kochte, etwas Warmes, das das Kratzen seiner Erinnerung zu lindern vermochte, das er, Kohlkopf McKohl, im Hals spürte. Danach wollte er seine volle Aufmerksamkeit darauf richten, Miss Bessie Davis ausfindig zu machen, wer immer sie sein mochte. Höchstwahrscheinlich noch eine unschuldige Haushälterin.

Draußen im Korridor saß ein ausgestopfter Waschbär auf einem merkwürdigen kleinen Beistelltisch. Er berührte ihn, zog seine Hand aber gleich wieder zurück. Das Fell war matt und fettig. Ein Auge fehlte, und der Schwanz war längst nicht mehr buschig. Nicht unbedingt ein Exemplar, das einen Platz im Naturkundemuseum verdiente. Warum hatte Green so ein jämmerliches Beispiel des Todes besessen und behalten?

Neben dem Waschbären lag ein sehr alter Band über Buchhaltung, einer, der in den Jahrzehnten seines Lebens offenbar so oft geöffnet und geschlossen worden war, dass der Rücken so gut wie zerstört war. Inspector McClusky starrte das Buch an, ging weiter und … drehte sich noch einmal um. Das Buchhaltungswerk lag auf einem enorm großen anderen Band: einem Exemplar des Adressverzeichnisses der Stadt.

17
Farmers' Gate

Was ihn gegen Ende seines Lebens beschäftigte, waren nicht die Augenblicke öffentlichen Erfolgs. Die waren längst registriert, öffentliche Arbeit an öffentlichen Projekten, und er nahm an, dass seine Beiträge mittels der üblichen Kanäle bis in zukünftige Jahrhunderte bekannt bleiben würden. Was zunehmend Platz in seinem Denken einnahm, als seine Siebziger in die Achtziger übergingen, waren die kurzlebigen privaten Begegnungen weit früherer Jahre, die Geschehnisse, die wohl auf ewig vergessen sein würden, existierten sie doch nur in seinen Tagebüchern, Briefen und Erinnerungen. Verblassende Momente wie der Tag 1841 auf Green Hill, kurz nach seinem einundzwanzigsten Geburtstag und seiner Taufe, als er mit seinem Vater eine Transportkiste für ein paar Schafe gebaut hatte.

Vier waren es, die für einen erbärmlichen Preis verkauft werden mussten. Es war Andrews letzte Aufgabe vor seiner Abreise nach Trinidad. Die Sonne stand tief und wunderschön über dem Horizont, der Nachmittag war klar und angenehm, die Luft so warm wie die Erde. Solch eine Szenerie.

Die Tiere schienen zu wissen, dass die Kiste für sie war. Sie blökten. Sie rannten davon. Im Schatten wurden ihre Pupillen zu weiten Rechtecken und schnurrten schmal zusammen, wenn sie ins Licht flitzten. Andrew betrachtete sie und dachte an seine bevorstehende Reise mit dem Zweimaster. An Samuel Tilden. Wie ihre Freundschaft ein Ende hatte finden können, welche Fehler er gemacht haben musste, zu viele Zeichen der Zuneigung, der Verzweiflung, der Bedürftigkeit, dem schlimmsten Eindruck, den man auf einen anderen Mann machen konnte. Ihm blieb nichts, als eine möglichst große Distanz zwischen seine Misserfolge und seine Zukunft zu bringen, den Griff um seine Gefühle zu festigen und sein Herz schützend gegen den Schmerz weiterer großer Fehler zu verhärten. Gleichzeitig aber dachte er, dass er Amerika vielleicht doch nicht verlassen sollte, seinen schnell schwächer werdenden Vater nicht verlassen sollte, nicht versuchen sollte, seinen Wurzeln zu entfliehen, sondern für immer hierher zurückkehren sollte, an den Ort seiner Geburt, dass er zu Hause alt werden sollte, auch wenn es sich nicht immer wie sein Zuhause anfühlte. Aber die Idee einer Reise hatte sich bereits in ihm eingenistet. Die Vorstellung, Güter und Männer auf Schiffe zu laden und in die Welt hinauszuschicken, hatte fast etwas Heiliges. Schiffe aus unbekannten Ländern, schwer beladene Decks mit Säcken voller ausländischem Korn. Die Ankunft der *Albion,* eines schwedischen Schiffes, siebzig Tage nachdem sie in Göteborg losgefahren war. Schoner, die von New York zu den East Indies segelten. Die Reklamen in den Zeitungen in New York, dessen Bevölkerung explodierte, waren voller Sätze, die wie Gebete klangen. *Möge das Glück ihnen hold sein*. Aber gab es keine besseren Dinge als das Glück, dem man sein Schicksal in die Hände legen konnte? Holz und Können. Dampf. Wunder aus menschlicher Hand. Die

Sicherheitsgurte moderner Ingenieurskunst. Trinidad stand mittlerweile in Andrews Vorstellung für diese Möglichkeiten. Irgendwo, egal, wo. Neu.

Die Ausmaße der Kiste wurden schweigend festgelegt. Das war keine neue Aufgabe für Andrew und seinen Vater. Wiederholung, Verständnis. Für Tiere, die beim Transport starben, zahlte immer der Verkäufer. Ein Meter achtzig lang, ein Meter zwanzig breit, die Seiten einen Meter hoch. Es war wichtig, alle Maße richtig hinzubekommen.

Die Stirn seines Vaters glänzte im Sonnenlicht, flächiger denn je, sein gerötetes Gesicht war mit Schwitzen und mühsamer Kontrolle beschäftigt. Wettergegerbte Haut hing lose in braunen Falten von seinen Armen. Als hätten sich die Muskeln fast völlig aus seinem alternden Körper zurückgezogen. Andrew vernagelte die Kiste an beiden Enden mit Brettern und geriet unter der Beobachtung außer Atem. Sein Vater sagte nichts, wischte sich mit dem Unterarm über den Mund, sah einen Maulwurfshügel beim Baum und verfluchte ihn.

Oben etwas weniger eng, sagte sein Vater.

Der ärgerliche Hang eines Vaters, dem Offensichtlichen Ausdruck zu geben. Andrew erinnerte sich mit einem Gedankensprung zu seiner Mutter daran, dass sie es genauso gemacht hatte.

Er tat, was ihm gesagt wurde. Hier auf der Wiese baute er eine Tür, durch die die Schafe hinein und hinaus konnten, ebenso das Futter und das Wasser, das sie für die Reise brauchten. Hinein und hinaus.

Währenddessen liefen die Schweine um sie herum. Sie dachten, das Schicksal der Schafe sei auch ihr Schicksal. Er wollte ihnen zurufen: Quiekt nicht! Vater mag kein Quieken. Ihr habt ein anderes Gefängnis.

Bei den Seiten der Kiste half ihm sein Vater. Sie nahmen vier Zentimeter breite Latten und ließen acht Zentimeter Zwischenraum. Die Kanten wurden geglättet.

Wenn du vergessen hast, wie man mit einer Säge umgeht, sagte sein Vater, gib sie mir.

Er hatte es nicht vergessen. Sägte schneller, hustete, wurde wütend und trat zurück. Schützte die Augen vor der tiefstehenden Sonne und dem Blick des Vaters, vor der Zukunft, vor Gefühlen, betrachtete die neue Kiste wie sein Vater ihn, und Schweine und Schafe betrachteten alles zusammen.

Andrew inspizierte die Kanten. Versicherte sich, dass seine Schutzlatten auch wirklich sicher waren. Die Kiste war fehlerlos. Er warf einen Blick auf seinen Vater, um zu sehen, ob er dem beistimmte.

Sein Vater erwiderte seinen Blick und sagte mit einem leichten, bitteren Lächeln: Nur ein Hund fleht um Anerkennung, Andrew.

Gemeinsam vernagelten sie den Boden. Jede Latte war zwölf Zentimeter breit, und die gemeinsame Arbeit war wunderbar. Andrew ließ jeweils einen Zentimeter Zwischenraum, damit Urin und Kot hindurch konnten. Und schließlich rannte er los – seine Füße arbeiteten, das Herz pochte heftig in seiner Brust. Seine Lunge gewann an Kraft, und die Beine schienen länger geworden zu sein, seit er nach seiner Krankheit zurück in der Landluft war. Und er fing ein Schaf, eines, das gesund aussah, aber nicht zu gesund, und sein Vater sagte nicht zum ersten, aber vielleicht zum letzten Mal, wenigstens für Andrews Ohren: Es gibt keinen Bereich der Schafzucht, den wir noch so wenig verstehen wie die Art und die Behandlung ihrer Krankheiten.

Nach einer Weile fängt man an, in alles etwas hineinzulesen. Sie stellten das eingefangene Schaf in die Kiste, ein Test, sein Vater sagte nichts. Sie prüften, ob die Abstände zwischen den Bodenlatten schmal genug waren, dass die Füße nicht hineingeraten konnten, sein Vater sagte nichts. Das Tier blökte, als es von Andrew hinabgelassen wurde, sein Vater sagte nichts, und dann, als der Test abgeschlossen war, ließ Andrew es wieder frei, und das Schaf konnte sein Glück kaum fassen. Der Argwohn des Tieres war wohlbegründet. Bald schon würde auf die Probe der Ernstfall folgen. Andrew sah ihm in die kleinen schwarzen Augen, und sein Vater sagte: Wenn du vergessen hast, wie man einen Hammer hält, gib ihn mir.

Drei Querleisten nagelte sein Vater jetzt noch über den Boden und lehnte dabei jede Hilfe ab, denn für ihn waren das die drei wichtigsten Leisten der ganzen Unternehmung, ohne sie würde die Kiste nicht halten.

Das Licht schwand. Die derzeitige Frau, die nicht Andrews Mutter war, hatte die Tür zum Haus geöffnet und rief zu ihnen herüber: Brot steht auf dem Tisch, auf dem Tisch, Brot steht auf dem Tisch.

Gelbe und blaue Streifen sehen von fern wie eine grüne Masse aus.

Andrew hatte vor seiner Krankheit in der Bibliothek der New York Society Goethes *Farbenlehre* gelesen. Es war eines der Bücher, die während der Lektüre wenig Eindruck machten. Aber hinterher sah man überall Farben – und man sah sie anders. Staunend, fast schon mit Liebe, begann man, die Spielchen zu beobachten, die sie ständig spielten.

Die Latten würden dafür sorgen, dass der Boden der Kiste nicht direkt auf dem Deck des Schiffes auflag. Das Problem mit Decks? Sie wurden schnell mal nass, aber die Tiere mussten trocken bleiben, damit sie nicht krank wurden. Wenn die Schafe den Transport überleben sollten, durften sie den Boden nicht berühren.

Binde einen Eimer neben die Tür, sagte sein Vater blinzelnd, die Lider vor Müdigkeit schwer, langsamer. Der Blick weniger eindringlich als gewöhnlich. Binde ihn fest, wir müssen ins Haus. Das Essen steht auf dem Tisch.

Und Andrew rannte zum Schuppen und kam mit einem Eimer zurück, keinem normalen, sondern einem extra für diesen Zweck, unten weiter als oben, damit mehr drinblieb, wenn das Schiff ins Schwanken geriet, und er band den Eimer in die Ecke des Pferchs, denn die Schafe brauchten jeden Tag zwei Pfund gutes Heu. Sein Vater war immer knapp bei Kasse, versuchte aber dennoch aus dem Vollen zu leben. Zu Tieren war er immer schon gut gewesen, zeigte ihnen gegenüber unerwartet viel Sentimentalität, als fiele es ihm leichter, Tiere, im Gegensatz zu Menschen, im harten Licht der Gerechtigkeit zu sehen – zufälliger, idiotischer Gerechtigkeit. Und so packte sein Vater zweimal so viel Futter wie nötig, wenigstens vier Pfund, in den Eimer und dazu noch ein Litermaß guten Hafer. Er stöhnte, als er sich dafür bückte. Wenn alles verschwendet wird, sei verschwenderisch. Das schien der Gedanke zu sein. Müdigkeit und Schwäche hatten ihm viele Illusionen genommen, aber diese eine schien sich nicht verflüchtigen zu wollen.

Zu sehen, wie sein Vater sich mit der Schnur abmühte, war ein Bild, das Andrew während seiner Reise im Kopf bleiben würde, das wusste er. Die Gewissheit, dass seinen Vater bald schon auch die noch verbliebene Kraft verlassen würde. Wie abgearbeitet sie sind, diese Hände. Sieh doch, wie schmal sie geworden sind! Und seine Schultern. Die sich wie verängstigt nach innen drehen. Auch der Mund war härter geworden, das Kinn so spitz, und sein Blick ging immer öfter ins Nichts. Er schien nicht mehr zu wissen, wohin er blicken sollte, wenn er ganz allein war.

Komm her, sagte der alte Mann mit einer Zärtlichkeit, von der Andrew vergessen hatte, dass er ihrer fähig war. Als hätte er all die Sorge, das Bedauern und Verlangen in der Luft gespürt. Als wollte er die nach wie vor wirksame Kraft seiner Anerkennung dazu nutzen, den Boden zwischen ihnen zu ebnen.

Die Arbeit war getan. Sie würden zum Essen hinüber zum Haus gehen. Und da zog sein Vater ihn, völlig unerwartet, wie ein Untergehender, der nach etwas greift, das ihn an der Oberfläche hält, in eine Umarmung.

Warm. Kostbar. Andrew spürte, wie sich sein Körper entspannte, wie damals als Kind, als er in kalten Nächten, wenn das Feuerholz knapp war, an der Brust der Mutter eingeschlafen war und manchmal auch – stimmte das? – an der seines Vaters. Erinnerungen an die frühesten Jahre, aber die Rippen seines Vaters fühlten sich dieser Tage zerbrechlich an wie die eines Vogels. Und dann flüsterte der Vater etwas, es kitzelte in Andrews Ohr, und zwar dies: Du hast Schande über uns gebracht, Andrew.

Der Schock. Seine Gedanken standen kopf.

Du solltest mein Erfolg sein, sagte sein Vater. Du warst der Klügste, ich habe dich hinausgeschickt, und jetzt bist du zurück.

Sein Vater deutete aufs Feld.

Du hast schneller aufgegeben als diese Schafe.

Es hatte gute Wochen gegeben, ein paar freudvolle Morgen, klare Momente auf Green Hill, in denen Einfachheit immer noch das Wertvollste schien, nach dem man streben konnte, als er auf langen Wanderungen bei schönem Wetter in Träumen versank, seine Sorgen wie Unkraut unter seinen Schritten nachgaben, seine Brust frei war und die Augen nur an Tagen brannten, wenn von einer plötzlichen Brise seltsame Samen in seine Richtung geweht wurden. Eine einzelne vorbeiziehende Wolke oder eine summende Fliege konnten in einer solchen Atmosphäre den Seelenzustand verändern, aber war das nicht alles eine Lüge? An einem schönen Morgen wirkte die Welt hier, als wäre sie erst ein paar Tage alt, dabei erinnerte er sich, wie er als Kind schon über diese Felder gelaufen war, und seine Kindheit lag längst unter ganzen Jahren begraben. Sicher hatten seine Füße bereits jeden Zentimeter dieses Landes berührt. Alte Erde, die mit jedem Tag älter wurde. Der Eindruck von Frische war ein Trick. An den zutiefst vertrauten Orten gibt es nie die Chance, noch einmal neu zu beginnen.

Vielleicht hatte ihn seine Begegnung mit dem Tod für eine Weile sentimental werden lassen. Aber bei vier Stunden Schlaf, dem Leben eines Farmers, hält sich keine Sentimentalität. Er sieht die Dinge, wie sie sind. Die wahren Farben von Orten und Menschen.

Also ja, er würde nach Trinidad gehen. Würde ein Schaf werden, das man verschiffte. Würde sein Ohr in weite, sehr weite Ferne vom Mund seines Vaters bringen.

18
Mariners' Gate

Die Reise auf dem Zweimaster dauert einundzwanzig Tage. Die ersten vierzehn sind stürmisch. Die Passagiere wanken einer Ohnmacht nahe dahin, übergeben sich, jammern.

Am dritten Tag der Reise schließt er sich dem Club der Seekranken an. Fast alle hat es bereits erwischt. Das schreckliche Knarzen von Tauen und Holz. Der Geruch fremder Galle vermischt sich mit dem der eigenen. Er dachte bereits, er hätte Seefahrerbeine, aber nein. Er dachte, es könnte eine exotische Reise werden, aber nein. Er dachte, sollte er an Bord sterben, würde sein Tod dramatisch, flammendurchblitzt sein, aber nein. Das Grauen ist viel banaler, und doch erfüllt es ihn mit dem Wunsch, über Bord geworfen zu werden. Stunden verbringt er auf Knien. Seine Kleidung ist von Schweiß und dem eigenen Erbrochenen durchtränkt.

Die ganze Zeit lang ist er unten in der Kabine, den Kopf über einem Eimer, sein Innerstes drängt nach außen, die Muskeln seines Magens schreien, während jede Faser seines Seins aus seinem Mund explodiert. Er versucht ein paar beruhigende Sätze in seinem Kopf einzuüben, um die Seekrankheit in Zaum zu halten. Es funktioniert nicht. Er spuckt. Heult. Wird schwächer. Dieser Verlauf ist nicht aufzuhalten. Selbstkontrolle hatte er in letzter Zeit zu schätzen gelernt, hier fehlt sie völlig, Hohn und Fluten preisgegeben. Auf den Gängen schlagen Türen auf, Fremde kriechen vorbei, Gesichter ohne Farbe, Augäpfel auf den Boden gerichtet, jeder einzelne nass bis auf die Knochen, von Magensaft und Meerwasser. Wie soll er drei Wochen in dieser dahintobenden Hölle überleben? Es gibt keinen Weg zurück.

Das mineralische Chamäleon, welches eigentlich ein Braunsteinoxyd enthält, kann man in seinem ganz trockenen Zustande als ein grünes Pulver ansehen. Streut man es ins Wasser …

Er spuckt.

Streut man es, streut man es ins Wasser …

Er spuckt, gelb, grün.

… so zeigt sich in dem ersten Augenblick der Auflösung die grüne Farbe sehr schön …

Oh, wie er spuckt, wie schwach er ist, wie sehr es schmerzt!

… aber sie verwandelt sich sogleich in die dem Grünen entgegengesetzte Purpurfarbe, ohne dass irgendeine Zwischenstufe bemerklich wäre.

Schwach, wund, jeder Muskel schmerzt, ein Fingernagel eingerissen vom Festklammern ans Bett, wartet er darauf (was sonst kann er tun als warten?), gegen die Wand geworfen zu werden.

Und dann: Windstille. Böen. Wie ein Mann, der die Pest überstanden hat, kann er es kaum glauben.

Seine Verzweiflung ist so tief wie zuvor, aber nicht mehr so vielfältig. Er ist nur noch an einer Sache interessiert: ankommen, ankommen, ankommen.

Geschlagen, leer, bereit, jedem zu folgen, der ihm Land

verspricht, spürt er das Ausmaß der neuen Stille nur schwach, verliert sich immer wieder in der Erinnerung an die Bewegung, in seinem vergangenen Ich, das denkt, der Zweimaster rollt und stampft wie zuvor, obwohl es doch nur noch in seinem Kopf geschieht. Wenn er es wagt, den Blick zu heben, ist er überzeugt, dass da nur Schwärze ist, tiefste Schwärze im Bullauge.

Am sechzehnten Tag steht der Kapitän über ihm und lacht. Die Seekrankheit folgt der Fantasie, sagt er.

Andrew sieht kurz zu ihm auf. Du Dreckskerl, denkt er. Dann übergibt er sich auf seine glänzenden Schuhe und genießt einen späten, wunderbaren Moment der Ruhe.

Zwischenstadium. Liegt an Deck, zittert, zusammen mit all den anderen Männern, die von ihrer Fantasie beherrscht werden. Eine neue Solidarität formt sich zwischen ihnen, als kämen sie aus einem Krieg zurück. Wenn sich das Innere nach außen kehrt, nach außen und wieder nach außen, was bleibt dann am Ende?

Andere Menschen. Ihre Gesichter. Weiches Sonnenlicht dringt durch dünne Lider, als er ihre Bilder in sich aufnimmt. Die neue Welt versucht ihn zu blenden, ihm das Gefühl zu geben, gerettet zu sein. Gischt. Salz. Sonne verbrennt seine bitteren Lippen. Aber hier draußen unter dem Himmel ist es schön. In der Kabine zu sein hieß tot zu sein. Er wartete darauf, von einer mächtigen Woge über Bord gespült zu werden – einer Woge, wie sie die Natur in all ihrer Gleichgültigkeit nie schickt.

Jede Farbe also, um gesehen zu werden, muss ein Licht im Hinterhalte haben.

Im November 1841 kommt er in Trinidad an, schwächer

als ein Kind, mit Goethe, Briefpapier und sechs Dollar in der Tasche. Wovon er in der ersten Nacht in seiner Hütte träumt, während er spürt, wie das Land unter ihm schwankt, sind Brücken aus Eisen und Brücken aus Holz, allgegenwärtige Brücken, die sich zwischen großen Landmassen erstrecken und die Möglichkeit eröffnen, auf ewig von einem Ort zum nächsten zu wandern, endlos, ohne Angst, ohne über ein Wasser fahren zu müssen, sodass Schiffe, Zweimaster, jede teuflische Nussschale, die um diese Erde kreist, nie wieder betreten werden müssen.

19
Naturalists' Gate

In Trinidad verliert er das Vertrauen in die eigene Fantasie. Es ist ein viel grüneres Land, als er gedacht hat. Er hatte es sich irgendwie zuckerummantelt vorgestellt, als würde das Produkt der Arbeit die Szenerie bedecken, doch es kommt ihm vor, als hätte er diese lange Reise hinter sich gebracht, nur um sich zu Hause wiederzufinden.

In Trinidad verliert er sein Gespür für die Zeit. Er verliert den Lohn einer Woche, als er in den Fluss fällt. Er verläuft sich, als er durchnässt zwischen den Tamarinden zurückgeht. Er verliert das Verständnis für das Wort *frei,* weil die *frisch Befreiten* nur der Bezeichnung nach keine Sklaven mehr sind. Er verliert Würde, mehr Würde – ein wenig hat er noch in sich –, als ihn die Arbeiter auf dem Feld im Osten schmatzenden Schritts in den falschen Schuhen auf sich zukommen hören und den Blick heben. Er verliert seine Fähigkeit, eine unbewegte Miene zu bewahren. Er verliert den Respekt der weißen Arbeiter, wenn er mit Arbeitern redet, die nicht weiß sind. Er verliert den Überblick beim Zählen des Zuckerrohrs, das er mit seinem Messer schneidet, den Schnitt, den er überwacht, den Schnitt, den er sich vorstellt, führt Halme an die Lippen, um den Nektar zu trinken, der alle Müdigkeit wegbläst.

Er verliert den Glauben an das Kollektiv, für eine Weile.

Das *uns*. Das *wir*. Wenn er in den vor ihm liegenden Jahren Erfolg haben will, muss er ihn allein erringen. Seine Isolation fühlt sich hier angemessen an. New York hat ihn weggeschickt, damit er vielleicht mehr wie New York wird, sich selbst genügend, strahlend, prahlerisch? Er denkt an Emerson, einen Aufsatz von ihm, den er auf Samuels Rat hin zu studieren versucht hat, in Samuels Bibliothek, eine Abhandlung mit dem Titel »Eigenständigkeit«, und während seiner ersten Wochen hier in Trinidad verliert er für eine Weile seinen instinktiven Argwohn diesem Text gegenüber. Verliert den Wunsch zu fragen, ob es keine weniger egoistische Art gibt, sein Leben zu leben.

In Trinidad verliert er die weichere Seite seiner Jugendlichkeit. Lässt seinen Bart wachsen. Lässt sich das Gesicht bräunen. Unterarme, Hände, Nacken. Er achtet sehr darauf, wie er sein Messer hält, wie er damit hackt und schneidet. Er wirkt weniger dürr und sanft als noch vor zehn Jahren, denkt er, zu Beginn seines Farmerlebens, Erfahrung deutet sich in seinen Augen an, ein Gefühl von Stärke in seinem Rücken und seinen Armen, sein Haar ist dick und jetzt fast lockig. Es wächst und wächst, hat ein eigenes Leben, streicht ihm um die Ohren, kitzelt ihn wie die Insekten, die nachts Wärme suchend in die Strähnen hineinkriechen wollen.

Er verliert einen Traum. Er hat ihn, dann entgleitet er ihm – in die sich wiederholende Arbeit auf den Feldern. Er verliert etwas von seiner Sehnsucht, eines Tages ein Haus in New York zu besitzen, Eigentum in Amerika. Er ist glücklich in seiner kleinen Hütte aus Nichts, gut drei mal drei Meter groß, in der er umgeben von Tieren und Bäumen schläft. Es gibt kein Dach, nur einfache Schindeln, die ihn immer wieder dem Wetter preisgeben. Aber das bedeutet auch, dass sich nirgendwo Ungeziefer einnisten kann. Es ist ein Stück reine Abgeschiedenheit, wie sein Verschlag bei Hinsdale & Atkins, nur voller frischer Luft und Licht, und er gehört ihm, und nachts leiden die Sterne über ihm nicht unter Lärm.

In Trinidad verliert er die Geduld mit Mr. Carlson, dem er unterstellt ist und der ihn »Mein junger amerikanischer Naturkundler« nennt. Den es amüsiert, dass Andrew die Namen aller Bäume kennt und ihre Blätter zu unterscheiden weiß, obwohl er doch erst angekommen ist.

Er verliert alle Fähigkeit, über Mr. Carlsons Lieblingsthema zu reden, Fliegen, und sein zweitliebstes, die Arbeiter. Carlson ist britisch-dünn, britisch-groß, spricht wie ein Brite und tritt auch so auf. Er ist gut gekleidet, aber ohne jede Haltung, wirkt geschlagen, muffig und ist sehr interessiert an örtlichen Geschichten über Tod und Krankheit, wohl weil sie ihm das Gefühl geben, einen kräftigeren Körper zu haben. Eigenständig? Die Augen hinter seiner wackligen Brille schwimmen in Unentschlossenheit. Mit seiner gerunzelten Stirn ist er so unaufmerksam wie jemand, der innerhalb der nächsten zehn Minuten an tausend verschiedenen Orten sein müsste und der, obwohl er weiß, dass er keinen von ihnen erreichen kann, immer noch dem Geschmack der Erregung nachhängt, den alle großen Pläne, besonders die unmöglichen, im Mund hinterlassen. Carlson ist ein Mann, der eines Tages ermordet wird, denkt Andrew, der sein Leben verliert, wenn er gerade nicht hinsieht, der der Rache des Schicksals zum Opfer fällt.

Mr. Carlson stimmt nicht notwendigerweise damit überein, dass Arbeiter frei sein sollten. Mr. Carlson findet es nicht notwendig, ihnen etwas mehr zu bezahlen, wie Andrew vorschlägt – um sie zu motivieren, aber auch aus Fairness? Für Mr. Carlson ist der Ausdruck *nicht notwendigerweise* ein notwendiger Bestandteil praktisch aller Gespräche.

Andrew verliert seinen Vorsatz, nicht an New York und Samuel zu denken. Er verliert die Disziplin, seine Sehnsüchte in Zaum zu halten, wenn er nachts nackt unter seinem Laken liegt und zu schlafen versucht. Er verliert beinahe den Verstand, als ein Brief von Samuel eintrifft, mit einer Art Entschuldigung, den er einmal liest, zerreißt und ins Feuer wirft, und dann – zu spät – vor den Flammen zu retten versucht.

Ich habe das Gefühl, wir haben uns …

Ich bedaure die Art, wie wir …

Solltest du je zurückkommen …

Er erinnert sich nicht richtig. Einen Brief einmal zu lesen, ist nichts im Vergleich zu einer zweimaligen Lektüre. Es ist eher so, als hätte man ihn gar nicht bekommen. Er verliert drei Hüte in der Sturmsaison. Er verliert die Spitze seines linken Zeigefingers beim Schneiden einer Mango. Er verliert die Hoffnung, dass der Finger heilen wird. Und als die Fingerkuppe nachzuwachsen beginnt und seinen Pessimismus widerlegt, als Haut über Haut wächst, Fleisch sich auf Fleisch aufbaut, erinnert er sich an eine einfache Wahrheit, die ihm als Junge bewusst war – die simple Tatsache, dass Körper, die Körper von Menschen, über wunderbare Kräfte verfügen.

Das Wetter in Trinidad umfächelt ihn wie der Rock einer

Mutter. Die Hose, die ihm Mr. Carlson gibt, nimmt seinem Körper jede Besonderheit. Sein breitkrempiger Hut verhindert nicht, dass er schwitzt. Er fühlt sich glücklich in seiner Hütte, auf den Feldern, und wenn er wandert, wandert, sich verläuft. Eine Weile lang verliert er das Gespür dafür, dass das, was hier geschieht, nicht richtig ist.

In Trinidad verliert er, wenn auch nicht ganz, sein Bedürfnis nach Ordnung und Sauberkeit. Verliert die Gewohnheit, sich alle paar Minuten den Staub vom Hut zu wischen, sich immer wieder das Hemd glattzustreichen, sich die dürre Erde von den zerschnittenen, schwieligen Händen zu klopfen. Er verliert das Gefühl in seiner Hüfte, nachdem er sich zu lange auf den Feldern gebückt, die Ernte überwacht, aber sich auch daran beteiligt hat. Er arbeitet schweigend, stundenlang. Erlangt so einigen Respekt bei den einfacheren Arbeitern. Nur ein Hund fleht um Anerkennung. Er achtet darauf, nie etwas zu fragen, das nicht mit einem Nicken, einer gefurchten Stirn oder einem Lächeln beantwortet werden kann.

Anderswo, Mr. Green, bekommen diese Männer vielleicht nur zwanzig Cent am Tag. Und hier? Fünfzig für jede Aufgabe. Und doch sagen Sie …

Er verliert Mr. Carlson aus dem Blick, den blass schwitzenden, blass stolzen Mr. Carlson, als die Sonne über dem Feld im Westen zu heiß wird, einen Mann, der sich an die blutroten britischen Lippen fasst, als fürchtete er, dass er sich mit all dem Gerede über fairen Lohn Blasen darauf geholt haben könnte.

Er verliert die Erinnerung daran, warum er hergekommen ist. Er verliert den Glauben daran, dass seine Arbeitgeber gerechte Arbeitsbedingungen wollen. Er verliert den Drang, den Mund aufzumachen. Er begreift, dass er Teil des Problems ist. Es ist ein Schock, wirklich, sich als Teil von etwas zu fühlen. Er hat mittlerweile genug gespart, um den Großteil seiner Schulden zurückzuzahlen, also wird er im nächsten Jahr nach Amerika zurückkehren, so sein Beschluss, nur dass es plötzlich notwendig scheint, mehr zu sparen, erst zurückzugehen, wenn er genug hat, um ein Geschäft aufzubauen, sich Unterricht leisten zu können, vielleicht sogar ein Haus, die jugendlichen Irrtümer seiner Ausbildung zu korrigieren – kurz: um noch einmal neu anzufangen. Es könnte möglich sein. Er ist sich der Beweglichkeit seines Denkens bewusst geworden. Stellt sich ein Problem, sieht er nicht immer gleich eine direkte Lösung, sondern fünf Wege dorthin und weiß die richtigen Fragen zu stellen. Wenn dann ein ähnliches Problem auftritt, erkennt er sofort den richtigen Präzedenzfall. Die britischen Vorgesetzten hören mittlerweile auf ihn. Er hat das Schichtensystem und den Ernteprozess geändert. Die Produktivität ist gestiegen.

In Trinidad verliert er das Gefühl für die Jahreszeiten, staunt nicht mehr über die rasante blaue Gewalt der Novemberstürme. Er weiß nicht mehr, wann die Trockenzeit beginnt, und Mr. Carlson straft ihn dafür, macht ihn vor den Frauen lächerlich, die Kleider waschen, sie auf Steine schlagen und genau wissen, was wann in und um Tacarigua passiert.

Er verliert seine Überraschung darüber, wie Arbeiter ein Schwein schlachten. Sie behalten Kopf und Beine für sich. Sie säubern beides und kochen es in Salzwasser, bis es weich ist. Das Fleisch wird vom Kopf gepflückt und in kleine Stücke geschnitten. Dann kommt es zusammen mit den Beinen in einen der Kupferkessel aus den Kochhäusern. Ist der Rest des Kopfes abgekühlt, kommt er erneut in Salzwasser, mit genügend Limonensaft, um ihn zu säuern. Reichlich Pfeffer. So zubereitetes Fleisch hält sich mindestens zwei Wochen. Hier wird nichts verschwendet, mit Ausnahme der Menschen. Da kann man was lernen, sich merken.

Er verliert sein Notizbuch und findet es am nächsten Tag im Dreck wieder. Drei Seiten fehlen, sind herausgerissen, was stand auf ihnen? Gelesenes? Träume? Einfache kleine Listen? Er hofft, es waren nur Notizen zu hübschen Pflanzen und Ranken, Früchten und Kräutern, die hier gedeihen, den Granadillas und Wassermelonen, dem Maniok, den Limabohnen, den Callaloos und Tannias. Das Leben erblüht in alten zerkratzten, fleckigen Kupferwannen aus den Kochhäusern. Schreib alles auf. Der schnelle Trost der Genauigkeit. Er legt seinen eigenen Garten an, und alles gedeiht, nur seine Melonen schmecken schrecklich.

Er verliert ständig Erinnerungen an seine Mutter. Er verliert ständig Erinnerungen an seine Mutter.

Verluste von Wäldern mit dem besten Holz für den Schiffsbau. Verluste der markanten Red-Cedar-Bäume und einer großen Vielfalt an Palmen.

Drei Arbeiter verlieren ihr Leben. Vier Arbeiter. Fünf. Muskat wird auf die Insel gebracht. Zimt, Gewürznelken. Fremde Arten, die bewiesen haben, dass sie auf dieser Erde gedeihen. Die Schönheit des Sonnenaufgangs, ein Klischee, das sich so frisch anfühlt.

Er verliert etwas von seiner Befangenheit gegenüber

nackter Haut. Die Frauen mit den Körben auf dem Kopf, die ihre Kleider in der Hitze oben aufgeknöpft haben, Mr. Carlsons sehnsüchtig funkelnde Brille, herablassend, gierig – und da liegt noch etwas in diesem Blick, das Andrew wiedererkennt. Er, Andrew, verliert sich an Menschen, die er nicht respektiert. Er nimmt ihr Geld, und dass es mehr wird, erregt ihn, der Gedanke an Erspartes, eine langsam wachsende Sicherheit. Er verliert sein altes Ich aus dem Blick, was es auch war, das er erreichen wollte. Er sagt sich, dass er nicht zur Hölle fahren wird, weil er reich wird. Weil er erst jetzt überlegt, was sonst er tun soll.

Kleidung und Zucker! Unterschiedliche Welten, fürchte ich, Andrew! Deine Erfahrung auf der Farm deiner Familie erweist sich jedoch als …

Er verliert die Fähigkeit, zu Carlsons Bemerkungen zu lächeln. Er verliert die Fähigkeit, ferne Freudenschreie von Schmerzensschreien zu unterscheiden. Er verliert die Fähigkeit, die Rufe und den Gesang verschiedener Schafs- und Vogelarten zu unterscheiden, als wollte Trinidad langsam das Erlernte in ihm auslöschen, mit dem er sich, wie er dachte, darauf vorbereitet hatte. Er verliert den Überblick über die Vorurteile, die Mr. Carlson insgeheim hegt und dann bei großen Essenseinladungen im Haus der Burnleys vorbringt, und redet, redet, redet.

Diese Essen! Der Empfang im Freien, der ihnen vorausgeht. Lichter auf Tischen und auf der nackten Erde. Das letzte verbliebene Tageslicht, das sich noch in den Bäumen um den idyllischen Garten der Burnleys hält. Die kommende Nacht wird silbern. Weitblick, Vermutungen. Er verliert alle Bilder der New Yorker Nächte, jede Erinnerung an die verschiedenen Schattierungen der Dunkelheit, die um ihn herumwirbelten, als er vor ein paar Jahren auf dem Dach von Hinsdale & Atkins stand und der Himmel über der 14th Street ein reineres Schwarz annahm, etwas, das man berühren oder spüren können sollte, wie ein Stück Kohle oder Schiefer, ein abgeflämmtes Feld in Green Hill.

Vier Frauen singen in Mr. Burnleys Garten. Drei Tänzerinnen dahinter schwenken Flaschenkürbisse. Die weißen, ausdruckslosen Aufseher sitzen blinzelnd da.

Das schöne Mobiliar weist Zeichen von Verwitterung auf. Dünner Musselin, die Kleidung der singenden und tanzenden Frauen ist faltenlos und sauber, gesäumt von farbigem Satin. Mit passenden Bändern und Schärpen. Einige tragen Seidenstrümpfe, einige farbige Schuhe aus Ziegenleder. Güldene Schnallen schimmern, während die Füße im Takt auf die Erde treffen, zur Unterhaltung.

Andrew steht am Rand und sieht zu, ein Glas Wasser in der Hand. Er verspürt Mitleid, Scham und Erleichterung. Er hat das Gefühl, sich einem System ergeben zu haben. Insgeheim empfindet er die schreckliche Erleichterung, nicht zu denen ganz unten zu gehören. Am Ende der Vorstellung klatschen alle und nicken. Mit unterschiedlicher Begeisterung.

Mr. Burnleys Frau steht an der Tür, als die Musik aufhört, und bittet *alle* – sie meint die Weißen – herein zum Essen.

Ihr blendend blasses Lächeln. Seine Schönheit lässt Andrews innere Welt für eine halbe Sekunde erstrahlen. Dann erlöschen ihre Augen, während sie sich dem nächsten Gast hinter seiner Schulter zuwendet – die Augen leuchten auf, erlöschen, routinemäßige, eingeübte Strahlkraft. Wie muss es sein, *diese* Art von Macht zu besitzen, das Zentrum zu sein, um das sich die Welt dreht, in der Lage zu sein, Menschen mit einem Blick für sich einzunehmen und dann doch wieder seinem Ehemann zuzuhören und so tun zu müssen, als wäre man nichts als sein Schmuck? Ist Mr. Burnley je mit ihr intim? Und genießt sie es? Und was ist mit Mr. Carlsons Frau? Das sind Fragen, auf die Andrew nie eine Antwort bekommen wird, genauso wie er sich nie etwas darauf zusammenreimen kann, warum Mr. Burnley selbst kaum je zu sehen ist.

Das Essen verläuft nach der Logik der Dekadenz, dem Prinzip des Überflusses. So viele Kerzenständer, so viele schöne Lampenschirme, so viele Servierteller und Weinflaschen, dass es bald schon unmöglich ist, sich auf etwas Einzelnes zu konzentrieren, und genau darum scheint es zu gehen. Der ganze Raum strahlt, und deshalb ragt nichts heraus, zwischen den Gängen treiben Körper in Andrews Blick und wieder hinaus, gewonnen, zerronnen, und in ihm setzt Panik ein, ein Gefühl der Orientierungslosigkeit. Die jüngeren Ehefrauen wechseln ständig die Plätze, es ist unmöglich, sich alle Namen und Gesichter zu merken, und wird immer unmöglicher. Das Problem, andere bei einem Thema zu halten, treibt ihn um, das Bedürfnis, ein Gespräch in geregelte Bahnen zu bringen, seine Befangenheit, was das betrifft, und dass er sein Exemplar von Charles Days *Hinweisen zur Etikette* verloren hat, mit seinem Rat, wie man zu weiteren Kommentaren und Fragen vorausdenkt und ein angemessenes Thema mit einem Fremden ausmacht, hilft auch nicht gerade. Er hat es dem letzten Neuankömmling aus Amerika geliehen, die Leute geben einfach nicht acht auf die Bücher von anderen, solange sie nicht dafür kämpfen mussten. Sich wie ein Gentleman verhalten – er muss sich in Erinnerung rufen, was im Buch darüber stand, wie man sorgsam befriedigende Beziehungen aufbaut und Enttäuschung, Wut oder Unverständnis über Bemerkungen seiner Tischgenossen verbirgt. Die Engländer benutzen immer wieder unterschiedliche Messer. Die Regeln ändern sich ständig.

Es riecht widerlich im Raum. Der Oberkellner verkündet, dass jetzt das Eigentliche serviert wird. Das Eigentliche! Als reichte das, was bereits gegessen wurde, nicht aus, um einen König zu überfüttern.

Fünf Platten Fisch werden hereingetragen. Hammelbraten. Ein gekochter Truthahn. Ein Schinken! Zwei in ihren Panzern angerichtete Schildkröten. So geht es weiter, und die Musiker draußen vor den Fenstern warten schweigend darauf, dass sie etwas Brot bekommen.

Er verliert die Kontrolle über sein undankbares Herz. Umso mehr, als sein Glas leer ist und neu aufgefüllt wird. Seine Kehle fühlt sich wund an, sein Hirn schwillt im Schädel, jeder Kellner versteckt die linke Hand in einer weißen Damastserviette, um auszuschließen, dass die Hand den Teller berührt. Als die geschmorten Enten kommen, die Nachtische und Torten und der Chefkoch geholt und gezwungen wird, sich für das offenbar trockene Gebäck zu entschuldigen, und ein wabbelndes Dessert, eine *Île flottante,* auf den Tisch gestellt und wärmstens empfohlen wird, als sie in den Mägen versenkt ist, die mit genug Essen aufgebläht sind, um die Armen dieser Welt zu nähren, verspürt er in seinem Körper ein Verlangen nach Entleerung, das Erinnerungen an die Überfahrt auf dem Zweimaster wachruft.

Er überlässt die Dinner-Gäste ihren Gesprächen. Sie sind langweilig, selbst für langweilige Menschen, und er ist betrunken, und das nicht zu knapp. Er ist jetzt ganz sicher, dass er sich nicht mehr so unter Kontrolle hat, wie er sollte, wie er es hatte, wie er es will, aber es ist spät, zu spät.

Er findet sich auf der Treppe wieder, zwei Fingerbreit Brandy in seinem Glas, die Augen tränen von all dem Rauch. Er denkt: Samuel, Samuel, Samuel.

Er steht am Fenster eines Zimmers im ersten Stock, die Wände wanken. Kein Recht, hier zu sein, überhaupt kein Recht, was um alles in der Welt tut er hier? Hat jedes Gespür für Etikette verloren, muss allein sein, braucht Ruhe. Spürt das nervöse Prickeln der Grenzüberschreitung sanft durch seinen Körper schwappen. Unten ist ein Geiger zu hören. Unten oder draußen. Moll, Dur. Samuel.

Vielleicht schläft er für einen Moment dort oben im Stehen, denn jetzt fährt er erschreckt hoch: Bewegung, Schritte. Er kann jemanden die Treppe heraufkommen hören.

Nein, denkt er. Nein. Aber wohin sich – wie lautet das Wort? Zurückziehen.

Er dreht sich um und sieht in der Dunkelheit des Türrahmens eine weibliche Gestalt im gegenüberliegenden Zimmer verschwinden.

Die Erleichterung ist enorm, doch dann hört er weitere Schritte auf der Treppe. Eine knarzende Diele. Husten. Er wendet sich ab, sieht aus dem Fenster, tut so, als bemerkte er die zweite Person in der Tür nicht, eine Person, deren Schritte schwer sind, vor Verlangen oder Alkohol.

Er schließt die Augen. Und einen Moment später, wie in einem Traum, spürt er Hände auf seinen Hüften. Warmen Atem in seinem Nacken.

Das seltsame, schöne Gefühl, nicht allein zu sein

Der Atem wird zu einem Kuss unter seinem Ohr, und dann …

Was … Was zum? Green!

Andrew öffnet die Augen, und da steht, nur Zentimeter entfernt, dann zurückfahrend, sich wie wild über die glänzenden Lippen reibend … Mr. Carlson.

Ich habe nach … sagt Carlson. Ich habe! Ich habe eine Bekannte, die … sagt Carlson. Ich wollte nach ihr sehen … Sie fühlte sich nicht … Ich muss in das falsche, das falsche Zimmer geraten sein, wie es scheint.

Draußen, auf der Flucht aus dem Haus, versucht er seine schweren Beine unter Kontrolle zu bekommen, rennt, fällt, die Erde ist so, so weich unter seinen Füßen, jeder Schritt verlangt neues Vertrauen, Andrews Gehirn fühlt sich riesig an, sein Schatten bewegt sich schwach und frei durchs Mondlicht auf die Sicherheit seiner Hütte zu, unsicher, was genau passiert ist und wie es im Einzelnen dazu hat kommen können. Sein Mund ist trocken und sein Magen merkwürdig leer. Er könnte das ganze Abendessen gleich noch mal verdrücken. Er ist ein absoluter Amateur in Bezug auf Alkohol, das waren neue Höhen heute Abend, und am Morgen, wenn er aufwacht, wird er sich in tiefsten Tiefen wiederfinden.

Diese Fliegen – wir erschlagen sie und erschlagen immer mehr, Andrew! Die Arbeiter hier bemerken sie kaum, genau wie sie das Ende ihrer sicheren Verträge nicht bemerkt haben!

Carlson sagt nichts über den irrtümlichen Kuss. Er scheint nicht bis in die Welt der Vorurteile und der Missgunst dieses Mannes vorgedrungen zu sein. Etliche Tage vergehen ohne ein Wort. Langsam, sehr langsam, verliert er die Angst, dass Carlson den Vorfall jemandem gegenüber erwähnen könnte. Und warum sollte er auch? Er war dafür verantwortlich. Andrew hatte nur im Dunkeln an einem Fenster gestanden. Einem Fenster, an dem er zugegebenermaßen nichts zu suchen hatte.

Sie haben große Mühe mit Spinnen, weißt du. Sie bewerfen sich damit, und dann schreien sie. Ist dir das schon aufgefallen? Fliegen sind von der Rasse Beelzebubs, des Herrschers der Teufel, und Beelzebub hatte keine Kinder mit weniger Moralgefühl als diese schwarzen, brummenden Fliegen.

Aber als sich das Schweigen immer weiter fortsetzt, begreift er, dass er irgendwie Carlsons Respekt verliert, er bekommt nicht mehr dessen unbehagliches, allgegenwärtiges Gerede von wir gegen sie zu hören. Er verliert sein Gefühl, nicht zu den Untersten zu gehören. Carlson weigert sich, ihn direkt anzusehen, wenn sie miteinander sprechen, und sie sprechen viel weniger. Richtet seine Meinungen zu Fliegen und Beelzebub jetzt an die Neuankömmlinge aus Amerika.

Er verliert die Geduld mit dem sturen hölzernen Fensterladen an seiner Hütte. Er verliert die Angst, dass Licht zu ihm hereinflutet, wenn er sich halbnackt im Bett räkelt. Auf dem kilometerlangen Weg zum Wasserholen jeden Morgen verliert er seinen Appetit. Er verliert ständig Zeit. Er verliert seine Erinnerung an das Leben in New York und auf Green Hill. Wie hat seine Mutter nachts gerochen? Wie warm war ihre Haut am Morgen?

Wenn er anfängt, das Bewusstsein für die Sätze zu verlieren, die er im Kerzenlicht liest – vier Stunden jeden Abend, zur Selbstverbesserung, aber je später es wird, ziehen immer mehr Seiten sang- und klanglos vorbei –, nimmt er die Zuckerdose vom Eckregal in seiner Hütte, holt den kleinen Holzlöffel aus der nicht abschließbaren Kiste mit seinen Besitztümern, wischt die Ameisen weg und steckt sich einen Löffelvoll in den Mund. Der Zucker perlt in sein Blut. Verschafft ihm mehr Zeit vor dem Einschlafen. Vom »Psalm des Lebens« bis zu Webster über die Eloquenz, zu Pitts Entgegnung auf Walpole, einigen Teilen des *Endymion*. Sätze, die er mag, lernt er auswendig. Zucker, Zucker, Zucker.

Der Kakao ist eine heimische Pflanze. Sein Anbau weitet sich aus.

Auf dem Feld im Osten beginnt auf einem riesigen flachen Stück Land mit fruchtbarer angeschwemmter Erde die Pflanzzeit. Tau fällt regelmäßig und viel. Über fehlende Feuchtigkeit wird hier kaum geklagt. Andrew drückt die Zuckerrohrstecklinge einzeln in die in präzisen Reihen angeordneten Löcher, die er in der grellen Sonne in den Boden getrieben hat.

An manchen Nachmittagen legt sich eine große Ruhe über das Land, alle menschlichen Augen betrachten die Augen des unreifen Zuckerrohrs, und es ist, als wäre nichts von Wert in Amerika zurückgeblieben. Es ist, als hätte er nichts verloren.

20
Women's Gate

Bessie Davis, auch bekannt als Hannah Elias, die Hexe, die Göttin, die große Freudenbringerin, die Kirchenglöcknerin, die Dienerin von Gentleman-Flachköpfen und Stümpern, das Monster, die Unruhestifterin, die üble Hure, die glorreiche Königin, die Schönste überhaupt, die reiche Schwarze, Kleopatra, die Schlingpflanze und dazu noch unter vielen anderen Namen, die sie je nach Laune amüsant fand und in die papierlosen Falten ihres Gedächtnisses steckte, wo Anschuldigungen und Lobpreisungen sie nur so berührten, wie Regen auf eine Pfütze trifft, Muster hineinzeichnet, ohne etwas am Ganzen zu ändern, diese Bessie Davis ertrug gerade die Gesellschaft ihres dritten Kunden heute und freute sich nun doch auf ihre Teepause.

Sie starrte zum Ventilator an der Decke über sich. Er verquirlte die Luft, viertelte sie, aber der penetrante Geruch des Kölnisch Wassers ihres Kunden hing trotzdem schwer in der Luft. Im Moment war er auf ihr, bewegte sich stoßend und atmete schwer. Der Brunnen, den sie in der Ecke ihres Zimmers installiert hatte, ließ ein stetiges Plätschern hören, das das heftige Knarren des Himmelbetts unter ihr begleitete. Wenn der Kerl das Bett zerlegte, ihr neues Bett, würde sie ihn zerlegen. Ihre teuren Seidenkissen hatten heute noch keine Flecken abbekommen, das zumindest war eine Erleichterung. Es war ein Job, und kein leichter oder angenehmer, aber sie gab ihr Bestes. Mehr als viele ihrer Kunden.

Ihr erster Besucher heute, ein ältlicher Senator, hatte ihr zehn Dollar Trinkgeld gegeben, für Dienste, die ebenso viel gekostet hatten. Der zweite Kunde, einer der Männer des Bürgermeisters, der gerne mittags kam, hatte *insgesamt* nur zehn Dollar bezahlt. Sie würde dafür sorgen, dass sie das nächste Mal nicht für ihn verfügbar war, und ihn an eine ihrer anderen Frauen weiterreichen, vielleicht an Jane, oder vielleicht sogar Anastasia, die Zerstörerin, was ihn verletzen würde, und der Schmerz würde mit der Zeit noch wachsen, wenn er darüber nachdachte und sich fragte, warum sie ihn so versetzte – und das Bedauern würde ihn zu ihr führen, mit einer angemesseneren Zuwendung. Sie war hier, um reich und reicher zu werden und dann unter diesen Männern wegzukommen – nicht um mittelmäßigen Nuschlern gefällig zu sein. Ein Mann sollte in der Lage sein, für seine Ausscheidungen zu bezahlen.

Sie hielt den Blick auf eine brummende Fliege gerichtet, die den Ventilator umkreiste. Die Biester hatten Saison, und die Ventilatoren waren eine Abwehrmaßnahme, aber keine Lösung. Diese Babyfliegen schlüpften aus den Holzbalken der Decke, in der Nacht kamen sie heraus, wenn das Feuer das Zimmer bis zu einem gewissen Grad erwärmte, und dann hatte man den Tag über damit zu tun, sie totzuschlagen.

Sie konzentrierte sich auf diese eine Fliege, während sie über den Rücken des Kunden strich, der sich da auf ihr wand und hin und wieder schon mal ausfällig wurde, was hieß, dass sie nicht erlauben konnte, dass sich die Sache hinzog. Es war eine Frage der Risikominderung. Die Fliege über ihr zog scheinbar sinnlose Kreise, ganz ähnlich wie ihre Hüften unter diesem ausladenden, parfümierten, schnaufenden sogenannten Körper dieses sogenannten Gentlemans, und doch hatte sie eindeutig einen Plan, diese Fliege, eine Strategie, eine bewusste oder unbewusste Fertigkeit, denn sie wurde kein einziges Mal von einem der Flügel des Ventilators getroffen. Sie bewegte sich in die Gefahrenzone hinein und hinaus. Um sie herum. Durch sie hindurch. Diese Fliege wusste genau, wohin sie flog, auch wenn sie keine Richtung hatte.

Uaah, sagte Mr. Hart jetzt in ihr Ohr. Uaah. Oh. Oh. Oh.

Seine Knollennase rieb ihr über das Ohrläppchen. Das ließ sie ein kleines bisschen würgen. Das eklige Gefühl gerade dieser Berührung. Sein Bauch auf ihrem? Das war kein solches Problem. Ein Bauch trifft einen Bauch, und sie sagen hallo.

Wusste er überhaupt, dass ihm diese kleinen hellen Haare aus der Nase wucherten, mit seinen großen Poren? Sie würde ihm zu Weihnachten eine Pinzette schenken.

Sie drückte jetzt die Beine zusammen, spannte jeden Muskel ihres Körpers und säuselte süße, ermutigende Worte in sein Ohr, und erst jetzt nannte sie ihn bei dem Namen, den er so mochte – sehr verlässlich in Bezug auf die Wirkung, wenn auch nicht unbedingt auf die Wahrheit –, verpackte ihn als einen Kommentar zur Größe seines Gemächts. Oh, oh. Er legte an Geschwindigkeit und Stärke zu. Es würden nur noch zehn, zwölf Stöße sein, bevor er zu einem Ergebnis kam.

Zu einem Mann zu sprechen, der mit den Qualen seiner Leidenschaft rang, glich ziemlich der Konversation mit einem kleinen Kind. Man brauchte nur ein sehr begrenztes Vokabular. Konnte sich auf ein paar einfache Kommandos und Zusprüche verlassen. Etwas Lob, etwas Spott. In dieser Hinsicht, wenn auch vielleicht nur in dieser, war ihr Job einfach.

Füllen Sie mich ab, Mr. Hart, flüsterte sie.

Er grunzte wild. Sein Tempo hatte durchaus etwas Beeindruckendes, in rein athletischer Hinsicht. Sie musste an eine Szene im Central Park denken, die sie vor Kurzem miterlebt hatte – ein kleiner Hund hatte versucht, eine Kiefer zu schwängern.

Sie sprach ihren Kunden mit Mr. Hart an, während er sie Bessie, Bessie, Bessie nannte – sie nannte ihn aus verschiedenen Gründen so, nicht zuletzt, weil er sie an einen mittlerweile verschiedenen deutschen Gentleman, einen Mr. Härtwig, erinnerte, einen ihrer allerersten Kunden, hier in dieser Villa, nachdem sie angefangen hatte, mit den Ersparnissen ihrer Arbeit Häuser zu kaufen. Es gab diese stillen Reinkarnationen, nicht wahr? Das Leben schenkte dir jemanden, der dich an jemand anderen von vor langer Zeit erinnerte. Die Gegenwart verband sich mit der Vergangenheit, und auf diese Weise erneuerte sich deine Erinnerung an unwichtigere Personen immer wieder. Es war, als hätte Gott nur Zugriff auf eine gewisse Anzahl von, wie lautete das Wort noch, *Schablonen*. Als seufzte er von Zeit zu Zeit und sagte zu seinen Mitarbeitern: Oh, ich bin heute müde, machen wir einfach einen weiteren Mr. H. Und schon kamen seine Assistenten an seine Seite geeilt und fächelten ihm Luft zu, während die Einzelheiten der Schöpfung abgehakt wurden.

(Auch sie ließ sich gerne von ihren Angestellten Luft zufächeln.)

Oh! Oh! Bessie, Bessie!

Also dann. Es war so weit. Vier, drei, zwei, eins. Mr. Hart stieß ein komisches kleines zitterndes Wiehern aus, einen Pferdeseufzer, fast ein Niesen, eine Reihe von Gesten, die so etwas wie eine Auflösung signalisierten, dann aber doch zurück zu sich fanden.

Sie rollte ihn unter großer Kraftanstrengung auf das kühle glatte Laken neben sich, und jetzt kam das glorreiche Gefühl einer Teilbefreiung, jener erste köstliche Anflug von Freiheit, den sie verspürte, wenn das Schlimmste vorüber war. Das Wissen, dass ihn sein Verlangen verlassen hatte und er ihm bald schon durch die Tür folgen würde.

Heute hatte sie keine weiteren Kunden mehr, und das war gut so. Kopf und Körper schmerzten. Gram stieg ihr in den Hals, Ekel in den Leib, doch damit konnte sie umgehen, beides gehörte wahrscheinlich zu jeder profitablen Arbeit, die man auf dieser Welt verrichtete. Es gab Tage, an denen ihr die Wahrheiten ihres Berufs fürchterlich zusetzten, aber sie wusste, dass sie ehrlich war und weit weniger betrügerisch oder heuchlerisch als fast alle diese Kunden, die durch ihre wunderbaren Eichentüren kamen. Wie viele Menschen können von sich sagen, wie eine Königin gelebt, ohne je wirklich gelogen zu haben?

Der alte Mr. Härtwig, der ursprüngliche, war leider gestorben. Seine Strümpfe hatten ihn umgebracht. Was für ein Pech. Eine der selteneren Arten, durch die sie einen Kunden verloren hatte. Eine Blutvergiftung durch das Färbemittel, das durch eine Abschürfung an der Ferse eingedrungen war, weil der Schuh zu locker gesessen hatte. An seinen Strümpfen gestorben! Was für ein mediokrer Abgang! Und der neue Mr. Härtwig, Mr. Hart, der da neben ihr lag, nackt, kein Deutscher, völlig verausgabt, der sich keuchend und mit wabbelndem Bauch beruhigte, streckte eine verschwitzte Hand aus, um sie ihr auf die Brust zu legen – sie schob sie zur Seite, tätschelte sie und ließ seinem Gemächt den gleichen Trost zuteilwerden, ja, ja, mein Kleiner, ja, ja, wird ja alles wieder gut –, Mr. Hart sah jetzt ebenfalls zu der Fliege oben beim Ventilator hinauf.

Die kreist da über mir wie ein … ein Geier, sagte er.

Sie ließ ein höfliches Lachen hören. Kunden machten hinterher oft seltsame Witze. Als eine Art Wiedergutmachung, dachte sie, für all die geflüsterte lächerliche Ehrlichkeit zuvor. Tragödie, dann Komödie. Komödie, dann Tragödie. So bewegten sich die Tage voran, durch widerstreitende Gegensätze, und es stimmte ja und hatte vielleicht mit den hin und her brandenden Gefühlen während des Liebesakts selbst zu tun, dass sie an manchen Morgen äußerst glücklich war und nachmittags dann ungeheuer melancholisch werden konnte, sich vielleicht sogar danach sehnte, sich wieder die Haut aufzuschneiden, wie sie es seit Jahren nicht mehr getan hatte, und dann, zum Abend hin, schien die Welt in einen Nebel annehmbarer Mittelmäßigkeit, in Grau gehüllt, so lala, lala, lala, und sie zählte das Geld, das sie eingenommen hatte, und verspürte das Gefühl getaner Arbeit. Hochgefühl, Melancholie, dann etwas dazwischen. Ein Muster, das sie bei sich selbst feststellte, vielleicht ein Zeichen, dass ihre Seele rastlos war und andere Kostüme anprobieren sollte.

Sie bewegte sich an den Rand des Bettes. Schlüpfte in ihren seidenen Morgenmantel. Es war wichtig, schnell in die Aufrechte zu kommen.

Mr. Hart sah bedrückt aus. Er sagte: Meine Frau sagt das auch.

Sie hustete. Was sagt Ihre Frau, Mr. Hart?

Dass die Geier bald über mir kreisen werden, erwiderte er. In meinem Geschäft, verstehst du.

Er sah schwermütig zur Decke hinauf, als wäre dort eine persönliche Grenze, schien dann aber nach der Fliege zu suchen, die ihn auf diese Gedanken gebracht hatte, und sie folgte seinem Blick, fragte sich, wo sie hin war, obwohl man sie doch noch hören konnte. Vielleicht ritt sie auf dem Ventilator.

In der Bank?, fragte sie und versuchte mitfühlend zu klingen.

Er nickte, und das sah immer lächerlich aus – ein Mann auf dem Rücken, der nickte.

Ich arbeite sehr hart, verkündete er ernst.

Sein Gesicht war reglos wie der Tod. Sie sahen nie erleichtert aus, wenn sie gingen. Das fand sie seltsam, weil sie doch immer wieder zurückkamen, fast alle, wieder und wieder und wieder und wieder, ihr mehr Geld boten, die reichsten Männer der Stadt, und wenn dir etwas kein wirkliches, andauerndes Behagen, keine Erleichterung verschafft, warum kommst du dann wieder? Die Armen wussten es besser. Aber die bediente sie nicht, nicht mehr.

Nach dem ersten Besuch eines Mannes hier im Haus

dauerte es oft Tage oder Wochen, bis er ein zweites Mal kam. Doch sein Bedürfnis wuchs gewiss aufs Neue, still für sich, wie eine Pflanze, ein Unkraut oder ein Plan. Und dann kam er ein zweites Mal, kam mit seinen Sprüchen hereingeschlichen, seinen Geschichten von Macht – wie viel er davon habe, aber nicht genug, oder zu viel, aber nicht die richtige –, und wenn er ein zweites Mal das Vergnügen gesucht hatte, schien er vor einem dritten oder vierten Mal nicht lange zu zögern, denn jetzt hatte er gelernt, dass er mit dem leben konnte, was ihn zunächst noch zurückgehalten hatte (seien es Skrupel oder das Geld, Schuldgefühle, Selbstekel oder fehlende Zeit). Sie hasste ihre Kunden nicht so, wie es einige der cleveren Frauen taten, die sie hier beschäftigte. Sie hielt sie nur für ziemlich beschränkt, was ihre Interessen und ihre Gewohnheiten anging.

Es klingelte an der Tür und klingelte wieder. Die erste Überraschung des Tages. Wahrscheinlich sollte sie dankbar dafür sein. Sich von einem Nichts in Jemanden zu verwandeln, hatte sich weniger spannend erwiesen, als es sein sollte. Und jetzt klingelt da ein Fremder …

Ein nervöser Mr. Hart griff nach seiner Hose, als es ein weiteres Mal klingelte. Wer ist da?, fragte er.

Sie hörte Schritte im Flur – die unverwechselbar schweren Schritte ihres Portiers –, und dann konnte sie ein ganzes Trommelfeuer nicht wirklich verständlicher Fragen ausmachen, die von mehreren Stimmen auf ihren Portier abgefeuert wurden. Da war nicht nur ein Fremder. So wie es klang, drängte sich da eine ganze Meute. Was bedeutete …

Nun, dachte sie. Nun, nun, nun. Die Journalisten. Jetzt haben sie mich endlich gefunden.

Bedauerlich. Es war natürlich auch schon früher vorgekommen – bevor Mr. Green ermordet worden war. Und die Presse war Gift für das Geschäft, man musste sich nur Mr. Hart ansehen, wie er verzweifelt versuchte, in seine Hose zu kommen, um zu begreifen, dass es um sein Vertrauen geschehen, die besondere Zweisamkeit des Moments zerstört war. Aber man konnte sie verstehen. Einige der wichtigsten Männer der Stadt kamen durch diese Türen, und gelegentlich musste, obwohl Diskretion ihr Geschäft war, etwas Information durch diese Tür an die Schreiberlinge draußen durchsickern, um des lieben Friedens willen, und auch, was sie niemals zugeben würde, als stille Reklame, die für jeden erfolgreichen Dienstleister unerlässlich war.

Jetzt konzentrierte sie sich ganz auf die Geräusche. Das Summen der Fliege hatte aufgehört. Vielleicht war sie tot, oder melancholisch, oder sie war durch den Spalt im Holz verschwunden, durch den sie gekommen war. Ein paar der Fragen an der Tür hörte sie jetzt klarer oder meinte es zumindest.

Wohnt eine Miss Bessie Davis hier?

Stimmt es, dass sie mit Cornelius Williams bekannt war?

Kannte sie den getöteten Mr. Green, Mr. Andrew Haswell Green?

Sie wollte schon hinaus in den Flur gehen, um ihrem Portier zu sagen, dass er ihnen die Tür vor der Nase zuschlagen soll, doch da hörte sie ohnehin, wie sie sich schloss. Die Stimmen wurden leiser. Ja, er war unerschütterlich. Sie hörte, wie er leise hustete. Jaja, sie war froh, dass sie ihn eingestellt hatte. Sehr froh.

Aber schon klingelte es wieder. Klingelte und klingelte. Was einen, offen gesagt, wütend machen konnte.

Mr. Hart zog gerade seine Socken an. Kann ich ... Kann ich den Hintereingang benutzen?

Nicht bei mir, dachte sie.

Mein Chef in der Bank, sagte er. Er besteht auf ... auf einer Lebensführung ohne Skandale.

Ich dachte, Sie wären der Chef?, sagte sie. Wir haben keinen Hintereingang. Womit sind die gefärbt worden?

Er sah verwirrt auf seine Strümpfe. Womit gefärbt?, fragte er.

Seien Sie vorsichtig, sagte sie.

Er nickte langsam, als sagte sie ihm seine Zukunft voraus, ob er begriff, was sie meinte, oder nicht. (Sie alle wussten hin und wieder etwas Weisheit zu schätzen. Die Zeiten änderten sich. Sie sahen, dass sie über einen guten Instinkt verfügte, ihr Verstand bestens arbeitete und ein gut geformter Körper mit einem schönen Gesicht andere Fähigkeiten nicht ausschloss.)

Und Tee. Manchmal trank Mr. Hart gern eine Tasse Tee nach der Bewegung fast so gern wie sie. Zwar hatte sie heute nicht vorgehabt, ihm eine anzubieten, doch unter den gegebenen Umständen schien es nur angemessen: Tee zu trinken und darauf zu warten, dass es die Schreiberlinge leid wurden, an der Tür zu klingeln.

Oh, Cornelius, du Narr!

Männer verliebten sich in sie. Es war misslich. Man konnte nicht voraussagen, was sie tun, in welche Wirrnisse sie durch ihre Liebe geraten würden. Es war Jahre her, viele Jahre, dass Cornelius in der Lage gewesen war, sie sich zu leisten. Aber einigen Männer half die Zeit nicht, sondern trieb sie in den Wahnsinn. Ihre Ängste und Obsessionen gediehen im Dunkeln. Und wenn die Trennung die Liebe noch wachsen lässt, schwächt sie gleichzeitig den Verstand, die Impulse werden stärker, und die Grenze zwischen Traum und Wirklichkeit verwischt. Ihrer Erfahrung nach.

Ihr Portier kam ins Zimmer, wie üblich mit bloßem Oberkörper, und hielt einen Fächer in der Hand. Er musste nichts mit Worten erklären – alles geschah mit einem Blick und einem Zucken dieser fantastischen Muskeln. Sie nickte ihm zu und fuhr sich mit der Zunge über die Lippen, und er schickte Charmion mit dem Tee.

Mr. Hart bedeckte während dieser Abfolge von Auftritten und Abgängen sein Gesicht hektisch mit einer Jacke, dann mit einem Kissen. Das war reizend, aber nach und nach, Schluck für Schluck, wurde der Drang, ihn loszuwerden, unerträglich.

Sie hatte sich nie einsam gefühlt, wenn sie allein war. Diese Empfindung hatte sie einfach nie in ihrem Leben gehabt. Aber die Einsamkeit, die sie in Gegenwart anderer Leute verspürte? Das war tatsächlich eine mächtige Regung.

Was soll ich machen?, fragte Mr. Hart. Sein Gesicht war voll, rosa und weich, so sah ein Mann ohne jede eigene Vorstellung aus. Die Teetasse klirrte in seiner Hand.

Sie sah auf die Wanduhr, ihr stetes nüchternes Voranschreiten, tick-tack, tick-tack, hin und her, immer weiter.

Sie sollten sich glücklich schätzen, sagte sie und lächelte.

Glücklich?, sagte er.

Sie haben bereits vor zwei Minuten aufgehört, für das Privileg meiner Gesellschaft zu zahlen.

Die Pause hätte Wut signalisieren können, doch dann lachte Mr. Hart. Kunden wie er interpretierten jede kaltblütige Kränkung von ihr als den Versuch zu flirten.

Sie stand auf und zog den Morgenmantel fester um sich. Sie liebte es, wie die Seide über ihre Haut strich. Kühl und ruhig berührte der Stoff sie, wie nichts und niemand es seit Langem getan hatte.

Wo bist du ... Wo willst du hin?, fragte Mr. Hart.

Mich von Narren befreien, sagte sie. Es klingelte und klingelte und klingelte.

Sie ging barfuß über dicke purpurne Teppiche, die Farbe von Königen – und Königinnen. Sie ging an Schränken mit glitzernden Juwelen vorbei, die ihre Besucher alle für Imitate hielten. Erreichte die Tür und öffnete sie.

Da standen die Journalisten, perplex blinzelten sie im frostigen Sonnenlicht in ihre Richtung. Keines der Gesichter erkannte sie von früher wieder. (Das Mord-Revier, dachte sie, zieht andere Leute an.)

Wir suchen eine Bessie Davis, sagte einer von ihnen. Er nahm seinen Hut ab. Klatschte in die behandschuhten Hände, wie um seine Worte zu unterstreichen, oder gegen die Kälte. Kennen Sie sie, diese Miss Bessie Davis?

Sie beschloss, ein langsames, bedächtiges Seufzen hören zu lassen. Sie betrachtete sie, wie die sie alle anstarrten, und dachte einen Moment lang, dass eine Bühnenkarriere immer noch möglich sei.

Gentlemen, sagte sie. Die Richtung stimmt, aber sie zielen auf die falsche Scheibe.

Die Schreiberlinge blinzelten. Sie sahen einander an.

Dies ist in der Tat ein Haus der Freuden, sagte sie. Aber

eines für Gentlemen, die sich mit anderen Gentlemen anfreunden wollen, wenn Sie verstehen, was ich meine …

Einige Augen wurden ganz klein, andere riesig.

Kommen Sie herein, sagte sie. Ich bin nur die Vermittlerin. Wir freuen uns, wenn Sie sich uns an diesem speziellen Wochenende anschließen!

Einige der blassen Männer begannen zurückzuweichen. Der Schreck verzerrte ihre Mienen, was fast dazu führte, dass ihre faden Gesichter etwas Einnehmendes bekamen.

Ich glaube, in Nummer 99 gibt es eine Miss Davis, fügte sie hinzu.

Nummer 99?, sagten sie. Von welcher Straße?

Notizbücher öffneten sich, Stifte wurden gezückt.

Das kann ich Ihnen nicht sagen. Vielleicht müssen Sie verschiedene probieren, wobei ich Sie warnen muss, es gibt da Etablissements voller Raubeine und Schläger.

Damit schloss sie die Tür, und die Klingel meldete sich an diesem Tag nicht mehr. Der arme Mr. Hart konnte seine Flucht antreten, und sie gab ihm einen Kuss auf die Wange für die Unannehmlichkeit, die er hatte ertragen müssen. Man führte kein erfolgreiches Etablissement wie dieses, indem man Service von minderer Qualität bot. Das wusste er als Banker wahrscheinlich.

Die Papierfächer ihrer Bediensteten. Waren *die* von minderer Qualität? Dieser Gedanke kam ihr gegen Abend. Ein paar waren schmutzig und wiesen Risse auf. Sie beschloss, sie alle zu ersetzen. Die Fächer, nicht ihre Bediensteten, aber die vielleicht auch. Mittelmäßigkeit war ihre größte Angst, und sie liebte Geschichten, wie man sie vermied.

Zum Beispiel hatte vor ein paar Monaten ihre Kollegin Jane am Ende des Arbeitstages an ihre Tür geklopft. (Sie hatten nur tagsüber geöffnet, und damit unterschied sich ihr Geschäft von so vielen anderen anrüchigen Etablissements in der Nähe, gleichzeitig wurden bestimmte Risiken reduziert.) Und Jane, die wusste, dass sie jemanden vor sich hatte, der gute Geschichten mochte, erzählte eine, die sie an diesem Tag in der Zeitung gelesen hatte. (Jane konnte lesen, ein Vorzug, den sie aus ihrer Kindheit gerettet hatte. Reicher Vater und so weiter. Er hatte sie geschlagen und angefasst. Jane wusste, wie der Kopf eines Gentlemans funktionierte. Sie hielt gerne eine Flasche Schnaps in der Hand und nahm beim Erzählen immer mal wieder einen Schluck.)

In Janes Geschichte ging es um die Festnahme eines blinden Bettlers in der Stadt. Der Mann war vor den Richter geschleppt worden, ihm wurden Landstreicherei und die Verletzung der städtischen Rechtsverordnung durch Betteln auf einer öffentlichen Straße vorgeworfen.

Was den Richter erstaunt hatte, war das: Der Blinde sagte bei seiner Anhörung, dass er die Bettelei nicht brauche, um über die Runden zu kommen.

Nein?, hatte der Richter offenbar verblüfft gefragt.

Nein, sagte der blinde Bettler. Ich werde ausreichend von meinem Bruder unterstützt, Sir. Das Betteln ist für mich Erholung.

Erholung?, fragte der Richter. Aber was für eine Befriedigung kann man aus einer solchen Tätigkeit ziehen?

Worauf der blinde Bettler, laut der Geschichte, sein Bestes gegeben hatte, um eine sorgsame Antwort zu formulieren. Ich bettle rein aus Vergnügen, sagte er zum Richter. Ich kann nicht sehen wie andere Menschen und würde verrückt, wenn ich die ganze Zeit zu Hause säße. Ich bettle, damit ich aus dem Haus komme, an die frische Luft. Ein Gefühl von Licht. Gespräche mit anderen Menschen.

Bessie hatte in den Wochen, nachdem Jane die Geschichte erzählt hatte, noch öfter darüber nachgedacht. *Ein Gefühl von Licht* war der Ausdruck, der sich in ihrem Gedächtnis festgesetzt hatte. Die Zeitung hatte sich auf den Punkt kapriziert, dass der Blinde vielleicht Teil einer großen Gruppe von New Yorkern sei, die ganz und gar nicht alle Bettler waren, aber nur noch in einer gewissenhaften und oft entwürdigenden Arbeit Freude finden konnten, weil keine Notwendigkeit von konzentrierter Plackerei mehr bestand. In New York gebe es, so der Eindruck der Zeitung, ein paar Tausend Männer, die aus eben dem Grund, aus dem der Blinde bettle, ihren jeweiligen Geschäften nachgingen. Diese Bürger würden keine Bücher lesen, nachdenken oder sich an einer sonstigen Form intellektueller Erholung erfreuen, so die Spekulation der Zeitung, und säßen sie untätig den ganzen Tag da, wären sie zutiefst unglücklich, oder schlimmer. Vielleicht hatten sie nicht die Art Gehirn, um im konventionellen Sinn verrückt zu werden, oder seien bereits irrsinnig – was die Mehrung ihrer Güter angehe –, jedenfalls könnten sie nur genießen, was ihnen zusätzlich Geld einbrachte. Die Zeitung war der Meinung, die Situation vieler Händler und Finanziers ähnle sehr der des Bettlers, der zugegeben habe, nur zufrieden sein zu können, wenn er sich mehr erbettelte.

Aber, dachte Bessie, verkannte die Zeitung da nicht einen wichtigen Punkt?

Der Bettler hatte nicht gesagt, dass er sich Reichtum wünsche, wenigstens nicht in der Version der Geschichte, die sie kannte. Vielleicht trug er ja solch einen Wunsch in seiner Brust, aber selbst wenn, konnte es doch die bloße Nebenwirkung eines weit größeren Bedürfnisses sein, das er dem Richter so offen und ehrlich erläutert hatte: im Licht zu sein, an der Luft, unter Menschen? Mögliche Chancen nicht zu verpassen? Das Gefühl, die eigene Situation zu verbessern? Eine Verbundenheit zu spüren, selbst wenn sie weitgehend aus Missverständnissen und Fehlvorstellungen bestand, weil die Almosengeber darüber im Unklaren waren, wer er war und warum er da saß?

Und ja, Bessie Davis, auch bekannt als Hannah Elias, die Hexe, die Göttin, die große Freudenbringerin, die Glöcknerin, die Dienerin von Gentleman-Flachköpfen und Stümpern, das Monster, die Unruhestifterin, die üble Hure, die glorreiche Königin, die Schönste überhaupt, die reiche Schwarze, Kleopatra, die Schlingpflanze, die noch unter vielen anderen Namen bekannt war, hatte in den Wochen, seit sie diese Geschichte gehört hatte, viel darüber nachgedacht. Konnte gar nicht mehr aufhören, darüber nachzudenken.

Bettler waren gegenwärtig automatisch das Objekt von Mitgefühl, aber was, wenn das Mitgefühl in einigen Fällen fehl am Platz war, um nicht zu sagen, beleidigend? Als dem bettelnden Blinden die Möglichkeit gegeben wurde, vom Establishment gehört zu werden, hatte er den verdammten Richter in der Luft zerrissen.

Es gab Leute, die Dinge taten, derer man sie nie für fähig gehalten hätte. Cornelius Williams zum Beispiel. Er war es eindeutig leid gewesen, still zu sein und den Kopf unten zu halten. Erdrückt zu werden vom gedankenlosen Gewicht reicher weißer Männer.

Sie bewunderte ihn ein klein wenig dafür, dass er das Heft in die Hand genommen hatte. Er hatte sich einen Revolver organisiert und den Abzug gedrückt, hatte sich zum Herrn seines Schicksals gemacht. Jetzt wollten die Presse und die Polizei wissen, ob er gut gezielt, das richtige Objekt ausgesucht hatte, aber solche Fragen trafen womöglich nicht ins Schwarze.

21
Farmers' Gate II

Die Sonntagsschule, die Andrew mit seinen eigenen schwieligen Händen während seiner ersten Monate in Trinidad gebaut hatte, konnte nun die Türen öffnen. Ihm blieb keine Wahl, er musste Mr. Carlson informieren, der ihn abweisend ansah.

Das wird nicht lange gehen, sagte er, runzelte die Stirn und betrachtete Andrew mit einer Abneigung, die während der letzten Wochen alltäglich geworden war. Nur ein weiteres von Burnleys …

Carlson verengte die Augen, als wollte er das Gesagte noch schärfen, und blinzelte dann, um einen Punkt hinter das Ganze zu setzen.

Aber ich dachte, Sie wären dafür, Mr. Carlson?

Andrew machte einen Schritt auf ihn zu, Carlson trat einen zurück.

Ihr Hemd, sagte Andrew, und streckte eine Hand aus.

Carlson sah nach unten, fegte sich den Käfer vom Arm und ging davon.

Kakerlaken, Grashüpfer, Sandmücken, Bremsen, Wespen, Asseln, Ameisen. Insekten gab es hier im Übermaß, und Andrew fing langsam an zu argwöhnen, dass er auch nur ein Käfer war, der irgendwann zertreten werden würde. Er hoffte, ein Sandfloh würde Carlsons Fuß erwischen.

Manchmal fraßen sich die kleinen Biester derart in die Haut, dass ein oder zwei Zehen amputiert werden mussten. Hoffentlich ereilte dieses Schicksal einen seiner großen Zehen. Dann würde Carlsons Körper so wackeln wie seine Ansichten, und zukünftige Neuankömmlinge würden gleich sehen, was ihnen bevorstand.

Die Sonntagsschule brachte Hoffnung und eine unerwartete Erholung. Von bitteren Gedanken und panischen Erinnerungen. Die Demütigung der Dinnerparty begann zu verbleichen.

In den Wochen bevor der Vorfall bei den Burnleys alles in Schweigen hüllte, hatte Mr. Carlson immer wieder gesagt, die Kindern in Tacarigua seien alle Götzenanbeter. Das erwies sich als eine von vielen falschen britischen Behauptungen.

Fast alle Kinder hoben die Hand, als sie am ersten Tag in der frisch gestrichenen kleinen weißen Hütte, die ihm als Klassenzimmer diente, gefragt wurden, ob sie getauft seien, und alle anderen wollten erklären, warum sie es noch nicht waren. Entweder hatte es in der Nähe ihres Geburtsortes keinen Priester gegeben, sie waren zu krank gewesen, um zu einer Kirche zu fahren, oder ihre Mutter war früh gestorben, war früh gestorben, war sehr früh gestorben.

Andrew stellte fest, dass jedes Kind in seiner Klasse klar und deutlich, mit weniger Zweifel in der Stimme, als er tagtäglich herunterschluckte, erklären konnte, dass Gott die Welt und auch den Menschen erschaffen habe und dass er allmächtig und allwissend sei. Die meisten behaupteten, morgens und abends zu beten. Viele erzählten von einem regelmäßigen Gebet mit der ganzen Familie. Einige Jungen von nicht mehr als sechs oder sieben Jahren konnten problemlos das Glaubensbekenntnis aufsagen und wussten, dass Fluchen und Stolz Sünden waren. Das Wissen um die Sünde hielt sie natürlich nicht unbedingt davon ab, selbst welche zu begehen – die Sonntagnachmittage nach der Schule schienen die beste Gelegenheit, um sich zu prügeln, die Jungen stießen mit den Köpfen gegeneinander, rollten sich im Gras, und die Mädchen standen dabei und spekulierten, wer von den kurzbeinigen Gladiatoren wohl gewinnen würde. Aber das war sicher bei allen Menschen überall so. Er dachte an seinen kleinen Bruder Oliver, wie er vor all den Jahren zu Hause ins Bett gemacht hatte. Ihm wurde bewusst, dass er ihn vermisste. Mehr als andere vermisste. Die Leute sagten, Oliver sei ein guter Baumeister und Ingenieur. Andrew glaubte es und war stolz auf ihn. Sie hatten sich oft geschrieben in den Monaten, nachdem Oliver an Andrews Krankenbett gestanden hatte – zwei Jahre war das jetzt her? –, und in seinem letzten Brief hatte Oliver berichtet, dass er vielleicht bald eine angesehene Stelle in Chicago annehmen würde. Keine Anzeichen für diese Entwicklung, überhaupt keine, in seiner Kindheit. Jedes Mal, wenn Oliver auf Green Hill geholfen hatte, einen Pferch zu bauen oder einen Zaun zu reparieren, konnte man sich darauf verlassen, dass es danebenging. Aber er hatte die richtige Haltung, hatte die muskulösen Arme und den entsprechenden Oberkörper, den Körperbau eines Sportlers, den entschlossenen Blick. Ja, Oliver war die richtige Besetzung und hatte seine Rolle gut gespielt, hatte seinen Körper trainiert und aufgebaut, um keinesfalls als der schwächste der Brüder zu gelten, und wenn irgendwann die Folgen seiner Unfähigkeit für die Familie sichtbar wurden, hatte er immer eine wundervolle Geschichte parat – dass ein plötzlicher heftiger Sturm einen Pfosten herausgerissen oder ein Blitz eingeschlagen hatte –, und diese Fantasien, die er in den Jahren perfektionierte, in denen sie alle nichts anderes als Geschichten von ihm erwarteten, präsentierte er mit einer augenzwinkernden Strahlkraft, die die trübe Atmosphäre dieser Gespräche auffrischte und schließlich heiter werden ließ. Oliver wusste, wie man mit Leuten redete. Er war mit einer beneidenswerten Leichtigkeit auf die Welt gekommen, von Gott beschenkt, von seiner Mutter und, später, von Whisky gelenkt.

Als Andrew da vor seinen Schülern stand, verspürte er die Nervosität, die jeden Amateur-Scheinheiligen heimsucht. Um ruhiger zu werden, versuchte er seine verschwitzte Aufmerksamkeit über die Köpfe der Kinder hinweg auf das helle Rechteck hinten in der Hütte zu konzentrieren, wo die Sonne ihre vernichtende Hitze durch die offene Tür drückte. Gab es eine Haltung, die er bei seinem Bibelunterricht annehmen konnte, die jeden Verdacht ausräumte, dass er selbst Zweifel in seiner Seele trug? Er kam zu dem Schluss, dass alles im Leben keine Frage des Glaubens, sondern erster Eindrücke war. Es ging allein darum, wie diese Eindrücke gesetzt und gepflegt wurden.

Die Mädchen saßen alle auf die gleiche Weise da. Die Beine vor sich gekreuzt, die Rücken aufrecht. Nur die Jungen hingen schlapp auf ihren Stühlen, einige streckten die Beine aus, gähnten, lehnten auf ihren Ellbogen, und einer lag in der Ecke, weil er mit einem gebrochenen Rücken geboren worden war. Im Übrigen war es eine ungeschriebene, aber akzeptierte Regel, dass die Kinder der Kesselmänner, wenn sie wollten, am Sonntag vorne sitzen durften.

Manche der Mangos, die die Kinder in der zweiten Woche mit in den Unterricht brachten, waren köstlich. Andere schmeckten wie mit Terpentin besprenkelte Möhren. Er nahm jedes Geschenk an. Er lächelte. Am Ende des Unterrichts aß er zusammen mit ihnen. Die Sonntagsschule gab ihm mehr als seine Arbeit auf den Feldern das Gefühl, gemocht zu werden und klug zu sein.

In der dritten Woche wuchs sein Selbstvertrauen. Er lief vor ihnen auf und ab und sagte: Als Kind sprach ich wie ein Kind. Ich hatte das Verständnis eines Kindes. Ich dachte wie ein Kind. Aber als ich erwachsen wurde, legte ich alles Kindliche ab.

Er blinzelte. Machte eine Pause. Was glaubt ihr, was diese Sätze bedeuten?, fragte er.

Sie starrten ihn so ausdruckslos und eindringlich an, wie es nur die wirklich Unschuldigen tun. Dann kamen ihre Antworten, und eine frische Brise wehte durch die Tür herein, als hätte seine eiskalte Taufe in der Battery im letzten Jahr seinen Körper mit der geheimen Fähigkeit versehen, kühl und ruhig zu bleiben, wenn er nur genug an sich glaubte, was ihn selbst noch vor der schlimmsten Hitze schützte.

Er würde Samuel nicht auf seinen Brief antworten. Wochen waren vergangen. Monate. Der Gedanke war so gut wie vergessen.

Am vierten Sonntag kamen siebzehn Schüler in seinen Unterricht, mehr als je zuvor. In der nächsten Woche waren es zwanzig – es sprach sich herum. Eltern nickten ihm auf den Wegen zu, schenkten ihm ein Lächeln auf den Feldern. Er brauchte einen Moment, um das richtige Wort für das zu finden, was ihm da entgegengebracht wurde. Dann hatte er es: Respekt.

Etwa zu der Zeit hörte er von einem weiteren Essen im Haus der Burnleys. Aus irgendeinem Grund war er diesmal nicht eingeladen. Es schien, als habe man ihn übersehen, aber auf eine vorsichtige Nachfrage erntete er nur Schweigen.

Am Sonntag nach der Party, die offenbar sehr ausgelassen gewesen war, kamen nur zwölf Kinder in den Unterricht. Er überlegte, dass ihre Eltern vom Musikmachen, Kochen und Bedienen müde waren.

In der nächsten Woche waren es zehn, dann acht, dann sechs.

Bei seinem elften Sonntagsunterricht hörte Andrew einen Jungen hinten etwas flüstern, und unter vielen Worten, die er nicht verstand, konnte er Mr. Carlsons Namen ausmachen. Aber erst in der Woche danach erwischte er zwei der Kinder dabei, wie sie eine kleine Vorstellung gaben, draußen vor der geweißelten Hütte, ein paar Minuten bevor der Unterricht begann.

Eine kleine Menge hatte sich gebildet. Zwei Jungen spielten den anderen etwas vor. Es ging so: Der größere Junge umarmte seinen kleineren Freund und fuhr ihm mit der Hand über den Rücken. Wobei er mit hoher, britisch klingender Stimme sagte: Oh, Mr. Green! Mr. Green!

Andrew stürmte nach drinnen. Er stolperte durch den Unterricht. Bildete er sich ihr höhnisches Grinsen nur ein? War sein Gesicht so rot, wie es sich anfühlte?

Eine Mutter kam am Montag danach auf dem Feld zu ihm. Sie sagte: Jeder Massa braucht eine Frau.

Drei Schüler eine Woche später. Dann zwei. Einer von ihnen war der Junge mit dem schlimmen Rücken. Andrew nahm an, dass er nur da war, um den Schatten zu genießen.

Als auch das letzte Kind der Kesselmänner entschieden hatte, nicht mehr zu kommen, schienen die restlichen Kinder mit dem grausamen Gespür für Schwäche, das Kindern eigen ist, zu wissen, dass es so gut wie vorbei war. Statt zur Schule zu kommen, konnten sie auf den Feldern spielen, ohne dafür bestraft zu werden.

Wie war es so weit gekommen?

Als er die Sache Mr. Carlson gegenüber ansprach, kaum in der Lage, seinen Zorn zu verbergen, begannen dessen helle Augen befriedigt zu glänzen, und er sagte: Nun, der Ruf, Mr. Green …

Ja?, sagte Andrew.

Er ist wie eine Fliege, nach der man mit einer Zeitung schlägt. Wenn er erst weg ist …

In der Nacht lag er schwitzend wach. Finstere Gedanken bestürmten ihn und erstickten jeden Schlaf. Diese Hitze in seinen Knochen, sie verbrühte ihn. Er war wieder ein Kind. Er sprach wie ein Kind und dachte wie ein Kind. Es war … alles einfach so … so *unfair*.

Wieder das bekannte, niederschmetternde Gefühl des Versagens, gerade, als er angefangen hatte, die Hitze seines Verlusts zu überwinden.

Diese Posse mit Mr. Carlson. Wie konnte sie ihn nach all den Wochen des Schweigens plötzlich so treffen! Und wie kam es, dass Mr. Carlson, auf den das alles doch zurückfallen sollte, keinerlei Schaden nahm! Was war bei diesem zweiten Dinner erzählt worden? Welche Lügen waren da verbreitet worden? Welche Boshaftigkeit war da im Spiel?

Der lächerliche, widerliche, versehentliche Kuss … Die dumme Trinkerei … Der Fehler, auf der Suche nach Ruhe diese Treppe hinaufzugehen. Und warum enthüllt der Zufall immer den Trieb? Warum begnügte er sich nicht damit, einfach nur ein Zufall zu sein?

Der Unterricht brach zusammen, Andrew wusste nicht weiter. Seine Woche hatte keinen Anfang und kein Ende mehr. Er konnte nicht lesen, konnte nicht beten, sich nicht konzentrieren. Er stürzte sich umso heftiger in die Feldarbeit. Sonst blieb ihm nichts.

Das Unkrautjäten zwischen dem jungen Zuckerrohr folgt auf das Pflanzen, wenn eine Höhe von etwa fünfundzwanzig Zentimetern erreicht ist. Für diese lästige, mühsame Arbeit werden am liebsten Sieben-, Acht- und Neunjährige eingesetzt, denn sie haben kleine Füße und zertreten die jungen Pflanzen nicht so leicht.

Andrew überwachte die umsichtige Organisation des Ganzen auf dem Feld im Osten bis zu einem zähen Tag, an dem er es nicht mehr ignorieren konnte: Seine eigene Gegenwart vergiftete alles. Die Leute arbeiteten nur noch widerwillig für ihn, und die anderen Aufseher sahen bewusst an ihm vorbei.

Er schrieb einen langen Brief. Verbrannte ihn. Schrieb

ihn neu. Zerriss ihn. Begnügte sich am Ende mit einer halben Seite.

Lieber Samuel,
ich habe vor zurückzukommen
Ich komme am
Ich plane …

Die Zuckerrohrstängel von Blättern zu befreien ist die nächste Aufgabe. An jedem Knoten der Halme wachsen zwei lange Blätter, die in der Sonne verdorren, abgezogen werden müssen und auf der Erde vergehen. Dann stehen die Halme frei in der Sonne, schlank und stark, und können alles verfügbare Licht in sich aufsaugen, um zu reifen, hart zu werden und sich ernten zu lassen.

Abfall. Das war das Wort für die entfernten oder heruntergefallenen Blätter. Die leichteren wurden wie Distelwolle davongeblasen, bis sie an einem aufrechten Hindernis hängen blieben.

In der nächsten Woche würde die *Hummingbird,* ein britisches Schiff, Zucker nach New York City bringen. Am Sonntag, bevor sie anlegte und bevor auch nur irgendeine Seele die Chance hatte, an die Tür seiner Schulhütte zu kommen, fertigte Andrew ein hölzernes Schild an, in das er Worte hineinschnitt wie ein Steinmetz, der aus einem Stein ein Denkmal machen soll, ängstlich darauf bedacht, den kleinsten Fehler zu vermeiden, aber auch voller Energie, weil es um etwas Bleibendes ging, darum, etwas von Belang zurückzulassen.

Darunter kratzte er seinen Namen, spuckte aufs Holz, damit es die Buchstaben leichter in sich aufnahm, und dachte, dass er nie wieder so leichtfertig sein und diesen Namen, seinen Namen, irgendeinen Namen in Verruf bringen würde, und in den Raum zwischen Andrew und Green fügte er, als bleibenden Nachtrag, auch noch die Wunde seiner mittleren Initiale ein.

22
Warriors' Gate II

Fünf tödliche Schießereien ereigneten sich in New Yorks Straßen an dem Tag, als Inspector McClusky schließlich Miss Bessie Davis ausfindig machte. Und zwei Messerstechereien. Ein Mann wurde aufgeknüpft, einer vergiftet. Thanksgiving näherte sich, eine Zeit, die Familienbande zu stärken, dem Herrn die Ehre zu erweisen und von Fall zu Fall zu entscheiden, wo der eigene Dank enden sollte.

Der Inspector fühlte sich an diesem entscheidenden Nachmittag äußerst unwohl. Womöglich hatte er Fieber. Hatte tatsächlich die ganze Woche nicht viel geschlafen. Es lag nicht nur an dem Druck, den Mord an einem der angesehensten Männer der Stadt aufzuklären, bevor die Feiertage begannen – auch wenn ihn das Büro des Bürgermeisters und der weitere Kreis um den Präsidenten täglich mehr bedrängten, endlich eine schnelle, saubere Antwort auf die Frage zu finden, welches Motiv den Mörder getrieben hatte. Nein, es gab anderes, wogegen er ankämpfte und was er liebend gerne losgeworden wäre. Nächtliche Schweißausbrüche. Eine Enge in seiner Brust. Symptome, die weit über eine einfache mentale Erschöpfung hinausgingen. Er spürte, dass er schmaler wurde, falls sich nicht seine Augen und seine Gürtelschnalle irgendwie verschworen hatten, ihn zu täuschen. Ein Gewichtsverlust war zwar nicht die übelste Nebenwirkung, der man standhalten musste (man brauchte in seinem Beruf jede Menge Mut im Bauch, und der schien sich fast jeden Tag weiter auszudehnen), aber es bestand nun mal die Möglichkeit, die jedem, der beruflich Mordfälle aufklärte, immer bewusst war: dass der dünner werdende Körper insgeheim dabei war, komplett zu verschwinden. Sein Vater war jung gestorben, sein Großvater ebenfalls. Das bedeutendste soziale Übel in Manhattan war das Glücksspiel, das zweite der Optimismus, und mitunter fühlte sich Inspector McClusky wie ein Idiot, weil er immer nur Ersteres im Kopf hatte. Warum hatte er je geglaubt, er hätte Jahrzehnte vor sich, um sich zu beweisen, dann früh aus dem Dienst auszuscheiden und der Lehrer zu werden, der er immer schon hatte werden wollen? Warum hatte er diesem verdammten Elefanten und seiner eigenen Gefühlsduselei erlaubt, seinen Ruf in der Truppe zu ruinieren? Jetzt ging es um alles. Er musste sich im Fall Andrew H. Green beweisen, oder er und sein Name würden in der Bedeutungslosigkeit versinken, und er wurde zum nächsten kommissarischen Captain Daly, da war er sich sicher. Er betete zu Gott, dass er ihn von seinem gegenwärtigen Unwohlsein befreien möge. Er wollte in diesem Jahr ein richtiges Thanksgiving, wollte mit seiner Frau zusammen essen, und zwar nicht im Präsidium. Vielleicht bestand noch Hoffnung. Ihre Radieschen, ihre gegrillten Stachelmakrelen. Ein Philadelphia-Truthahn mit Kastanienfüllung. Es war kalt draußen, aber seine Sachen waren schweißnass. Er fragte sich: Ist das eine Kopfsache, oder sterbe ich tatsächlich?

Schneller als alle anderen in der Stadt, meinte er.

Das Haus, vor dem er stand und in dem sich, wie er glaubte, die Frau befinden mochte, die Cornelius Williams unrecht getan und ihn dazu gebracht hatte, Green zu töten, war eine großartige Villa, 236 Central Park West, eine der besten Adressen der Stadt.

Er hatte Gerüchte gehört, dass Miss Davis hier als Bedienstete arbeitete, und war diesen Gerüchten bis vor die Tür gefolgt. Ein Straßenjunge hatte ihm heute Morgen den Tipp gegeben, und genau dieser Straßenjunge hatte ihm auch geholfen, das Haus zu finden, wofür ihm McClusky einen Nickel gegeben hatte, in Voraus, im Vertrauen, untermauert von der Ankündigung, dass er in einer Zelle enden würde, sollte er lügen, das Hirn überall auf den Wänden verteilt, wie es auch bald schon Cornelius Williams in den Tombs ergehen mochte.

Aber der Junge hatte zumindest insofern die Wahrheit gesagt, dass er den schnellsten Weg zu diesem Haus kenne, und als er vor der großartigen Tür des Anwesens stand, wartete McClusky darauf, dass der Junge verschwand.

Wahrscheinlich wollte er eine weitere Bezahlung, dachte McClusky. Was nicht diskutiert, geschweige denn abgesprochen war.

McClusky wischte sich mit einem Taschentuch über die heiße Stirn, putzte sich die Nase und lobte sich für seinen vernünftigen Einfall, zunächst einmal seine Taschen abzuklopfen, um zu überprüfen, ob ihn der Bengel auf dem Weg hierher nicht bereits beklaut hatte, bevor er etwas sagte.

Junge, sagte er. Wie alt bist du?

Der Junge antwortete mit einem sommersprossigen Grinsen. Fast acht, sagte er.

McClusky nickte. Du bist also sieben.

Der Junge zuckte mit den Schultern und schob einen Finger in die Nase. Begann nach Schätzen zu suchen und holte einen Riesen hervor, den er sich auf die Hose wischte. Seine Sachen waren zerschlissen, sein Gesicht dreckig.

Und du hältst es für richtig, sagte McClusky und gab sich Mühe, möglichst gesund zu klingen, einen Preis für geleistete Dienste festzulegen, dich sozusagen darauf zu einigen, und einen Gentleman Inspector wie mich dann später nach einer zusätzlichen Summe zu fragen?

Der Junge dachte eine Weile nach und sagte: Ich wusste nicht, dass Sie ein Inspector von Gentlemännern sind, Sir, als wir uns auf den Preis geeinigt haben.

Da. Inspector McClusky gab dem Jungen was hinter die Ohren. Du bist, sagte er, ohne Zweifel der hässlichste Siebenjährige, der sich je selbst im Spiegel erschreckt hat.

Er wartete auf die Reaktion des Jungen. War es ein Lächeln, würde McClusky ihm einen weiteren Nickel geben. War der Junge beleidigt, bekam er nichts.

Die Miene des Jungen blieb völlig unbewegt, während er sich ein Ohr rieb und sagte: Spiegel, Inspector, kosten Geld.

Und so waren Inspector McCluskys Brieftasche und sein Kopf ein wenig leichter, als er ein paar Augenblicke später benommen an die Tür der Villa 236 Central Park West klopfte. Er sah, wie der Junge, ohne sich von seiner Intelligenz beschweren zu lassen, die Straße hinunterhüpfte. Es war schwer, sich nicht am Anblick glücklicher Kinder zu freuen. Ihr Schwung war so ansteckend wie das, was ihn gerade ächzen ließ. Seine Frau meinte, es sei einfach die Art Schnupfen, die Männer vielleicht etwas schlimmer empfanden als Frauen. Aber er wusste, dass sie sich irrte. Sie irrte sich oft. Während er höchstens *fehlgeleitet* wurde.

Er hörte nichts im Inneren der Villa.

Klopfte wieder.

Dann trat er etwas zurück, die Polizeiarbeit erforderte schließlich manchmal etwas Abstand. Er blickte am Haus hoch. An einem Fenster ganz oben sah er einen Vorhang flattern wie eine Seele in der letzten Finsternis ihres Lebens.

Irgendwann kam ein muskelbepackter Mann an die Tür und öffnete sie ohne weitere Umschweife. Ohne ein Zeichen von Überraschung in seinen Augen ließ dieser stämmige Kerl, der nur ein Unterhemd trug, kein Hemd, McClusky am Eingang warten.

Ich suche nach einer Bediensteten namens Davis, rief Inspector McClusky ihm hinterher. Bessie Davis ist ihr voller Name, soweit ich weiß …

Der Mann hörte nicht zu oder war nicht interessiert. Es kostete einige Mühe, nicht auf seine glänzenden Schultern zu starren, während er aus dem Blick verschwand. War ein Unterhemd auf der nackten Haut eine neue Mode, die bisher an McClusky vorbeigegangen war? Er fragte sich, ob er bereits halluzinierte.

Bald darauf kehrte der Mann mit einer Frau zurück, die McClusky, als sie ihren Kopf hinter einer Tür hervorstreckte, wegen ihrer Hautfarbe für ein Hausmädchen hielt. Aber sie schien nicht sonderlich erfreut, von was immer sie gerade getan hatte, weggerufen worden zu sein, und war tatsächlich ungehobelter als jedes andere Hausmädchen, das er je getroffen hatte. Und als sie schaudernd ins Licht trat, sah er ihren seltsamen Aufzug.

Wenn es um Kleidung, Schmuck und andere weibliche Ausstattungsgegenstände ging, war Inspector McClusky noch überforderter als von neuen Trends bei Männerunterhemden, und doch wurde der erste Eindruck des seidigen Etwas, das Miss Davis trug und dessen Ausschnitt tief blicken ließ, als sie sich nach einer Feder auf der Fußmatte bückte, von einer ziemlich klaren Überzeugung begleitet: Dieses Etwas, das war ihm klar, passte eher zu einer Gala als zum Putzen, Kochen oder Aufräumen – oder was die Besitzer dieser Villa von einer Bediensteten vernünftigerweise erwarten mochten. Das verwirrte ihn, und er vermochte nicht den Blick von ihrem ausladenden Busen abzuwenden, auf rein beruflicher Basis.

Sie erlaubte ihm, durch die Tür zu treten. Die Diele des Hauses war kaum weniger lächerlich als sein Äußeres, doch es roch nach köstlichen Früchten, deren Duft selbst noch durch die verstopften Höhlen seiner Nase drang und ihm einen kurzen Moment der Erleichterung verschaffte. Er nahm das alles ein wenig verzögert durch den Nebel seines Unwohlseins in sich auf. Dieser Teil der Villa schien im Stile von – was genau?, dem alten Ägypten? – ausgestattet zu sein, und einige der anderen Bediensteten, die durch sein Blickfeld strichen und Miss Davis gegenüber merkwürdig respektvoll wirkten, als wäre sie von einem höheren Rang, vielleicht eine Art oberste Bedienstete, trugen große, langstielige Federfächer mit sich, wie man sie manchmal auf exotischen Gemälden in Mr. Greens Metropolitan Museum of Art sah, wenn man denn die Zeit hatte, derlei Dinge zu betrachten.

In den Schränken aus altem, schwerem Holz links dieser

Frau sah er hinter glitzernden Glastüren zur Schau gestellten Schmuck und Pelze.

Inspector McClusky spürte, wie sie ihn von oben bis unten musterte. Sah er da Zeichen möglicher Panik in ihrer Miene, ja? Aber schon verloschen sie. Als sie sich vor ihm verbeugte, breitete sich auf ihrem hübschen Gesicht, das von einem gewissen Maß weltlicher Erfahrung gezeichnet schien, die den Inspector wider Willen erregte, ein Lächeln aus, das sich zu einem Lachen öffnete und mit einer komischen Bemerkung endete: Ich wusste, dass Sie kommen würden! Einer von euch, oder zwei.

Er überlegte einen Moment. Musste blinzeln.

Sind Sie also, fragte er, Miss Bessie Davis, sozusagen?

Der Raum schwankte ein wenig. Seine Kehle schmerzte bei jedem Schlucken.

Sie zwinkerte ihm mit einem merkwürdigen Lächeln zu. Dann sagte sie: Das ist einer meiner Namen. Möchten Sie vielleicht nähertreten?

Miss Davis hob eine Tasse Tee von der aggressiv glänzenden Platte eines winzigen Tischchens, lehnte sich zurück und sagte: Ich bin verleumdet worden, ja. Die Presse war schon hier, wissen Sie.

Inspector McClusky beugte sich auf dem Sessel vor, der ihm ihr gegenüber zugewiesen worden war. Er war niedriger als ihrer, ziemlich deutlich sogar.

Die Presse?, sagte er. Wie haben die …?

Er versuchte zurück in den gegenwärtigen Moment zu kriechen. Sich zu konzentrieren, konzentrieren, konzentrieren.

Alles, was über mich gesagt wurde, ist ein einziges Gespinst aus Lügen!, sagte sie.

Das Wort *Lügen* ermutigte ihn, irgendwie tat es das immer, doch dann unterlag er einem neuerlichen Drang zu husten.

Miss Bessie Davis zog ihr Seidengewand etwas enger um sich. Diese fast sittsame Geste, so sie es denn war, ließ die Seide jedoch gleichzeitig ein wenig von ihrer linken Schulter gleiten.

Sie sagte: Mögen Sie vielleicht ein paar Äpfel, Officer?

Äpfel?, sagte er. Und dann, seine Fassung wiedererlangend, belehrte er sie, wie er richtig angesprochen wurde: Inspector, nicht Officer.

Sie klatschte entzückt in die Hände. Inspector Apples!

Inspector *McClusky,* korrigierte er sie.

Wie verwirrend, sagte sie.

Es schien sein berufliches Schicksal zu sein, sich ständig in merkwürdigen Gesprächen mit Fremden zu verfangen. Mit Leuten, die den Ernst seiner Arbeit nicht zu würdigen wussten. Und war ihr bereits bekannt, dass er empfindlich darauf reagierte, nach irgendwelchen Lebensmitteln benannt zu werden? Tat sie das allein aus einem Instinkt heraus? Oder hatte der Haushalt in Erwartung, dass er kommen würde, Erkundigungen eingezogen?

Vielleicht sollte ich mit dem Gentleman des Hauses sprechen, sagte Inspector McClusky und bemühte sich um einen schrofferen Ton. Ich werde ein paar Minuten Ihrer Zeit brauchen, er nieste in seine Hände, vielleicht sogar eine Stunde.

Uuh, sagte sie. Eine Stunde?

Ich möchte ungern Ärger mit ihm bekommen, wenn er feststellt, dass Sie, wieder nieste er, weg sind.

Das wird nicht möglich sein, antwortete Bessie Davis knapp.

Nicht möglich?, sagte Inspector McClusky.

Nicht möglich, wiederholte sie. Solch einen Gentleman des Hauses gibt es nicht. Unglücklicherweise. Von Zeit zu Zeit sind viele Männer hier, Sir, verstehen Sie mich nicht falsch, aber keine Gentlemen, und es gibt keinen, ihre Stimme wurde bei den folgenden Worten deutlich höher, *Gentleman des Hauses*.

Dann sollte ich mit der *Lady* des Hauses sprechen, sagte Inspector McClusky und hustete.

Sie hielt inne. Lachte. Sah ihn merkwürdig weise an und sagte: Die Lady des Hauses, Inspector Apples. Das wäre ich.

Ihm war heiß, ihm war kalt. Er war verwirrt, er war verloren. Was um alles in der Welt redete sie da? Eine Frau mit schwarzer Haut in einem Seidenmantel, der so ein Haus gehörte! Er rieb sich die Augen.

Schlaf. Schlaf. Schlaf. Wie schön, wie köstlich es wäre, sich nach einer Nacht ganz ohne jeden Schlaf dem Verlangen nach Bewusstlosigkeit zu ergeben. Aber der Bürgermeister wollte Antworten. Der Präsident. Die Richter …

Es gibt hier überall Häuser, die von Raubeinen und Schlägern geführt werden, fuhr Bessie Davis fort, kratzte sich durch die Seide an der linken Brust und zwang ihn, den Blick abzuwenden. Seine Haut wurde heißer und immer heißer, worauf er Bessies Bild in einem fernen Spiegel sah – es gab kein Entkommen.

Und einige der Freudenhäuser hier behaupten, von Ladies geführt zu werden, Inspector Apples, tatsächlich kann aber nur ich mich so nennen. Eine Lady. In diesen anderen Etablissements, die meinem ähneln wollen, es aber nicht tun, gibt es Männer, die ihre Hemden auf links drehen, wenn sie außen schmutzig sind, und sich mit den Gesellschaft suchenden Mädchen streiten, die doch nur geliebt werden wollen, so wie es meine Mädchen tun. Sie erzählt einem mehr, als man jemals wissen will, diese Männerkundschaft mit den auf links gedrehten Hemden, aber ich sehe, Inspector, dass Sie – o nein – nicht dazugehören. Geschichten über Geschichten, warum sie zu mir kommen, die einen nicht interessieren. Oh, ich habe die Falsche geheiratet! Oh, ich habe spezielle Bedürfnisse! So erkennen Sie sie, Inspector Apples – die speziellen Bedürfnisse und die umgedrehten Hemden –, und das sind keine feinen Gentlemen, wie Sie es sind, die Romantik suchen, kultiviert essen, ihren Beruf ernst nehmen, o nein, und vielleicht sollten Sie mir jetzt sagen, wie ich Ihnen *wirklich* helfen und diese ganzen Dinge aufklären kann, die in den Zeitungen über Mr. Cornelius Williams verbreitet werden – eine alte Liebe von mir, das will ich zugeben, und auch früher mal ein Mieter, der sich, wie so viele Männer in meiner Bekanntschaft, als verrückt erwiesen hat. Ich glaube, er hat 1895 bei mir gewohnt. Seitdem habe ich ihn nicht gesehen. Verrückt, sage ich Ihnen, wie auch der Rest – ich meine die Männer.

Sie hatte sich vorgebeugt und ihm beim Sprechen die Hand auf sein Handgelenk gelegt. Er besaß nicht die Kraft, dieser ungeheuren Dreistigkeit etwas entgegenzusetzen, und so blieb ihre Hand dort. Er fühlte sich wie neu unter ihrer Berührung.

Inspector, sagte sie sanft. Fühlen Sie sich nicht gut?

Er spürte, wie sich ganz wider seine Natur wahre Schleusen öffneten, eine Flut von Gefühlen und Dank brach sich Bahn. Ja!, dachte er. Ich fühle mich nicht gut, und endlich bemerkt es jemand, macht sich jemand die Mühe, danach zu fragen! Langsam stolperten andere Überlegungen durch die Räume seiner Gedanken und die erstaunlichen Umstände, in denen er sich befand. Er saß hier mit Bessie Davis, und sie war keine Bedienstete in dieser absurden Villa. Ihr gehörte das alles, und sie kannte Cornelius Williams und gab es zu.

Und war Mr. Green jemals hier?, fragte er und kehrte auf seltsamen Wegen zurück an den Ort, um den es ihm ging. So wie diese Villa aussah, hatte Bessie hier offenbar – in seinen Gedanken sprach er sie bereits mit dem Vornamen an – viele mächtige Kunden zu Besuch gehabt, seit Cornelius Williams und seine Art den Zugang zu ihr verloren hatten.

Sie sah ihn mit gerunzelter Stirn an. Ich habe keine Ahnung, sagte sie.

Keine Ahnung?

Er sammelte sich. Räusperte sich. Sagte: Mr. Williams sagt, Sie haben ihm unrecht getan. Stimmt das?

Da bin ich mir sicher, antwortete sie.

Ihre Stimme war tonlos, ihr Blick hell und amüsiert. Sie sah sich um, sah sich im Spiegel, dann auch in der Glastür. Ich habe sehr vielen Männern unrecht getan, seufzte sie, genau wie sehr viele Männer mir unrecht getan haben. Und dennoch möchte ich glauben …

Ja?

Dass ich alles in allem die Oberhand behalte.

Inspector McClusky wischte sich ein weiteres Mal mit dem Taschentuch über die Stirn. Er bot all seine verbliebenen Ressourcen gegen ihr unwiderstehliches Lächeln auf. Er sagte: Mr. Williams, der Mörder, sagt, dass Andrew Haswell Green Sie geschützt habe, und deshalb wurde er, wurde er – entschuldigen Sie – erschossen?

All die Stunden der Vorbereitung, so sorgsam hatte er seine Befragungen geplant, und jetzt kam es auf diese Weise aus ihm heraus! Ein Satz, der ein weiteres Mal von einem verdammten Niesen unterbrochen wurde! Das hier, diese ganze Begegnung, die der Höhepunkt seiner beruflichen Laufbahn hätte sein sollen, würde sich über Jahre hinweg wie eine Demütigung anfühlen.

Gesundheit, sagte sie, und dann: Eine Freundin hat mir eine mittelmäßige Darstellung der Ereignisse vorgelesen, von denen Sie sprechen. Aber ich kann wahrheitsgemäß nur sagen, dass ich nicht sicher bin, jemals einen Andrew Green getroffen zu haben, und auch sein Bild erkenne ich nicht wieder. Ich habe natürlich mit vielen seiner Art zu tun gehabt, aber nie mit ihm, wie ich glaube. Wahrscheinlich nicht.

Und warum sollte sich sein Mörder da täuschen?

Als Antwort auf diese Frage kam ein weiteres Lächeln, aber knapper, schwächer. Sie schien eines für jede Situation parat zu haben.

Ich würde sagen, er täuscht sich in allen möglichen Dingen. Würden Sie mir da nicht zustimmen, Inspector Apples?

Ein weißer Mann kam mit einem weiteren großen Fächer

ins Zimmer. Er trug nur eine kurze goldene Hose. Der Inspector versuchte ihn nicht anzustarren. Versuchte sich darauf zu konzentrieren, wie schnell er dieses üble Etablissement hier schließen lassen konnte.

Brauchen Sie etwas?, fragte der Mann.

Sie verscheuchte ihn mit einer Handbewegung.

Inspector McClusky schloss einen Moment lang die Augen.

Was für andere Namen benutzen Sie noch?, brachte er heraus.

Andere Namen? Sie seufzte und sah zur Decke. Manchen Leuten sei sie als Hannah Elias bekannt, sagte sie. Davis benutze sie nur bei der Arbeit – dieser Art von Arbeit. Sie sprach das Wort *Arbeit* aus, als wäre es ein Spielzeug, das sie saubergeleckt hatte und einem Kind zurückgab.

Er starrte sie an und den Luxus um sie herum, den muskulösen Butler im Türrahmen. Den Überfluss. Die Spitzen. Den Schmuck. Diese riesige Villa grotesk teurer Schändlichkeit. Er wusste nicht wirklich, noch nicht, wie sie all das Geld dafür verdient hatte, aber sicher war sie nicht durch Kuchenverkauf auf Nachbarschaftsbasaren so reich geworden.

Und all das hier?, sagte er.

Sie seufzte. Mögen Sie mein kleines Haus? Ich mag es auch. Mir gehören einige Häuser wie dieses. Einer meiner Kunden nennt mich die reichste Schwarze in Amerika, und vielleicht ist es an der Zeit, dass die Öffentlichkeit es erfährt, damit ich ein Beispiel für andere sein kann? Es war nicht leicht, muss ich sagen. Ich bin durch ein gewisses Maß an … Kreativität und willentlicher Taubheit so weit gekommen. Menschen von meinem Aussehen haben sich nicht mit Gewalt Zugang zu Ihrem Land verschafft, Inspector. Wir sind auf nachdrückliche Einladung hergekommen. Und wir haben heute eine schwarze Bevölkerung in den Vereinigten Staaten, die etwa so groß wie die von ganz Mexiko ist. Die Zeiten ändern sich, und doch ist dies immer noch eine Stadt voller Weißer, die …

Sie verstummte mit einem Lächeln, einem ziemlich entschlossenen, beunruhigenden Lächeln.

Wir brauchen mehr Schulbildung und Intelligenz, schloss sie.

Sie scheinen mir, brachte Inspector McClusky hervor, nicht gerade ungebildet.

Ich rede nicht von mir, erklärte sie.

Er kratzte sich den Kopf. Er wollte zurück in sein Büro. Er wollte sie mitnehmen. Aber was würden seine Kollegen sagen, wenn er mit einer Frau wie dieser dort ankam? Die Zeitungsleute drängten sich immer noch vor dem Präsidium. Er würde das durchdenken müssen. Er musste sich die Nase putzen. Er musste viel Wasser trinken, sehr viel, vielleicht mit Gin. Was immer er finden konnte. Warum redete sie von Mexiko?

Er wollte die obere Schublade seines Schreibtischs im Büro öffnen. Die vierprozentige Kokainlösung herausholen und sie durch sein linkes Nasenloch inhalieren, eine sofortige Erleichterung. Der Gedanke widerte ihn an, dass manche Leute diese Medizin für anstößige Zwecke nutzten. Er allein brauchte sie. Er würde spüren, wie seine Atemwege frei wurden. Er brauchte sie. Seine Gedanken würden klarer werden und abkühlen. Er wäre in der Lage zu entscheiden, was als Nächstes zu tun war, hätte er das Kokain jetzt hier. Er wäre wieder auf der Höhe, würde denken können, rasiermesserscharf, schärfer, als ein Rasiermesser für gewöhnlich geschärft wurde. Er würde ihre Flirtversuche zerlegen und beiseitewischen. Sein Penis war steif. Er war immer hart, wenn er sich nicht gut fühlte, in ihn floss alles Unwohlsein, aber seltsamerweise besonders jetzt. Er pochte. Pochte. Er brauchte eine Diagnose. Eine Medizin.

Inspector, sagte Miss Davis. Wollen Sie sich nebenan etwas hinlegen?

Es war so einfach und doch unmöglich, ihre Miene zu entschlüsseln.

Sie schien mehrere Leben gleichzeitig zu leben. Noch andere Häuser wie dieses, sagte sie? Andere Sündenhäuser? Im Besitz von dieser Bessie Davis, auch als Hannah Elias bekannt, und wer wusste, unter welchen Namen noch?

Der Schweiß auf seiner Stirn kühlte langsam ab. Sie stand auf und kam näher, um den Tisch herum, kniete sich neben ihn. Ihr Atem wusch ihn sauber wie eine Leiche. Sie holte einen kleinen Fächer unter dem Tisch hervor. Fächelte sich Luft zu. Fächelte ihm Luft zu. Sie erinnerte ihn an die schöne junge Frau, die sich um ihn als Kind gekümmert hatte und von seiner Mutter hinausgeworfen wurde, weil die sie verdächtigte, etwas gestohlen zu haben. All diese Jahre, von seiner Kindheit an bis heute, trug er die Scham darüber in sich, dass nicht sie, die hinausgeworfene Frau, das Geld genommen hatte. Er hatte es getan. Er allein. Hatte auf das Holzauto sparen wollen, das er zu Weihnachten nicht bekommen hatte. Und nie bekommen sollte.

Nachdem sie hinausgeworfen worden war, hatte er den gestohlenen Dollar zusammen mit dem schlechtesten Teil seines Ichs im Garten vergraben und nie den Mut gehabt, den Schatz wieder zu heben; er hatte sich zu einem moralischen Leben verpflichtet. Einem sauberen Leben mit einem Ziel. Und doch war es auch ein Leben der Versuchung geworden – der Vernehmung findiger, flüsternder Genies wie Bessie Davis.

Eines Tages würde er, wenn er sich je von dieser Erkältung erholen sollte, in den Garten seiner Jugend zurückkehren und graben. Diesen Dollar ausgraben. Alles ausgraben.

Sie müssen sich ausruhen, sagte sie.

Nun, antwortete er. Ich fühle mich etwas …

Natürlich, sagte sie und nahm seinen Arm. Natürlich müssen Sie sich einen Moment hinlegen. Wie bedauernswert. Sie sehen sehr, sehr müde aus.

Ich fühle mich, sagte er, etwas …

Natürlich, sagte sie. Ja, natürlich. Sie haben so hart gearbeitet, Sie armer Mann, viel zu hart.

In seinem fieberhaften Zustand folgte er ihr nach hinten ins Haus und dachte, er bräuchte nur ein klein wenig Ruhe, eine Erleichterung von der Last, die er sich war. Eine Art Urlaub. Eine Möglichkeit, Dank entgegenzunehmen.

23
Gate of All Saints III

Eine Fahrt zum Friedhof Green-Wood, kurz nach seiner Rückkehr aus Trinidad. Jedes Mal wenn der Kutscher vorne nieste, zuckte Samuel zusammen. Angst vor Ansteckung schien zu einem zentralen Teil seines Wesens geworden zu sein, vielleicht waren die Tomatenpillen vor langer Zeit ja ein erster Hinweis darauf gewesen? Angst selbst konnte ansteckend sein, dachte Andrew, während die Kutsche hin- und herschaukelte. Sich auf andere Körper übertragen, andere Geister, oder auch auf sich selbst, während die Jahre verstrichen. Als wäre die ganze Menschheit Teil einer einzigen anfälligen Masse.

Samuel hatte Angst, gestand er während der Fahrt, zurück aufs Krankenbett seiner Jugend geworfen zu werden. Sein Geständnis war kurz, gefolgt von Schweigen, aber Andrew konnte sich den Rest aus früheren Gesprächen zusammenreimen. Er fürchtete sich vor dem Delirium der Fieberattacken seiner Kindheit, den Ärzten, die wie angemalte Clowns aussahen, der Kehle, die ihm in jenen Jahren so oft die Luft zu verweigern schien. Er hatte Angst, wieder schwächer, wieder ein Kind zu werden – wie ein Kind zu sprechen, dachte Andrew, wie eines zu denken, an unheimliche Schatten, die unter der Schlafzimmertür durchdrängten. All das rief in Andrew Erinnerungen an die eine Krankheit in seinem Leben wach, die ihn bisher hatte umbringen wollen, das Fieber, das ihn vor Trinidad ans Bett gefesselt hatte, das Fieber, ohne das er Amerika vielleicht nie verlassen hätte.

Aber jetzt hatte er Geld. Kleider. Viel bessere Schuhe. Eine akzeptable Unterkunft. Er hatte eine gewisse Kraft wiedererlangt und stellte fest, dass sie mit jedem neuen Tag mehr Kraft schuf, wie ein Vermögenswert, der nach der ursprünglichen Anstrengung, ihn zu erwerben, immer weiter, über alle Vernunft hinaus, an Wert zunahm. Er war ohne Selbstsicherheit aus Trinidad zurückgekehrt, aber mit der Fähigkeit, sie vorzutäuschen – und es stellte sich heraus, dass die vorgebliche Version der echten in kaum etwas nachstand. Seine vorgetäuschte Sicherheit war zu seinem ständigen Begleiter geworden, seit er Samuel in der Bibliothek, von der er wusste, dass der sie noch immer besuchte, wiedergetroffen hatte. Andrew zahlte gerade seinen ersten Mitgliedsbeitrag, als Samuel herbeikam, entgeistert, und dann gar nicht mehr aufhören konnte zu lächeln.

Oh! Andrew … Andrew Green! Wie geht es dir? Wie war …

Oh, es war wundervoll.

Trinidad, ja? Wundervoll?

Absolut, hatte Andrew ihm versichert. Ein wundervolles Land, ein wundervolles Jahr.

Nun, wir müssen …

Ja.

Ich würde sehr gern …

Absolut, sagte Andrew, wenn wir die Zeit dafür finden.

Als er dem Mann hinter dem Schalter den ersten Mitgliedsbeitrag zahlte, jetzt nicht mehr als einfacher Besucher, hatte er dafür gesorgt, dass die ganze Bibliothek mitbekam, wie voll seine Brieftasche war, und registriert, mit welcher Bewunderung Samuel seine Schuhe betrachtete.

Die Kutsche rumpelte weiter voran, und der Kutscher nieste wieder. Sie hielten, um ein paar Schweine über die Straße zu lassen. Samuel beugte sich vor und sagte:

Außerordentlich viele Kranke in letzter Zeit, Kutscher. Ich hoffe, Sie haben sich nichts geholt?

Das Pferd schnaubte. Die Kutsche trug sie weiter voran, die Räder knarzten, und aufs Neue wurden sie hin- und hergeworfen, gegeneinander und voneinander weg. Der Kutscher hatte Samuels Frage nicht gehört, nicht hören wollen oder das Gefühl, dass es offensichtlich war, dass er es nicht auch noch ausdrücklich bestätigen musste – ja, die Leute waren in der Tat viel kränker, als man es sich je vorgestellt hatte.

Aber wenigstens, fuhr Samuel fort, der wie die meisten jungen Politiker nie wusste, wann ein Thema erschöpft war, haben wir es mit einer amerikanischen Krankheit zu tun. Mein Freund Andrew hier ist gerade von langen Reisen aus Übersee zurückgekehrt und hat ohne Zweifel weit Schlimmeres gesehen. Wenn er nur mit seinen Geheimnissen herauskäme!

Der Kutscher sah sich zu ihnen beiden um. Er sagte: Ja, Sir, ich verstehe. Und fügte dann in einem beiläufigen, mit einer Prise Witz gewürzten Ton hinzu: Man rechnet bald schon mit der großen Krankheit, Sir, so wie ich es verstehe.

Samuel schluckte heftig, sein Adamsapfel vollführte ein kleines Tänzchen, und seine Hand griff kurz nach Andrews

Knie. Eine kleine Vertrautheit, wie aus Zufall. Er war ein Mensch, der sich gerne hinter der Möglichkeit versteckte, dass eine bewusste Geste nichts als ein unschuldiger Irrtum war. Andrew sah zu, wie die Hand zurückgezogen wurde. Sah auch, wie sein Knie anschließend ganz leicht zitterte. Er hatte mitunter immer noch das Gefühl – und zwar heftig, fast tat es weh –, dass sich sein Körper außerhalb seiner Kontrolle befand. Als wäre es ein Geist, der gleichzeitig er war und dann auch wieder nicht, ein Geist, der selbst entschied, wann er erscheinen und sich zu Wort melden wollte.

Die große Krankheit, flüsterte Samuel, als versuchte er sich an den Gedanken zu gewöhnen. Er zog ein Schnupftuch aus der Tasche, eher ein Kuscheltuch, und dabei flatterte ein Stück Papier heraus.

Andrew hob es auf. Vielleicht war es eine vertrauliche Nachricht von Samuels Freund John Bigelow, einem Mann, dessen Name fast täglich fiel, seit Andrew zurück war.

Aber nein. Er entspannte sich. Auf dem Papier stand ein unbekannter Name. Und es roch auch nicht nach Kölnisch Wasser. Eine 16 stand darauf. Vielleicht die Nummer eines Falles. Eine Notiz von Samuel, fürs Gericht?

Samuel musste die Mutmaßungen in der Luft spüren, denn als er Andrew den Zettel aus der Hand nahm, erklärte er ihm, er habe die Notiz bei einem Kartenabend im letzten Monat gemacht, bei dem um verschiedene Einsätze gespielt worden sei.

Gegen Ende dieses Abends habe ein junger Vater, der so pleite wie betrunken gewesen sei, seinen fiebrigen Säugling gegen einen Dollar auf den Ausgang eines weiteren Spieles gesetzt. Die anderen Spieler hatten gelacht. Das Kind schlief mit seiner Mutter im Zimmer nebenan. Doch dann richteten sich alle Augen auf den Hauptgegner des Mannes, von dem alle wussten, dass er und seine Frau kinderlos waren. Sie sei schon halb verrückt, hieß es, weil sie keine Kinder bekommen könne.

Das Spiel wurde gespielt. Der kinderlose Mann gewann.

Das sanft schlafende Kind wurde seiner Mutter aus den Armen genommen, sagte Samuel. Erst gab es keinen offenen Protest, nur die zuckenden Augen der beschämten anderen Spieler. Doch dann begriff die Mutter, was da vor sich ging. Aus ihrer Verwirrung wurde panisches Schreien. Sie warf sich auf den Mann, der ihr Kind hielt. Sie biss ihm in den Arm. Er schrie, sie schrie, und sie versuchte ihm das Baby zu entreißen. Dann schlug sie auf ihren betrunkenen Ehemann ein. Der neue Vormund des Kindes ließ seine Karten auf dem Tisch zurück, drückte sich das acht Monate alte Mädchen an die Brust und rannte mit ihm aus dem Haus.

Als die Geschichte zu Ende war, vermochte Andrew eine Weile nichts zu sagen. Er stellte fest, dass seine Hände zitterten, also setzte er sich darauf und versuchte an anderes zu denken. Versuchte, Mütter aus dem Kopf zu bekommen.

In letzter Zeit hatte sich der Wunsch, Jura zu studieren, in ihm festgesetzt. Er hatte angefangen, William Blackstone zu lesen, und war überrascht, wie schnell und sauber er durch die Seiten fand, wobei er sich oft eher auf seine Intuition als auf Erfahrung verließ und vielleicht auch auf den Umstand, dass er seit einiger Zeit – eigentlich schon seit ein paar Jahren – jeden Abend und Morgen eine große Vielfalt an Büchern gelesen hatte. Wenn er einen juristischen Ausdruck nicht verstand, sah er sich den Kontext an, die ihn umgebenden Informationen, Sätze und Abschnitte, und fand einen Weg, die zentrale Bedeutung zu erfassen.

Er hatte Mr. Hallett vom Obersten Gericht geschrieben und um Auskunft gebeten, was die Voraussetzungen seien, um in die Anwaltskammer des Staates New York aufgenommen zu werden. Wie sich herausstellte, waren sie noch rigider als angenommen. Es schien jedoch, dass es mit einem Affidavit von Mr. Folsom, dass er sich bei dessen Abendkursen in Altphilologie gut angestellt habe, und einem weiteren von Samuel, der damit bestätigte, Andrew bei seinen juristischen Studien zu helfen, möglich war, das normalerweise siebenjährige Anwaltsstudium deutlich zu verkürzen. Trotzdem lag noch ungeheuer viel Arbeit vor ihm. Wie konnte er Samuel überzeugen, ihm da hindurchzuhelfen?

Andrew kannte keine anderen Rechtsanwälte. Samuel – seine Kanzlei, die in letzter Zeit halb verlassen war, weil ihr Besitzer immer wieder nach Albany fuhr – war Andrews einzige Hoffnung. Er befand sich, wieder einmal, wie ein Narr in den Fängen einer Sucht, der Narr, der alles auf eine einzige Freundschaft setzte. Nur würde er sich diesmal nicht in die Karten sehen lassen. Jetzt gab er sich sehr entspannt.

Die Kutsche knarzte weiter. Sie trug sie aus South Brooklyn an der Bucht entlang, eine sanfte Brise vom Meer frischte die Luft auf, dann wurden sie von einer verspielten Bö, in der frisch geschnittenes Gras herumwirbelte, in das angenehme Dorf Gowanus befördert. An einer Ecke mit einem Denkmal für eine blutige Schlacht im Revolutionskrieg hielten sie, damit das Pferd trinken konnte. Samuel äußerte murmelnd die Überzeugung, der Pfad vor ihnen sei zu schmal, um weiterzufahren, aber Andrew nahm an, dass er sich da irrte, und der Kutscher, der ihre Zweifel nicht mal für diskussionswürdig hielt, war wieder dazu übergegangen, sich taub zu stellen.

Andrew sagte: Und was bedeutet die Sechzehn?

Samuel sah ihn aus schmalen Augen an, als wäre es eine rein philosophische Frage.

Auf dem Zettel, fügte Andrew hinzu.

So erklärte ihm Samuel, dass ihm der Mann, dessen Name auf dem eben zu Boden gefallenen Zettel stand, nach besagtem abendlichen Kartenspiel sechzehn Dollar schulde. Allerdings sei er ein Freund des Mannes, der mit dem Baby verschwunden war, und von beiden habe man seitdem nichts mehr gehört, wahrscheinlich, weil sie fürchteten, dass die leibliche Mutter hinter ihnen her sei und ihr Kind zurückhaben wolle oder der Vater seine Herzlosigkeit bereue – was ohne Zweifel der Fall war – und nach Rache dürste. Männer, die in Reue versinken, sind zu allem fähig, sagte Samuel. Und so würde er die sechzehn Dollar wohl nicht zurückbekommen, was sicher nicht der traurigste Teil der Geschichte sei, bei Weitem nicht. Das sei sein kleiner Anteil an den Verlusten dieser Nacht, und er habe die Summe aufgeschrieben, um sich daran zu erinnern, niemals wieder Karten zu spielen.

Sie erreichten den Haupteingang von Green-Wood. Schwere Schritte näherten sich. Ein Führer kletterte in die Kutsche, ein Mann mit einem mächtigen blonden Haarwuschel und einem winzigen Schnauzbart, das Gesicht gerötet von der Anstrengung des Aufstiegs. Er sprach mit leiser nasaler Stimme.

Mein Name ist Bill Harding, sagte er.

Damit sind Sie der dritte Billy, den ich kenne!, sagte Samuel mit dem freundlichen Begrüßungslächeln, das er für Fremde bereithielt.

Bill, korrigierte ihn Bill Harding.

Bald schon begann Bill, der Führer, ihnen einen Vortrag über Einfriedungen zu halten. Über Eisengeländer. Grüfte. Gesträuch. Über die Widerwärtigkeit von Pfosten und Ketten, die jetzt in den Blick kamen. Sie seien anfällig für Rost, sagte Bill Harding und rieb sich das Kinn, und deshalb sollten sie seiner Meinung nach komplett entfernt werden. Er versuche eine Änderung der Vorschriften zu erreichen, um die Toten vor Übergriffen zu schützen, vor kühnem Schmuck, den die Lebenden auf den Friedhof brächten. Es sollte hier nur Bäume und Steine geben, sagte er. Und Trauernde wie Sie, wenn Sie denn tatsächlich deswegen gekommen sind. Stein, der bleibt für immer!

Wie die Korruption, sagte Samuel.

(Wie die Unsicherheit, dachte Andrew.)

Wie Huren!, sagte Bill Harding.

Schweigen.

Sind Sie hier, um einen Toten zu besuchen?, fragte Bill Harding.

Ganz und gar nicht, erklärte ihm Samuel. Mein Freund hier beschwert sich über das Fehlen von Orten für den Müßiggang in New York. Er vermisst die grünen Felder seiner Jugend. Wir haben gedacht, Sie würden uns vielleicht Stellen zum Wandern zeigen.

Bill Harding seufzte und klagte weiter, dass seine Arbeit hier in Green-Wood täglich von Kindern erschwert werde, die auf den Ketten der Mahnmäler spielten und sie als Sitze und Schaukeln benutzten. Wenn es nach ihm ginge, würden sie dafür bezahlen.

Sie kamen über Land, das von niedrigen, wüsten Hecken eingeschlossen wurde, beschattet von Waldbäumen und Gestrüpp. Bill Harding begann sich über seine Liebe zu Marmor auszulassen, zu Stein aus Schichten wie Buchseiten, und darüber, dass man Grabsteine seiner Meinung nach nicht so aufstellen solle, dass sie schutzlos dem Frost ausgeliefert seien, und Andrew blickte nach links und sah, dass sich die Landschaft ein weiteres Mal gewandelt hatte. Üppige Kornfelder erstreckten sich da, Weizen und Mais, und dann kamen die ersten Wälder und Bäche in den Blick, und der Führer sagte, die Fundamente der Grabmäler sollten fest in Zement stehen, der nicht weniger als sechs Fuß tief reicht, und dass jeder Stein, aus dem Denk- oder Grabmäler gemacht werden, immer frei von sichtbaren Fehlern und Makeln sein solle, auch wenn die Leute so etwas *mögen* würden, sagte er – weil sie glauben (diese Narren!), dass Unvollkommenheit von Aufrichtigkeit zeugt.

Andrew dachte noch immer an das kleine Mädchen. Seine Mutter, seinen Vater, seine neue Familie. Leben, die durch einen dummen Kartenabend verändert worden waren, bei dem Samuel eine beträchtliche Summe entgangen war. Und er dachte auch an seine Rückreise aus Trinidad an Bord der *Hummingbird,* eines britischen Schiffs, das nach Baltimore fuhr, und die beiden Männer, die er dabei gesehen hatte, wie sie sich an Deck umarmten. Er war überhaupt nicht seekrank geworden, obwohl das Wetter genauso schlecht gewesen war wie auf der Hinreise.

Er sprach einen Gedanken laut aus, ohne wirklich zu wissen, warum:

Ich kann das Geld für dich eintreiben. Die sechzehn Dollar.

Ihr Green-Wood-Führer sah ihn verblüfft an, aber Samuel lachte.

Du weißt nicht mal, wie der Dieb aussieht!, sagte er. Alle möglichen Leute haben schon für mich nach ihm Ausschau gehalten, Andrew, du weißt, wie sehr ich es hasse, Geld an Narren zu verlieren, und bisher hatte keiner von ihnen Glück. Und du, Andrew Green, gerade zurück aus Trinidad, über Nacht mit neuen Sachen ein anderer Mensch geworden, der du dich jetzt Andrew *Haswell* Green nennst, du glaubst, du kannst alles richten?

Im einen Augenblick tauchten sie in eine weitere Baumgruppe, im nächsten kamen sie auf weite Lichtungen von tiefstem Grün. Der Weg führte ihre Kutsche hoch zur bewaldeten Kuppe eines steilen Abhangs, bevor er sie in einem Bogen hinunter ans Ufer eines stillen kleinen Sees brachte. Das Knarzen, das Rütteln. Die Anspannung des Reisens. Andrew fühlte sich lebendiger als seit Wochen. Angenehm unbedeutend hier draußen in der frischen Luft, umgeben von den Toten.

Lange nachdem Samuel das Gefühl gehabt haben musste, dass das Thema abgeschlossen war, sagte er: Du kannst mir die Hälfte der sechzehn Dollar als Prämie geben, sollte ich es schaffen, sie wiederzubeschaffen.

Die Worte kamen etwas plumper aus ihm heraus als beabsichtigt, aber Samuel lachte wieder und nickte. Aber ja, sagte er und gähnte.

Andrew sah hinunter auf seine eigenen Schuhe. Es stimmte, er sah dieser Tage anders aus, von Kopf bis Fuß verändert. Elegante Sohlen. Gutes Leder. Vernünftige Schnürriemen. Exzellente Socken, eine gut geschneiderte Hose, ein schönes weißes Hemd. Er war zu Samuels Schneider geschickt worden und hatte ein Gutteil seiner Ersparnisse aus Trinidad dafür ausgegeben, seine Erscheinung aufzufrischen, eine weitere Summe für seine Mitgliedschaft in der Bibliothek und für Unterricht, um sich weiterzubilden. Womit immer er auch gescheitert war bei seinen Versuchen, Zucker und Glauben zu kultivieren, die Zeit auf der Plantage hatte ihn hungrig gemacht – das Verlangen in ihm geweckt, mit neuer Kraft New York und seine Exklusivität anzugehen. Er wollte sich bis in sein Herz vorarbeiten und spürte, dass das jetzt möglich sein könnte. Er wollte sich eine Aufgabe schaffen, die ihn mit Stolz statt mit Scham erfüllte. Vielleicht etwas, das mit öffentlichen Räumen zu tun hatte. Er erinnerte sich an seine Mutter, der lange vor ihrem Tod schon alle Freiheit genommen worden war – Kochen und Putzen, Kochen und Putzen, die Gewaltausbrüche ihres Mannes und die undankbare Atmosphäre im Haus, den ganzen Tag drinnen arbeiten und nur ein, zwei Stunden schlafen, bis sie eines ihrer Kinder in der Nacht wieder weckte. Manchmal, wenn sie ihn nach einem schlimmen Traum an sich gedrückt hielt, hatte sie ihm erzählt, wie sehr sie sich wünschte, sie könnte ihn auf einer seiner Wanderungen begleiten. Und in New York gab es so wenig freie, weite Flächen, abgesehen von Friedhöfen wie diesem.

Sie erreichten einen Aussichtspunkt, zu dem der Green-Wood-Friedhof anstieg, einen Gipfel, der es den Lebenden erlaubte, ein Panorama der City of New York im ewigen Dunst zu sehen. Hundert Häuser- und Kirchturmspitzen, ein Wald aus Masten über dem Wasser. Der East River mit seinen sich langsam dahinbewegenden Booten und Kähnen.

Bill Harding zeigte ihnen einen Wanderweg und akzeptierte mit leicht finsterer Miene ihren Wunsch, mit der Kutsche auf sie zu warten.

Sie liefen zwischen den wenigen über den Hang verstreuten Grabsteinen in ein Tal hinunter, das von aller Wirklichkeit unberührt schien. Andrew versuchte sich den Friedhof in ein paar Jahren und Jahrzehnten vorzustellen, marmorne Gedenksteine überall, eine Metropolis der Toten, Tausende zusätzliche Gräber, die sich zwischen die drängten, die er jetzt sehen konnte, alle um Platz wetteifernd, um Achtung und die Art von Schnittblumen, wie auch er sie zu Hause auf das Grab seiner Mutter gelegt hatte, bevor er ihnen ihr Leben nicht mehr nehmen und Tod auf Tod legen wollte. Eine verlässliche Aussage in der Statistik New Yorks: Jedes Jahr werden mehr Menschen sterben, mehr Land wird mit Asche, Knochen und Steinen von frisch und lange Verstorbenen bedeckt sein. Und zu Andrews eigener Überraschung vergrätzte ihn die zukünftige Szenerie, wie er sie sich vorstellte – menschliche Leichname und ihre Gedenksteine, die die ganze Natur bedeckten: Welches Recht hatten die Verstorbenen, sämtlichen Raum der Welt einzunehmen? Die Lebenden suchten nur nach Wegen, ihrer Trauer Ausdruck zu geben. Es waren die Toten, die ihnen alles nahmen.

Da siehst du es, sagte Samuel. Das hier kommt einem großen öffentlichen Park in New York am nächsten. Bleib stehen und lausche den Geistern Brooklyns, wie sie all die Dinge sagen, die sie im Leben nicht über die Lippen gebracht haben.

Eine Woche später kam er wie verabredet in Samuels Kanzlei, und Samuel fragte ihn, ob er, Andrew Haswell Green, ernsthaft glaube, dass ein ehemaliger Bauernjunge die notwendigen Fähigkeiten für ein Jurastudium besitze. Er sei intelligent, sicher. Von schneller Auffassungsgabe. Aber reize ihn die eigentliche Arbeit oder nur die Aussicht, seine Stellung im Leben weiter zu verbessern?

Andrew widerstand dem Impuls, Samuel ins Gesicht zu schlagen. Stattdessen erklärte er ihm als Antwort auf seine Frage, wenn er ehrlich sei, habe er sich noch nicht ganz entschieden, alle kaufmännischen Aktivitäten hinter sich zu lassen. Aber im Moment, da sich der Handel so müde zu entwickeln scheine und ihm noch keine hilfreichere Möglichkeit eingefallen sei, der Gemeinschaft zu dienen, habe er beschlossen, den Weg des Anwalts einzuschlagen. Ihm sei durch seine gemeinsam mit Samuel verbrachte Zeit bewusst geworden – Zeit, die er als ein großes Glück betrachte, sowohl als Freund als auch als Lernender –, dass es für jedermann notwendig sei, sich mit den Gesetzen, unter denen er lebe, vertraut zu machen, dass es unverzichtbar sei zu wissen, auf welchen Prinzipien sie beruhten und woher sie ihre Autorität bezögen. Die Kenntnis dieser Grundprinzipien werde in den kommenden Jahren für jeden Beruf äußerst nützlich sein. Sein Vater zum Beispiel …

Ja?, sagte Samuel.

Mein Ziel, sagte Andrew und beschloss damit die Richtung zu wechseln, wird sein, allen Klienten gegenüber offen und ehrlich zu sein, sie niemals zu drängen, an einem Streit festzuhalten, um dadurch mehr zu verdienen. Ich möchte die Geschichte wichtiger Gesetze verstehen, ihre Entstehung, Entwicklung und was sie bewirken, um so herauszufinden, ob das Geheimnis, wie man einen Fall für einen Klienten gewinnt, manchmal nicht vielleicht in der Vergangenheit liegt. Ich werde versuchen, einen erweiterten Blick auf die Mechanismen der Rechtsprechung zu gewinnen, zu allen Zeiten, überall auf der Welt, Samuel, und werde mich nicht auf die einfachen Winkelzüge (Samuel hörte und benutzte das Wort *Winkelzüge* gerne, und dass Andrew darauf zurückgriff, war ein Kompliment und Ausdruck seines Vertrauens) der tagtäglichen Gerichtsroutine beschränken.

Er sah Samuel an. Wartete. Es hatte sich wie die längste und lächerlichste Rede seines Lebens angefühlt. Er hoffte nur, dass sein ziemlich formeller Ton unter den gegebenen Umständen gut gewählt war. Und dann sah er einen Stift auf dem Teppich rechts vom Schreibtisch liegen. Er wollte sich schon vorbeugen, um ihn aufzuheben, verbot es sich aber. Ließ ihn liegen.

Samuel sagte, er werde über die Sache nachdenken, und auch das war ungeheuer ärgerlich, weil was wollte er denn noch hören? Wie viele zusätzliche Jahre mit Gesprächen und Erfahrungen waren nötig, bis Samuel ihn als ebenbürtig anerkannte?

Zwanzig Minuten später, während sie angespannt über andere Themen diskutierten, klopfte es an der Tür.

Samuel schien verblüfft, dass da jemand zu ihm wollte. Seit neun Tagen und Nächten bereitete er einen Fall vor und war von Papieren, Büchern, Tintenfässern und Aktenkisten, die mit einem großen Leichentuch bedeckt waren, umgeben. Er hob kapitulierend die Hände.

Andrew eilte zur Tür und machte auf. Schloss die Augen, um sich nicht zu verraten, und trat zurück.

Als er sie wieder öffnete, starrte Samuel die Frau an, die hereingekommen war und dastand, als wäre sie eine Verrückte.

Es war Mrs. Bray, eine junge Putzfrau, die Andrew vor Kurzem kennengelernt hatte, doch davon wusste Samuel nichts.

Mrs. Bray holte Luft. Die Stille war unerträglich. Dann sagte sie: Sir, Sie sind Mr. Samuel J. Tilden, richtig?

Samuel nickte. Das bin ich.

Ich habe sechzehn Dollar für Sie, Sir, sagte sie.

Samuel schloss kurz die Augen. Seine Stirn tat etwas Merkwürdiges. Andrew versuchte, natürlich zu bleiben, doch das war schwierig, wäre die natürliche Reaktion in dieser Situation doch, so fassungslos wie Samuel zu wirken.

Die schuldet Ihnen mein Bruder, fuhr Mrs. Bray fort, ohne auch nur einen Blick zu Andrew. Wegen eines Kartenspiels, glaube ich. Seine Schulden bei Ihnen.

Samuel sah Andrew an. Machte den Mund zu, der sich geöffnet hatte.

Ihr Kollege hier, sagte Mrs. Bray und deutete auf Andrew. Ihr Mr. Green hatte mehr Erfolg, meinen Bruder zu finden als ich, und irgendwie hat er ihn mit einer geradezu unheimlichen Überzeugungskraft dazu gebracht, seine

Schulden bei Ihnen zurückzuzahlen und mit seinem Gewissen wieder ins Reine zu kommen, zumindest teilweise, ich hoffe, ganz. Und so schickt er mich nach Mr. Greens beredsamer, überzeugender Rede, um seine Schuld zu begleichen. Er neigt beschämt den Kopf, Gentlemen. Ich wünschte nur, ich könnte das Gleiche über seinen Freund sagen, der das Kind gestohlen hat.

Es war eine realistische Vorstellung. Andrew tat es nicht leid, dass er sie engagiert hatte.

Sie übergab die sechzehn Dollar. Samuel nahm sie und sagte: Mein Gott. Dann sagte er es wieder: Also, mein Gott. Mein Gott.

Tatsächlich kam das Geld aus einer Schachtel unter Andrews Bett. Er war bis jetzt sparsam gewesen. Die sechzehn Dollar waren die Hälfte seiner verbliebenen Ersparnisse, die er aus der Welt des Zuckers mitgebracht hatte, des Teils, den er nicht für Ausbildung, Kleidung und Miete ausgegeben hatte. Die Hälfte der Hälfte seiner verbliebenen Ersparnisse würde er natürlich von Samuel zurückbekommen, die vereinbarten acht Dollar »Finderlohn«, sodass sein Nettoverlust, so gesehen, nur ein Viertel seiner ursprünglichen Gesamtersparnisse ausmachte, was nicht so schlimm erschien, konnte ein Anwalt, wenn er als solcher beauftragt wurde, doch an einem einzigen Tag so viel verdienen. Natürlich würde auch Mrs. Bray für ihre Vorstellung bezahlt werden müssen, aber das würde auf gleiche Weise geschehen, ein Gefallen, den er ihr schuldete.

Mrs. Bray drehte sich um und blieb noch kurz an der Tür stehen. Sie sagte: Gentlemen – auch wenn Sie mir vielleicht nicht trauen, wegen meines Bruders –, möchte ich hinzufügen, dass ich Arbeit suche. Ich putze gut. Ich arbeite hart. Sollte Bedarf aufkommen, bitte, denken Sie an mich. Dieser Mann, mein Bruder, meine ich, hat die Aussichten meiner Familie zerstört!

Das war nicht mehr Teil des abgesprochenen Skripts, genauso wenig wie Samuels Antwort, der sich staunend, nachdenklich die Augen rieb und das Geld vor sich auf dem Tisch anstarrte.

Wird der Freund Ihres Bruders auch das Kind zurückgeben?

Mrs. Bray blinzelte und ließ einige Sekunden verstreichen. Das muss sich noch zeigen, sagte sie.

Samuel schien an diesem Tag gefolgert zu haben, dass Andrew, wenn er in der Lage war, eine derartige Schuld einzutreiben und zudem den Takt besaß, nach dem Erfolg nicht gleich aufgeregt seine Vorgehensweise zu erläutern, ein wertvoller Mitarbeiter war, den man immer zu seiner Verfügung haben wollte, und deswegen sollte ihm eine Vollzeitstelle in der Kanzlei angeboten werden. Jahre schlecht bezahlter Arbeit wurden von Jahren ordentlich bezahlter Arbeit abgelöst, die am Ende die Gelegenheit boten, sich auch noch die letzten beruflichen Qualifikationen zu sichern, um – das war der New Yorker Traum – überbezahlt zu werden.

Es war der 19. Januar 1846, als Andrew mit Samuels Unterstützung endlich als Anwalt am Obersten Gericht vereidigt wurde, zehn Tage darauf auch am Bezirksgericht. Kurz darauf unterzeichnete er einen Vertrag mit Samuel, womit er in wenig mehr als zehn Jahren vom Lehrling bei Hinsdale

& Atkins zum Partner eines der herausragendsten Anwälte des Landes aufgestiegen war.

Sein Vater begrüßte diese veränderten Verhältnisse mit dem gewohnten, gleichbleibenden Schweigen und behielt es auch bei, als sich Andrew in den nachfolgenden Jahren entschied, sämtliche Schulden des Vaters abzuzahlen. Er schwieg zu Andrews Entscheidung, die Farm zu kaufen, um sie vor Gläubigern zu schützen, und bis in alle Zukunft die notwendigen Ausgaben für Reparaturen und Unterhalt von Green Hill zu übernehmen. Zudem ließ er das Lieblingszimmer seines Vaters renovieren, um ihm für seine verbleibenden Jahre ein angenehmes Leben zu garantieren.

Schließlich traf er aber auch eine Entscheidung, von der er wusste, dass sie seinen Vater schmerzen würde: Er schnitt das alte Green-Hill-Haus in zwei Teile, bewegte den hinteren Teil ein Stück zurück und setzte eine schöne Villa in die Mitte, hinter die alte Fassade. So erhielt er das historische Äußere und schuf innen moderne Räume. Aber was hätte der alte Mann dagegen sagen können? Ihre Rollen hatten sich vertauscht.

Eines Tages wachst du auf und stellst fest, dass du ein anderer Mensch geworden bist. So scheint das Leben zu walten und seine Strukturen zu bilden. Der Erwachsene wird ein Fremder für den Jungen, der er einmal war. Du entfernst dich von allen, besonders von dir selbst, auch wenn du dich, insgeheim in deinem Herzen, so gut wie unverändert fühlst.

24
Woodman's Gate

In den frühen Jahren der Kanzlei Tilden & Green waren Mrs. Bray und ihr Kehrblech regelmäßig zu sehen. Sie hatte gerade erst geheiratet, war aber bereits voller Sarkasmus. Andrew gefiel ihr sanfter Spott über Höherstehende, ihr gewitzter Blick und die Leichtigkeit, mit der sie ihm bei dem Kartenspielertrick für Samuel geholfen hatte. Wie er hatte sie das Ganze genutzt, um an einen Job zu kommen. Nur selten kam ihm der Gedanke, dass er in der Bewunderung ihrer Gerissenheit letztlich einen Weg gefunden hatte, sich selbst ein Kompliment zu machen. Und noch seltener überlegte er, dass er sich dadurch, ihr ihre etwas verschwommenen Moralvorstellungen nicht anzukreiden, eine bequeme Abwehrmauer schuf, hinter der er das eigene Gewissen reinzuhalten vermochte. Mrs. Bray besaß zu diesem Zeitpunkt ihres Lebens die attraktivste aller Charaktereigenschaften: Selbstsicherheit. Wenn sich deren Wert in schlechten Zeiten verdoppelt, wächst er im Goldrausch ins Unermessliche.

Die Vorstellung, nur mehr mit Papier, Menschen und Büchern zu arbeiten, erfüllte ihn nach wie vor mit einer Ehrfurcht, die er womöglich niemals ganz würde hinter sich lassen können. Jeden Morgen fragte er sich aufs Neue, was er getan hatte, um solch ein einfaches Jahr zu verdienen, dann zwei, dann drei. Er arbeitete den ganzen Tag, sechs Tage die Woche, und abends meist auch, aber die Arbeit fand in seinem Kopf statt. Sie hatte keinerlei Ähnlichkeit mit der Farmarbeit bei jedem Wetter oder dem gelangweilten Ausharren hinter einer Ladentheke, nur mit einem ausgestopften Waschbären als Gesellschaft. Aber wenn er gegen Mitternacht zwischen Papieren, Büchern, Notizen und Briefen einschlief, versank er immer noch in Angstträumen, dass ihm das alles bald schon wieder genommen werden würde und seine Ernennung zum Anwalt ein großer Fehler gewesen sei, sein Gehalt und seine angenehme Unterkunft ebenfalls, die gute Fenster hatte, gutes Wasser und gutes Licht. Sicher würde er morgen schon wieder im Laden stehen, oder am Tag drauf, überführt als der Betrüger, der er zu sein fürchtete, um aufs Neue mit einer Besessenheit Böden zu fegen, die nicht einmal, was das Ergebnis anging, mit der Eleganz von Mrs. Brays Aktivitäten konkurrieren konnte.

Samuel schien wenig Zeit für Mrs. Bray zu haben, ließ sich selten auf ihre Geschichten ein, aber genoss offenbar die Erinnerung daran, wie Andrew geradezu majestätisch die Rückerstattung der Spielschulden in die Wege geleitet hatte. Die Lügen, die diese Version der Ereignisse stützten, mussten deshalb alle paar Monate neu rekonstruiert werden, wann immer ein neuer Klient (während Andrew in stiller Scham mit leicht geröteten Wangen am Schreibtisch gegenüber saß) gezwungen wurde, Samuels Erzählung zu ertragen, wie ihre junge Bedienstete an jenem Tag in der Kanzlei erschienen war. Und Andrew, der Mrs. Bray dazu lächeln und nicken sah, kam zu der Überzeugung, dass sie über ein ungewöhnliches Verständnis der Instabilität der

Geschichte verfügte. Sie schien längst zu wissen, was er selbst erst in letzter Zeit erkannt hatte: dass die eigene Vergangenheit ebenso sehr ein Produkt der Fantasie war wie die Zukunft. Vielleicht war es möglich, sich sicher zu fühlen, wenn man sich dieser Wahrheit völlig ergab.

Mrs. Bray hatte dichte, weiche rote Locken, die die weniger einfallsreichen Klienten mit Feuer verglichen, die kreativeren mit gewissen Käsesorten. Ihre dunklen Augen schienen voller Geheimnisse, und oft hatte sie eine Dose Kabeljau-Bällchen dabei, eine ihrer mittäglichen Lieblingsspeisen. Das Erste und Wichtigste, woran es zu denken gelte, sagte sie ihm gern, und hatte dabei besonders diese Bällchen im Sinn, sei die Tugend vorauszuplanen. Legen Sie Ihren Kabeljau anderthalb Tage ein, Mr. Green, und dann kochen Sie ihn langsam, bis er weich ist.

Eines Montags kommt Mrs. Bray mit einem Schirm in der Hand in die Kanzlei. Vermutlich will sie verkünden, dass es regnen und sie allein völlig trocken bleiben wird. Sie behauptet oft, Vorahnungen in Bezug auf das Wetter zu haben, aber auch, was das Essen sowie Dinge angeht, die das Glück von Hunden und Katzen betreffen.

Andrew sitzt bereits seit fünf Uhr morgens am Schreibtisch und fragt Mrs. Bray, ob sie einen schönen Sonntag hatte. Nach der geistigen Anstrengung seiner frühmorgendlichen Schicht fühlt er sich ruhig und glücklich in seinem Körper.

Sie lächelt ihm zu, als könnte sie das sehen. Holt Luft. Sieht zu Samuel hinüber, der um halb elf eingetroffen ist, als wollte sie sich versichern, dass auch er ihr zuhört.

Nun, danke der Nachfrage, Mr. Green, sagt sie schließlich. Aber um die Wahrheit zu sagen, bin ich ziemlich müde. Ich habe den starken Eindruck, dass es in diesem Gebäude hier spukt. Ich habe Sie am Wochenende nicht gesehen, sonst hätte ich es Ihnen da schon gesagt. Wenn Sie mich nach meinem Sonntag fragen, nach gestern, sage ich Ihnen zunächst einmal, dass er äußerst arbeitsreich war und ich alles hier für Ihren Start in die Woche saubergemacht habe, und zweitens, dass er – sagen wir – philosophisch war.

Samuel schenkt Andrew ein schnelles, lockeres Lächeln, Erzählen Sie, Mrs. Bray, sagt er.

Nun, sagt Mrs. Bray und atmet schwer aus, als kämpfe sie gegen einen inneren Widerstand zu beginnen. Spät am Freitagabend, als ich wie so oft über meine gewohnten Stunden hinaus noch geputzt und gescheuert habe, begann diese seltsame Sache. Ich hörte einen Lärm von oben, der sich kaum von der grausigen Musik einer rollenden Kanonenkugel unterschied. Als ich dann wenig später aus der Kirche zurückkam, um noch ein paar Dinge zu richten, zu denen ich vorher nicht gekommen war, und in der Hoffnung darauf, einen gewissen Standard zu erreichen, was Sauberkeit und Ordnung für die neue Woche betraf – wie auch sonst! –, gab es einen weiteren Schreck.

Sie habe gesehen, sagt Mrs. Bray und gestikuliert mit beiden Händen, wie sich eine Besenschranktür vor ihr geöffnet habe und das Kehrblech verdächtig langsam herausgefallen sei, ganz so, als hätte ein Wesen den Sturz willentlich verzögert.

Ein Wesen?

Ein Wesen von nebliger Gestalt.

Diese Beweise hätten als solche noch nicht gereicht, sie zu beunruhigen, müht sich Mrs. Bray zu betonen und fährt mit der Hand durch die Luft, um auch die Bürokatze Milton mit in ihre Überlegungen einzubeziehen, aber in Verbindung mit dem wiederholten Geräusch von Schritten oben im leerstehenden Dachboden, zu dem es womöglich einen Zusammenhang gab? Gemächliche Schritte? Und dazu auch das Geräusch, als würde da jemand Holz hacken? Als hätte ein unsichtbarer Holzhacker eine Menge Zeit übrig und überlegte, wie er sie herumbringen könnte – zum Beispiel, indem er in die Seele einer jungen Frau kletterte und ihren Charakter zerstörte, von so etwas habe man doch schon gehört? Nun, in der Folge leide ihre Gesundheit fürchterlich, sagt Mrs. Bray. So sehr, dass es für sie bedauerlicherweise nur schwer in Betracht zu ziehen sei, ihre Tätigkeit hier fortzusetzen ohne …

(Der ganze Raum hält den Atem an.)

… eine kleine Erhöhung des Lohnes, in Anerkennung der langen Stunden und ihrer Hingabe, aber auch ihres Langmutes bezüglich des Geistes auf dem Dachboden, bei dem es sich, wie sie herausgefunden habe, wahrscheinlich um einem Mr. Focutt handele …

Focutt?

Focutt. Er ist vor vierundsechzig Jahren oben oder ganz in der Nähe gestorben, nachdem er jahrelang Holz für eine örtliche Familie gehackt hat, wahrscheinlich neben einigen weniger lauten Aufgaben.

Nun, sagt Samuel. Focutt. Verstehe.

Andrew sieht zu, wie er sich auf seinem Stuhl vorbeugt

und hinzufügt: Mrs. Bray, sind Sie nicht ziemlich jung für eine Spiritistin?

Mit drei vom Putzen verfrüht gekrümmten Fingern, die vollen Lippen voller Entzücken, bekreuzigt sich die reizende Mrs. Bray jetzt – Stirn, Bauch, Schultern, Amen – und sagt, sie hält sich vor allem für eine höchst talentierte Vernichterin von Schmutz.

Samuel möchte wissen, ob das fliegende Kehrblech nach seinem kleinen Abenteuer selbstständig an seinen Platz zurückgekehrt sei. Darauf hebt Mrs. Bray einen Finger und schüttelt enttäuscht den Kopf.

Mr. Tilden, sagt sie, Sie sind ein erfahrener Mann, und doch haben Sie gerade einen Fehler gemacht, den Ihr Partner Mr. Green niemals machen würde. Denn ich frage Sie, habe ich gesagt, das Kehrblech sei *geflogen*? Das habe ich nicht. Nein, nein. Ich sagte, *es ist verdächtig langsam herausgefallen*. Was etwas ganz anderes ist, wenn sie an die Gesetze der Schwerkraft denken.

Samuel scheint das mit Befriedigung zu überdenken. Dann sagt er: Das Gespenst sollte einen Daseinszweck haben, Mrs. Bray. Dann könnten Ihre Geschichten noch weit wirksamer sein.

Meine *Geschichten*?, sagt sie. Ihre Augen weiten sich mit falscher Überraschung. Andrew muss sich sehr anstrengen, um nicht in Lachen auszubrechen.

Geschichten, sagt Samuel. Zum Beispiel hatte der Geist, der über die Festungsmauern von Elsinore strich, ein klares Ziel, und unsere Achtung vor ihm war deshalb weit höher, als wäre er dort planlos und ohne bestimmbaren Grund herumgeschlendert. Ein klares Ziel kann, wenn es um Geister geht, und oft auch um uns Lebende, würden Sie mir da nicht zustimmen, Mrs. Bray, eine außergewöhnliche Wertschätzung ihnen gegenüber schaffen – wie wir es seit einem halben Jahrhundert in London erleben, wo fast jedem Haus im Herzen der Stadt nachgesagt wird, dass es auf die eine oder andere Art heimgesucht wird, was Sie wahrscheinlich von ihren Verwandten dort wissen, oder war es Irland?

Ein Lächeln huscht über Mrs. Brays Gesicht.

Wobei die Anwesenheit solcher Geister, auch derer mit einem Ziel – die Kanonenkugeln herumrollen oder Kehrbleche fallen lassen –, ziemlich ärgerlich für all die sein kann, die ihre fade Tagesarbeit erledigen wollen, fährt Samuel fort. Besonders während dieser hitzigen und endlichen Tage, durch die Andrew und ich, einfache Sterbliche, sich zu kämpfen haben, um ihren Unterhalt zu verdienen. Verstehen Sie, was ich meine?

Ich verstehe einiges von dem, was Sie sagen, erwidert Mrs. Bray, wobei ich mich frage, wann Ihre Worte zu einem Schluss führen werden.

Die Anwesenheit von Geistern, fährt Samuel mit einem Anflug von Ärger auf seinem Gesicht fort, und oben am Hals, wo sich unter Anspannung als Erstes eine Rötung zeigt und sich etwa seit einem Jahr einige Falten gebildet haben, kann für eine kleine Firma wie diese ziemlich teuer werden, Mrs. Bray, eine Firma, die Mr. Green hier während meiner jüngsten Reisen nach Albany in politischer Sache zu einem großen Erfolg gemacht hat. Viele von Geistern heimgesuchte Bürogebäude verfallen, und der Mietverlust kann horrende Summen betragen, von den Kosten für die Zeit gar nicht zu reden, die in Diskussionen wie dieser verloren geht und die für die eigentliche Arbeit hätte genutzt werden können. Das würde ich gerne zu Protokoll geben.

Andrew sieht zu und denkt, sie hat ihn geschlagen. Das hat sie wirklich.

Was bedeutet, dass auch ich ihn schlagen kann.

Die Verzerrung von Liebe durch Rivalität, von Unschuld durch persönlichen Vorteil. Die verdrillte Vollkommenheit der Beziehungen, die unser Leben ausmachen.

Samuel steht auf und steckt die Hände in die Taschen. Es scheint angemessen, sagt er, angesichts der Dinge, die wir diskutiert haben, dass ich Ihren wöchentlichen Lohn um einen Dollar erhöhe, Mrs. Bray. Das scheint doch gut bemessen, nicht wahr?

Ein Händeschütteln.

Ein gefegter Boden.

Das Klappern von Geschirr, als Mrs. Bray ein paar Minuten später mit einem strahlenden Lächeln und einer heißen, nicht angeforderten Kanne Tee erscheint.

Er hat Samuel um einiges besser kennengelernt, seit sie zusammenarbeiten. Samuel ist begabt, aber ruhelos. Er hat keine Angst davor, den eigenen Instinkten zu folgen, ist aber immer vorsichtig, was möglichen Widerstand angeht. Er ist schriftlich besonnener als im direkten Austausch. Auch er sieht das Gesetz als ein Sprungbrett, aber eines, auf dem er keinesfalls ausrutschen will. In seinen juristischen Argumentationen ist er präziser als in seinen politischen Reden. Die größte Durchschlagskraft hat er, wenn er stehend vor Gericht auf einen anderen Anwalt antwortet. In der Öffentlichkeit lässt er seine Brillanz und seinen Witz für jeden erstrahlen, ganz gleich, wo derjenige zu stehen scheint, als wüsste man in dieser sich wandelnden Stadt nie, wer es sein wird, der die entscheidende Stimme über die eigene Person abgibt. Wer immer ihn kennenlernt, ist beeindruckt. Er weiß Richter davon zu überzeugen, ja zu sagen.

Und er hat auch erfahren, dass Samuel, wenn er ein Problem gelöst hat und dadurch einen Fall gewinnen wird, wie ein Schuljunge am Freitagnachmittag ist, unerträglich unbedacht, dass er ausgelassen davonläuft, von Regeln und allem nichts mehr wissen will, manchmal am nächsten Morgen erst zurückkommt, um die Sache zu Ende zu führen, in letzter Zeit aber weit öfter Andrew alles auf den Tisch legt, damit er den Rest erledigt. Dass er unausstehlich sein kann. Ein Snob.

Er hat gelernt, dass Samuel mehr Geld für gute Zwecke spendet, als er vernünftigerweise sollte, dafür aber auch große Dankesbekundungen erwartet, während er für Bettler, die ihn auf der Straße um einen Penny bitten, nicht mal einen Blick übrighat. Er hat gelernt, dass sich Samuel niemals einen ganzen Tag Ruhe gönnt, wenn er an etwas interessiert ist, aber auch keinen ganzen Tag am Schreibtisch durchhält, wenn ihn etwas langweilt. Dass Samuel oft versucht, zu viele Dinge auf einmal zu tun. Und Samuel leidet immer noch oft an fürchterlichen Magenverstimmungen, ist deshalb alle paar Wochen ans Bett gefesselt, frönt entweder seiner Lust an üppigen Speisen – er liebt kleine Vögel auf italienische Art, eine hübsche Sammlung kleiner Knochen mit einer geschmacksgebenden Soße – oder übt anfallsweise völlige Abstinenz. Und zu Samuels liebsten Taktiken gehört die Ablenkung – Wie geht es *deinen* Augen heute, Andrew?, *Deiner* Lunge? Wie ist *deine* Laune heute?

Und er hat auch gelernt, dass Samuel raffinierte, mit zu viel Macht ausgestattete Diebe verabscheut. Dass er aber dennoch versucht, sich auch selbst anhand seiner ersten politischen Erfolge abzusichern. Dass er sorgfältig darauf achtet, Profit zu machen, damit gelegentlich jedoch überraschend sorglos umgeht – beim Glücksspiel, in Herzensdingen. Dass er den Kopf voller Zitate hat, sie aber nicht immer als solche kennzeichnet, und eine Stadt voller mächtiger Freunde. Dass er mitunter, wenn er eine Droschke anzuhalten versucht, dazu neigt, einen kleinen Groll hinter den so großen wie empfindlichen Augen zu hegen, dem er jedoch niemals Ausdruck geben würde, einen Groll darüber, dass niemand losgelaufen ist – Andrew? –, um es für ihn zu übernehmen. Dass er endlich aufgegeben hat zu behaupten, er und Andrew seien Männer aus gleichermaßen einfachen Verhältnissen. Dass er die Ruhe schwerer Möbel und den Schimmer eleganter Antiquitäten mag. Dass er die prächtigen, knarzenden alten Holzdielen im Büro mit dicken und so geschmacklosen wie teuren Teppichen bedecken will. Dass er es nie schaffen wird, auch die letzte Kiste aus dem alten Büro auszupacken. Dass seine eleganten Hände während eines Gesprächs in ständiger Bewegung sind, aber niemals einen Ball geworfen oder gefangen, einen Stock geschnitzt oder ein Ruder durchs Wasser gezogen haben, niemals eine Transportkiste für Schafe bauen oder einem Huhn den Hals umdrehen könnten. Dass er in jeder Unterhaltung der Überlegene sein und seiner Natur gemäß die Oberhand erringen möchte, ganz gleich, ob es um das

Backen eines englischen Muffins oder eine Gesetzesfrage geht, und dass er, wann immer er einem Thema nicht gewachsen ist, übellaunig wird wie eine Gans unter dem Schlachtermesser.

Weißt du, sagt Samuel, als sie eines Nachmittags zwischen vergeudeten und nicht vergeudeten Worten sitzen. Diese junge Frau, diese Miss Heller. Ich hatte den Eindruck, dass sie eine der wenigen war, die dich tatsächlich beeindruckt haben. Und dass du vielleicht, am Ende, überlegst, ob du sie heiraten solltest?

Und Mrs. Bray, die in diesem Moment auf allen vieren im Flur die Bodendielen schrubbte, die letzte Aufgabe des Tages – wie gründlich sie dabei vorging, konnte nicht überprüft werden, war der Schmutz, den sie beseitigte, doch kaum zu sehen –, seufzte sehr leise, sah zu Andrew hinüber und schien eine Sekunde lang zu lächeln.

Nein, sagte Andrew, ich denke nicht, dass ich jemals heiraten werde. Aber ich stelle mir vor, dass du es in Betracht ziehen solltest, wenn du immer noch planst, eines Tages Präsident zu werden?

Er sah, wie Samuel rot wurde. Der Ablenker lenkte ab. Er sah auch, wie Mrs. Bray mit ihrer Arbeit fortfuhr. Diese bedeckten Schultern, die hübschen, verschrammten Handknöchel, der blasse Ausdruck von jemandem, der die Dinge versteht. Unter ihrer Pflege verstrahlte der Boden einen leblosen Glanz, der Andrew manchmal weniger freundlich vorkam als der Schmutz, den sie beseitigt hatte.

25
Engineers' Gate II

Drei Jahre vor seinem Tod fuhr Andrew mit dem Zug nach Chicago. Er besuchte eines seiner Geschwister, das noch nicht unter der Erde lag: Oliver Bourne Green, seinen Bruder.

Oliver hatte Andrew dreizehn Jahre zuvor eine Frage gestellt: *Trauerst du immer noch wegen deinem speziellen Freund?* Genau das waren seine Worte, zumindest erinnerte sich Andrew so daran, und auch an den spöttischen Ton, mit dem sie ausgesprochen worden waren, besonders das *immer noch,* und sie hatten Andrew derart verletzt, dass er seitdem alle Einladungen Olivers ausgeschlagen hatte – zu Geburtstagen, Weihnachten, Thanksgiving. Er schrieb die Worte jetzt noch einmal in sein Notizbuch, umkreiste den *speziellen Freund* und unterstrich die beiden Worte, um sie besser zu verstehen, während er nach Chicago fuhr, eine neue, gigantische Stadt, die fünft- oder sechstgrößte der Welt, ein modernes Symbol der Erneuerung, wie es die Besprengung mit Wasser einmal gewesen war, in der Heiligen Schrift das Symbol für die Vergebung vergangener Sünden. Ein Fahrradboom. Befestigte Straßen, die hinaus aufs Land führten. Der neue Sanitary-and-Ship-Kanal hatte Erdbewegungen erfordert, die noch größer gewesen waren als die für den Central Park. Dieses System kehrte die Richtung um, in die der Chicago River floss, und so gelangten keine Abwässer mehr in den Michigansee.

Oliver war von Beruf Bauingenieur. Erste Erfahrungen hatte er beim Tunnelbau in Baltimore und Ohio gesammelt und war auch an den Gutachten für die Mississippi Railroad beteiligt. Alles das lag vor seinem Umzug nach Chicago, wo er durch seine Arbeit an besagtem Kanal zu Berühmtheit gelangt war. Er war ein Experte für sichere Häfen, aber auch für die Kunst des Ausbaggerns von Flussbetten und Hafenbecken, und hatte sich erst kürzlich aus dem aktiven Geschäft zurückgezogen.

Konnte ein gemeinsames Interesse an der Architektur eine Brücke zwischen ihnen bauen, jetzt, im Alter? Das war Andrews Hoffnung und der eigentliche Zweck seiner Reise, auch wenn er so tat, als hätte er auch geschäftlich in Chicago zu tun. Dass er in diesem Jahr achtzig wurde, ließ ihn unweigerlich an Anfänge und Enden denken. Oliver hatte einen ähnlichen Hunger nach der Mitwirkung an kolossalen Unternehmungen wie Andrew, an Arbeiten von unübersehbarer Größe, die vielleicht die Zeiten überdauern mochten, und während der Zug Andrew in den Schlaf zu lullen versuchte, kam ihm der amüsante Gedanke, dass er und sein Bruder ihr ganzes Erwachsenenleben damit verbracht hatten, Gebäude und Orte zu schaffen, die ihrem Vater hätten gefallen können, wäre er als Mensch denn dazu in der Lage gewesen. Andrew musste aufs Neue daran denken, wie er, als Oliver noch klein war und mal wieder ins Bett gemacht hatte, heimlich die Wäsche seines kleinen Bruders gewaschen hatte, bevor ihr Vater es sah, weil er genau wusste, was es hieß, sich in diesem Haus schämen zu müssen. War damals nicht eine Verbindung zwischen ihnen entstanden, die für immer hätte halten sollen? Aber die wenigen vertretbaren Korrespondenzen zwischen Andrew und Oliver während der letzten zehn Jahre des gerade beschlossenen Jahrhunderts waren von der Art gewesen, wie sie zwei höfliche, aber sich ferne Fremde austauschen mochten, wenn sie über ein Thema stolperten, an dem sie beide interessiert waren. Briefe, in denen es um die Verlängerung von Bahnstrecken, die Verbesserung von Highways und Wasserstraßen, die zunehmende Verwendung von Stahl und Stahlbeton und die Neuerungen bei Wasserkraft und Bewässerungsprojekten ging. Wenn sie sich über die Arbeit unterhielten, waren sie mitunter Freunde. In allen anderen Belangen waren sie Teile einer Familie und scheiterten, wie es Familien nun einmal tun.

Als Andrew ankam, brauchte er ein kurzes Schläfchen, doch das konnte er Oliver nicht sagen. Das wäre ein Sieg für den Bruder gewesen.

Hallo!, sagte Oliver und wedelte mit einem Schirm in der Menschenmenge.

Hallo, Oliver. Wie geht es dir, wie geht es der Familie?

Olivers außergewöhnliche Augenbrauen bauschten sich wilder denn je, aber sein Bart war so gut geschnitten wie sein Mantel. Keine Whiskyfahne.

Sie schüttelten sich die Hand, und Andrew hustete in der kalten Luft.

Was für ein Fehler, dieses Husten! Von dem Moment auf dem Bahnsteig an, bis sie beim Haus ankamen, hörte Oliver nicht auf, Andrew nach seiner Lunge zu befragen, wie lange der Husten schon währe und wie heftig er sei, und kam von diesem Lungeninfekt, unter dem Andrew bereits ein Weile litt, zu allgemeineren Fragen der Gesundheit, drückte seine große Sorge aus, die aufrichtig sein mochte, aber in einem größeren Zusammenhang von Mitgefühl, das konstruiert wirkte und durchaus gekonnt implizierte, dass Andrew ein kurz vor dem Tod stehender alter Hund war und Oliver, im Gegensatz dazu, ein junges Küken. Das Spielchen gab es seit Jahrzehnten, und solches Geplänkel eines jüngeren Bruders wird schnell ermüdend, doch das wirklich Gemeine war, dass die Ermüdung, die es hervorruft – ihre Anzeichen und Symbole, Andrews Gähnen und seine schweren Lider, die blasse Haut –, allesamt Olivers Befürchtungen zu unterstützen und seine Sorge zu rechtfertigen schienen.

In den nächsten Tagen besuchten sie interessante Gebäude. Um zu beweisen, wie viel besser er zu Fuß war und welche Kraft er hatte, ging Oliver immer schnellen Schritts, obwohl er dabei einen verhängnisvollen Sturz riskierte. Andrew geriet außer Atem, weil er mit ihm Schritt zu halten versuchte. Weitere Hustenanfälle. Mehrere Male musste er stehen bleiben und ausspucken. Die ersten paar Minuten bei einem neuen architektonischen Objekt vergingen in schwer atmender Wortlosigkeit, beide mussten sie sich erholen, ohne dass es aussehen durfte, als wäre diese kurze Erholung tatsächlich nötig. Dann sprachen sie über Mauern, Steinarten und die Bemühung, sich in die Atmosphäre des jeweiligen Viertels, der örtlichen Geschäfte und Familien einzupassen.

Am dritten Tag von Andrews Besuch sagte Oliver an der Ecke einer vereisten Straße ohne Vorwarnung durch seinen Schal: Die Bibel.

Andrew starrte ihn an und lockerte den eigenen Schal. Was ist damit?

Oliver nickte. Erinnerst du dich nicht?, sagte er. Die Worte der Bibel, die Vater herausschrieb und an die Wände hängte. Erinnerst du dich nicht an die Gebote, nach denen wir leben sollten?

Andrew begegnete Olivers Lächeln mit einem eigenen. Ungebeten hatte es sich ausgebreitet, wie nächtliche Gedanken.

Tu alles zur rechten Zeit, sagte Andrew.

Benutze alles, wozu es da ist, sagte Oliver.

Stell alles an seinen angestammten Platz.

Sei pünktlich!

Sei ordentlich!

Sei sauber!

Stehe früh auf!

Ohne es zu wollen, lachten beide.

Die Leute starrten sie an, was sie noch mehr lachen ließ. Wie Freunde. Wie Liebende. Die Jahre fielen von ihnen ab. Sie wurden wieder zu den Kindern, von denen sie wussten, dass sie immer noch in ihnen steckten.

Dann erwähnte Oliver beiläufig, dass er der Ingenieur des schönen Gebäudes auf der anderen Straßenseite gewesen sei. Das war Andrews Stichwort. Er war in der seltenen überschäumenden Stimmung, um auf den Hinweis anzuspringen. Er fragte Oliver nach den Außenmauern, nach Säulen innen und tragenden Wänden, nach Böden, Decken und den Abständen der Balken. Andrew fragte nach feuerfesten Materialien, nach Terrakotta-Giebeln, Säulenverkleidungen, Möglichkeiten, den Stahl vor Rost zu schützen, feuerresistentem Holz, Balkenauflagen, Traversenankern und Abstandhaltern, Flanschen und Spleißstellen, Fachwerkbalken, Caissons, Trägerrosten und Auslegern. Er fragte Oliver nach Gesetzen und Bauvorschriften in Chicago. Er fragte nach der Berechnung von Belastungen.

Und am Ende, denn der Nachmittag schien mit einem Mal weit offen und er würde am nächsten Tag schon zurück nach New York fahren, stellte er ihm die Frage, die ihn seit Jahren nicht losließ:

Warum hast du das damals gesagt, Oliver? Diese Frage beim letzten Mal, mit diesem schrecklichen spöttischen Grinsen, unmittelbar nachdem Samuel gestorben war: *Trauerst du immer noch wegen deinem speziellen Freund?*

Oliver blinzelte. Legte die Stirn in Falten.

Als wäre unsere Freundschaft etwas Übles gewesen, hätte Andrew fast noch hinzugefügt. Als wäre – dieses *immer noch*! – ein Jahr genug der Trauer.

Oliver schüttelte den Kopf. Er schien ausnahmsweise einmal sprachlos. Dann behauptete er, sich nicht an diese Worte zu erinnern.

Wegen Samuel, sagte Andrew, und der alte pochende Schmerz wurde wieder schlimmer.

Samuel Tilden?

Natürlich Samuel Tilden!

Oliver schüttelte erneut den Kopf. Er schien verwirrt, und Andrew dämmerte – und es war ein schreckliches Gefühl –, dass die Verwirrung echt war.

Jetzt war es an Oliver, verletzt auszusehen. Hast du deswegen nicht auf meine persönlicheren Briefe geantwortet?, fragte er.

Unsinn, log Andrew.

Hast du mich deswegen so lange nicht besucht?

Rede keinen solchen Unsinn, sagte Andrew.

Oliver sah zu dem Gebäude auf, an dessen Bau er beteiligt gewesen war. Etwas in seinem Ausdruck änderte sich. Bei der Beerdigung, der Beerdigung unserer Schwester, meinst du dieses Gespräch?

Andrew nickte. Wartete. Sein Hals war wie zugeschnürt. Er verspürte den Drang, den alten, lang vergessenen Drang, auf etwas Festes zu klopfen, einmal, zweimal und ein drittes Mal, nicht so sehr aus Aberglauben, sondern weil es etwas Tröstendes gehabt hätte.

Oliver nahm den Hut ab und sagte: Da meinte ich – ich erinnere mich jetzt – den ersten Samuel. Sam Allen, deinen besten Freund, als Junge, über den wir auf dem Weg aus der Kirche gesprochen hatten. Ich hatte erzählt, dass er erst kürzlich in dieser Kirche geheiratet hatte, erinnerst du dich? Und du hast mich völlig ausdruckslos angesehen, Andrew, vielleicht einfach, weil du seit Jahren nicht mehr an ihn gedacht hattest. Aber ich dachte noch weiter darüber nach, und deshalb habe ich dich gefragt, und sicher nicht mit einem spöttischen Grinsen, ob du noch immer den Verlust eurer Freundschaft betrauertest, die Vater so rücksichtslos beendet hatte. Ich wusste, wie weh es dir getan hatte. Ich wollte, dass du darüber sprichst!

Andrew fuhr am nächsten Morgen. Er war sehr müde.

Bei der Wahl der Mittel, um ein Ziel zu erreichen, kann es Fehler geben. Aber über Erfolg oder Misserfolg entscheidet auch vieles jenseits unserer Macht. Wir sind nicht verantwortlich für das Unvermeidliche, nicht für Dinge, die wir nicht wissen können. Allein die Ziele, ernsthaft ausgewählt und beständig verfolgt, entscheiden über die moralische Qualität unseres Lebens.

Aber wie hatte er seinen Bruder derart missverstehen können? Wie hatte er das Missverständnis in Dunkelheit und Schweigen gedeihen lassen können, wie ein Mönch? Ein Geheimnis unter dem Bett.

Sein erster Gedanke war, dass Oliver, der ein wunderbarer Geschichtenerzähler sein konnte, sich das spontan hatte einfallen lassen, um seine Grausamkeit von vor dreizehn Jahre zu negieren. Aber diese Art Geschichten waren nicht seine Sache. Er bewunderte die Improvisation, hatte sich aber selbst nie damit hervorgetan.

Andrew sagte sich, dass er es versucht hatte, wirklich versucht hatte, seinem Bruder näherzukommen. Er sagte sich, dass er sich sehr darum bemüht hatte. Warum also fühlte er sich so schrecklich? Warum spürte er, dass er ihn nie wiedersehen würde? Wie hatte man so viele Jahre verschwenden können? Und warum schienen all die verschwendeten Jahre, die nun hinter ihnen lagen, zu fordern, dass immer noch mehr Zeit, die Zukunft, verschwendet wurde? Olivers Augen waren so gefühllos gewesen, als sie sich vor einer Stunde auf dem Bahnsteig zum Abschied die Hände geschüttelt hatten. Als könnte er es nicht glauben, würde Andrew niemals vergeben, dass er ihm so wenig vertraut hatte. Als wäre Andrews wahrer Charakter, als wären seine Schwächen plötzlich ans Licht gekommen und hätten alles erklärt.

Auf der Zugfahrt zurück nach New York, der Stadt der

Gegenwart, ohne Vergangenheit, erinnerte sich Andrew an verschiedene Momente ihrer Jugend. Schwimmen im Regen, Klettern im Sonnenlicht, Frösche in den östlichen Teich werfen. Er versank in seinen eigenen Beschönigungen der alten, zerfallenen Zeiten und wünschte, er hätte eine Möglichkeit gefunden, seinem Bruder zu zeigen, wie sehr er ihn liebte, aber dafür war es zu spät, es war alles zu spät. Alles hat sein Ende.

Sie hielten an einem Bahnhof, in dem eine junge Frau zustieg. Sie half einem gebrechlichen Mann. Er war weit in den Neunzigern, wie es schien, ein selten hohes Alter, und die Frau stellte ihn als ihren Vater vor und fragte, ob Andrew etwas dagegen hätte, wenn sie ihn ihm gegenüber hinsetzte?

Ihr Vater wolle nach New York, ja. Da wolle er hin, zu der Adresse auf diesem Stück Papier hier – sie hielt es vor sich hin, eine 16, gefolgt von einem Straßennamen –, und wenn Andrew die Freundlichkeit besäße, ihren Vater daran zu erinnern, wo genau er hinwolle, denn er sei doch so vergesslich, wäre sie ihm äußerst dankbar.

Dann zögerte sie und schien Zweifel zu bekommen. Erkennt sie mich?, fragte sich Andrew. Ist das der Grund, weshalb sie zögert?

Er wollte sie schon beruhigen, wollte sie auf eine etwas stolze und dumme Weise wissen lassen, dass sie nicht allein war, dass ständig Fremde auf ihn zukamen und sagten: Vater von Greater New York, Sie sind ein herausragendes Genie! Oder sie sagten: Vater, du bist ein Dummkopf erster Klasse.

Aber bevor er der Frau sagen konnte, dass er tatsächlich

der war, den sie zu erkennen glaubte – vielleicht war sie bei einer seiner Reden gewesen, vielleicht hatten sie sich sogar schon bei einer Wohltätigkeitsveranstaltung kennengelernt –, sagte sie mit der Ausdruckslosigkeit einer völlig Fremden: Und wie alt sind *Sie,* Sir?

Er, Andrew Haswell Green, würdigte die Frage keiner Antwort.

Ich frage nur, sagte sie, weil ich hoffe, dass sie ihm helfen, meinem Vater hier – er ist wie gesagt sehr vergesslich, verstehen Sie. Aber wenn es Ihnen auch so geht …

Das tut es nicht, sagte er.

Sie nickte und sprang aus dem Zug.

Auf der verbleibenden Reise stellte sich heraus, dass dieser alte Mann aus Chicago, der Andrew da gegenübersaß, knochig und voller Falten, mit weisen Augen und einem ebensolchen Lächeln, dass dieser alte Mann, der sich da an seinem Schirm festhielt, als hinge sein Leben davon ab, nicht so sehr zum Vergessen neigte wie zum Versinken in der Erinnerung an längst vergangene Zeiten. Sein Problem war nicht das Fehlen der Vergangenheit, sondern der Gegenwart, die sie in Bezug setzte. Offenbar glaubte er im Jahr 1873 zu leben, das mittlerweile fast dreißig Jahre zurücklag. Das stand ebenfalls auf dem Stück Papier, das seine Tochter Andrew gegeben hatte, unter der Adresse – *er glaubt, es ist Thanksgiving 1873* –, und es schien wunderbarerweise zu stimmen. Der Geist des alten Mannes hatte sich in diesem Jahr – und genau in diesem Monat! – verfangen, als Andrew Rechnungsprüfer der Stadt und Adressat einer Bombe von William Tweeds Männern gewesen war.

Natürlich hatte der Mann keine Ahnung von der Bombe,

die vor so langer Zeit Andrews Leben hätte beenden können. Seine Vergangenheit war genau wie die von allen anderen Menschen rein privat. Als der Zug zum letzten Mal schneller wurde, sagte der alte Mann, er sei dankbar, noch immer in Chicago zu leben statt in St. Louis oder Cincinnati. Er sagte, er sei dankbar, dass die Schifffahrt für eine Weile stillstehe und die Brücken nicht jedes Mal in die Höhe führen, wenn er über den Fluss wolle. Dankbar, dass er in diesem Jahr so viele gute Ratschläge bekommen und keinen davon befolgt habe. Und dass der Schweinehandel floriere, besser denn je. Er sagte, er sei dankbar, dass es keinen Krieg mit Spanien gebe und dass sich der Idiot, der seinen Stadtteil vertrat, bald zur Ruhe setzen werde, um Steaks und Würste zu braten – obwohl auch *dieser* Zeitvertreib zu gut für ihn sei. Er sagte, er sei dankbar, dass die Sitze in den Straßenbahnen mit Teppich überzogen worden seien und die Böden mit Heu ausgestreut würden, damit seine kleine Enkelin es bei Fahrten im Winter warm hatte. Er sagte, die Zeiten seien hart, könnten aber noch härter sein, und er sei dankbar, dass niemand allzu viele Weihnachtsgeschenke erwarten würde, weil es in Chicago alle in diesem Jahr ziemlich schwer hätten. Dankbar sei er auch, dass es die italienische Oper nie nach Chicago geschafft habe, da sie schwülstig und verachtenswert sei. Und dass die Preise für einfache Dinge endlich fielen wie ein betrunkener New Yorker Politiker auf den Stufen zur City Hall. Er sagte, er sei dankbar, dass die Panik langsam weniger werde und die Frau, die er den Großteil seines Lebens aus der Ferne geliebt habe, ohne je den Mut zu fassen, es ihr zu sagen, immer noch mit ihrem uralten Ehemann glücklich sei und seine eigene liebe Frau – er schlug das Kreuz über seiner schwächlichen Brust – immer noch warm unter Gottes guter Erde liege und das jetzt seit zwei Jahren. Er sei dankbar, dass seine Enkelin schon zwölf Zähne habe und damit der Familie die Kosten für ein Gebiss erspare und sich selbst die Schmerzen der Anpassung. Dankbar sei er auch dafür, dass er, wenn er vom Tod seiner Frau träumte, was oft der Fall sei, aufwache und begreife, dass es tatsächlich stimme, sie nicht mehr da sei und ihn allein gelassen habe, dass er dann oft seine kleine Enkelin in ihrem Bettchen schreien oder husten höre und das Leben so immer neu erwache und jedes Versinken in Melancholie verhindere. Die Pflicht und die Familie, sagte er, retten einen Mann vor der Grübelei.

Andrew saß währenddessen sehr still da und hörte zu, und als der alte Mann endlich fertig war, hörte er jemanden im Abteil weinen, und es dauerte weit länger, als es das vernünftigerweise hätte dauern sollen, bis ihm bewusst wurde, dass er dieser Jemand war. Er konnte sich nicht erinnern, wann er das letzte Mal geweint hatte, und vielleicht hatte er ja noch nie so geweint. Seine Wangen waren tränennass. Er konnte sie nicht schnell genug trockenwischen. Er zitterte und wiegte sich vor und zurück. Er dachte an seine Mutter im Bett, wie sie still dalag. Er dachte an Samuel. Schloss die Augen, und die Farben tanzten.

Der alte Mann nickte, als wären die Tränen die Antwort, die er von Beginn an erwartet hatte. Dann bot er Andrew traurig und mit viel Mitgefühl in den Augen seinen Schirm an, hielt ihn ihm mit einem Lächeln hin, wie ein Geschenk oder eine Lösung.

Kennen Sie meinen Bruder Oliver?, fragte Andrew durch

seine Tränen. Oliver Bourne Green, aus Ihrem Chicago? Ein guter Bauingenieur. Ein guter Mann, ein guter Bruder. Es gab ein Missverständnis zwischen uns, wissen Sie, in Bezug auf meinen besten Freund, Samuel Tilden, dessen Namen Sie wahrscheinlich kennen, bestimmt, ich bin sicher, denn er hat viele große Dinge geschaffen in New York und darüber hinaus, wäre fast Präsident geworden, doch das Amt wurde ihm gestohlen, aber man wird sich an ihn erinnern …

Einen Moment lang schien es, als würde ihm der alte Mann antworten, doch da fuhr der Zug in den Bahnhof ein.

26
Boys' Gate II

Er war im Bett mit Samuel. Es kam vor, manchmal, als sie nicht mehr so jung und noch nicht so alt waren, aber nicht oft, nicht wirklich. Nur, wenn sie bis spät an einer Rede oder einem öffentlichen Projekt arbeiteten, oder an einer Idee, die ihnen zu persönlich schien, um sie in Hörweite anderer zu besprechen. Bis in die Nacht arbeiteten sie beim Feuer und schliefen dann auf dem Tagesbett ein, angezogen, unter verschiedenen Decken, Seite an Seite, weil Samuel sagte, das Personal habe das Gästebett nicht hergerichtet, oder dass es kaputt sei und ersetzt werden müsse oder zu sehr knarze, als dass er einen engen Freund darauf schlafen lassen wolle. Manchmal berührten sich ihre Hände. Manchmal schliefen sie mit verschränkten Fingern ein. Aber nicht immer. Nicht immer.

Sie feierten Andrews Geburtstag, indem sie an einem schönen Herbstnachmittag vor der City Hall Eis aßen und sich darüber unterhielten, was für Abenteuer die Dreißigerjahre eines Mannes für ihn bereithalten sollten. Danach kehrten sie in Samuels Haus zurück, arbeiteten ein paar Stunden, legten sich oben Seite an Seite hin und redeten. Die beiden Worte, die Andrew im Kopf hatte, während er zusah, wie sich Samuels politische Laufbahn entfaltete, waren *frei zugänglich*. In sein Tagebuch schrieb er: *Die Mau-*

ern des Parks, wie ich ihn mir vorstelle, sollen niedrig sein. Körper auf dem Gras, Menschen, die in der Sonne lagen.

Ich bin da anderer Meinung, sagte Samuel. Wenn du ein öffentliches Projekt verfolgst, will die Schulbehörde einen vernünftigen Ansatz. Ich werde eine Einführung geben. Ein Park ist ein Park. Sehr wenige würden ihn mitten auf unserer Insel nutzen. Ein Green wird von Grün angezogen, von grünen Hügeln, den weiten Wanderungen seiner Jugend. Ich verstehe dich ja, aber dein Park mitten in der Stadt ist, vergib mir, eine schwache, sentimentale Idee und eine, die …

Das Knarzen der Dielen reichte aus, um ihn zum Verstummen zu bringen. Eine Erinnerung daran, dass auch er Angst hatte. Diese Angst würde sie niemals verlassen.

Wahrscheinlich war es einer von Samuels Bediensteten irgendwo in einem finsteren Flur des Hauses oder auch eine kleine Kreatur, die über den Dachboden huschte. In diesen Pausen konnte Andrew nur Atmen hören – seinen, Samuels, ihre Körper bewegten sich durch die Zeit. Nur durch die Zeit.

Ist es, flüsterte Samuel und sah zur Decke, vielleicht ein Geist mit einer Kanonenkugel?

War es nicht eine Axt?, sagte Andrew.

Deine gute Mrs. Bray, seufzte Samuel. Ich habe das Gefühl, sie wird dir auf ewig bleiben.

Sie lagen völlig reglos nebeneinander. Lauschten auf Geräusche von den Lebenden. Dann stellte Samuel eine Frage, die er oft schon zu stellen begonnen hatte. Diesmal formulierte er sie so:

Denkst du, es wäre anders mit uns, Andrew, wenn wir nicht ständig an unsere Arbeit dächten? An unseren *Ruf*?

Und Andrew sagte nichts.

Wenn wir uns nicht auf Zehenspitzen bewegen müssten, es uns nicht so wichtig wäre, etwas zu leisten, wir uns nicht immer gegenseitig über die Schulter sehen müssten, um Fehltritte zu vermeiden?

Und Andrew sagte nichts, kein Wort. Konnte tatsächlich spüren, wie Wut in ihm aufstieg. Jetzt, nach all den Jahren, Monat für Monat, genau diese Wunde wieder zu öffnen.

Ich habe Geburtstag, sagte Andrew unsinnigerweise.

Das ließ Samuel verstummen, sein Gerede über Fehltritte, für ein, zwei Momente.

Fehltritte. Andrew stellte sich vor, wie sie einen dunklen Pfad hinunterstolperten, dann unebene Stufen hinauf, durch einen verwilderten Teil des Parks, den er immer öfter und deutlicher vor sich sah, wie sie versuchten, von einer von John Bigelows Partys nach Hause zu finden, Mr. Carlson in einem fernen Land entfliehen wollten, stürzten, sich die Knie aufschürften, aber wieder aufstanden, weiter vordrängten und am Ende einen großartigen Ort erreichten. Durch Fehltritte.

Du weißt, was ich meine, sagte Samuel. Du weißt genau, was ich meine. Wenn wir nicht so ehrgeizig wären … Wenn uns egal wäre, was die Leute denken … Wenn wir, wenn wir Amerika nicht verändern wollten …

Andrew lachte, weil es zu dieser Zeit noch ziemlich gewaltig klang, überhaupt etwas verändern zu wollen. Und sein Lachen verstimmte Samuel, was genau seine Absicht war.

Samuels Hand berührte seine Hand. Ein Gefühl von Scham erfüllte Andrew, eine plötzlich über das Normale hinaus anschwellende Angst – ein Reflex, um dem anderen Reflex zu begegnen, dem Verlangen nach Nähe und Wärme. Hätte Andrew die Flamme seiner Angst so leicht ausblasen können wie die seines Verlangens, hätte er es an diesen Abenden mit all seiner Kraft getan, oder? Er stellte sich tatsächlich ein anderes Leben vor.

Doch dann dachte er trotz allem an die Worte seines Vaters. *Halte die Axt wie ein Mann.*

Oder er dachte an das absurde Zusammentreffen mit Mr. Carlson oben in Mr. Burnleys Haus.

Oder an den jungen Sam Allen auf dem Feld an jenem Sommerabend, an dem Sams Mutter sie vom Fenster aus beobachtet hatte.

An den Klienten der Kanzlei, der nicht aufhörte, ihn zu Abendessen mit viel, viel Alkohol einzuladen.

Daran, wie die impulsiven Entscheidungen seines Vaters – Farmer zu werden, zu heiraten, zu heiraten und zu heiraten – die ehemals wohlhabende Familie innerhalb von wenig mehr als zehn Jahren in den Zustand ständig drohender Armut gestürzt hatten. Es war so leicht, im Leben nichts zu erreichen, wenn man sich immer allen Launen hingab – der Laune des Augenblicks, des Tages, der Jahreszeit, des Jahres. Launen hatten Folgen. Sie kosteten.

Es war zu spät, sich Dingen zu ergeben, die er nicht kontrollieren konnte. Er würde sich nicht im Schmutz der Vergangenheit wälzen, würde nicht betrunken in Zimmer hinaufsteigen, die für die Vergnügungen anderer Leute gedacht waren, würde keinen zufälligen Kuss am Fenster riskieren, einen Kuss, der alles zerstören und eine große Flucht erforderlich machen würde. Er würde es nicht riskieren, aus dem Leben verbannt zu werden, in dem er gerade damit Erfolg hatte, absurderweise, unerklärlicherweise, gewaltige öffentliche Projekte zu verwirklichen. Der Anwaltsberuf hatte eine Tür zu wichtiger öffentlicher Arbeit geöffnet. Zu weitgehend unbezahlten Aufgaben, deren sich nur wenige wirkliche Gentlemen annehmen wollten.

Seine Mutter hatte Raum, hatte Platz gewollt. Unter freiem Himmel. Aber sein Vater hatte dieses Bedürfnis erstickt, und ein Schatten dessen war auf ihn übergegangen. Es war an der Zeit, die Stadt zu öffnen, während er sich selbst verschlossen hielt.

Zurückhaltung. Das ist der Schlüssel für ein ehrbares Leben, Andrew. Zurückhaltung, Zurückhaltung, Zurückhaltung.

Später, viel später, in den Jahren bevor Samuel Gouverneur von New York wurde und bevor sich die Presse darauf konzentrierte, ob der Gouverneur endlich einer der entzückenden jungen Frauen, die ihm zu Füßen lagen, einen Heiratsantrag machen würde, versuchte Andrew immer wieder, Samuel dazu zu überreden, sich einen Nachmittag frei zu nehmen, einen einzigen Nachmittag innerhalb von Monaten, um sich zusammen im Central Park etwas zu bewegen, dem Park, den Andrew schließlich gegen weitreichenden Widerstand verwirklicht und dann vor und während des Krieges am Leben erhalten hatte, während all die irischen Arbeiter, die verzweifelt einer Einberufung entgehen wollten, jede Woche an die Tür seiner Hütte klopften und lauthals um eine Anstellung bettelten, um irgendeine Aufgabe. Die meisten von ihnen hatte er abweisen müssen, Tag für Tag, hatte in die Augen von Männern gesehen, die nur arbeiten wollten, von Frauen, die ihr Haar unter Hauben versteckten, Lehrmädchen und -jungen mit Schmutz auf den Wangen, der ihr Alter unklar erscheinen ließ.

So viel Leben spielt sich im Verborgenen ab, in Stille. In den Vierzigern ahnt man es, in den Fünfzigern weiß man es. Jeden Tag sieht man es. Und dieser Traum von einem Nachmittag im winterlichen Park mit Samuel, die Hoffnung darauf, beherrschte sein selbstsüchtiges, anspruchsvolles Denken seit Monaten, während die letzten auf dem Areal lebenden Leute vertrieben wurden, ganze Familien ihr Heim verloren, um seine vollkommene Vision von New York möglich zu machen. Die Stadt hatte vielen von ihnen neue Häuser zur Verfügung gestellt, aber die meisten wollten nicht weg, wollten frei sein, und die Vorstellung war ihm mittlerweile fremd – Freiheit. Sie ließ ihn voller Unzufriedenheit an seine Zeit auf Trinidad denken. Eines Tages würde er für das alles bezahlen müssen, dachte er.

In seiner vollkommenen, sentimentalen Vision des Parks im Winter waren Samuel und er in Felle gepackt, saßen in einem Schlitten, schwangen die Peitsche und spürten, wie die Pferde schneller wurden, zu zweit wurden sie durch den glitzernden Schnee gezogen, und die Luft ließ ihre Gesichter zusammen mit ihrem Selbstempfinden gefrieren. Alles, alles weiß. Vögel am blauen Himmel. Die Energie von Freundschaft, eines Bundes, in einer Landschaft, die von all dem Schnee geschützt und geheilt wurde. Er hatte die merkwürdige Vorstellung, dass sie, wenn sie sich nur genug herunterkühlten und zu Männern ganz aus Eis würden, dass dann alles andere zwischen ihnen zerbrechen oder wegtauen müsse. Dass sie dann noch einmal neu mit einer Freundschaft beginnen könnten, wie sie sie sich wünschten, statt der, die sie im Moment verband, sie so gut wie immer verband, eine Freundschaft, in der sie Jahr um Jahr zu unterschiedlichen Zeiten unterschiedliche Dinge gewollt und ihre Wünsche zeitlich niemals zusammengepasst hatten, auch ihre Ängste nicht – während die des einen wuchsen, ließen die des anderen nach.

Die Wirklichkeit verweigerte ihnen diesen Augenblick. Kein freier Nachmittag während Samuels erstem Jahr als Gouverneur. Keine Schlittenfahrt, als sein Name im Zusammenhang mit einer Kandidatur für die Präsidentschaft genannt wurde. Auch nach dem Parteitag nicht, nachdem er sich gegen Broadhead, Parker und Hendricks durchgesetzt hatte, gegen Hancock und William Allen, Thomas F. Bayard, Joel Parker und Allen G. Thurman. Und auch nachdem Samuel die Präsidentschaft durch eine ganze Reihe von Betrügereien und Fehlern gestohlen worden war, kam der Ausflug nicht zustande.

Bis Samuel am 4. August 1886 in Greystone starb, dem Landhaus, das er außerhalb der Stadt besaß. Jedes neue Jahr schien es, dass diesmal Zeit dafür sein würde. Aber die letzte Erkenntnis des Lebens ist, dass keine Zeit bleibt. Es bleibt keine Zeit. Sie zerrinnt mit jedem Lächeln.

War er aus Enttäuschung gestorben? Hätte er länger gelebt, wenn er nicht nur von der numerischen Mehrheit der Amerikaner zum Präsidenten gewählt worden wäre?

Samuel hätte heiraten sollen. Er hätte gewonnen, wäre er verheiratet gewesen, oder? Und was er dadurch verloren hätte, besaß er doch ohnehin nicht.

Er, Andrew, war nicht da gewesen, um Samuels Hand zu halten. Er hatte zu tief in der Arbeit gesteckt, und als er ein paar Stunden später aus der Stadt eingetroffen war, da war es mit dem Sterben bereits vorbei. Mittlerweile standen die Nachrufschreiber vor der Tür, und Andrew fragte sie ruhig, einen nach dem anderen, wie viel Zeilen sie denn bräuchten.

Andrews letzte offizielle Tätigkeit für Samuel war die Verwaltung seines Nachlasses. Während der Tage und Nächte der größten Trauer wohnte er in Samuels Haus. Er füllte Notizbücher. Murmelte Wahrheiten in sich hinein, Halbwahrheiten, Unsinn. Der Zug der Amerikaner gen Westen. Der Zug der Geschäfte und Residenzen die Insel hinauf. Er hatte Mühe, sich die erste Version der Metropole wieder vor Augen zu rufen, auf die er als er Lehrjunge bei Hinsdale & Atkins getroffen war, eine Stadt, die nur bis zur 14th Street reichte und die man sich noch als Ganzes vorzustellen vermochte. Kann man jemanden, oder einen Teil von ihm, durch Vernachlässigung töten?

Er schlief auf Samuels kaltem Boden ein, mit seinen Karten und Büchern, dachte an Verlorenes und auch an Trinidad, und nach ein paar Wochen, nach so vielen Nächten mit diesen Grübeleien, wachte er vor Sonnenaufgang mit einem neuen Gedanken auf, der sich hinter seinen brennenden Augen formte.

Die meisten einflussreichen Leute in New York sahen die Flüsse und Wasserstraßen als trennende Kräfte, doch das war ein Fehler, sicher doch, eine Fehlinterpretation der Natur. Es war eine Perversion der Politik, ein Einheitsband als Symbol der Trennung zu verstehen. Wie er sich wünschte,

Samuel von seinen Plänen zu berichten, doch Samuel lebte nicht mehr, um ihm zuzuhören.

Aber während der Parkjahre war Samuel da gewesen, und er sagte sich, dass das etwas sei, wofür er dankbar sein sollte. In jenen Jahren, da Andrews Gedanken bei jeder Gelegenheit abschweiften und unversehens Bilder des Central Park in seinem Kopf erschienen, ganz so, als sähe er von oben auf ihn hinab, auf ein Stück selbst geschaffener Natur, eine Art umzäuntes Paradies, es war eine Obsession, eine komponierte Serie von Bildern, die sich realer anfühlten als die sie umgebende städtische Welt. Aber was ihm am eindringlichsten vor Augen trat, wenn er in den unruhigen Schlaf des mittelalten Mannes fiel, waren nicht die prächtigen Sommertage, an denen er die wunderbaren Weiten des Parks durchwanderte. Es waren Zahlen. Die Zahlen im Schatten der grandiosen Ideen. Die Kämpfe mit dem Budget. Der administrative Anteil hinter der Schönheit war für ihn so attraktiv wie die Bäume. Und war es wirklich so schlimm, von Bedauern geplagt zu werden? Konnte unsere private Einsamkeit, konnten uns unsere schlimmsten Ängste nicht vorandrängen, hinaus, zum größeren, gesellschaftlichen Besseren? Zum Bau von Brücken, öffentlichen Räumen, sicheren Orten, an denen sich andere womöglich weniger einsam fühlten? Ist so eine Überlegung zu lächerlich als Begründung für das eigene Tun oder Nichtstun?

Pythagoras war einsam, Sokrates und auch Jesus, Kopernikus, Galileo und Newton, und wahrscheinlich auch Mary Lindley Murray. *Ein großer Mann zu sein heißt, missverstanden zu werden.* Das sagte er sich oft und zitierte damit einen Denker, den er insgeheim immer noch für einen Narren hielt. Er wiederholte diesen Gedanken jahrelang an den meisten Morgen vor dem Spiegel, suchte nach Überzeugung in seiner Stimme, und dann begann er seinen Bart wachsen zu lassen – um im Winter einen warmen Hals zu haben, redete er sich ein. Ein Nebeneffekt würde sein, dass er nicht jeden Tag so viel von seinem Gesicht und dem Bedauern sah, das sich zwischen den Falten herauslesen ließ.

Und ja, jene gemeinsamen Abende auf dem Tagesbett, Samuel, der an seiner Schulter einschlief, ihre von Decken verhüllten Körper. Die Erinnerung an jene Momente konnte ihm nicht genommen werden, besonders an den Tagen, da man sie nicht wollte.

Der Raum zwischen Tun und Nichtstun. Die Unfähigkeit zu schlucken. Der Traum, durch alle Gedanken, Ängste und Zweifel zu schneiden wie die Pflugschar durch die Erde.

27
Children's Gate II

Mr. Sinclair bringt den Antrag der Schulbeamten des 6. Bezirks auf eine Zuwendung vor, um Veränderungen in Schulhaus 24 vorzunehmen.
Entscheid: Besagter Antrag wird an den Ausschuss für Reparaturen weiterverwiesen.

Mr. Davenport bringt den Antrag der Schulbeamten des 21. Bezirks auf eine Zuwendung zur Ausstattung und Möblierung von Schulhaus 49 vor.
Entscheid: Besagter Antrag wird an den Ausschuss für Schulmobiliar weiterverwiesen.

Mr. Phillips legt dem Rat eine Nachricht von Thomas Fisher vor, in der es um ein neues Mathematikbuch geht.
Entscheid: Besagte Nachricht wird an den Ausschuss für Schulbücher und Curricula weitergegeben.

Mr. Smith legt dem Rat eine Mitteilung von Schulbeamten des 20. Bezirks vor, in der es um die Bezahlung von Prince Loveridge geht, Lehrer an der Schwarzen-Schule 6, mit der Bitte um Verabschiedung einer Resolution:
Beschluss: Präsident und Sachbearbeiter werden autorisiert, einen Bezugsschein für Prince Loveridge für seine

Dienste als Lehrer an der Schwarzen-Schule 6 bis zum 1. Juli in Höhe von 50 Dollar auszustellen; mit der Vereinbarung, dass er danach nicht weiter als Lehrer angestellt wird, es sei denn, er erhält eine entsprechende Bestätigung vom städtischen Leiter der Schulen.

Andrew H. Green, der neue Präsident des Bildungsrats der Stadt, legt dem Rat eine Mitteilung von Peter B. Mead vor, dem Sekretär der New York Horticultural Society, der den Bildungsrat in die nächste Ausstellung der Society zu Früchten und Blumen in der Clinton Hall am Astor Place einlädt. Er legt zwölf Eintrittskarten bei und verspricht, gerne weitere zu liefern, wenn nötig.
Entscheid: Während der Bildungsrat sich um die Fortbildung unserer Jugend kümmert und sie auf ein nutzbringendes Leben vorbereitet, verfolgt die New York Horticultural Society kaum weniger schöne und wichtige Projekte – die Entwicklung öffentlicher Räume und der Natur selbst als Instrument der Bildung. Der Besuch wird organisiert und der Dank der Behörde der Society übermittelt.

Sonstiges:
Ein Entwurf der Rede, die Präsident Green Ende des Monats vor der Kommission halten wird, wurde vorgestellt. Der Präsident las einzelne Passagen daraus vor, verteilte Kopien und empfahl dabei die Dienste seines örtlichen Druckers. In der Rede betont er, dass jeder Dollar der erbetenen Finanzierung bis auf den Penny begründet wird. Es wird zudem betont, dass die Gelder

zunächst dazu verwendet werden, die Auswirkungen der Korruption zu korrigieren, die es privaten Geldgebern erlaubt hatten, unser öffentliches Schulsystem zu kontrollieren. Zweitens werden diese Mittel dem Bildungsrat erlauben, die Lehrer anständig zu bezahlen. Drittens werden sie dafür sorgen, dass es mit dem sachgemäßen Betrieb der Schulen in der Stadt weiter vorangeht, die, wie Präsident Green glaubt, nicht nur dem Namen nach öffentlich sein sollten. Solche Schulen sollen vom Staat betrieben und vom Bildungsrat überwacht werden, offen sein für private Zuwendungen, aber nicht für privaten Einfluss, wie er in seiner Rede hervorhebt. Gegenwärtig sind viele Kinder unter dem Druck ihrer jeweiligen Lebenssituation bezüglich ihrer Bildung sich selbst überlassen. Viel hängt von den Verbindungen ihrer Familien und von zufälligen Begegnungen ab, die über Wohl und Wehe bestimmen. Wollen wir die Bildung unserer Kinder dem Zufall überlassen? Glauben wir nicht, dass eine gebildete Bürgerschaft am Ende zur künftigen Bedeutung unserer Stadt beitragen wird? Wenn sich ein Vater die Schulbildung seiner jungen Familie nicht leisten kann, sollte dann nicht die Stadt eintreten und die Ausbildung der Kinder zu ihrem eigenen Besten sichern? Jene, die an kommunale Wertsteigerung und den Gedanken kommunaler Verantwortung glauben, sollten diesen Punkten zustimmen, so Präsident Green, und wenn sie nicht zu sehr auf ihren eigenen Vorteil bedacht oder korrupt sind, sollten sie sich von Argumenten wie der Vorrangstellung des freien gesellschaftlichen Umgangs überzeugen lassen, den sie doch so sehr zu schätzen scheinen.

Entscheid: Präsident Greens Rede ist offen, schonungslos offen, vielleicht sollte er bei der nächsten Sitzung eine etwas abgeschwächte Version vorlegen.

Inspector McClusky sah dieses und andere Protokolle durch. Protokolle von Hunderten Besprechungen.

Er las Greens Tagebücher. Schniefte. Sah bestimmte Briefe. Hustete. Las alle veröffentlichten Reden. Versuchte unter seinem Schreibtisch ein Nickerchen zu machen. Er durchforstete Dokumente zum Central Park, viele Hundert Seiten, die seine Leute zusammengesucht hatten.

Das alles waren Papiere und Unterlagen, die ihm Hinweise auf Andrew Haswell Greens Leben geben sollten, doch er fand nichts besonders Hilfreiches darin. Irgendwo in Greens Leben mochte es eine Erklärung für seinen Tod geben, aber oft verhielt es sich umgekehrt, wie er immer wieder festgestellt hatte. Die Art eines Todes konnte ein Hinweis darauf sein, wie man zum Kern eines Lebens vordringen kann.

Zu allen Zeiten hatten die Menschen das gewusst, dachte er. Man nehme nur die Beliebtheit von Totenmasken. Im letzten auf einem Gesicht fixierten Ausdruck sieht man den Menschen sozusagen in einem Augenblick, wenn es mit aller Zurschaustellung vorbei ist. Die Toten schützen nichts mehr vor.

Seine Frau mochte sie. Totenmasken. Es war nicht zuletzt diese leicht makabre Obsession, die ihn angezogen hatte. Und ihre großartigen Ellbogen. Der ungerührte Blick, wie ihn auch Bessie Davis hatte.

Inspector McClusky hatte bei seiner zweiten und dritten – sozusagen – *Befragung* von Bessie Davis, oder Hannah oder wer immer sie an einem bestimmten Tag gerade war, herausgefunden, dass sie 1865 in Philadelphia geboren war. Eine mittlerweile unwahrscheinlich reiche Frau, so viel reicher, als er es war, der zahlreiche Häuser und Anwesen gehörten, und das alles, weil sie die vermeintlichen Gentlemen dieser Stadt empfangen hatte, einschließlich einiger, die, wie es schien, vor langer Zeit im Bildungsrat der Stadt gesessen hatten.

Auf Green gab es dabei jedoch bisher keine Hinweise, keinen Beweis, der direkt zum Opfer führte. Im besten Fall gab es das Gefühl, nah dran zu sein, von unterschwellig quälenden *möglichen* Verbindungen, vagen Ideen, welche die Aussicht darauf eröffneten, mithilfe eines Netzwerks mäandernder Wege in einem wilden Garten zertretener Könnte-sein-Pflanzen, blühender Möglichkeiten und Vielleichts ein paar sonnenbeschienene Dinge im Gras zu finden. Den Schlüssel, mit dem sich das Tor öffnen ließ. Oh, seine Gedanken gingen mit ihm durch.

Was für ein zerstückeltes Leben ein Ermittler führt! Unsere Ermittlungsobjekte, dachte McClusky, sie erfüllen uns mit Scham. Erinnern uns an unsere Begrenztheit. Daran, wie klein und nichtig wir sind. Ihre Welt erscheint uns im Licht der Aufmerksamkeit so übervoll mit Gefühlen. Unter unserem beobachtenden Blick wirken sie realer als wir selbst. Sie höhlen uns aus, ermutigen uns zu übertriebener Symbolik, wachsen, während wir schrumpfen. Mit jedem Teil unserer Träume, den wir ihnen schenken, jedem Versuch, sie zu verstehen, werden wir kleiner. Verschwinden in den Geschichten anderer Menschen, schlüpfen sozusagen in ihre Schuhe. Größer sollte uns das machen, aber Inspector McClusky fühlte sich ganz und gar nicht mehr groß. Seine Füße waren wund und müde, er war ein urbaner Forscher am Rande des Zusammenbruchs, er wollte Schuhe, die ihm passten, die allein ihm gehörten. Schöne Schuhe. Gute Schuhe. Elegante Schuhe. Wir starren eine Totenmaske so lange an, bis wir selbst zu sterben beginnen.

Bessies Mutter war, das hatte er gestern herausgefunden, auch eine Schwarze. Ihr Vater schien ein Indianer gewesen zu sein. Er war auf die erste Adresse der Familie gestoßen. Soweit er die Gegend kannte, war Bessie wohl in Armut geboren worden, im rauen Teil des Schwarzenviertels von Quaker City.

Den Aufzeichnungen nach war sie mit vierzehn auf die Straße geschickt worden, um sich ihr Brot zu verdienen. Irgendwann hatte sie einen Gepäckträger der Eisenbahn namens Davis geheiratet, von dem sie ein Kind bekam. Sie war einmal verhaftet worden – nur einmal –, soweit McClusky sehen konnte.

Wie es schien, hatte Bessie als Mädchen ein Kleid gestohlen. Es hatte ihrer Herrin gehört. Dafür war sie im Gefängnis gelandet, obwohl sie es offenbar nur für einen Tag gewollt hatte, eher ein Ausleihen als ein Diebstahl, wie McClusky zu sagen versucht war. Sie hatte das Kleid zur Hochzeit ihrer Schwester getragen und war am nächsten Morgen dabei erwischt worden, wie sie es zurückbringen wollte. Sie wurde in ein Armenhaus gesperrt, kam schließlich wieder frei, und dann folgten Lücken – ganze Jahre ohne Hinweise –, und jetzt gehörten ihr gewaltige Anwesen, sie hatte zwei Dutzend Bedienstete, die für sie arbeiteten, ihr Luft zufächelten, und selbst er hatte einen sündigen Moment lang, oder zwei, überlegt, ob auch er ihr Luft zufächeln sollte. Wahrscheinlich war sie es irgendwann in ihrem Leben müde geworden, nichts zu haben und wie ein Nichts behandelt zu werden.

Um sich in seiner gegenwärtigen Überlastung Abhilfe zu verschaffen, holte Inspector McClusky sein Kokainspray aus der Schublade und schickte einen weiteren Stoß mystischen Nebels in sein rechtes Nasenloch. Es war wirklich atemberaubend, wie eine freie Nase den Geist schärfte, sozusagen, und wie ein freier Geist weiterführte zu einem …

Klopfen an der Tür.

Er legte sein Nasenspray zurück in die Schublade und griff nach der Lampe, aber zu spät. Die Tür öffnete sich knarrend.

Der kommissarische Captain Daly stand in der Tür. Er sagte: Ist es hier nicht sehr dunkel, Mac?

Daly hatte die Stimme einer Maus und den Körper eines Elefanten. Und wie bereits dargestellt, dachte Inspector McClusky nicht mehr gern an Elefanten.

Ja?, sagte McClusky.

Er sah zu, wie Daly fünf Schritte machte, eine Zeitung unter dem Arm, und dann zögerte.

Ich habe noch einmal die Besitztümer unseres Mörders durchgesehen, Mac, nach einem Adressverzeichnis der Stadt. Und die Antwort ist, ja, es gibt eins. Es liegt auf meinem Schreibtisch, wenn …

Ich hole es mir später, sagte McClusky verdrossen. Diese fürchterliche Erkältung, oder was immer es war, zwang ihn dazu, sich öfter als gewohnt auf Leute wie Daly zu verlassen.

Daly nickte. Und noch was, Mac, ich habe mich gefragt ... Ich habe mich nur gefragt, Mac, ob ich mir noch mal, noch einmal ... ein zweites Mal ... die Aufzeichnungen ansehen sollte, die Sie so ... so meisterhaft ... aus Bessie Davis' Haus geholt haben?

Morgen, sagte McClusky.

Sicher, Mac. Morgen ... Aber der Druck wird natürlich immer größer. Das Büro des Bürgermeisters macht wieder Theater.

Das weiß ich.

Und die präsidentennahen Kreise.

Ich bin mir dessen sehr bewusst, *kommissarischer* Captain Daly.

Gar nicht zu reden von den Journalisten, Mac. Die hören nie auf. Die sind penetant.

Penetrant, korrigierte ihn McClusky.

Penetante Wühler.

Penetrante Wühler.

Die graben ständig weiter, Mac. Wie Hunde. Wollen Sie mein Taschentuch? Wir können dieses Tier, Williams, für immer in einen Käfig sperren, dafür reichen die Beweise, der Gerechtigkeit wäre Genüge getan, aber ohne Motiv schließen wir ihn nicht sauber ab, den, äh, diesen *Fall,* und ich, ich hoffe vor allem ...

Morgen, sagte McClusky wieder und schniefte.

Die Unterlagen aus Bessies Villa, ihre alten Kundenbücher, lagen bei ihm zu Hause. Und da sollten sie auch sein. Falls McCluskys Frau aus irgendeinem Grund genauer wissen wollte, welcher Art seine Beziehung zu dieser Frau war, würde er auf die Bücher auf seinem Schreibtisch zeigen und sagen: Da, das ist meine Beziehung. Beruflich. Rein beruflich. Vielleicht würde er sie sogar einige Seiten davon begutachten lassen. Wenn er abends immer bis spät in die Nacht arbeitete, wollte seine Frau gerne miteinbezogen werden. Ihre Ideen waren selten hilfreich, ihr Spürsinn eher primitiv, aber McClusky sorgte dafür, dass es aussah, als hörte er ihr zu.

Jetzt tat Daly einen weiteren Schritt nach vorn. Ich habe mich gefragt, Mac, sagte er, ob sich da *Namen* finden.

Inspector McClusky starrte ihn an. Namen?

Sie wissen schon, sagte Daly. Wie sie in den … den Büchern stehen. Offensichtlich erfindet Bessie gerne Namen für sich selbst. Und Sie sagten, da gebe es einen Kunden, der … wie hieß er noch, ich glaube, Sie sagten …

Was haben Sie da unter dem Arm?, fragte Inspector McClusky, unfähig, seine Ungeduld länger zu verbergen.

Und so nahm Daly die Zeitung. Legte sie auf McCluskys Tisch. Der zog die Brauen zusammen, als wäre er beleidigt, und überlegte.

Es war der *New York American*. Eine Ecke der Titelseite fehlte, doch es war klar, dass sich der Leitartikel mit seinem Fall beschäftigte.

Was ist das?, fragte er, hob den Blick, aber da war der kommissarische Captain Daly schon weg.

McClusky saß im Halbdunkel seines Büros und las. Der Journalist des *New York American* hatte nicht nur herausgefunden, dass Bessie Davis Hannah Elias war, es war ihm auch gelungen, ein exklusives Interview mit einer Frau zu führen, die behauptete, eine enge Freundin von Bessie zu sein. Je mehr er las, desto mehr spürte er, wie ihn die gute Laune verließ und sein Fieber wieder stieg, ein Verlangen nach Dunkelheit und Stille, vielleicht sogar die auslöschende Wirkung von Alkohol, all das wuchs unter der panischen Erkenntnis, dass seine Ermittlungen von der Presse durchkreuzt worden waren.

Er schaltete die Lampe ein, nach der er zuvor schon gegriffen hatte. Die Seiten vor ihm leuchteten hell auf, und der Schmerz hinter seinen Augen verschärfte sich.

Der *New York American* hatte sein Interview mit einer Mrs. Belle Marshall, einer Weißen, geführt, die drei Jahre lang Hannah Elias' Haushälterin gewesen war.

Laut Mrs. Marshall hatte Elias über die Jahre gewaltige Geldbeträge von mächtigen Männern erhalten.

Sie halte sich für eine Art Kleopatra, hatte Mrs. Marshall dem Journalisten gesagt. Wie sie auf die Kleopatra-Geschichte komme, sei schwer zu verstehen, fuhr Marshall fort, aber die Tatsache, dass es ihr so erfolgreich gelang, weiße Männer dazu zu bringen, sie mit grenzenlosen Geldmengen zu versorgen, bilde wahrscheinlich den Hintergrund dieser Vorstellung.

Das Interview bestätigte einige Dinge, die McClusky bereits wusste. Dass Elias so gut wie keine Schulbildung genossen hatte. Dass sie durch ihre ganz eigene Art von Weisheit reich geworden war. *Sie kann einigermaßen lesen,* hatte Mrs. Marshall dem Journalisten erklärt, *aber keine Bücher über dem Niveau von Groschenromanen, weshalb sie sich immer Sachen über diejenige vorlesen ließ, die Marcus An-*

tonius zu ihrem Sklaven machte. Entsprechend dieser Vorstellung imitierte sie ihr großes Vorbild so gut sie konnte.

Der Artikel konstatierte, dass Miss Davis/Elias *einen Brunnen in ihrem Schlafzimmer* habe, was, wie McClusky zufällig wusste, richtig war. Dass sie beim Liebesakt gerne dem Plätschern des Wassers lausche. Dass ihre Gewohnheit, *ihre weißen Bediensteten in ägyptische Kostüme zu kleiden und sich von ihnen mit riesigen Federfächern Luft zufächeln zu lassen,* bereits vor einigen Jahren begonnen habe, als sie *solch einen Fächer downtown in einem japanischen Laden gefunden* habe.

Inspector McCluskys fiebernder Blick glitt über den Rest des Artikels. Bestimmte Worte überging er beim Lesen, andere schnitten durch seine dünner werdende Haut und sollten sich für Jahre in ihm festsetzen.

geschlossene Droschke
abartig
Pompadour
Masseuse
wohlhabende Männer

Er selbst wurde in dem Artikel nicht erwähnt. Dafür dankte er dem Herrn im Himmel.

Er dachte an die bevorstehende Verhandlung vor dem Großen Schwurgericht. Aus der Schublade unter der mit dem Nasenspray nahm er eine Bibel. Er dachte an Hannah, die Bessie war, und ihre unerschütterliche Ruhe bei ihrem ersten Gespräch in ihrer Villa. Die Fehler, die er bei diesem ersten Besuch gemacht hatte.

Dann fiel sein Blick auf eine einzelne Zeile des Artikels im *New York American,* und er las sie und las sie ein weiteres Mal. Es war ein Satz, mit dem der Journalist Bessies Leben als *absonderlicher, als es sich noch der verrückteste Romanautor einfallen lassen könnte,* beschrieb.

Die Leute sagten oft solche Sachen, über Wahrheit und Dichtung, und das war seiner Meinung nach äußerst dumm. Das Leben wurde jeden Tag neu erfunden. Jede Stunde der Existenz war eine Herausforderung für den, der ernsthaft die Wahrheit suchte.

Wie in einem Traum, einem heißen Traum, stolperte er hinaus auf den Flur und blieb vor Dalys Schreibtisch stehen. Ein Adressverzeichnis lag darauf – das, das man in der letzten Unterkunft von Cornelius Williams gefunden hatte.

McClusky blätterte durch die dünnen Seiten und suchte den Buchstaben G.

Die Spalten auf den Seiten 529 und 530 begannen mit GOTTLIEB, GOULEY, GOUNDIE und GRADY. Über und unter den G-Adressen gab es Werbung für Teppichreinigung, Anmachholz, Old Coronet-Roggenwhisky und ein kommerzielles Detektivbüro, dessen Slogan *Wir sammeln nur* »FAKTEN« lautete.

Die Fakten in Großbuchstaben und Anführungszeichen. Laut, aber dürftig. Das passte zu solchen Büros, dachte McClusky, schloss jedoch irgendwo in einer kleinen Ecke seines Hirns, die er für die Zukunft reserviert hatte, nicht aus, sich als Rentner in einer derartigen Detektei sozusagen ein paar Dollar dazuzuverdienen. Es würde eine Erleichterung sein, sich nach Jahren blutrünstiger Verbrechen aufs freundliche Feld von Untreue und vermissten Tanten zu begeben.

Er blätterte eine Doppelseite weiter, und noch eine. Listen von Bürgern, spaltenweise kleingedruckte Namen: GRAHAM, dann GRANH, GRANICH und GRAS, GRASE, GRAVURE. Eine interessante Anzeige für Horton's Eiskrem, *auf Weltniveau*, dann GRAY und mehr GRAY und …

McClusky blinzelte. Die Seiten 537 und 538 fehlten. Herausgerissen. Nur die winzigsten Papierreste im Bund.

Er hob den Blick. Alle schienen beim Mittagessen zu sein. Fast alle schienen fast immer beim Mittagessen zu sein.

Er wischte sich mit einem Ärmel die Nase ab, mit dem anderen die Stirn. Er stürmte in der Wache herum, wie verrückt vor Aufregung, bis er auf dem Schreibtisch eines Sergeants ein weiteres Exemplar des Adressverzeichnisses fand.

Er blätterte auf Seite 537 / 538.

Da war sie, ganz und unversehrt. Es gab drei Spalten von Bürgern mit dem Namen Green. Und in der zweiten, etwa nach einem Viertel, stand einer der wenigen Greens, bei dem neben dem Namen der Beruf und die Adresse angegeben waren.

Andw H Anwalt 91 Park av

28
Naturalists' Gate II

Dienstagabends zwischen acht und neun nimmt er für gewöhnlich Deutschunterricht. Aber in letzter Zeit frustriert es Andrew, nicht alle Gedanken ausdrücken zu können, die er ausdrücken will, sondern so sehr auf Ausschmückungen achten zu müssen, die schwierigen Deklinationen von Substantiven und Adjektiven zu lernen, die komplexen Konjugationen der Verben. Im Deutschen scheint es für jeden einzelnen Gedanken ein eigenes Wort zu geben, und dieses eine Wort wird für nichts anderes benutzt. Man merkt es sich im vollen Wissen, dass man es vielleicht nur ein einziges Mal in seinem Leben benutzen wird. Es ist eine sehr präzise Sprache, und ihre genaue Ordnung gefällt ihm, macht es aber nur noch unerträglicher, sie nicht fließend zu beherrschen. Es gibt viele Dinge, die er nicht sagen kann oder die man ihn nicht sagen hört in den Räumen, in denen er sich in letzter Zeit bewegt.

Dann lädt ihn an einem Dienstag ein Bekannter namens Andrew Downing ein, an einer privaten Diskussion zum Thema Grünanlagen in der Stadt teilzunehmen. Die Aussicht, den ganzen Abend nur seine eigene Sprache zu sprechen, ist zu verlockend, um ihr zu widerstehen.

Sie sind in einem Gentleman's Club südlich der City Hall. Die Wände sind mit alten Karten in hölzernen Rahmen geschmückt. Zwanzig Stühle sind in einem ordentlichen Bogen aufgestellt. Die kleine Zahl Eingeladener gibt Andrew das Gefühl, etwas Besonderes zu sein, und das umso mehr, als er sieht, dass er zu den Jüngsten gehört. Die meisten scheinen in ihren Vierzigern zu sein, die übrigen in ihren Fünfzigern, Sechzigern, Siebzigern. Es gibt ein unbesetztes Rednerpult, um das herum verschiedene kleine gläserne Vitrinen auf unterschiedlich hohen Podesten stehen. Einige enthalten antike Gefäße, andere schräg aufgestellte Teller, wieder andere eine kleine Büste oder einen Krug, und in der, neben der Andrew jetzt steht und mit dem nervösen Downing redet, befindet sich eine Vase mit zwei aufgemalten Frauen, die in einen leeren Kinderwagen sehen. Er fühlt sich immer noch nicht richtig wohl an Orten wie diesem, hat aber Methoden entwickelt, um das Gegenteil zu vermitteln, die ihm kaum mehr eine Anstrengung abverlangen – der leere Blick ins Nichts, das unterdrückte Gähnen, die gefurchte Stirn eines Mannes, der in Gedanken ist.

Andrew Downing lernte er zunächst durch die Lektüre seiner Leitartikel in *The Horticulturist* kennen. Zu Beginn schienen diese Artikel absolut besessen davon, das Landleben gegenüber dem in der Stadt zu verteidigen, mit einer Einfachheit, die andere Überlegungen in ein vordergründiges Schwarz-Weiß zwangen. Es war schwer, nicht mit vielen von Downings Aussagen übereinzustimmen, aber mitunter auch unklar, worauf er damit hinauswollte. Erst in diesem Jahr hat sich der Fokus der Artikel zu verschieben begonnen. Die Satzstrukturen wurden besser, wenn sich Andrews Gespür in dieser Hinsicht nicht täuschte, und die dem allen zugrundeliegenden Vorstellungen von frei zugänglichen öffentlichen Räumen kühner, ihre Propagierung eloquenter. Downing scheint gelernt zu haben, wie er seine Ideen in wirksame Sätze gießt, wenn auch nicht unbedingt in einem Raum voller Menschen. Was eine boomende Metropole wie New York braucht, sagt er zu Andrew jetzt mit schrecklich leiser Stimme wie ein Toter aus dem Jenseits, während sie in einer Ecke stehen, ins Nichts blicken, gähnen und die Stirn runzeln, ist kein kompletter Umbau der städtischen Strukturen, auch keine Rebellion der Einwohner oder eine Flucht an die Grenzen, sondern die sorgsame Einrichtung grüner Räume in der Stadt selbst, wofür auch Andrew, mit leicht widerwilliger Unterstützung von Samuel, eintritt.

Einige der gesetzlichen Voraussetzungen für einen bedeutenden öffentlichen Park sind bereits geschaffen, und Andrew hat entschieden, dass es an der Zeit ist, die Pläne zusammen mit Downing tatsächlich umzusetzen. Es gibt jedoch auch, irgendwo unter dem Gefühl von Gemeinsamkeit oder gar Freundschaft, eine winzig kleine Rivalität. Ein eher wackliges Vertrauen, eine Infragestellung der Kompetenz. Soll Andrew auch weiter in seiner unterstützenden Rolle verharren, oder wäre er tatsächlich besser geeignet, die Federführung zu übernehmen? Selbst dass Downing darauf besteht, vom Middle Park zu sprechen, beginnt ihn in manchen Nächten zu irritieren. Es ist nur eine Kleinigkeit, die jedoch von einer weiterreichenden fehlenden Urteilskraft zeugen mag.

Fred Olmstedt ist heute Abend ebenfalls anwesend – Landschaftsplaner und Journalist. Andrew hat viele seiner Artikel gelesen, weil er bei Gelegenheiten wie dieser gerne die nötigen Informationen hat, um eine größere Nähe aufzubauen. Solche Techniken gewöhnt man sich an, wenn man sich wie ein Hochstapler fühlt, und das tut er immer noch, wenn auch mittlerweile in der Kunst des Hochstapelns arriviert.

Fest und warm ist Olmstedts Handschlag. Andrew und er können über New England reden. Ihr Geld ist selbst erworben, sie haben sich beide aus dem Nichts hochgearbeitet, ein unsichtbares Band zwischen ihnen – wenn auch dieser Tage kein ungewöhnliches mehr. Und Downing? Er zieht sich aus der Unterhaltung zurück, denn er fürchtet sich vor Olmstedt. Aus der Miene des Mannes spricht an solchen Abenden das Desinteresse des wirklich Begabten.

Aber er stellt Fragen, dieser Olmstedt. Er respektiert, was Andrew bisher erreicht hat, ihm ist Bildung wichtig, und er kennt die Welt der Gesetze. Er sammelt gern Fakten und ist mit Samuel befreundet. Es heißt, sollte ein Park verwirklicht werden, würde Olmstedt gerne den Plan dazu liefern.

Die Leute nehmen ihre Plätze ein. Nur der Stuhl von Downing knarzt. Andrew setzt sich neben ihn in die erste Reihe.

Downings Blick ist wach, aber ohne Tatkraft. Er hasst nichts mehr, als öffentlich sprechen zu müssen, wie Andrew weiß, und deshalb scheint er es so arrangiert zu haben, dass ein Mitglied des Rats der Aldermen – *ein großer Mann, der meiner kleinen Idee freundlich zugeneigt ist*, flüstert Downing Andrew ins Ohr – seine Argumente vorab erst einmal für die Anwesenden zusammenfasst.

So fängt es an. Das Ratsmitglied steht vor ihnen, und seine Hände begleiten seine Worte. Die Zunge spitzt in den

Pausen zwischen den Lippen hervor. Und hier in dieser prominenten Position (wie seltsam, dass sich Andrew dieser Tage immer in der ersten Reihe wiederfindet) wird offensichtlich, dass er sich nicht nur darauf eingelassen hat, einer äußerst unbeeindruckenden Rede zu lauschen, sondern auch sehr nass zu werden. Dazu kommt die Qualität der Luft. Die Leute stecken sich Zigarren an, während sie zuhören – oder zumindest so tun –, und der Rauch scheint allen Staub vom Boden aufzuwirbeln. Andrew hat Mühe zu atmen. Offenbar hat seine Lunge, wie auch seine Augen, jedes Jahr mehr zu leiden, und sie bettelt um einen Urlaub von der Stadt. Anstatt der körperlichen Stärke, die er in Trinidad verspürt hat, scheint sich hier und jetzt ein erhöhtes Bewusstsein für die Unsicherheiten anderer Leute einzustellen.

Einige von uns, die wir hier in diesem Raum versammelt sind, erklärt das Mitglied des Rates der Aldermen, und feine Speicheltröpfchen fliegen von seinen lispelnden Lippen, wünschen, einen neuen, großen Park in dieser Stadt einzurichten.

Ein paar Leute nicken. Genug, um den Mann zum Weiterreden anzuregen.

Wir glauben, New York braucht einen großen öffentlichen Park – einen *wirklich* öffentlichen Park, sagte er. Ich unterstütze Mr. Downings Kampagne voll und ganz. Einen Park zur Gesundheitspflege und Erholung. Wir brauchen zwingend einen Middle Park!

Der Rat zupft sich an seinem rechten Ohr, als er das letzte *Park* ausspricht. Das Ohrläppchen ist lang und wird sich mit dieser Angewohnheit nur noch weiter verlängern.

New Yorks Ausmaße, fährt das Mitglied des Rates der Aldermen fort, reichen schon bald an die der bevölkerungsreichsten Städte Europas heran und treten mit ihnen in Konkurrenz.

Europa!, zischt jemand hinter Andrew.

Pardon?, sagt der Redner.

Andrew kann spüren, wie sich Downings Körper neben ihm versteift.

Nein, sagt der Redner. Ja. Es ist klar, es ist der Geist dieser Zeit, dem sie folgt!

Wen meint er, Andrew?, flüstert Downing, und seine Finger zupfen an einem Knopf.

Sie verachtet den langsamen Gang gewöhnlichen Wachstums!, sagt der Rat und kommt langsam in Fahrt. Sie springt und eilt voran im Rennen um Wohlstand und Bedeutung, als sei sie von Dampf getrieben! Sie öffnet den wandernden Söhnen dieser Erde ihre wunderbaren Portale, und hier finden sie eine Heimat!

Andrew wischt sich zusammen mit der Hälfte seiner Kameraden in der ersten Reihe die Spucke des Redners aus dem Gesicht und hört das Knarzen des Stuhles neben sich.

Doch nein, Downing setzt sich wieder. Er ist nicht der Mann, den Redner zu unterbrechen.

Als das Ratsmitglied verschiedene Punkte umkreist hat, die allenfalls *vage* mit der Kampagne für einen bescheidenen Middle Park verbunden sind, was fast eine halbe Stunde dauert, in der er, statt New York zu sagen, immer das weibliche Pronomen benutzt, kommt er endlich zu den Einzelheiten von Downings Vorschlag und sagt, die gesetzlichen Voraussetzungen für solch eine öffentliche Grünanlage seien längst gegeben, notwendig seien nur noch Einheit und eine unerschrockene Vorgehensweise, doch das kommt auf so defensive, leise, nicht überzeugende Weise aus ihm heraus, dass sich die Blicke der Anwesenden auf die Decke und den Teppich, die Podeste vor der Wand, Zigarrenstumpen und den wabernden Rauch richten, oder sie verstecken sich hinter geschlossenen Lidern und schwimmen durch einen Traum.

Wir *haben* doch Parks, sagt eine Stimme.

Mit hohen Eintrittspreisen, sagt das Ratsmitglied.

Auch einen öffentlichen.

Der ist sehr klein, sagt Downing auf seinem Stuhl, aber Andrew spürt, dass niemand seinen Einwurf gehört hat oder etwas darauf gibt.

Die Lösung, sagt jemand, sind niedrigere Preise.

Was? Hat er gesagt, eine neue Schneise?

Es muss erschwinglich sein, sage ich, aber nicht für alle, ruft jemand, der hinter Andrew sitzt. Wenn ein Park umsonst ist, taucht da jeder Kriminelle auf, der was auf sich hält! Das niederste Volk. Jede Hure, jeder Lispler …

Jones's Wood, sagt ein anderer. Jones's Wood ist der Ort für die allgemeine Öffentlichkeit, wo sie …

Mittlerweile schüttelt selbst der Protokollführer den Kopf. Wahrscheinlich widert ihn der Gedanke, dass diese Vorstellung für die Nachwelt erhalten wird, noch mehr an als die tatsächlichen Ausfälligkeiten? Der Mann hält seinen Stift in der Hand, hat aber keinen Einfluss auf das Gesagte oder wie lange es nachwirken wird. Andrew versucht seinen Blick aufzufangen, um diesen Gedanken mit ihm zu teilen, doch es gelingt ihm nicht. Es gibt immer wenigstens zwei Geschichten: die innere und die äußere, die persönliche und die öffentliche. Und manchmal enttäuschen einen beide gleichermaßen.

Als Nächstes steht Fred Olmstedt auf, auch wenn kein Beitrag von ihm auf der Tagesordnung steht. Wie viele erfahrene öffentliche Redner verharrt er einen Moment, bis sich die Stille im Raum mit Erwartung füllt.

Dann nimmt Olmstedt die Brille ab und sagt: Wir leben in einer Stadt mit schwerer, unzuträglicher Luft. Einer Stadt, in der Krankheiten gedeihen. Einer Stadt, deren Bevölkerung unbedingt Erholung und offene Räume braucht. Kann New York nicht mehr leisten? Wenden Sie den Blick nach England mit seiner weit dichteren Bevölkerung, rundum vom Ozean umgeben. Ich bin erst kürzlich von dort zurückgekehrt, aus England. Dort gelingt es, in einer großartigen Hauptstadt riesige öffentliche Räume bereitzustellen, die der Erholung dienen. Ist es uns wirklich nicht möglich, auch nur halb so viel Platz in unserer wunderbaren Metropole zu schaffen? In der zukünftigen Hauptstadt unseres Kontinents? Wenn Sie Nein sagen, will ich es Ihnen glauben, füge aber hinzu, dass das für jeden in diesem Raum, der den Anspruch erhebt, Amerikaner zu sein, eine Beschämung sein muss.

Jemand aus den hinteren Reihen sagt: Ich habe England schon immer gehasst.

Allgemeines Gelächter.

Einer der Männer des Bürgermeisters steht auf.

Öffentliche Parks, behauptet er, wären eine ausgezeichnete Sache, wenn angemessener Raum für sie geschaffen werden könnte. Diese Stadt ist übervoll und könnte von einem zukünftigen weitläufigen Park profitieren, in dem ein wachsendes Meer menschlicher Seelen zu gedeihen vermöge. Aber darf ein Plan, wildes Land mitten auf unserer Insel in Hunderte Morgen von unbewohnbarem Parkgelände umzuwandeln, das allein der Erholung dient, unter den gegenwärtigen Umständen Priorität genießen? Wollen wir die begrenzten Mittel der kommenden Jahre tatsächlich lieber für einen Park ausgeben statt für den Wohnungsbau, für Raum zum Leben und Arbeiten? Lieber für einen Park als für Schulen? Lieber für einen Park statt für die Schaffung anständiger Gewerbe, für Arbeitsplätze und eine Grundversorgung unserer anschwellenden Bevölkerung, was Gesundheit und Bildung betrifft? Das Abwasser ist ein riesiges Problem, das sich aber nicht durch einen großen Park lösen lässt. Der öffentliche Nahverkehr ist ein großes Problem, das sich nicht mittels ein paar schmaler Wege durch ein eingeebnetes Parkgelände lösen lässt. Denkt jemand hier, dass die saubere Luft der Battery irgendeinen wohltuenden Einfluss auf die Atmosphäre der Wall Street hat oder die schlechte Luft in Five Points durch die Nähe zu einer der wichtigsten Grünanlagen der Stadt auch nur einen Deut besser geworden ist? Hat einer der Gentlemen hier das Gefühl, wenn er in die vollen Gerichtssäle der City Hall kommt, vielleicht aus Anlass der interessanten Klage eines Gartenbauers, der öffentliche Mittel für eine hübsche, aber doch grundsätzlich fehlgeleitete Vorstellung zweckentfremden will, dass das große Reservoir frischer Luft direkt vor den Türen der City Hall irgendeinen spürbaren Einfluss auf den Schnapsgestank hat, den all die hochbezahlten Anwälte dort drinnen verbreiten? Frische reicht nicht sehr weit. Zudem gibt es längst Grünanlagen in dieser Stadt wie Niblo's Garden, die nur niedrigste Eintrittspreise verlangen, wie bereits gesagt wurde. Ist es nicht besser, hundert kleine private Parks zu haben als einen großen in der Mitte, der öffentliches Geld verschlingt, wo unsere Stadt so schnell auf ein bitteres Ende zuwächst und weit drängendere kommunale Bedürfnisse hat?

Die Zigarren sind mittlerweile fast alle verloschen, aber Andrew sieht, dass er der Einzige in der ersten Reihe ist, der nicht angefangen hat, sich eine Pfeife zu stopfen. Er hustet, denkt an Trinidad, den Zucker und die Landschaft. Er hustet und denkt an die Farm in Massachusetts, an den Vogelgesang, der einen morgens weckt, den frischen Wind. Er verharrt auf seinem Platz, hustet und spürt, wie er von Melancholie erfüllt wird.

Und dann denkt er, nein. Sei kein Schaf, das sich einfach in einen Pferch sperren lässt.

Und er steht auf. Ragt höher auf, als es sein Vater je auf dem Feld getan hat. Und als er steht, muss er etwas sagen. Und so sagt er rundheraus zu den versammelten Gentlemen, die ihn anstarren: Wir sollten ihn den Central Park nennen.

Schweigen. Sein Herz schlägt heftig. Es begreift noch vor ihm, was er getan hat.

Der Mann des Bürgermeisters sagt: Mr. Green, der Freund von Mr. Tilden, sind Sie das? Nicht alle von uns haben gehört, was Sie gesagt haben.

Wir sollten ihn nicht den Middle Park nennen, fährt Andrew fort, und jetzt kommen die Worte klar und laut aus ihm heraus. *Middle* lässt einen an sein Gedärm denken. An

Mittelsmänner und Mittelmäßigkeit. Wir sollten ihn Central Park nennen, und er sollte außergewöhnlich werden, was Größe und Anlage betrifft, und ich sollte derjenige sein, der diesen Plan umsetzt.

Und er sieht, wie Downing neben ihm scharlachrot anläuft, ob aus Bewunderung, Neid oder Hass.

Die Organisation, die Berechnungen, um den Park Wirklichkeit werden zu lassen. Formalitäten, das Erstellen von Budgets, das Entwerfen und Verwerfen von Plänen, von Karten. All das sollte sich für ihn als ein wuchernder, florierender, künstlerischer Raum erweisen. Ein Raum zum spielerischen Ausprobieren, der seine höchste Aufmerksamkeit verlangt, in dem er seinen tief in ihm schlummernden Wünschen Ausdruck verleihen kann. Niemals hätte der Junge, der einst in einem Baum gesessen und Pläne für eine bessere Nutzung des Landes von Green Hill angelegt hatte, sich vorstellen können, für ein derartiges Projekt verantwortlich zu sein.

Aushub und Bau des Entwässerungssystems: $ 20 000
Entfernung bestehender Anlagen: $ 5000
Entfernung von Gestein und anderem Material auf ins Gelände ragenden Straßen und Avenues: $ 10 000
Entfernung unerwünschter Bauten: $ 5000
Schnitt und Entfernung von Dickicht und Gesträuch: $ 5000
Befreiung des gesamten Geländes von nutzlosem Wurzelwerk und Vegetation: $ 10 000
Vorbereitung der Erde für Pflanzungen: $ 5000

Für ihn klangen diese Zeilen wie feinste Lyrik.

Morgen über Morgen voller Fels und Sumpf, so uneben, dass allein das Planieren mehr als zweimal so viel kostete wie der Grund als solcher. So ein Projekt frei von Schiebung und Korruption zu halten kam in etwa dem Versuch gleich, Wolken zu überreden, sich von der Sonne fernzuhalten. Er musste Stellen mit stehendem Wasser trockenlegen. Den Wasserfluss aus Quellen erleichtern. Alles Oberflächenwasser in eigene Kanäle leiten. Es war das, was er als Junge auch auf Green Hill getan hatte, nur in riesigem Maßstab. Aber als Leiter und Rechnungsprüfer des Projekts hatte er Hunderte Arbeiter, die jeden Tag auf seine Anweisungen warteten. Oft machte er Fehler. Oft führte sein strenger Umgang mit dem Budget dazu, dass der eine oder andere Planer und Ingenieur den Arbeiten eine Woche, einen Monat oder gar ein Jahr den Rücken kehrte. Die Erfahrung mit der Verbesserung der Entwässerung in Trinidad war erstaunlicherweise konkret und hilfreich. Seltsam, wie seine gesamte Vergangenheit bei der Arbeit an der Zukunft ins Spiel kam. Das Konzert kaum miteinander verbundener Momente, die ein Leben ausmachen. Nicht eine Erfahrung lässt sich von der nächsten trennen. Es gab Zeiten, da seine eigenen vergangenen Leben die einzigen Geister waren, die er um Rat fragen musste.

Ganze Jahre eröffneten sich ihm. Jahre, in denen es schien, dass er alles zu tun vermochte. Jahre, da Tammany Hall ein wildes Gedränge und Geschrei war, die halbe Demokratie in ihre Mauern gedrängt, und kaum, dass er hereinkam, drehte sich ein halbes Dutzend Köpfe in seine Richtung. Er war der nicht mehr ganz junge Mann, der für so viele von New Yorks neuen Einrichtungen verantwortlich war. Wollte jemand ein Kunstmuseum, kam er zu ihm – ob er eines im Bereich seines Parks unterbringen könnte? Wenn wilde Tiere frei herumstreunten und Gefahr liefen, von Jägern gefangen oder erlegt zu werden, warum nicht mit einigen von ihnen einen Zoo schaffen, und wenn der Central Park am Ende nicht für ihre Bedürfnisse ausreichte, warum dann nicht einen weiteren Zoo anderswo errichten, vielleicht in der Bronx? Wenn er wollte, dass sich die erzieherischen Elemente des Parks auf die Naturkunde konzentrierten und die Natur auf eine Weise würdigten, wie es ihm schon in seiner Kindheit vorgeschwebt und Trost gebracht hatte, warum dann nicht ein Museum gründen, das ebendieser Idee folgte? Er empfand eine große, sich öffnende Freiheit. Kalklichter würden vom Balkon der Tammany Hall auf ihn herabscheinen. Die Leute würden ihn um Rat bitten, seine Geheimnisse erfahren wollen. Anstarren würden sie ihn. Bewundern! Die Wache an der Tür würde mit einem merkwürdigen Leuchten in den Augen sagen: Oh, kommen Sie herein, Mr. Green, Sir. Und er würde in die Halle schreiten, den Überzieher noch an, die Handschuhe noch an, und mehrere Hundert Menschen würden zur Seite treten und dieser Person, die er spielte – und an manchen Tagen fühlte es sich tatsächlich noch wie eine Rolle an –, den Weg nach vorne freimachen. Aus fortdauernder Überraschung selbst über die kleinsten Begleiterscheinungen des Ruhms verspürte er auch in seinen Vierzigern und Fünfzigern noch den Drang, die Leute bei der Hand zu nehmen und sie zu fragen, warum. Warum hatten sie so plötzlich entschieden, dass er ihre Aufmerksamkeit verdiente?

Der Mann, der Dinge zu Ende bringt. So nannten ihn Gouverneure und Bürgermeister, als der Central Park Form annahm. Aber sogar nach den Reden, die er bei eiskaltem Wetter auf den Stufen der City Hall hielt, nach den Fackelzügen, die er plante, und den pyrotechnischen Illuminationen, mit denen andere seine Erfolge feierten, ging er doch immer noch mit ähnlichen Sorgen wie früher ins Bett. Wer er war. Wer er sein sollte. Was er hätte sagen oder tun können. Feuerwerke waren nichts als Geld, das in der Luft explodierte.

Aldermann Tucker steckte eines Jahres einen Feuerwerkskörper an, den er irrtümlich für eine Zigarre hielt. Der Mann bezahlte für seinen Fehler mit dem Leben. New York ist eine Komödie für alle Denkenden, eine Tragödie für die Fühlenden. Aber Andrew empfand keine Tragik. Er hatte nicht das Gefühl, dass es zu einem Sturz kommen würde. Er war viel zu beschäftigt, um zu stolpern und zu stürzen.

Er gab dem Ausschuss Anweisungen zu Statuen, Brunnen und Architektur: Für die Bezeichnung der Tore musste ein System gefunden werden. Was, wenn sie nicht nach großen Männern der Stadt benannt wurden, wie es alle vorschlugen, sondern nach den Belangen der normalen Leute, die gefangen waren in ihren eigenen unerfüllten Träumen – den Berufen und Geschäften, die den wahren, großstädtischen Charakter New Yorks ausmachten? Ein Gelehrten-Tor. Ein Händler-Tor. Und auch ein Künstler-Tor?

Ja, ein Künstler-Tor! Lockend, aber verwegen eng. Lass dahinter ein weites, offenes Feld des Elends liegen. Geh darüber, über diese wilde Fläche, und sammle tagtäglich den

Abfall ein. Er konnte sich nicht darauf verlassen, dass ein anderer die von den Besuchern des Parks zurückgelassenen Dinge gründlich genug einsammelte, Essen und Decken, Papierdrachen und Zeitungen, und ihm war aufgefallen, dass die Leute, die einen bestimmten Ort oder eine Person gern nutzten, um ihren Bedürfnissen nachzukommen, oft genau die waren, die dessen Schönheit verdarben. So würde es weit mehr Abfalleimer im Park geben, wäre es nicht eine besondere Freude für Jungen, ein brennendes Streichholz auf ein weggeworfenes Stück Papier zu werfen. Reife bedeutet, dachte er, zu lernen, sich nicht nach dem Anblick zu sehnen, wie sich Flammen auf Bäume zufraßen.

29
Artists' Gate II

Schließlich gab die Stadt ein Porträt in Auftrag. Henry Mosler war der Maler, dem die Ehre zuteilwurde. Die letzte Sitzung fand am 10. November 1903 in Moslers Atelier an der Ecke Broadway und 86th Street statt, drei Tage bevor Andrew in der Park Avenue erschossen und Cornelius Williams, der wenigen Freiheiten beraubt, die dieses Land ihm je gewährt hatte, in Gewahrsam genommen und in die Tombs geworfen wurde.

Andrew saß nicht gerne Modell. Er hatte gebeten, dass Mosler den Hintergrund und die zusätzlichen Details später hinzufügte. Wände. Kleidung. Nase. Diese Dinge. Ein Mann von dreiundachtzig Jahren hatte nicht viel Zeit für die Perspektiven anderer Leute.

Was bedeutete, dass Mosler auch nicht viel Zeit hatte. Heute war seine letzte direkte Möglichkeit, Gestalt und Züge seines widerspenstigen Objekts einzufangen – all das, was er für ein lebensgroßes Bildnis brauchte, das in die City Hall gehängt werden sollte. Andrew wusste das, hegte aber keinerlei Schuldgefühl, weil er die Sitzungen derart limitierte. Mosler hatte klargemacht, dass er sich sowieso eine gewisse künstlerische Freiheit erlauben würde. Und wenn Fantasie und Intuition manchen Pinselstrich lenken würden, warum dann nicht alle? Was ihn anging, hatte er

Mosler das größte Geschenk gemacht, das sich ein Maler wünschen konnte: ein Modell, dem es egal war, in welchem Licht es gemalt wurde.

Aber es gab natürlich andere Sorgen. Schmerzen. Andrew saß in einem Lehnsessel und tat so, als bereiteten ihm Knie und Füße keinerlei Beschwerden und sein Unwille gründe allein auf einer inneren Unruhe. Es war schwer, den eigenen Körper völlig ruhig zu halten, besonders wenn es dem Zweck diente, einem anderen zu helfen, ihn auf einer Leinwand zu verewigen. Er hielt ein Dokument in der Hand, das einen Entwurf seiner Gründungsurkunde für Greater New York darstellen sollte. Er durfte jedoch nicht den Blick darauf senken, da er an die zuvor vereinbarte Pose gebunden war. Im Übrigen war es nur eine leere Seite.

Mosler war zumindest in einer Hinsicht ein ungewöhnlicher Maler: Stille bereitete ihm Unbehagen. Während ihrer ersten Sitzungen hatte er geredet und geredet und schien auch jetzt beim Malen zu denken, dass es gut sei, noch etwas mehr zu reden. Sein Akzent war, seit seine Familie aus Schlesien nach New York gekommen war, über die Jahre schwächer geworden, aber er fragte immer noch viel, was ganz unamerikanisch war. Fragte nach Besitz, Arbeit, Projekten. Diese rastlose Neugier konnte ein Modell in den Selbstmord treiben, und vielleicht hatte sie das auch schon getan, und dennoch: Wie erfrischend, wie belebend es in gewisser Weise doch war, jemanden zu treffen, dem es ernsthaft wichtig zu sein schien, Antworten zu erhalten. Statt ständig nur um sich selbst zu kreisen (das Selbstporträt!, hatte es in der gesamten Kunstgeschichte je eine schlechtere Idee gegeben?), erging sich Mosler in dem Versuch, sich in andere Menschen hineinzuversetzen. Andrew respektierte ihn – für noch ein, zwei Stunden.

Auf der anderen Seite des Ateliers standen einige sarggroße Truhen. Andrew wusste, dass sie da waren, hatte sie seitlich aus dem Augenwinkel fixiert und wäre so gern aufgestanden und zu ihnen hinübergegangen. Kleider und Hüte hingen aus ihnen heraus. Requisiten? Er war wie ein Entertainer, dieser Mosler, nur dass er keine Witze machte, sondern Fragen stellte. Hatte ein ausgezeichnetes Auge. Einen wunderschönen Strich.

Mosler wollte wissen, ob es Andrew gewesen war, der das Metropolitan Museum of Art ins Leben gerufen hatte. Wartete, den Pinsel in der Hand, auf eine Antwort.

Andrew wünschte, es würde eine Möglichkeit geben, seinen Informationshunger zu befriedigen, ohne dieses Gefühl, die Antwort als solche verflache bereits die Vergangenheit.

Wir waren eine kleine Gruppe, sagte Andrew.

Weiter, weiter.

Einige von uns stimmten darin überein, dass wir einen Ort brauchten, an dem sich Kunst unterbringen ließ, sagte Andrew, sorgsam darauf bedacht, den Mund nicht mehr als notwendig zu bewegen. Die Leute überließen uns immer mehr Objekte, wissen Sie, als Verantwortliche für den Park, und wir brauchten einen Platz dafür. Und natürlich sah ich, sahen wir alle, dass es in Amerika eine Bewegung hin zu produktiveren Formen von Arroganz geben konnte.

Mosler blinzelte, schüttelte den Kopf und hob den Blick von seiner Leinwand. Sein Gesichtsausdruck besagte: Lassen Sie mich nicht betteln.

Sie wissen schon, sagte Andrew. Die Reichen aufzufordern, unserem neuen Museum etwas zu spenden, ein oder zwei Gemälde aus ihrer privaten Sammlung, und dafür ihren Namen präsentiert zu sehen. Die *Erwähnung*, dass ihr Name prominent zu sehen sein werde, erwies sich, wie sich herausstellte, weit wirksamer als der Hinweis, dass eine Stadt ohne ein erstklassiges Kunstmuseum niemals eine bedeutende Stadt sein würde. Erst habe ich mit dem Gemeinwohl argumentiert, doch dann habe ich die wohlhabenderen Bürger … auf persönlicher Ebene angesprochen.

Mosler – der keine Witze machte – schien das sehr komisch zu finden.

Als Nächstes wollte er wissen, wie Andrew die Stadt überzeugt hatte, das American Museum of Natural History zu bauen – was er schon bei früheren Sitzungen zu erfragen versucht hatte.

Natur, sagte Andrew. Geschichte. Das war Teil meiner Arbeit am Park.

Bitte!, sagte Mosler und klang verärgert.

Andrew brauchte einen Moment, um zu begreifen, warum er so irritiert war: Andrew hatte mit den Achseln gezuckt, sich bewegt, die Schultern eine selige Sekunde lang entspannt. Er hatte die oberste Regel des Porträtsitzens vergessen: Sei nicht du selbst.

Etwas Zurückhaltung, bitte, Mr. Green, sagte Mosler mit ruhigerer Stimme.

Zurückhaltung, Zurückhaltung. Das klang richtig.

Mosler rückte seine Staffelei zurecht. Sie sind bekannt für Ihre leidenschaftliche Gründlichkeit, Mr. Green, sagte er. Aber offenbar nicht in jeder Hinsicht … Sagen Sie mir wenigstens, wie Sie die New York Public Library zusammen mit Mr. Bigelow gegründet haben?

Andrew sah Mosler an. Sah den erwartungsvollen Ausdruck auf seinem Gesicht, die Farbspritzer überall auf dem Boden seines Ateliers, die über seine Leinwände drapierten Laken, die halb ausgetrunkene Flasche Rotwein auf dem Tisch, den Korken, der leicht nach links ragte.

Mein Freund Samuel, sagte Andrew. Er hat drei Dinge hinterlassen. Bücher, Geld …

Ja?, sagte Mosler.

Und Menschen. Er hat mir Menschen hinterlassen. Die seltenen Bücher und das Geld waren etwas, mit dem ich umzugehen wusste. Samuel hatte seit einiger Zeit von einer öffentlichen Bibliothek geträumt, die die Neuankömmlinge in dieser Stadt benutzen könnten … Oder ich hatte das. Wir beide. Also ja, das war etwas, das John und ich tun konnten.

Ein langes Schweigen folgte. Die Pinselstriche waren nun sicher fürchterlich blass. Sonst hätten sie ein Geräusch gemacht.

Andrew erlaubte sich eine kleine Positionsveränderung, ohne sich dafür zu entschuldigen. Er seufzte nur, und Mosler seufzte ebenfalls. Enttäuschung kann ansteckend sein. Genau wie Trauer und Hoffnung. Das hatte er während der letzten paar Jahre erneut gelernt.

Oh, was gäbe er dafür, aufstehen zu können! Zu gehen! Zu fallen! Über die Park Avenue zurück nach Hause zu schlendern! Der Schmerz in seinem Rücken war nicht länger ein Teil der Situation. Außer seinem Pochen gab es nichts anderes mehr.

Er tat jetzt, was er sich eigentlich verboten hatte: Er warf einen Blick auf Moslers Wanduhr und sah – es war ein Schock –, dass er erst eine Stunde hier saß. Eine Stunde! Und er begriff, war in diesem Moment absolut davon überzeugt – wie wenig Sinn es auch ergeben mochte –, dass, hätte er nicht auf die Uhr gesehen oder hätte die Uhr nicht bemerkt, dass er zu ihr hingesehen hatte, mittlerweile weit mehr Zeit verstrichen wäre, dass alles vorüber wäre, vorbei. Schenkt man der Zeit zu viel Aufmerksamkeit in bestimmten, ermüdenden Momenten, verlangsamt sie sich, um einen zu bestrafen. Dieser Sessel war sein Gefängnis. Hatte sich um seinen knochigen Körper geschmiegt, als würde ihm der Freiheitsentzug gefallen.

Der Nachmittag, die Sonne am Fenster, die vergeblich durch die dunklen Vorhänge zu dringen versuchte. Er sagte sich, dass auch der Maler Zeit opferte – Zeit, Zeit, Zeit –, um ihn für zukünftige Generationen lebendig werden zu lassen. Verzweifelt und reuevoll beschloss er, Mosler eine Geschichte zu erzählen.

Die Anekdote, die er aussuchte, war kurz. Sie handelte von Horace Hinsdale, im Laden von Hinsdale & Atkins. Die Leute liebten diesen Dickens'schen Unsinn.

Er begann damit, dass er damals, als Lehrjunge ohne alle Freunde in der Stadt, auf seinen Strümpfen geschlafen habe, um sie zu trocknen. Dass er ständig hungrig gewesen sei. Und gedacht habe, er werde an Einsamkeit sterben, wenn nicht an den Wanzenbissen.

Er hielt inne und fragte, ob auch Mosler eine Art von Lehrzeit gehabt habe.

Mosler murmelte eine Obszönität in Richtung seiner

Leinwand. Korrigierte einen Fehler. Und sagte dann, ja, in der Tat, auch er sei zufällig einmal ein Lehrjunge gewesen – und ebenfalls bei einem Horace. In seinem Fall sei es ein Holzschneider gewesen: Horace C. Grosvernor.

Andrew fragte Mosler nach dem Holzschneider und der Kunst des Holzschneidens allgemein, für die er sich seit ein paar Jahren ernsthaft interessiere. Aber Mosler erkannte das als einen Trick – sei ein Spiegel, immer ein Spiegel, um deinen eigenen geheimen Schimmer zu schützen – und zwang ihn, zu seiner eigenen Vergangenheit zurückzukehren.

Nun, sagte Andrew. Einmal hat er mich geküsst.

Sie geküsst?, sagte Mosler perplex. Ihr Arbeitgeber? Mr. Hinsdale?

An den Rand der Lippe, sagte Andrew. Ja. Hierhin …

Und er hob die Hand an sein Gesicht, ohne nachzudenken, und ließ sie gleich wieder sinken.

Es war an dem Tag passiert, als Andrew sich entschieden hatte, den Laden zu verlassen und eine andere Stelle bei Lee, Savage & Co. anzunehmen, Stoffgroßhändler und Importeure, in der Williams Street, Ecke Liberty, und vielleicht hatte seine Erinnerung das bis heute verdrängt.

Mr. Hinsdale war die Treppe in Andrews seelenlosen Kellerverschlag heruntergekommen und hatte an die Tür geklopft. Als er eintrat, hatte es ausgesehen, als wollte er Andrew beschimpfen und ihm ins Gesicht schlagen, wie er es manchmal tat. Morgens war er völlig stumm geblieben, als Andrew ihm gesagt hatte, dass er eine andere Stelle gefunden habe. Aber jetzt zog Hinsdale Andrew, statt zu schweigen oder ihn zu schlagen, in eine fleischige Umarmung und küsste ihn auf die Wange, an den Rand der Lippe, und sagte: Guter Junge. Ich bin stolz auf dich. Endlich wirst du zu dir selbst.

Und das hatte ihm so viel bedeutet. Es war, als hätte er, für einen Moment, einen weiteren Vater.

Werden Sie müde?, fragte Mosler schließlich. Vielleicht sollten wir lieber nächste Woche noch einmal …?

Aber nein, dachte Andrew, das ging nicht. Nächste Woche war unmöglich. Zu viel zu tun. Er musste seine Pläne umsetzen, Mary Lindley Murray mit einer Gedenktafel zu ehren – und wie schnell konnten die Worte in die Tafel eingraviert werden?

Le Retour. Das war Moslers berühmtestes Bild. Andrew bewunderte es sehr, es hatte ihn den Bürgermeister bitten lassen, Mosler den Auftrag für das Porträt zu geben. Aber was brachte es, das jetzt zu sagen?

Ein anderes, das er sehr mochte, war *The Lost Cause*. Es war ein Bild, auf dem der geschlagene Süden in Person eines Soldaten auf einer Muskete lehnte, und als Andrew es vor Jahren zum ersten Mal gesehen hatte, aus der Entfernung, hatte er die Szenerie für Massachusetts gehalten und die Muskete für einen Spaten oder Rechen. Alle wirklich guten Gemälde lassen dich verschiedene Ebenen der Realität auf einmal sehen. Sie kehren dich nach innen wie nach außen. Ihm war sein Fehler schon einen Moment später aufgefallen, ein Blinzeln revidierte das Gesehene, die verschiedenen Komponenten der Komposition, doch da war sein Irrtum bereits zu einer Art Wahrheit geworden – für ihn war es ein Bild von zu Hause. Von Green Hill. Alle Bemühungen, es von seinem ersten Eindruck zu entkoppeln, erwiesen sich als nutzlos. Er wurde das Gefühl nicht los, dass Mosler die ganz persönliche Vergangenheit der Greens gemalt hatte.

Ein paar Tage nach der letzten Sitzung, als das Motiv seines Porträts gerade getötet worden war, wurde Mosler von der *New York Times* interviewt. Ein Journalist kam in sein Studio, um Fragen zu dem Porträt zu stellen.

Eine äußerst bemerkenswerte Sache in Bezug auf dieses Porträt ist, wurde Mosler zitiert, *angesichts des tragischen Ereignisses gestern, der Nachdruck, mit dem Mr. Green mich gedrängt hat, das Bild fertigzustellen.*

Da ich fürchtete, sein Durchhaltevermögen zu sehr auf die Probe zu stellen, war ich nie für überlange Sitzungen, aber Mr. Green wünschte nicht selten, dass ich weitermachte, selbst wenn die Zeit für die Sitzung abgelaufen war. Am Dienstag hat er sich sehr herzlich von mir verabschiedet.

Ich sagte zu ihm: »Sagen Sie nicht Lebewohl. Auch wenn die Sitzungen beendet sind, hoffe ich, dass Sie mich wieder in meinem Atelier besuchen.«

Mr. Green schüttelte zweifelnd den Kopf, meinte dann jedoch, das werde er.

30
Women's Gate II

Ist es dumm, von Wendepunkten zu reden? Tage eines Lebens, die einen Menschen auf einen Kurs bringen, den er nicht mehr ändern, oder in eine Position, die er nicht mehr verlassen kann?

Inspector McClusky erwachte mit dem Kribbeln eines Gedankens im Kopf. Nicht mehr, nur einem Kribbeln, einer Ahnung, die zum Ausdruck kommen wollte. Er blieb sehr still liegen, um sie nicht zu verlieren. Sonnenlicht ergoss sich durch die Vorhänge und tauchte ihn in Licht: Er hatte verschlafen. Das Anschwellen und Abflauen des Verkehrs draußen wirkte beruhigend. Manhattan hatte ohne seine Hilfe überlebt. Er hatte vor dem Einschlafen lange über das Adressverzeichnis nachgedacht, die fehlenden Seiten mit den *Greens* in Williams' Exemplar und auch über die Bemerkung von Captain Daly zur möglichen Bedeutung von Namen für eine Frau wie Bessie Davis, die selbst so viele verschiedene hatte. Hatte er Daly vorschnell unterbrochen und abgewiesen? Die Art mancher Leute war so enervierend, dass sich ihre gelegentlichen Gedankenblitze niemals gut anhörten. Die fehlenden Seiten in Williams' Verzeichnis erklärten, wie er Andrew Greens Adresse ausfindig gemacht hatte. Und sie waren wahrscheinlich alles, worauf sich Captain Daly mit seiner Schwafelei über die

Namen und den Druck bezogen hatte. Aber nichts davon half ihm bei dem Motiv weiter, und ohne ein Motiv ergibt eine Tat vor Gericht keinen Sinn. Bloße Geschichten werden nicht akzeptiert.

Dann wurde McClusky etwas Weiteres bewusst, dort im Bett nach einer guten Nacht: Er konnte durch seine Nase atmen. Sie war frei. Einfach so. Ohne sein Spezialspray! Er stand auf, streckte sich, kochte Kaffee und ließ sich ein Bad ein. Er massierte sein Gesicht – keine Schmerzen mehr. Sein Pyjama zeigte keine Schweißspuren, seine Frau war offenbar mit der Katze draußen. Sie hatte eine Nachricht auf dem Tisch neben den Büchern von Bessie Davis zurückgelassen. Er zerknüllte den Zettel und fühlte sich wie neugeboren. Ihren Stift steckte er in die Tasche und machte das Fenster auf.

Ja, er konnte wieder riechen. Die üblen Gerüche von Zucker, Melasse und Teer. Sie stiegen von der Straße auf und versüßten und verdickten den Kaffeegeruch in der Wohnung. Gewaschen und gekämmt entschied der mit neuer Kraft erfüllte McClusky, dass er als Nächstes den Duft von Blumen, Blättern und Bäumen riechen wollte. Unter der Tür waren in der Nacht keine Nachrichten hindurchgeschoben worden. Ein Spaziergang im Park schien möglich. Sogar hilfreich. Einen klaren Kopf bekommen, Ruhe finden und hervorlocken, was immer ihm seine Träume in der Nacht hatten sagen wollen. Er hatte in letzter Zeit Spaziergänge an der frischen Luft vernachlässigt, und das war ein Fehler. Seine Gesundheit hatte ab sofort Vorrang, aus Sorge, dass ihn diese Erkältung wieder einholte. Solche Krankheiten lauerten geradezu auf Patienten, die nachlässig wurden, und er wollte nicht am nächsten Freitag, dem Dreizehnten, auf der Straße tot umfallen, wollte sich nicht auf Kokain verlassen müssen, um den Dämonen in seinen Stirnhöhlen beizukommen.

Bevor er aus dem Haus ging, sah er noch einmal durch Bessies Bücher. Wie in Williams' Verzeichnis waren einige Seiten herausgerissen. Vermutlich hatte Bessie das getan, weil sie ahnte, dass die Bücher konfisziert werden würden. Sie schien immer einen Schritt voraus. Und bevor er nach seinem Mantel und dem Schlüssel griff, erregte ein Name auf einer Seite seine Aufmerksamkeit – ein Mr. Hart, und daneben eine Notiz, vermutlich von ihr oder einer ihrer Bediensteten verfasst: *Termin mit Mr. Braine tauschen*.

Mr. Hart und Mr. Braine? Schwer zu sagen, was bei ihr ernst gemeint und was ein Scherz war.

Er betrat den Park durch das Women's Gate an der West 72nd Street. Er hatte sich ein paar Unterlagen unter den rechten Arm geklemmt, hauptsächlich für den Fall, dass er zufällig einen Vorgesetzten traf. Sein Vater hatte an diesem Park mitgearbeitet, in der letzten Phase, vor Jahrzehnten, bei dem Hertransport der fruchtbaren New-Jersey-Erde. Die Erde hatte sich, sozusagen, als unzureichend für jede Art von Wachstum erwiesen. Später dann hatte sein Vater ihn zu Spaziergängen mitgenommen. Spaziergängen wie diesem, die Inspector McClusky heute allein unternahm. Hatte auf Büsche gedeutet und ihre richtigen Namen genannt. Ein Mann, der fürs Genaue lebte, sein Vater. Hungrig nach Einzelheiten, nach Ordnung, offenbar genau wie Andrew Haswell Green, ein ihm völlig Unbekannter.

Inspector McClusky zog seinen Mantel eng um sich und ging schneller. Er spürte, dass er an der Schwelle zu etwas stand, einem Durchbruch im Denken, und sein Husten löste sich ganz wunderbar. Es war eine Freude, sich zu räuspern. Der Gedanke, mit dem er aufgewacht war, lauerte immer noch irgendwo am Rand seines Bewusstseins und versuchte die richtige Form zu finden. So eine Offenbarung ist wie ein Niesen. Klingt unwahrscheinlich, ist aber so. Sie kann verlorengehen, kann einfach verschwinden, sieht man nicht direkt ins Licht und bittet das Innere herauszukommen.

Er sah zum Himmel auf, bis seine Augen schmerzten. Es war ein kalter Tag, aber klar und hell. Bald schon musste er sich entscheiden, ob er nach Norden oder Süden gehen wollte. Er griff an seinen Schal und wünschte, er hätte Handschuhe dabei. Vor Monaten, bei seinem letzten großen Fall, hatte er den südlichen Teil nachdenkend durchstreift. Heute entschied er sich für den Norden.

Der Weg führte durch einen wunderschönen Laubengang voller herabhängender Ranken. Schillernde Sonnenstrahlen. Tanzende Blätter. Ein Ort der Ruhe, eines Waffenstillstandes mit dem Wind, und eine Atmosphäre wie aus Glas schien sich über den Park zu senken. Er fühlte sich so viel besser und erinnerte sich, wie er solche Spaziergänge immer geliebt hatte, so geschützt in all dem Liebreiz. Und während der Weg ihn weiter nach Norden führte, immer noch nahe beim Laubengang, grüßten ihn Unmengen von Geißblattsträuchern, die leicht an ihren Blättern zu erkennen waren.

Die Geißblattblätter glichen Pfeilspitzen, schmal und länglich wie für die Schlacht. Sie hatten feine Härchen an den Rändern, und mit einer Sanftheit, von der er kaum mehr gewusst hatte, dass er sie in sich trug, fuhr er mit der Hand über einige Blätter, auch über die Unterseiten, ihre zarten Bäuche. Im Mai und Anfang Juni würde die Tatarische Heckenkirsche wieder zu blühen beginnen – mit rosafarbenen, weißen, purpurnen Blüten, deren Oberlippen weit gespalten waren. Glyziniengirlanden würden dann ebenfalls zum Leben erwachen. Das Mordopfer hatte hier wirklich etwas geschaffen, eine erfrischende Wirklichkeit, und Inspector McClusky schluckte und fragte sich, wie viel vom Schicksal eines Menschen im eigenen Kopf ruhte. Polizeiarbeit, die große Ernüchterung. In den ersten Jahren blähst du dein Ego auf, machst dich unbesiegbar, sagst der Presse gegenüber törichte Dinge, um ein Image aufzubauen, siehst dann aber genügend Katastrophen, um zu erkennen, wie klein du bist, und dieses Gefühl von Kleinsein musst du vor den Blicken der anderen in deinem Inneren verbergen. Ein paar flüchtige Wolken jetzt. Da oben hatte jemand einen Plan und würde ihn anwenden oder zerreißen. Büroarbeit, Unterlagenstapel, einiges davon angefressen. In einem kurzen Anfall alter Kleinlichkeit nahm er sich aufs Neue vor, während er weiter voranschritt, einen Weg zu finden, um den kommissarischen Captain Daly aus der Polizei zu befördern.

Wenn die Blüten verwelken und zu Früchten werden, hängt das Geißblatt voller scharlachroter Beeren, oder? Die Zartheit der Blätter, diese Früchte. Leuchtend scharlachrote Beeren. Wann genau hatte er all diesen Dingen den Rücken gekehrt und war zu einem Mann geworden, der nur mehr in kleinen Räumen existierte?

Er blieb stehen. Holte einen Zettel aus der Tasche. Setzte sich auf einen Flecken Gras – das sich kalt anfühlte – und zog den Schal enger um seinen Hals, wie eine Schlinge. Betrachtete die Daten von Greens Leben, die er aufgeschrieben und ergänzt hatte. Betrachtete sie im Sonnenlicht und steckte sie zurück in die Tasche. Er fragte sich, ob er, sozusagen, hinaus aufs Land ziehen sollte. Das machten einige Leute, oder?

Aber nein, kein Umzug aufs Land, nicht für ihn. Vielleicht stimmte es, dass die Leute dort hinter den Stadtgrenzen weniger Grund zum Klagen hatten. Aber es stimmte auch, dass, wenn sie jemanden brauchten, niemand da war, der ihnen zuhörte. Ihr langweiliges Gerede darüber, New York zu verlassen, wurde vom Wind hinaus aufs Meer getragen.

Er konnte nicht wirklich glauben, dass Mr. Andrew Haswell Green in einsamen Momenten das Hurenhaus von Bessie Davis besucht hatte, von Hannah Elias, oder wie sie auch genannt werden wollte. Eine Theorie fühlte sich instinktiv richtig oder falsch an, und diese brachte nichts in ihm zum Klingen. Du liest das Tagebuch eines Mannes, betrachtest sein Werk, wanderst durch seinen Park und beginnst deinen Instinkten zu trauen, wenn du überlegst, was für ein Mensch er wohl war. Jemand, der einen Ort wie diesen hier geschaffen hatte, war natürlich in der Lage, für Sünden zu bezahlen. Man musste sich nur diese Größe ansehen, die Magie. Er war der Vater von Greater New York! Natürlich war er auch zu Dummheiten fähig – selbst die talentiertesten Inspectors der Stadt ließen sich von ihren Lenden zu Fehlern verleiten … Aber warum sollte Bessie lügen? Sie hat gesagt, sie habe ihn nicht gekannt. Jetzt war er tot. Folgen gäbe es keine. Wenige.

Von Mr. Greens *weiblicher Handschrift* hatte der *Herald* einmal gesprochen. So wie seine Worte sich über das Papier wanden.

Der Umstand, dass er nie geheiratet hatte. Aber das könnte beide Hypothesen stützen, oder? Ein einsamer Mann braucht eine Frau. Oder er ist einfach nicht interessiert …

Die Freundschaft mit Samuel Tilden. Die Gerüchte. Aber das war unwahrscheinlich. Weniger als einer von zehntausend, so hieß es, litt unter dieser Neigung. Und Gerüchte gab es immer und überall. In Städten wie dieser lagen sie in der Luft. Sie *waren* die Luft, sie machten sie aus.

Er stand auf, seine Gedanken kehrten an den Anfang zurück und gelangten zu diesem einfachen Schluss: Bessies selbst erklärte Priorität stimmte wahrscheinlich – ihre wichtigsten Kunden zu schützen. Sich ihr Vertrauen zu erwerben. Und das musste sie mit Erfolg getan haben. Die Wohlhabenden würden nicht zu *irgendeiner* schönen Frau gehen. Es musste ein Gefühl von Diskretion herrschen, von Taten untermauert.

Und dann ließ ihn ein Gedanke erstarren. Der Kunde in Bessies Buch, Mr. Hart. Und dieser Mr. Braine. Hatte es da nicht auch irgendwo einen Mr. Foot gegeben?

Er wusste ja bereits, dass sie Kodenamen benutzte. Aber was, wenn die den Schlüssel zu seinem Fall bildeten? Was, wenn alle Kunden, die sie je gehabt hatte, in diesen und den vielen früheren Büchern, die es wahrscheinlich gegeben hatte, mit Kodenamen verzeichnet waren?

Er nieste. So richtig. Es kam wie ein Schlag, alles auf den Ellbogen. Am Vorabend, im letzten Arbeitsdelirium, hatte er über dem Eintrag eines Mr. Newgray gebrütet.

Mr. Gray.

Mr. New Gray.

Farben. Was, wenn ihr Kode teilweise aus Farben bestand? Wenn sie Männern zu Diensten war, die sie Mr. Brown, Mr. Black und …

Er war auf seinem Weg in Schweiß geraten, trotz der Kälte, wie er es in letzter Zeit bei fast jedem Bewegungsabenteuer tat, und dieser Schweiß kühlte nun sein Gesicht, klärte etwas in seinem Körper, seinem Denken. Fast schon abergläubisch, als helfe der Park ihm bei seinem Durchbruch, wandte er seine Aufmerksamkeit zwei blühenden Kreuzsträuchern zu. Ganz ruhig, dachte er. Keine übereilten Schlüsse …

Wer im Herbst über die Salzwiesen draußen bei Coney Island wanderte und vielleicht träumte, dass Topsy, der Elefant, noch lebte, sah auch dort Kreuzsträucher, in der Nähe des Strandes, ihre Früchte bauschten sich über das samtige Riedgras, und der Gedanke, ein Leben zu leben, das einem so wenig Zeit hier draußen unter freiem Himmel erlaubte, versetzte ihm einen Stich.

Die Coney-Island-Möwen, wie sie vor der Sonne kreisten! Das Rauschen der Brandung. Das alles vermischte sich in McCluskys Kopf mit diesem Park, seinen Nachbildungen der Natur, seinen tausend verschiedenen Grüntönen.

Mr. Green.

Er blieb stehen. Schluckte. Kniete sich ins Gras, als wollte er beten.

Bis jetzt hatte er jede Einzelheit des Falles sauber mit allen anderen zusammenfügen wollen, damit sie einen Sinn ergaben, hatte alle Verschleierungen und Absurditäten ausräumen wollen – die Sache war jedoch die, dass es keinen Sinn gab, keinen alles umfassenden Plan, nur individuelle Marotten und Irrtümer, die von Natur aus absurd waren und gleichzeitig traurig. Er band sich den Schuhriemen zu, löste ihn und band ihn erneut.

Was, wenn Cornelius Williams irgendwann in seinem unsichtbaren Leben, das er McCluskys Kollegen gegenüber aus einem Gefühl der Würde heraus nicht preisgeben wollte – dort in den Tombs, wo er eingesperrt saß; still war er in den letzten Tagen, als schiene ihm sein Gerede in der ersten Befragung heute völlig sinnlos –, was, wenn er irgendwann eifersüchtig geworden war auf einen der reichen weißen Männer, die sich der Dienste Hannah Elias' erfreuten, die auch als Bessie Davis bekannt war?

Und was, wenn einer dieser reichen Kunden Cornelius Williams aus Bessies Haus hatte heraushaben wollen? Aus ihrem Leben? Oder doch zumindest als Bessies Entschuldigung diente, um endlich ihre weniger zahlungskräftigen Kunden loszuwerden …

Und was, wenn Williams Bessie nicht mehr finden konnte, nachdem sie ihre erste oder letzte Villa gekauft hatte, und er nie die Gelegenheit bekam, sie für sich zurückzugewinnen? Wenn er, halb wahnsinnig durch die Umstände und das Gefühl, dass auf seiner Liebe herumgetrampelt wurde, zu der Annahme gekommen war – ob zu Recht oder Unrecht –, dass dieser reiche weiße Kunde sie beschützte? Sie abschirmte? Sie gegen ihn aufwiegelte?

Und was, wenn Bessie diesen Mann, einen alten, weißbärtigen Mann, eines Tages *Mr. Green* genannt hatte?

Einen Vornamen würde Cornelius Williams nicht wissen. Nur dass er alt war, einen weißen Bart trug, Green hieß und einer gut bezahlten Arbeit nachging.

Und Cornelius Williams schlug Green im Adressverzeichnis der Stadt nach.

Riss die Seite heraus mit den möglichen Greens.

Konzentrierte sich auf die wenigen, die reich zu sein schienen und nahe genug wohnten, um Bessies gerüchteumwehtes Haus zu besuchen – wie ein Anwalt aus der Park Avenue.

Er begann herumzufragen … und einige der Greens waren zu jung, glücklich verheiratet oder erst seit Kurzem in der Stadt … Und die Leute in der Park Avenue wussten nur von einem wohlhabenden, unverheirateten Mr. Green … der in Nr. 91 wohnte. Andrew Haswell.

Was sagst du nun, Kohlkopf! Alles fügte sich zusammen.

Inspector McClusky riss den Arm nicht hoch in die Luft, aber er versuchte sie zu fassen. Er streckte die Hand aus, als wollte er die Kälte einfangen. Er lächelte, hustete und lächelte wieder. Er wusste nicht, dass sein eigener Tod – durch einen bewaffneten Einbrecher, den er verhaften sollte – nur ein paar Jahre entfernt lag, ein Ende, das allen Machtmissbrauch verhinderte, den seine Zukunft noch mit sich hätte bringen können. Und er wusste nicht, dass Catherine bald darauf schon einen neuen Partner finden und sich zum ersten Mal verlieben würde. Nichts von alldem wusste er, und deshalb war er glücklich.

Er war nicht restlos davon überzeugt, dass er den Fall

tatsächlich gelöst hatte, war sich aber sicher, eine Erklärung gefunden zu haben, die funktionierte. Wenn sich weitere Überprüfungen seiner Farbentheorie als fruchtbar erwiesen, würde sie auch die Jury und die Männer des Präsidenten befriedigen. Vielleicht sogar einen Leser der *Times*. Ja. Andrew Haswell Green war aufgrund einer Verwechslung ermordet worden, er war sich jetzt sicher. Ein großer Fehler, der auf dem Faible einer Hure für Spitznamen basierte. Ein Fremder – was für ein Schicksal! – hielt ihn für einen anderen, keinen anderen *Mr. Green,* sondern einfach nur einen Mann mit dem Kodenamen Mr. Green. Diese Idee würde er, sozusagen, in den Kopf der Öffentlichkeit pflanzen. Würde zusehen, wie sie wuchs, und den Erfolg für sich reklamieren, denn der gebührte ihm.

Sein Herz schlug, sein Blut floss. Aufgrund einer Verwechslung ermordet zu werden war ein ironisches Ende für einen Mann mit solch klaren Plänen. Für einen Mann, der, hatte McClusky richtig recherchiert, wie besessen davon gewesen war, Zufällen keine Chance zu geben. Dieser Park war so gut wie in Gänze menschengemacht. Das einzig Ursprüngliche auf seiner ganzen Fläche war, wie McCluskys Durchsicht der oft langweiligen Aufzeichnungen ergeben hatte, der metamorphe Felsen, bekannt als der »Manhattaner Schiefer«. Alle sieben Wasserflächen waren künstlich angelegt. Tiefer liegende sumpfige Stellen hatten aufwendig trockengelegt werden müssen. Für die drei Waldstücke hatte man Tausende Bäume, Sträucher und Gewächse auf öde Hänge gepflanzt. Millionen Wagenladungen Erde waren angekarrt worden – einige von McCluskys Vater und seinem Onkel –, um den Eindruck wogender Wiesen zu schaffen. Die Einebnung von Felsen hatte mehr Pulver verbraucht, als in der Schlacht von Gettysburg verschossen worden war, und wenn ein Bürger der Stadt unter dem Laubdach des Ramble herspazierte, eines Bereichs, den Green und seine Planer einmal *den wilden Garten* genannt hatten, ahnte er nicht im Geringsten, dass er sich auf einer Fläche bewegte, die ein reines Hirngespinst und durch jahrelange sorgfältige Betrügerei realisiert worden war. Der urige Bach, der Spaziergänger mit seiner Musik beruhigte, konnte wie ein Wasserhahn auf- und abgedreht werden. Ja, es war nicht so, als hätte Green daran geglaubt, das Schicksal den Händen der Natur zu überlassen. Vermutlich bewunderte er die sorgfältige Konstruktion einer entsprechenden menschlichen Geschichte.

Sie waren jetzt alle tot, überlegte McClusky und begann keuchend zu rennen. Green hatte Olmstedt, seine zeitweilige Nemesis, um ein paar Monate überlebt. Olmstedt hatte einen Zusammenbruch erlitten und war in einem Irrenhaus gelandet.

Das Grün schien einem Mann eine Menge abzuverlangen.

Östlich von ihm wuchs Hartriegel, westlich standen große, kahle Zypressen. In seiner Erleichterung flackerte auch ganz klein ein Bedauern auf: Einem Teil von ihm würde es fehlen, Leben und Tod des Opfers zu erforschen. Inspector McClusky sprintete auf einen Abschluss zu, wo er doch vor allem ein Tor wollte.

31
Miners' Gate

Andrews Träume trugen ihn in seinen letzten Jahren häufig zurück zum Anblick, den der Bau der Brooklyn Bridge bot. Er erinnerte sich, wie er zusammen mit Samuel an Deck der Fähre gestanden hatte, die sich Brooklyn näherte. Die 1870er waren gerade angebrochen, was bedeutete, dass Andrew jetzt seit über fünfzig Jahren auf dieser Erde war, aber an Bord dieser Fähre fühlte er sich deshalb nicht wie ein anderer. Das halbe Jahrhundert hatte sich nur als ein weiterer Meilenstein erwiesen. Eine ganz gewöhnliche Boje, wo er doch mit einem Leuchtturm gerechnet hatte, einer Art alles illuminierenden Revolution.

Sie waren etwa auf halbem Weg, als der Himmel aufriss. Das war der beste Platz für einen Blick auf die Baustelle. Die Fähre bot einen schwimmenden Aussichtspunkt. Die *East River Bridge*. Die *Brooklyn Bridge*. Die *New York & Brooklyn Bridge*. Die *Great Bridge*. So viele Namen für eine Konstruktion, die noch nicht übers Wasser reichte.

Drei hoch aufragende Lastenkräne beherrschten die Arbeiten des Tages und hievten riesige Kalksteinblöcke an ihre Plätze, winzige Gestalten wimmelten um das Mauerwerk, kletterten auf Holzstapel, umkreisten mächtige Kohleberge und verschwanden in angrenzenden Höfen. Alles war in stetiger Bewegung, ohne Pause, als folgte es einem natürlichen Plan. Schwarzer Rauch kräuselte sich in der blauen Luft, und die Zeichen, die er schuf, hatten keinerlei Bedeutung.

Washington Roebling begrüßte sie am Fuß der Fulton Street. Die Haut kalkig, die Brauen matt vom Staub, traten seine eigentlich eleganten Wangenknochen viel zu hart unter den Augen hervor, als hätte die Anstrengung der Betrachtung, die Vorstellung des vollendeten Projekts, das immer noch in seinen Anfängen festzustecken schien, das Fleisch um sie herum weggefressen. Es war kaum zu glauben, dass er noch in seinen Dreißigern war, auch wenn er sich die aufrechte Haltung eines Soldaten bewahrt hatte und sein Mund keinerlei Niederlage erkennen ließ. Dieser Mund erweckte in Andrew jedes Mal neu den Wunsch, Roebling zu gefallen.

War es möglich, dass Roebling bereits wusste, dass ihm die Arbeit hier nach dem Leben trachtete, wie sie seinen Vater umgebracht hatte? An diesem Morgen spuckte er regelmäßig in ein Taschentuch, was Samuel erst ignorieren wollte, weil er es nicht mochte, sich mit den Krankheiten anderer Leute zu befassen. Es gemahnte ihn an sich selbst.

Wie steht es mit dem Plan, Mr. Tweed zu beseitigen, Gentlemen?, fragte Roebling und klopfte Andrew etwas weniger kräftig auf die Schulter, als er vorgehabt haben mochte. Ist ein ziemlicher Feldzug, den Sie beide da führen.

Roebling hustete, und seine Augen wurden gläsern, als er schluckte. Samuel sah weg. Betrachtete die Vögel, den Himmel, Arbeiter bei der Arbeit.

Ich nehme an, die Möglichkeit, ihn zu vergiften, haben Sie verworfen?, fügte Roebling hinzu.

Andrew lachte. Da wäre eine gigantische Menge nötig, oder?

Ganz recht, Andrew! Eine ziemliche Ausgabe bei einem Mann von seinem Volumen. Seine Ermordung wird die Stadt in den Ruin treiben – wenn es seine Statue nicht tut. Gift und Bronze, beides ist teuer.

Ist er schon hier?, fragte Samuel.

Irgendwo, sagte Roebling. Ich kann seine Schritte hören. Was halten Sie von einem Spaziergang, Gentlemen? Die Führung für die Sachverwalter liegt schon eine Weile zurück.

Andrew lächelte trotz der Kopfschmerzen, die die Überfahrt ihm bereitet hatte. War es wirklich dreißig Jahre her, dass er an Bord dieses höllischen Zweimasters nach Trinidad aufgebrochen war? Es war ein merkwürdiger Gedanke, sich vorzustellen, dass New York heute ziemlich anders aussähe, wenn er damals ertrunken wäre.

Die frischen Granitblöcke, erklärte Roebling, während sie neben ihm gingen, seien in Maine abgebaut und behauen und dann mit einem Schoner hergebracht worden. Voran gehe es nur hier in Brooklyn, alle Arbeiter seien hier. Auf New Yorker Seite, so klein und fern von hier, sei noch nicht einmal der erste Stein gelegt worden. Es gab von Andrew und anderen Sachverwaltern befürwortete Pläne, in der Verankerung große Kammern zur Lagerung von Wein anzulegen, die Pläne umfassten etliche Gänge und Abteile speziell für diesen Zweck, Bereiche innerhalb des Turms, in denen sich die entsprechende Temperatur halten ließ. Sie sollten zu einem außergewöhnlichen Preis für all diejenigen zu mieten sein, die einen Weinkeller in einem öffentlichen Gebäude wünschten – was die Möglichkeit zu vornehmen Gesprächen bot, während etwas von dem Lagergut konsumiert wurde. Roebling war gut in solchen Dingen, er war sehr findig, wenn es darum ging, wie sich ein Großprojekt in einer Welt des privaten Wohlstands finanzieren ließ, ohne bei seinem eigentlichen Zweck Abstriche machen zu müssen. Er kannte die schmutzigen Seiten von derlei Abmachungen und hatte seinen Spaß daran, sie verborgen zu halten.

Sie gingen weiter, und Roebling stellte mehr Fragen zu Tweed, worauf Samuel mit seiner Lieblingslüge antwortete, die er längst selbst zu glauben schien: dass es vor 1869 noch keinen Korruptionsring gegeben hätte, dass er schlicht noch nicht existiert habe. Ansonsten, sagte Samuel und fasste sich ans Kinn, wie er es beim Lügen immer tat, hätte ich den Kampf gegen Tweed schon weit früher eröffnet.

Tweed unterstützte diese Brücke, investierte viel Geld in sie, denn offenbar war es sein Plan, als Großaktionär umso mehr aus den öffentlichen Aufträgen abschöpfen zu können. Oder war es möglich, dass er, so egozentrisch er sein mochte, doch auch ein Auge für Größe hatte? Für Architektur, die ihn überdauern würde?

Mehr als hundert Mann arbeiteten an diesem Tag auf der Baustelle. Die meisten waren Tunnelbauer, die weniger als zwei Dollar verdienten. Mit Schaufeln und Dynamit entfernten sie Felsbrocken vom Grund des Flusses. Höher bezahlte Männer, wenn auch nicht notwendigerweise die qualifiziertesten, arbeiteten im Caisson selbst – dem riesigen luftdichten, hölzernen Zylinder, der ins Flussbett hinabgesenkt worden war. Dort unten in der Tiefe legten sie unter enormem Risiko das Fundament des Turmes. Theoretisch müsste sich ihr Gesundheitszustand mit jedem Tag verbessern – sie bauten in die Höhe, in der nächsten Woche schon würden sie auf einer höheren Plattform stehen! –, doch so schien die seltsame Caisson-Krankheit nicht zu funktionieren, sondern sie war offenbar kumulativ. Soweit Andrew das beurteilen konnte, bestrafte sie dich für deine Vergangenheit. Zeit, die man unten in der Tiefe verbracht hatte, konnte nicht zurückgedreht werden, Fehler waren nicht auszumerzen. Es hieß, dass Leute, die im Ozean tauchten, mit einer ähnlichen Krankheit zu kämpfen hatten. Wenn die Arbeiter in den Caissons tief genug gegraben hatten, dreizehneinhalb Meter hier in Brooklyn und geplante vierundzwanzig für den Turm auf der New Yorker Seite, konnten sie anfangen, das Fundament mit den Granitblöcken zu legen, und sich hinauf bis an die Oberfläche arbeiten, was die Bedingungen grundsätzlich von Woche zu Woche weniger tödlich werden ließ, bis schließlich ein solider Steinturm aus dem Wasser ragte, auf dem die Fahrbahn der großen Brücke lagern würde.

Stimmen, Gelächter. Husten, Niesen. Der Staub, der sich in der Kehle verfängt, während Geschichte gemacht wird.

Vertreter der Presse versammelten sich beim Caisson. Wenn Samuel in aller Öffentlichkeit wütend wurde, konnte Andrew den unterdrückten Zorn in seinem Atem hören und die winzigen Bewegungen seines angespannten Kinns sehen. Samuel war bekannt für seine anwaltliche Ruhe und Ausgeglichenheit, doch dies war lediglich ein weitverbreiteter Glaube, stimmig allein an der äußersten Oberfläche, für die, die ihn nicht gut kannten.

Andrew stand neben Samuel, roch, sah aber keinen Rauch. Roebling wurde nach vorne gerufen, um Tweed die Hand zu schütteln – vorsichtig, kein Lächeln, kein Willkommen. Er führte ihn zu einer Bühne aus umgedrehten Kisten.

Die Journalisten verstummten, als das Holz unter Tweed knarrte, in Erwartung eines möglichen Debakels. Das riesige, pfirsichfarbene Gesicht. Der mit fast dreihundert Pfund überlastete Körper. Auf Tweeds Hemd glitzerte eine diamantene Anstecknadel, als er seine Rede begann. Aber irgendwie hielt die Plattform unter ihm.

Wen fürchtete Tweed wirklich? Nicht seine vermeintlichen Gegner, die Republikaner. Sie bewunderten Geld viel zu sehr, um ihm Probleme zu machen. Seit dem Krieg hatten sie sich als die großen Sieger präsentiert, und gab es ein besseres Beispiel für den Geist Amerikas als William Tweed? Er hatte sich seinen Reichtum selbst erworben, hatte sich dabei beider Parteien bedient, es störte ihn nicht, Grenzen zu überschreiten. Mit einer halben Million an Schmiergeldern hatte er die Macht der staatlichen Ausschüsse zurück nach Tammany Hall geholt. Er regierte die Stadt, und die New Yorker Demokraten fürchteten, durch einen Versuch, seinen Zugriff auf die Macht einzuschränken, ihren eigenen kleinen Anteil daran einzubüßen. Gouverneure genossen es, zu einem schnellen Glas Champagner in seine Villa an der Fifth Avenue eingeladen zu werden, dann einem zweiten, etwas langsameren und schließlich dem Rest der Flasche. Waren sie erst einmal durch die Tür und ihre Anwesenheit von einem freundlichen, zufällig anwesenden Journalisten registriert, ihre Geschenktüte dollarleicht oder schwer mit einem Diamanthalsband für die werte Gattin, war der Pakt mit dem Teufel ausreichend besiegelt.

Tweeds Stimme wurde von Hämmern auf Metall unterlegt. Wasser rauschte. Wind.

Während er sprach, schickte Tweed argwöhnische, leicht belustigte Blicke in Richtung Presse. Er machte eine Bemerkung zu drei Zeichnern ganz vorne. Der Großteil seiner Unterstützer konnte nicht lesen, erkannte aber eine unschmeichelhafte Karikatur, wenn sie ihnen vor die Nase gehalten wurde. Er sagte den dreien, er werde sie einsperren lassen, und die Zuhörerschaft, zu der auch Andrew gehörte, lachte unsicher. Tweed nahm eine staatsmännische Haltung an. Er sagte: Aber ernsthaft, ich bin froh, all Ihre Gesichter hier um mich zu sehen. Ich habe Ihnen ein paar Worte zu sagen.

Er war kein begabter Redner, aber seine mangelnde Eloquenz schien die Nachricht, die er zu vermitteln versuchte, nur noch zu verstärken: dass er ein Mann des Volkes sei, ein einfacher Stuhlmacher, der es zu etwas gebracht hatte und New York zur großartigsten Metropole der Welt machen wolle.

Wenn mich ein Demokrat, sagte Tweed, nicht unterstützt …

Die Presse hielt den Atem an. Ein paar Journalisten drehten sich um und sahen zu Andrew und Samuel hinüber.

… dann muss es daran liegen, dass er meine Ansicht nicht teilt, dass jeder Mann in dieser Union, aus was für einfachen Verhältnissen er auch stammt, reich und mächtig werden und für sich, seine Frau und seine Kinder sorgen kann. Vielleicht haben diese Demokraten keine Kinder? Vielleicht stammen sie aus reichem Hause? Vielleicht haben sie skrupellose Berufe oder Gewohnheiten. Vielleicht sind es Spekulanten.

Samuels Ellbogen grub sich in Andrews Seite.

Tweed fuhr lächelnd mit seiner Rede fort. Der vermeintliche Riss, der durch die Demokratische Partei New Yorks gehen soll, sagte Tweed, ist nichts als ein Trugbild, das sage ich Ihnen hier und heute! Eine üble Lüge skrupelloser Republikaner, die den Menschen weismachen wollen, die Demokratische Partei könne geschlagen werden! Wir stehen zusammen. Ja, wir sind aufrechte Leute, wir stehen zusammen. Wer Zweifel daran hegt, der drehe sich um und sehe Mr. Samuel Tilden dort hinten – er steht hier heute mit mir, als der makellose Demokrat, der er ist!

Jetzt wandte sich eine größere Anzahl Köpfe zu ihnen um. Andrew sah, wie Samuel rot anlief. Tweed starrte herüber, lächelte und genoss das alles. Ein Mann, der zumeist als Walross mit Budapestern dargestellt wurde, dessen übergroßer Appetit aber dazu geführt hatte, dass es in letzter Zeit auch andere tierische Inkarnationen seiner Person gab. In den Karikaturen in *Harper's,* das er versuchte von den Zeitungsständen zu verbannen, und vielen ähnlichen hatte er in der einen Woche den Kopf eines Hundes, in der nächsten den eines brutalen Bären, und zu Thanksgiving war er ein dicht gefiederter Truthahn gewesen, massig genug als Festmahl für die ganze Stadt – dabei aber fest entschlossen, nur sich selbst satt zu machen.

Wenn diese Zeichner die Wahrheit sahen, warum folgten dann ihre schreibenden Kollegen nicht ihrem Beispiel und versuchten Tweed um seine Machtposition zu bringen? Ihre Anzeigenabteilungen waren von Tweeds Geld abhängig, deshalb. Ihre Redakteure hatten Angst. Auf jeden negativen Artikel, den sie brachten, folgte ein positiveres Porträt, alles im Namen von Ausgewogenheit und Fairness – genau den Werten, die Tweed sein Leben lang schon zu zerstören versuchte.

Tweed redete jetzt von der Messe des American Institute in der Halle der Empire-City-Eisbahn, der Maschinen-Schau, den wunderbaren Bohrern und Pumpen, den Schleifscheiben und Brutmaschinen. Er sagte: Die üppige Fülle amerikanischer Fabrikationen war dort zu sehen! Das werde ich nie vergessen! Und diese großartige Brücke, die da hinter mir entsteht, zeugt ebenfalls von unseren Fähigkeiten. Unser Land produziert mehr Eisen denn je. Ein Mann mit einer Augenklappe hat mir gestern erst Beispiele amerikanischen Stahls gezeigt. Es gibt keinen besseren! Die Produktion von Sägen hat hier bei uns erst vor zehn Jahren begonnen, heute wird das ganze Land aus unseren eigenen Quellen versorgt! Schrauben kamen einst per Schiff ins Land, jetzt exportieren wir sie in großen Mengen. Die guten Menschen in Brooklyn wollen, dass sich diese Erfolge fortsetzen. Aber es gibt schlechte Menschen. Ja. Die gibt es auch. Schlechte Menschen, die sich uns in den Weg stellen.

Andrews Stimmung verfinsterte sich, während Tweed eine Pause einlegte und nickte. Sein Gesicht nahm einen Moment lang einen traurigen Ausdruck an, als verspürte er tatsächlich Mitgefühl mit seinen Mitbürgern.

Britische Arbeiter, sagte Tweed, bauen Eisenbahnen quer durch Asien und Afrika – und sie tun es mit Spaten und

Schaufeln aus amerikanischer Fabrikation, Gentlemen! Was, wenn es einen weiteren Krieg gibt? Meine Unterstützer sind gute Leute, diejenigen, die gegen unsere Wirtschaft arbeiten, sind es nicht. Die großen Metropolen der Welt wachsen, werden eigene Welten. Ich werde New York groß machen und immer noch größer! Wir leben im Zeitalter der Erfinder! Dem Zeitalter wunderbarer, von Menschenhand geformter Materialien. Einem Zeitalter amerikanischer Größe. Ja, jeder kann ein gutes Leben führen, selbst ein einfacher Stuhlmacher wie ich.

Seine Rede unterschied sich nicht sehr von der, die Samuel kürzlich gehalten hatte. Die gebildeteren Noten fehlten (Ruft die Altvorderen und zeigt ihnen die Kraft des Dampfes! Setzt Kolumbus an Bord der *Great Eastern* und seht, wie schnell er wird! Stattet Galileos Fernrohr mit Alvan Clarks Linsen aus! Schickt Cäsars Armeen auf Schienen nach Gallien! Gebt Homer eine gedruckte Ausgabe der *Illias* von einem kleinen amerikanischen Verlag!), aber es war dieselbe Botschaft.

Andrew hörte zu. Sah, wie Samuel ungläubig den Kopf schüttelte, als wäre irgendetwas von alldem eine Überraschung. Es schien ihm bis jetzt nicht bewusst gewesen zu sein, dass Diebstahl Tweeds offensichtlichste Spezialität war. Worte zu stehlen war ein Begleitprogramm zum Hauptereignis: die Öffentlichkeit auszunehmen. Wenn Tweed und seine Kumpane in der Rechnungsprüfung nicht bald schon entfernt und durch ehrbare Männer ersetzt wurden, würde diese ganze Stadt untergehen.

Vor dem Krieg, sagte Tweed, waren wir unbewaffnet. Bevor er endete, erklangen zehntausend Ambosse. Colt, Parrott und Spencer bauten ausgeklügelte Waffen. Jetzt brauchen wir mehr Parks – wie sie Mr. Andrew Haswell Green dort hinten, der, wie ich höre, die Demokraten wählt, so sachkundig zu errichten weiß! Wir brauchen mehr Kunst, mehr von Mr. Greens Museen und Wissenschaft für Ärzte, und wir brauchen diese großartige Brücke!

Ein Flüstern von Samuel: *Wissenschaft für Ärzte?* Ernsthaft, wir müssen ihn ausschalten.

Es war schwer, anderer Meinung zu sein. Gut zu hören, wenn aus einem Scherz Ernst wurde. Das Wort *Park* aus Tweeds Mund hatte Andrews Ohren so erglühen lassen, wie sie es manchmal taten, wenn Samuel von John Bigelow *Sam* genannt wurde.

Andrew sah, wie Roebling, der von Tammany Hall in diese Sache gezwungen wurde, still neben der Bühne stand, blass und betreten.

Tweed begann eine Geschichte aus seiner Kindheit zu erzählen. Sein Vater, der einen kleinen Laden geführt hatte – bescheiden, ach so bescheiden –, schickte seinen Gehilfen mehrmals in der Woche Tabak holen. Und jedes Mal, wenn der schwarze Mann zurückkam – der sein Haar wachsen lassen wollte, dieser Schwarze, es aber nicht durfte –, sagte Tweeds Vater zu ihm: Wie viel Rückgeld hast du wieder mitgebracht? Und der Mann sagte: Vier Cent, Sir.

Tweed lachte. Brüllte wie ein Bär. Die Plattform unter ihm knarrte, hielt aber. Wisst ihr, was mein Vater darauf geantwortet hat?, fragte er.

Schweigen bei der versammelten Presse.

Mein Vater sagte seinem schwarzen Gehilfen jedes Mal: Vier Cent? *Vier Cent?* Du wirst niemals reich, wenn du mir meine vollen vier Cent zurückbringst! Warum um alles in der Welt hast du nicht einen eingesteckt und gesagt: Drei?

Das erwartete Lachen kam: halbherzig und schnell wieder verstummt. Die Journalisten schrieben sich die Anekdote auf, dankbar, etwas für die nächste Ausgabe zu haben. So schnell war es gekommen: sich aus Unehrlichkeit einen Spaß zu machen. Aber Andrew wusste, dass sich die Zeiten ändern würden. Dafür würde er sorgen. Es würde keine Tweeds mehr in so hoher Stellung geben, wenn dieser erst beseitigt war. Man konnte sich auf das Gedächtnis der Leute doch sicher verlassen, zu einem gewissen Grad.

Natürlich, fügte Tweed jetzt hinzu und kam zu seiner eigentlichen Moral, betrug das Rückgeld, wie mein Vater herausfand, *sechs* Cent! Der Schwarze hatte sich jedes Mal zwei Cent in die eigene Tasche gesteckt! Mein Vater musste ihn entlassen. Hätten Sie es genauso gemacht, Mr. Green dort hinten, hätten Sie den Schwarzen entlassen? Hätten Sie, Mr. Green …?

Es dauerte einen Moment, bis es ihm bewusst wurde, dass er erneut angesprochen worden war. Aller Augen sahen stumm in seine Richtung.

Kommen Sie schon, rief Tweed über Köpfe und Hüte hinweg. Andrew Haswell Green, ein solch großer Mann hier unter uns! Sie sind bekannt für Ihre Knausrigkeit, Sir. Sie kritisieren meinen Wohlstand in der Presse und tolerieren es nicht einmal, dass Mr. Vaux auch nur einen Cent für die Verschönerung Ihres Parks ausgibt, oder? Also frage ich Sie: Hätten auch Sie den diebischen Schwarzen entlassen? Hätten Sie ihn hinausgeworfen? Womöglich sogar bestraft? Schließlich gelten Sie allgemein als Erbsenzähler.

Andrew gelang es, ein paar Worte herauszubringen. Die Situation, sagte er.

Lauter, Mr. Green!

Alle blickten jetzt zu ihm.

Die Situation, sagte Andrew und hob die Stimme. Bei mir wäre es nicht dazu gekommen …

Tweed sagte: Oh? Wie das, Mr. Green? Würde Sie niemand in Ihren Kreisen je betrügen? Ist das so?

Die Presse hielt den Blick starr auf ihn gerichtet. Der Wind rauschte in Andrews Ohren. Dann Stille.

Es ist weit einfacher, sagte Andrew. Er wartete einen Moment. Er hatte eine Antwort gefunden. Erleichterung durchströmte ihn, bevor er seine letzten Worte sagte: Sehen Sie, Mr. Tweed, ich rauche nicht.

Ein Herzschlag, zwei … dann kam das Lachen, so viel lauter als zuvor. Hände klopften ihm auf die Schulter. Samuel kicherte so, wie er es im Frühling getan hatte.

Eine gute Antwort, mein Freund, gab William Tweed zu. Eine sehr gute Antwort, mein guter Freund, mein Demokraten-Freund, sehr gut.

Manchmal, wenn Andrew Tweed ansah, sah er Horace Hinsdale, ein anderes Jahrzehnt, eine andere Ebene, statt Gläsern mit ausländischem Tee pries er Ideen und Gefälligkeiten an. Verkaufen im großen Stil. Machte das eine Stadt aus?

Die Rede war zu Ende.

Ein Mann auf der östlichen Seite der Baustelle zog sich nackt aus, ohne etwas darauf zu geben, wer ihn sah. Andrew beobachtete, wie er in einer Holzhütte verschwand.

Roebling war wieder an seiner Seite und folgte amüsiert

seinem Blick. Die Aufwärmhütte, sagte er. Sie und Mr. Tilden werden auch schon bald da hineinschlüpfen. Aber zuerst – eine Entertainer-Geste mit den Händen, als hätte er von irgendwo einen Energieschub bekommen – würde ich gern wissen, ob Sie tiefer hinunterwollen, als Sie je waren? Tief unter den Fluss.

32
Strangers' Gate II

Basierend auf der Diagnose eines anerkannten Irrenarztes, die dem Angeklagten *heftigen Verfolgungswahn* attestierte, und der Schlussfolgerung von Inspector McClusky, dass der Mord auf einer Verwechslung beruhe und es kaum vorstellbar sei, dass ihn ein geistig gesunder Mensch begangen habe, wurde Cornelius Williams von weiteren Ärzten untersucht, vor Gericht gestellt und in das Matteawan State Hospital für geisteskranke Straftäter in Beacon, New York, eingewiesen. Dort starb er eines Todes, über den die Geschichte lieber keine Auskunft gibt.

Nur wenige Spuren von Williams' Leben sollten überdauern, kein klarer Rahmen, in den sich zukünftige Generationen hätten einfügen können, und vermutlich war genau das der Effekt, den das Justizsystem im Sinn gehabt hatte. Vor Gericht wurde er als *Mann für Arbeit aller Arten* beschrieben. Er war bei verschiedenen weißen Familien New Yorks beschäftigt, oft, um sich um den Ofen zu kümmern. Er bewegte sich mit einer solchen Würde und kleidete sich, im Bereich seiner Möglichkeiten, so gut, dass ein Beobachter sagte, er hätte genauso gut Cornelius Vanderbilt heißen können.

Als Ergänzung zu dem schmalen Lohn, den ihm eine wohlhabende Familie 1901 zahlte, wurden ihm ein paar alte, nicht mehr gewünschte Kleidungsstücke angeboten. Ein ordentlicher Mantel, der einer Leidenschaft für Modisches zum Opfer gefallen war. Handschuhe. Eine Melone, die ihm fast zu passen schien.

Einige, die Williams kannten, nannten ihn *ruhig und tüchtig*. Andere beschrieben ihn als *einsam, aber freundlich*. Ein oder zwei Mal hatte er bei Nachbarn geklagt, Stimmen zu hören und einen Anwalt zu brauchen, um etwas Dringendes zu besprechen. Einem Bekannten sagte er, er wolle einen Mann ausfindig machen, von dem er annehme, dass er Miss Davis Unterschlupf biete, einer Frau, die er liebe und von der er hoffe, dass sie seine Liebe eines Tages erwidern würde – ein Mr. Green, oder hieß er Mr. Brown?

Ein örtlicher Pastor hatte ihm geraten, sich wegen der Stimmen keine Gedanken zu machen. Alle in dieser Metropole hörten sie von Zeit zu Zeit. Es seien *die Worte der Geister Gottes, die ihre Art und ihren Ton von den vorherrschenden Stimmungen und den Umständen des Tages* nähmen. Was das Auffinden von Mr. Green oder Brown angehe, habe er es schon mit dem Adressverzeichnis der Stadt probiert?

Das sei eine Idee, sagte Williams. Das werde er versuchen, ja, so werde er es machen.

Die Leser der *New York Times* seufzten und legten die Zeitung zur Seite, nachdem sie diesen Bericht über den letzten Prozesstag gelesen hatten. Sie hatten damit gerechnet, dass es mit jeder Woche neue Hinweise geben würde und sie ein schäumendes Gerichtsdrama genießen könnten, das in einer abschließenden Aussage gipfelte, die so unerwartet wie befriedigend sein würde, erschreckend und zugleich voller tieferem Sinn. Eine über alle Zweifel erhabene Erklärung. Eine Antwort auf die Frage warum, warum, warum. Stattdessen blieb ihnen nichts, als über die Zufälle ihres eigenen Lebens nachzusinnen.

Eine Verwechslung! Es wäre besser gewesen, viel besser gewesen, wenn Green den Tod verdient und der Mörder ihn tatsächlich hätte umbringen wollen. Dann hätte die Geschichte eine Logik gehabt. Die Vorstellung, dass der Mord nicht mehr als ein dummer Zufall war – an einem Freitag, dem Dreizehnten! Dass er reinste Willkür war, ein Unrecht, das ihnen allen hätte zustoßen können! Da war es am besten, die Sache zu vergessen, was mit der Zeit fast alle taten.

Und doch brachte etwas, eine Ahnung vom Alleinsein, manche Menschen ins Grübeln. Zeugen des Verbrechens, Leute auf der Straße und andere, die Andrew zu verschiedenen Zeiten seines Lebens gekannt hatten, sie dachten darüber nach, was das Fürsichsein im öffentlichen Raum bedeutete. Dachten über diesen Menschen nach, der unermüdlich gegen jede Isolation angekämpft hatte und dabei selbst doch isoliert geblieben war. Ein Meister des Zusammenschlusses, der Wasser und Land als etwas Verbindendes, nicht als etwas Trennendes betrachtet hatte, ganz so, als fürchtete er, die Insel Manhattan, ihr Gras, ihre Straßen, die Menschen könnten eines Nachts in der fernen Zukunft vereinsamen, so einsam, wie er es vielleicht war, so einsam, dass die Stadt in dem versinken könnte, was heute unter New York City liegt, den Millionen Kilometern Telefonkabel, den Tausenden Kilometern Stromkabel, den Wasserleitungen, den Gasleitungen, den Fernsehkabeln. Versinken in den Heizungsrohren, den Abwasserrohren und Subway-

Tunneln. In der Finsternis und dem Schmutz, die unter all den Flächen leben, über die die Bürger von und zur Arbeit gehen, mit der einen oder anderen Maske vor dem Gesicht, deren Füße die Straße berühren.

Am Freitag, den 13. November 1903, fuhr er mit der Straßenbahn die Fourth Avenue hinauf. Stieg an der 38th Street aus. Ging die letzten paar Minuten nach Hause. Ging hungrig die Avenue hinauf. Fast zu Hause …

Es gab einst eine Statue von Andrew Haswell Green, doch sie verschwand in einer Kiste und ward nicht mehr gesehen. Ein Labor auf dem Campus der New York University in der Bronx wurde nach ihm benannt, aber es veraltete und wurde abgerissen. Henry Moslers Gemälde von ihm hängt immer noch in der City Hall, doch an einem der Öffentlichkeit nicht zugänglichen Ort, und man bekommt es womöglich nur zu sehen, wenn man vorgibt, ein anderer zu sein.

Es gibt einen kleinen Hundepark mit seinem Namen an der East River Esplanade, wo der Fluss sich heftig müht, die Wolken einzufangen. Vor nicht allzu langer Zeit wurde die Gegend, die von der *Times* als *unschönes Stück Land* bezeichnet wird, in einen öffentlichen Park umgewandelt, aber die Stützpfeiler, die ihn halten, werden von Wasserorganismen weggefressen, und es erweist sich als schwierig, Geld für die Reparaturen aufzutreiben. Es gibt Schilder, die einen Spielbereich für große und einen für kleine Hunde ausweisen. Mittlere können sich vermutlich aussuchen, wohin sie wollen.

Das beste kleine Denkmal, das heute noch an Andrew Haswell Green erinnert, ist das im Central Park. Es steht an keinem offensichtlichen Platz. Du findest es erst nach einer umständlichen Tour, steigst vielleicht eines Morgens mit einem Sandwich in der Tasche den Great Hill hinauf, folgst dem Pfad durch den Glen Span Arch und am Montayne's Rivulet entlang, einem von New Yorks ursprünglichen Bächen. Vielleicht siehst du den Lasker Pool zur Linken, eine Wasser- oder auch eine Eisfläche, noch ohne Menschen, und rechts fällt der Blick auf eine Reihe schattiger Steinstufen, die durch Ahornlaub in die Höhe führen. Vielleicht stellst du dir vor, dass man da oben auf dem Gipfel Vögel über die Schlucht fliegen sehen kann oder auch übers offene Grün von Fort Fish. Doch stattdessen stößt du, in gewöhnliches Schweigen gehüllt, des Lebens hinter und vor dir überdrüssig werdend, auf eine Marmorbank, in die sein Name eingraviert ist, und liest die Widmung, bevor du dich schließlich setzt.

ZU EHREN VON ANDREW HASWELL GREEN
DEM SCHÖPFERGEIST DES FRÜHEN CENTRAL PARK
VATER VON GREATER NEW YORK

Etliche Buchstaben sind von Vogeldreck bedeckt. Auf der Erde liegt ein halb gegessener Apfel. Touristen machen in der Ferne Fotos von anderen, bekannteren Wahrzeichen. Du könntest beschließen da und dort zu beginnen.

33
Miners' Gate II

Und so kletterten sie auf das Deck des Caissons, er und Samuel an dem Tag, da sie die Baustelle der großartigen Brücke besuchten, die zwei Welten miteinander verbinden sollte. Andrew sah hinunter in den einen Schacht, Samuel in den anderen. Die Caissons, riesige Röhren, die tief hinunter in die finstere Abgeschiedenheit des Flussbetts führten.

Einer von Roeblings Männern hatte ihnen lange Umhänge gebracht, um ihre Kleidung zu schützen. Die wahnsinnigen Luftpumpen, das schlagende Rauschen der Sandschläuche, die plötzlich aufbrandende Angst. Andrew hätte sagen können, dass er nicht mehr nach da unten wollte. Er hätte es sagen können, aber niemand hätte ihn gehört.

Eine Prüfung. Ein Risiko für Ohren, Augen, dein besseres Wissen. Deine Lunge, dein Herz. Das, was wir die Zukunft nennen.

Der Ingenieur, der ausgesucht worden war, um sie nach unten in die Tiefen zu führen, verständigte sich pantomimisch mit ihnen durch all den Lärm: wie sie den Atem anhalten, sich die Nase zuhalten sollten, um den Druck auszugleichen. Nur Samuel sah diese Vorstellung mit ihm. Als der Mann fertig war, deutete er auf die westliche Seite des Caissons. Es war Andrew nicht klar, was er damit sagen wollte.

Sprachlosigkeit ließ einen Menschen kalt erscheinen, dachte Andrew. Zu sehr der Wahrheit verpflichtet.

Sie stiegen eine schmale, steile Treppe hinunter, der Ingenieur ging voraus. Noch schwaches Sonnenlicht auf dem hinteren Teil seines Schutzhelms. Dahinter nur Dunkelheit.

Fünf Stufen, zehn. Ein schwacher Abwassergeruch stieg ihnen entgegen.

Fünf Stufen, zehn. Die bedachte Sorgfalt jedes Atemzugs in der wachsenden Düsternis. Seine Ohren fühlten sich verstopft an. Sein Herz schien anzuschwellen. Andrew hielt sich die Nase zu und versuchte zu schlucken. Ein paar Sekunden Erleichterung brachte das. Oft war es beschämend, ein menschliches Wesen zu sein, ein Körper, der umsorgt werden wollte.

Zu dritt standen sie jetzt eng zusammen in einer Art Sarg. Der Ingenieur deutete auf eine schmale ovale Öffnung rechts von ihnen. Samuel wirkte wie starr im immer lauter werdenden Lärm, schien zu einem Geist zu werden und deutete mit einem eiskalten Finger immer wieder zur Oberfläche, doch das war dem Ingenieur egal, oder es war zu spät. Wahrscheinlich geschah das immer wieder: dass ein paar Minuten gewöhnlichen unterirdischen Leidens Gentlemen in Angst versetzten.

Sie bewegten sich durch die Öffnung. Kamen in eine Kammer, die groß genug war, dass sie einander nicht länger berühren mussten. Eine kleine Falltür, ebenfalls aus Eisen?, kam unter Andrews Füßen in den Blick.

Der Ingenieur stampfte mit den Füßen darauf. Sekunden verstrichen. Andrew streckte den Arm aus und nahm

Samuels Hand. Der drückte zurück. Das Wunder der Erwiderung.

Die kleine Falltür öffnete sich nach unten. Kurz war dort eine menschliche Hand zu sehen, und Samuel wäre beinah hineingefallen. Sie stützten sich gegenseitig, kicherten. Stellten die Füße auf den äußersten Rand. Ein dunkles Gesicht, das Aufblitzen weißer Zähne. Sie stiegen die schmale Leiter hinab, auf die Gestalt zu, einer nach dem anderen. Eine Übung in gegenseitigem Vertrauen.

Die Hitze war jetzt außerordentlich und übertraf noch den Lärm. Es war, als kletterten sie durch die finstere Arterie eines mächtigen menschlichen Herzens. Der Ingenieur rief: Die Sperre!, oder Worte, die wie Die Sperre! klangen, und die Sehnen in seinem Hals schienen sich wütend anzuspannen.

Vielleicht ein Absperrhahn? Heiße Luft von unten, wie Wertschätzung auf dem Weg nach oben. Das war Wissenschaft, die wie Kunst wirkte.

Andrew spürte, wie sein Haar zum Leben erwachte, dachte erst, es würde brennen, aber er war jetzt weit weg von seiner eigenen Angst, hatte sie irgendwie hinter sich gelassen, alles schien langsam und gedämpft, es dauerte so lange, zu denken und zu blinzeln. Die Falltür über ihnen hatte sich geschlossen. Der Druck selbst schien sie versiegelt zu haben. Der Ingenieur blies die Backen auf, und seine vortretenden Augen forderten sie auf, es ihm nachzutun. Ein dumpfer Schmerz in den Trommelfellen, während Andrew schluckte und schluckte. Wie tief waren sie jetzt? Es schien merkwürdig, dass ein Mensch dieses minutenlange Absinken zu überleben vermochte.

Als sie endlich aus der Kammer traten, gelangten sie in einen Gang aus Erde und Stein. In eine wunderschöne Kühle. Hier unten, unter Wasser, waren sie unsichtbar, überall um sie herum war der East River. Sie waren ertränkt worden, ohne auch nur einen Tropfen Wasser zu spüren. Eine vage Wahrnehmung von Schlick, während sie über Planken liefen. Der Raum öffnete sich, Glühwürmchen pulsierten in der Dunkelheit. Oder nein – nur Kerzen, vielleicht.

In Kalklicht gehüllt, gruben fünf Männer. Riesige Spaten, die in der Mitte des Gewölbes in den Raum stießen. Sechs davon!, rief der Ingenieur.

Gewölbe?, rief Samuel.

Gewölbe, sagte Andrew. Überwältigt, als redete er mit sich selbst.

Die vorbeihuschenden Schatten der Kalklichter verliehen dem dünnen Lärm von Bohrern und Ketten eine übernatürliche Tiefe. Würden die Menschen, die diese großartige Brücke in hundert Jahren überquerten, eine Vorstellung haben von den Jahrzehnten der Schwerstarbeit unter ihren Füßen? Würden sie davon erfahren? Würden sie sich der Toten erinnern?

Andrew hatte einige Arbeiter bei den offenen Werbeveranstaltungen mit Roebling sagen hören, dass sie das Leben hier unten dem Leben über der Erde vorzögen. Und es war ihm so unheilvoll vorgekommen – bestenfalls eine angstvolle Wiederholung des berechnenden Satzes eines skrupellosen Aufsehers, schlimmstenfalls ein Kommentar zum Elend des Arbeitslebens oben auf den Straßen. Aber jetzt sah Andrew, dass dieser Raum, wo alles eine solche Anstrengung verlangte, tatsächlich eine merkwürdige Anziehungskraft ausübte, hier unten, so tief unten, wo alles eine sanfte Unwirklichkeit ausstrahlte. Er empfand ein seltsames Sehnen, vermischt mit der Erleichterung einer gelungenen Flucht – einer Flucht aus dem eigenen taghellen Leben. In diesem Moment war es ihm gleich, wer womöglich da oben über ihm stand und was sie über ihn sagen mochten. Ihm war nur wichtig, nicht allein zu sein.

Er war mit Samuel hier. Ihre Hände so nah, er fühlte sich benommen, fast wie betrunken. Sein Puls schien sich mit dem Geräusch der Spaten zu heben und zu senken, und das Blut in seinen Adern schien träge, aber sicher, als gäbe es hier in der Tiefe keine falsche Bewegung. Und dann verschwand Samuels Hand wieder von Andrews, ob absichtlich oder zufällig, und seine Stimme klang unnatürlich weit weg, während er dem Ingenieur Fragen zurief.

Er konnte nicht weit sein, musste noch ganz nah sein. Und doch …

Samuel wird vor mir sterben. Das war der Gedanke, dem er sich jetzt ergab, umgeben von Spaten und pulsierenden Bohrern, den Anstrengungen von Männern, die entschlossen waren, in größere Tiefe vorzudringen, wo es doch vielleicht nur mehr Mysterien gab.

Parks. Brücken. Große Institutionen. Kunst. Sie waren die einzig erschwinglichen Formen der Unsterblichkeit, die sich Andrew in seinem Erwachsenenleben hatte vorstellen können, Doch kam ihm hier und jetzt der Gedanke, kurz, sinnloserweise, verspätet und so flüchtig und ungreifbar wie eine Wettervorhersage, dass all seine öffentliche Arbeit nicht so viel bedeutete, wie einen Freund zu haben, der seine Hand hielt, wenn er starb.

Liebe. Das war das Mittel, um nicht in Vergessenheit zu geraten. Und ein guter Pressesprecher.

Er verengte die Augen, um Samuels Gesicht wiederzufinden, den oberflächlichen Ausdruck und das Kräuseln der wahren Gefühle darunter, das seltsame Versteckspiel der Seele. In dieser Dunkelheit waren Worte törichte Dinge. Ihnen fehlte der Kontext. Man konnte nur raten, wie sie das Gesicht eines Menschen formten, sein Schicksal. Stell dir das vor. Stell dir irgendetwas vor.

Andrew spürte den Lärm New Yorks über sich, einer Stadt, die uns mit ihrer Beharrlichkeit betäubt. Fühlte sich vom gegenwärtigen Moment umhüllt, sicher, aber erstickt, beherrscht von Gefühlen, die viel zu lange in ihm begraben gewesen waren. Dann bereitete er sich darauf vor, zurück zum Himmel aufzusteigen und eine Zeitlang auf Höhe der Stadt zu verweilen, wo es Arbeit zu tun gab, bevor er schlafen ging, noch viele Jahre zu verbringen vor seinem Ende.

Dank

Dieses Buch verdankt seine Existenz.

Andrew Haswell Green.

Der New York Historical Society, der New York Public Library und der Central Park Conservancy.

Meinen außerordentlichen Lektor:innen: Diana Miller, Anne Meadows und Rowan Cope.

Jin Auh, Tracy Bohan, Katie Prentice und den Teams der Wylie Agency und von 42.

Allen bei Knopf und Granta, besonders Josefine Kals, Pru Rowlandson, Emily Reardon, Bella Lacey, Sigrid Rausing, John Gall, Sarah Wasley, Christine Lo, Simon Heafield, Noel Murphy, Dan Bird, Nathan Burton, Pei Loi Koay, Matthew Sciarappa, Kathleen Fridella, Lisa Montebello und Vanessa Rae Haughton.

Andy Hunter und den Catapulters.

Clare Alexander, Jason Arthur, Gillian Stern, Dwyer Murphy, Dan Sheehan, Jonny Diamond, Stefan Merrill Block, Liese Mayer, Emily Stokes, Ben Samuel und Katy Simpson Smith.

Martina Testa, Marco Cassini, Ursula Bergenthal und all den Mitarbeiter:innen und Übersetzer:innen, die an den verschiedenen Ausgaben dieses Buches beteiligt waren.

Amy und der Familie.